W9-BJE-206

Una noche encantada

books4pocket

Christina Dodd

Una noche encantada

Traducción de Rosa Arruti

EDICIONES URANO

Argentina - Chile - Colombia - España
Estados Unidos - México - Perú - Uruguay - Venezuela

Título original: *Some Enchanted Evening*

Aribau, 142, pral. – 08036 Barcelona
www.edicionesurano.com
www.books4pocket.com

1ª edición en books4pocket mayo 2010

Diseño de la colección: Opalworks
Imagen de portada: Alan Ayers
Diseño de portada: Epica Prima

Impreso por Novoprint, S.A.
Energía 53
Sant Andreu de la Barca (Barcelona)

Fotocomposición: books4pocket

ISBN: 978-84-92801-32-9
Depósito legal: B-14.725-2010

Impreso en España – *Printed in Spain*

A mis hijas
Shannon y Arwen

No arruguéis el ceño o se os quedará así para siempre.
Nunca olvidéis guardar las tijeras.
Para estar guapa hay que sufrir.
Llevad siempre ropa interior limpia. Da igual lo que suceda,
¡llevadla siempre limpia!
No te toques eso.
Porque todo el mundo salte de un acantilado,
¿vais a ir detrás?
Y confío en que las dos tengáis una hija
y que os salga igualita a vosotras.

Marcaos objetivos importantes, sed felices,
cuidad de vuestra salud.
No quiero oír excusas.
Gracias por vuestro amor y apoyo a lo largo de los años.

Con cariño, mamá

Prólogo

Érase una vez, en lo alto de los Pirineos, dos diminutos reinos prósperos y tranquilos. En uno de los reinos, Richarte, nació un niño al que nombraron príncipe heredero.

En el otro reino, Beaumontagne, nacieron tres niñas en medio de un gran regocijo. Sorcha, Clarisa y Amy fueron educadas con esplendor real por su cariñoso padre, el rey, y por su abuela, una tirana que exigía el cumplimiento de sus deberes principescos en todo momento.

Luego la revolución arrasó Europa y sumió los dos reinos en el caos y la anarquía.

Después de tres años de guerra, las tres princesas de Beaumontagne fueron enviadas en secreto a un país seguro, Inglaterra. Su padre, el rey, fue derrocado poco después y murió, y tras seis años de enfrentamientos, la abuela recuperó el control de manos de los revolucionarios. Entonces envió en busca de sus nietas a su emisario de máxima confianza, Godfrey, quien resultó no ser leal. Le habían sobornado para que aceptara dinero a cambio de matar a las herederas. En el último momento no pudo soportar la idea de asesinar a las muchachas, de modo que les dijo que huyeran y luego informó a la anciana reina de que sus nietas habían desaparecido. La anciana reina envió mensajeros hasta el último rincón del país, pero, ay, no había ni rastro de las Princesas Perdidas.

Por otro lado, en Richarte, un cruel usurpador, el conde Egidio duBelle, encerró al príncipe heredero en la más profunda y oscura mazmorra, en la que se pudrió durante ocho años. Pero al final consiguió escapar y logró llegar a la tierra de Beaumontagne, donde llegó a un acuerdo con la anciana reina.

Si encontraba a las tres Princesas Perdidas, podría elegir como esposa a una de ellas. Una vez celebrada la boda, entonces y sólo entonces le permitiría tomar el mando de los ejércitos de Beaumontagne para arrojar al cruel usurpador de su trono y recuperar su reino.

Pero mientras el príncipe buscaba a las muchachas, el conde DuBelle ordenó su captura y envió hombres en busca de él así como de las princesas, quienes, recordando la advertencia de Godfrey, temían salir a la luz.

De modo que, como tantos buenos planes, la maniobra para rescatar a las Princesas Perdidas había fracasado...

1

No atraigas nunca la atención. La razón de existir de una princesa es cumplir su deber como representante de la Familia Real. Nada más.

Reina Claudia,
viuda del monarca de Beaumontagne

Escocia, 1808

El valle era suyo, el pueblo era suyo, no obstante aquella mujer entró a caballo en la plaza central de Freya Crags como si le perteneciera.

Robert MacKenzie, conde de Hepburn, miró con el ceño fruncido a la desconocida que cruzaba a medio galope el puente de piedra y se abría paso entre la bulliciosa multitud. Era jornada de mercado y había casetas de lona marrón instaladas a lo largo del perímetro de toda la plaza. El fragor de un centenar de voces ofreciendo sus mercancías resonaba por todo el lugar, pero la desconocida destacaba entre la muchedumbre, sobresalía por encima de la gente, sobre un rebelde potro de dos años. El caballo castaño pisaba con brío, como si llevarla a ella le produjera orgullo, y la mera calidad de la montura era suficiente para que la gente girara la cabeza.

La dama montada en la silla aún atraía más la atención, primero miradas fugaces, luego escrutinios persistentes.

Robert miró a su alrededor, al pequeño círculo de hombres mayores reunidos al sol delante de la taberna. Tenían abiertas sus arrugadas bocas mientras miraban embobados, olvidados de la mesa y el tablero de ajedrez que tenían delante. En torno a ellos, el sonido de los regateos entre compradores y mercaderes se convirtió en un zumbido de especulaciones mientras todas las miradas se volvían en dirección a la desconocida.

El traje de montar de lana negra la cubría hasta el cuello, preservando así la ilusión de decoro y acentuando cada curva de su delgada figura. Llevaba un alto sombrero negro de ala ancha y un velo del mismo color que flotaba por detrás. Las mangas lucían un ribete rojo a juego con la pañoleta que rodeaba su cuello, y esas pequeñas muestras de color vivo conseguían un agradable impacto a la vista. Tenía un seno generoso, cintura estrecha, relucientes botas negras y un rostro...

Dios bendito, su rostro.

Robert no podía apartar la mirada. Si hubiera nacido en el Renacimiento, los pintores se habrían congregado ante su puerta para rogarle que posara para ellos. La habrían pintado como un ángel, pues su dorado cabello ondulado relucía con luz propia, la envolvía en una especie de aureola. Parecía que aquellos destellos cobrizos de los rizos pudieran calentar las manos, y Robert se sintió incitado a hundir sus dedos en aquella ondas, descubrir su calor y textura. Las mejillas suavemente redondeadas y los grandes ojos color ámbar, bajo oscurecidas cejas, llevaban a un hombre a pensar en el cielo, y aun así el gesto obstinado de su barbilla salvaba el rostro de una dulzura empalagosa. Tenía una nariz pequeña, el mentón demasiado ancho para ser del todo atractivo, pero sus labios eran carnosos, exuberantes y rojos. Demasiado rojos. Usaba carmín, Robert estaba convencido. Tenía el aspecto de una inglesa de buena familia, excepto que ninguna mujer de buena familia se pintaría jamás los labios, sin duda, y mucho menos viajaría sola.

La joven sonrió y mostró a Robert un leve destello de su recta dentadura blanca... una boca que él decidió explorar.

Se enderezó y se apartó de la pared de la taberna.

¿De dónde había surgido ese pensamiento, qué diablos?

Hamish MacQueen era divertido y bullicioso, había perdido el brazo en un accidente acaecido tiempo atrás en la Armada Real de Su Majestad.

—¿Quién suponéis que es?

Buena pregunta, y Robert tenía intención de conseguir una respuesta.

—No sé, pero me gustaría levantarle las faldas —respondió Gilbert Wilson, llevando su ingeniosa astucia por derroteros más perversos.

—Me gustaría invitarla a una salchicha cruda para la cena. —Tomas MacTavish se dio un palmoteo en su débil rodilla y soltó una risa socarrona.

Henry MacCulloch se sumó al pasatiempo.

—Me gustaría hacer el perrito entre sus encajes.

Y el viejo se rió con picardía recordando los días en que habrían tenido ocasión de agasajar a una hermosa visitante. Ahora se contentaban con permanecer sentados al sol delante de la taberna y comentar las actividades del pueblo y jugar a las damas; o al menos se contentaban hasta que ella apareció cabalgando.

Robert entrecerró los ojos mirando a la desconocida. Era lo bastante listo, y había visto lo suficiente en sus viajes, como para reconocer el peligro nada más verlo. En apariencia, él siguió mostrando un leve interés por las actividades de la plaza, pero mantenía alertas todos sus sentidos a la espera de alguna trampa. Más bien, preveía esa trampa. Al fin y al cabo, el mundo no era un lugar tan seguro como la gente de este pequeño pueblo se imaginaba. El mundo estaba lleno de mentirosos y tramposos, asesinos y cosas peores. Eran los hombres como él, como Robert, los que mantenían seguro este lugar, y si no bajaba la guardia podría seguir haciéndolo.

—Serán necios estos puñeteros viejos. —La tabernera, Hughina Gray, estaba de pie secándose las manos en el delantal. Desplazó su mirada de Robert a la desconocida—. ¿No se dan cuenta de que no augura nada bueno?

—Apostaría a que es muy buena —dijo el hermano de Tomas, Benneit, y los viejos se rieron hasta quedarse sin aliento.

—No debería hablar así delante del señor —reprendió Hughina con un rápida mirada de soslayo a Robert. Hughina tenía la edad de Robert, era atractiva y estaba viuda, y había dejado bien claro que en su cama había sitio para él.

Robert no había aceptado la invitación. Cuando un noble se acostaba con las mujeres de sus tierras, los problemas estaban garantizados. De modo que si sentía un impulso imperioso, se desplazaba al otro lado de las colinas, a Trevor, y hacía una visita a lady Edmundson. Ella disfrutaba con el cuerpo de Robert y su impetuosa sexualidad sin que le importara un comino si la amaba o no, y eso convertía la relación en un trato muy interesante para ambos.

En los últimos tiempos no había sufrido aquel impulso.

Arrugó con su mano la carta, tan leída, que guardaba en el bolsillo. Había estado demasiado ocupado haciendo planes,

planes desesperados, planes de venganza, y ahora esas artimañas quedaban reducidas a nada porque una mujer no podía cumplir lo pactado. Maldita. Que se pudriera en el infierno.

Pero por el momento estaba distraído prestando atención a la exótica desconocida que rodeaba los puestos para dar a todo el mundo oportunidad de verla; también era consciente de cómo su gente la observaba. Pese a las expresiones recelosas o inquisidoras, ella les dedicaba una sonrisa amistosa como si no tuviera ni un gramo de inteligencia.

Su ojos encontraron y estudiaron a la nueva costurera.

La costurera le devolvió la mirada con toda la hostilidad de una mujer vulgar ante una belleza.

De modo que, pese a la timidez de quien no ha salido mucho de casa, la señorita Rosabel tenía la sensatez de la que carecía la desconocida. Robert volvió la mirada a los viejos aún carcajeantes. Y por lo visto, más sensatez que los hombres que habían vivido aquí toda su vida.

La desconocida avanzó a caballo hasta el centro de la plaza, donde una estatua rendía homenaje a un antepasado de Robert, Uilleam Hepburn, fundador de la ciudad en el vado del río. Un estrado rodeaba la estatua, y justo allí fue donde ella se bajó del caballo.

Por supuesto, Robert ya sabía que a la joven le gustaba que la contemplaran.

Ató el caballo al aro de hierro y puso sus alforjas sobre la plataforma que la elevaba por encima de la multitud. La multitud curiosa se agolpó. Por un momento, la mujer adoptó una expresión grave, se tocó el crucifijo que le rodeaba el cuello, luego tomó aliento y separó los brazos.

—Buena gente de Freya Crags, permitid que me presente. ¡Soy una princesa en el exilio!

Robert se puso rígido, lleno de incredulidad e indignación.

Hughina soltó un resuello.

—¡Oh, por el amor de Dios!

La dama al lado de la estatua alzó la barbilla con una sonrisa deslumbrante.

—¡Soy la princesa Clarisa del reino perdido!

Hamish estiró el extremo de la camisa que tapaba el muñón de su brazo. El viejo soldado tenía sus puntos flacos, y una mujer guapa era el principal.

—¡Eh, una princesa! Tenemos buen gusto.

—Sí, y apuesto a que ella tiene además buen sabor —dijo Gilbert.

Todos los viejos se rieron de modo socarrón, entusiasmados ante el regocijo de contar con una distracción tan vistosa en sus reposadas vidas.

Robert les echó un vistazo, su acceso de excitación le distrajo del espectáculo en el centro de la plaza.

Luego aquella ladrona que se hacía pasar por princesa hizo otra escandalosa revelación:

—¡He venido a traer la juventud, la belleza y la dicha a vuestras vidas!

Robert volvió de golpe la cabeza hacia la pícara principesca. Las palabras de su ayudante, Waldemar, resonaron de nuevo en su cabeza con claridad. Waldemar podía haber estado allí de pie hablándole al oído: *El señor es misericordioso, capitán, y ninguna persona aparece en su vida sin un propósito. Sólo tiene que descubrir de qué se trata, y sacarle provecho, y así siempre se saldrá con la suya, ya lo verá.*

Con esa capacidad para planificar que había desarrollado en el ejército, veloz como el rayo, Robert cayó en la cuenta del motivo de que esta mujer hubiera llegado a su pueblo, y el propósito al que iba a servir. Sí, la utilizaría como el instrumento que era. Ella seguiría sus instrucciones porque no tendría otra opción y, sí, él se saldría con la suya.

Fortalecido por su determinación, Robert se abrió camino entre la multitud en dirección a la estatua, y a la princesa.

Por fin, se haría justicia.

2

*Si no sabes ver el lado luminoso de la vida,
saca brillo al lado empañado.*

Los viejos de Freya Crags

La princesa Clarisa Juana María Nicolasa Lili tomó aliento y esperó mientras la multitud curiosa se abalanzaba hacia delante.

La observaban en silencio y sin entusiasmo, vestidos de marrón o negro. Ella distinguía aquí o allá un destello de pelo rojo o rubio, pero las mujeres se cubrían la cabeza con pañoletas y los hombres llevaban sombreros. Estaba claro que el lugar era próspero, sin embargo no veía sonreír a nadie, ningún vestido de vivo color ni ninguna cinta frívola en el pelo. Era como si hubieran perdido el ánimo, como si no pudieran ver la preciosa luz del sol de Dios ni oler las flores que se vendían por ramilletes en los puestos.

Era cierto lo que decían en Inglaterra. Los escoceses eran adustos y sosos. Esta gente necesitaba de alguien como ella, necesitaba lo que ella tenía que ofrecer.

Volvió a frotarse el crucifijo de plata que le rodeaba el cuello. Se suponía que la cruz le traía suerte, una suerte que había fallado de forma notable en los últimos meses. Tal vez fuera por la preocupación que no dejaba de angustiarla y que había alcanzado grado de desesperación, y la desesperación se colaba a través de su habitual fachada de seguridad, empañando su voz, su sonrisa y su presencia. Era el motivo de que hubiera cruzado la frontera con Escocia: en Inglaterra ya no convencía tanto, y de algún modo tenía que ganarse la vida.

No podía fallar. Demasiadas cosas dependían de ella.

Todo dependía de ella.

Con la destreza de una imitadora nata, permitió que su voz adoptara un acento escocés sumamente leve.

—Buena gente de Freya Crags, puedo convertir en hermosa a una muchacha feúcha. Puedo curarle los granos. Puedo aportar color a sus pálidas mejillas y convertirla en objeto de atención de cualquier hombre. Por supuesto, esto mismo puedo hacer con cualquier caballero que precise un poco de ayuda en su departamento de amoríos. Claro que, señoras —guiñó un ojo de forma ostentosa—, ¿no les parece que sólo un poco de jabón hace irresistible incluso al hombre más feo?

Unas pocas de las mujeres más viejas esbozaron una sonrisita y dieron con el codo a sus hombres. Los aludidos refunfuñaron con gesto huraño.

Ella les sonrió. Siempre les sonreía, pasara lo que pasara, y por lo habitual los hombres acababan por devolverle la sonrisa.

—¿Qué nos quiere vender, señorita? —preguntó a viva voz una mujer rolliza y pechugona.

—Felicidad —se apresuró a responder Clarisa.

—Eso lo puedo comprar en la taberna. —Habló un joven de aspecto saludable, pero sus ropas sucias, mal cosidas, revelaban con demasiada claridad que no estaba casado. Daba empujones a sus amigos y soltaba alegres risotadas, pero luego, cuando ella le miró a los ojos, su diversión se desvaneció y le salieron los colores.

—¿De veras? —Bajó la voz para que él y sus paisanos prestaran atención—. Pues, entonces, cuando te despiertes por la mañana y la boca te sepa a telarañas y la cama esté fría y solitaria, ven a decirme lo feliz que eres para que yo también pueda reírme.

El joven desplazó la mirada hacia una guapa muchacha con boca enfurruñada, quien torció la cabeza y prestó toda la atención a Clarisa.

Una vez superada la primera interrupción, Clarisa recuperó su tono.

—¿Quién soy yo, os preguntáis, para afirmar que puedo solucionar todas vuestras penas amorosas? Me llamo princesa Clarisa.

Un caballero de unos treinta años se estaba abriendo camino hacia la parte delantera, con una sonrisa lenta de incredulidad dibujada en sus labios. Al verle, Clarisa se olvidó de lo que estaba haciendo. Se puso recta. Se quedó mirando. Allí arriba en el escenario que había creado, era consciente de tan sólo una cosa: el hombre que la estaba observando con toda su atención.

Clarisa estaba habituada a la atención; de hecho, cualquier cosa que ella hiciera, dijera o vistiera fomentaba eso.

Pero este hombre era diferente. Llevaba ropas poco llamativas, pero su corte era más sofisticado que el de la gente del pueblo. Clarisa lo encasilló como un hacendado o tal vez un comerciante de Edimburgo. Sacaba a los demás hombres tres buenas pulgadas de altura, y su masculinidad era tan completa y abrasadora que suponía un desafío para todo lo femenino en ella. Tenía el pelo negro. No marrón oscuro: negro, como la seda negra que no absorbe nada a excepción de la luz del más brillante sol, para transformarla en destellos de plata. Tenía el rostro bronceado, un rostro duro que había visto mucho mundo y al que pocas cosas le gustaban. Su nariz era aguileña, mentón fuerte, y los ojos... ah, los ojos.

Clarisa intentó apartar la mirada, pero no podía despegarla.

Una mujer podría escribir poesía sobre aquellos ojos. Claros, de un centelleante azul, como zafiros reales incrustados en oro, observándola con esa clase de seguridad que transmitía que él entendía bien el placer de una mujer y que podría emplear todo su conocimiento sin misericordia, una y otra vez, hasta agotarse, o agotarla a ella o a ambos, abrasados por la dicha mutua.

Clarisa no quería este tipo de atención. No le hacía falta enfrentarse a ese tipo de tentación. Nunca se permitía los coqueteos ni las frivolidades de otras jóvenes de su edad, no se atrevía. De modo que iba a procurar mantenerse alejada de él.

Apartando la mirada, prosiguió:

—Sí. Soy una de las Princesas Perdidas. Mi país ha desaparecido, mi familia está desperdigada, pero no puedo evitar mi destino... y, buena gente de Freya Crags, ¿sabéis cuál es ese destino?

Llevaba casi cinco años haciendo esto, y detectó que había atrapado en su red a unas cuantas personas incautas, ya que distinguió que varias cabezas diseminadas entre la multitud se meneaban como respuesta. Y les dijo:

—Una princesa recibe su educación con un propósito y nada más que uno: atrapar a un príncipe.

El regocijo se propagó por todo el gentío. Vio sonrisas. Sonrisas feas, cínicas, en los rostros mayores con más experiencia. Perplejidad y cierto tímido interés en las caras más jóvenes, y en unos cuantos, vana curiosidad.

—¿Puedo ayudarles a atrapar a un príncipe? —Se adelantó un paso hasta el borde del estrado y trató de bajar la voz—.

Bueno, para ser sinceros, los príncipes no abundan mucho por estos lares en nuestros días.

La diversión fue en aumento, sin disimulo.

—Pero desde que yo era pequeña, me hicieron aprender una directiva a fuerza de repetírmela: encuentra a un príncipe y cásate con él. Ningún otro hombre sirve. Puesto que no puedo hacerlo, tengo que dedicarme a otros talentos míos: ayudarles a atrapar a su príncipe. Señoras, esas bolsas —indicó las alforjas de su caballo— ¡contienen secretos de la realeza de todo el mundo! Por supuesto —se permitió un gesto mustio con la boca—, tengo que cobrarles por ellos. Las princesas exiliadas también tenemos que comer. —Su voz cobró fuerza—. Pero podréis ver, sólo con mirarme, que no estoy haciendo una fortuna y que hago mi trabajo con garantías. —Todo el pescado estaba vendido.

Bien, casi todo. Unas cuantas personas seguían con los brazos cruzados sobre el pecho. Una guapa mujer junto a la taberna. Un hombre bajo y de mediana edad, con mirada mezquina cargada de resentimiento. Una dama alta, de rostro triste y hombros redondos. De ellos dependía Clarisa para que montaran barullo... y la ayudaran a remachar las ventas.

El caballero fascinante la observaba, por lo visto entretenido. Era una entidad desconocida. No obstante le resultaba familiar, como si le conociera de otro lugar, de algún sueño que había tenido o de algún deseo no satisfecho.

Él no le cayó bien.

Pero Clarisa hizo todo lo posible para olvidarle y sonrió, invitando los comentarios que sabía que se producirían.

La tabernera chilló:

—Tienes mucha labia, eso te lo reconozco. Otra cosa es lo que seas capaz de hacer.

Desde el centro de la multitud, el hombre bajo gritó:

—No puede hacer nada de lo que proclama.

La dama de rostro triste no dijo nada, pero retrocedió como si quisiera distanciarse de la multitud.

—¿Que no? —La mirada de Clarisa recayó sobre la sencilla costurera, absorta y muy próxima—. ¿Cómo se llama, señorita?

La costurera miró a su alrededor como si confiara en que Clarisa hablaba con otra persona.

—¿Cómo me llamo... yo?

—Sí, no sea tímida —animó Clarisa—. Dígame su nombre.

—Mmm... me llamo... señorita Amy Rosabel.

—Suba aquí, señorita Rosabel.

La señorita Rosabel hundió la cabeza y la sacudió como si le diera vergüenza.

Clarisa no iba a aceptarlo. Haciendo un llamamiento a la multitud, dijo:

—¡Vamos, buena gente! Demos una buena bienvenida a esta jovencita.

Unos cuantos de los más jóvenes aplaudieron a la señorita Rosabel.

A su pesar, ella subió para colocarse al lado de Clarisa. Sacaba al menos dos pulgadas a la princesa, pero encogía tanto los hombros que parecía más baja. Tenía el pelo oscuro y lo llevaba recogido muy tirante hacia atrás, lo cual acentuaba de forma más marcada la nariz estrecha y el mentón puntiagudo. Tenía ojeras y el cutis sumamente pálido. El vestido de lana marrón era atroz.

Para cualquier observador, estaba claro que necesitaba ayuda.

—Señorita Rosabel, voy a ponerla guapa —dijo Clarisa.

La señorita Rosabel se ajustó el harapiento chal alrededor de sus hombros.

—Que no, señorita, pero gracias de todos modos.

El tipo patizambo, de mirada mezquina y mejillas rojas soltó una risilla.

—Buena suerte con ésta. Sí que es fea, y eso es difícil de cambiar.

La señorita Rosabel se subió el chal para taparse los labios. A las otras mujeres se les crispó el rostro de sufrimiento por ella.

Clarisa la rodeó con el brazo en gesto de apoyo.

—Señor, le apuesto diez libras a que la vuelvo guapa.

El hombre dio un paso al frente.

—¡Hecho! Veamos cómo la vuelve guapa —miró a su alrededor con desdén— aquí mismo en la plaza.

Había dicho justo lo que todos decían. Justo lo que ella quería que dijeran. Se inclinó hacia delante y preguntó:

—¿Cómo se llama, señor?

Él cruzó los brazos sobre el pecho.

—Billie MacBain, y ¿a ti qué te importa?

—Me preguntaba, Billie, si también te gustaría que te pusiera guapo.

El rugido de risotadas era gratificante, una prueba de que no había perdido el sentido de la oportunidad ni la habilidad para interpretar el carácter. La falta de altura de Billie y su aspecto le volvían hostil y beligerante, no le caía bien a nadie en todo el pueblo. Vio como él cerraba los puños y añadió:

—Pero no. Es un luchador, eso sí, y el mejor de Freya Crags. Apuesto a que sí.

Él aflojó los puños. Su pecho se infló y soltó aliento, pero sus ojos no titubearon.

—Sí, eso es cierto, y mejor que lo recuerdes, nena.

Ella se permitió llevarse la mano al pecho.

—Y también es un bravucón que se merece una patada. —Le puso furioso con eso, pero las mujeres se sonrieron y se dieron codazos. Las había hecho sus aliadas, al fin y al cabo eran las primeras y mejores clientas.

Billie empezó a andar hacia ella con furia en los ojos y los puños preparados.

A Clarisa le dio un vuelco el corazón y, por un momento, pensó que se había pasado de la raya.

Luego el caballero fascinante puso una mano en el brazo de Billie y le contuvo.

El bravucón se volvió en redondo dispuesto a matar a quien le hubiera detenido. Pero al ver quien le abordaba, bajó el puño y miró con hostilidad.

El caballero sacudió la cabeza.

Billie retrocedió.

O sea que el caballero también sabía pelear. Guapo, duro y dinámico. Infundía respeto, y tal vez cierto temor.

Clarisa se estremeció. Con certeza infundía temor en ella. Tenía que mantenerse alejada de él a toda costa.

Le temblaban un poco los dedos cuando abrió la alforja y sacó un suave paño y un tarro de arcilla. Sosteniendo el tarro anunció:

—Tengo aquí un potente extracto de hierbas y raíces en forma de suave crema que refresca el cutis y estimula los primeros vislumbres de belleza. Observen mientras la aplico. —La señorita Rosabel inclinó la barbilla hacia arriba mientras Clarisa extendía la crema y la frotaba para que fuera absorbida—. Tiene un aroma maravilloso a menta y romero, y un ingrediente secreto especial conocido sólo por las mujeres de mi familia real.

—Oro, incienso y mirra —se burló la tabernera.

—Tiene razón, pero sólo en parte —respondió Clarisa—. Por supuesto, mi reino queda lejos de Belén, pero las rutas comerciales se establecieron hace muchísimo tiempo, en la noche de los tiempos, y mi país es famoso por sus montañas, sus tesoros y su hermosas mujeres. —Soltó una risa para los viejos situados debajo del alero de la taberna, que estiraban el cuello para contemplarla.

Fue correspondida con cinco sonrisas idénticas, casi sin dientes, y uno de los viejos se desplomó contra el muro mientras se llevaba la mano al pecho fingiendo espasmos.

La tabernera le sacudió con el chal.

Como un peculiar coro griego, los otros hombres se rieron al unísono, divertidos con su paisano y encandilados con ella.

A Clarisa le encantaban los hombres mayores. Decían lo que pensaban, se reían cuando querían y ella siempre les caía bien, pasara lo que pasara. Siempre.

Limpió con la toallita y con suavidad la crema del rostro de la señorita Rosabel. Le apremió a ponerse recta con los hombros hacia atrás, suavizó la línea severa del peinado que le rodeaba el rostro y la empujó hacia la parte frontal de la plataforma.

La multitud soltó un grato resuello.

—Sí, imagínense, ¡una mejora en tan sólo cinco minutos! —Clarisa señalaba mientras hablaba—. Sus ojeras han desaparecido y la piel tiene un aspecto sonrosado y saludable. —Aún más importante, pensó Clarisa con satisfacción, la nariz y la barbilla de la señorita Rosabel no quedaban tan alargadas y acentuadas, y el peinado suavizado le daba un encanto aniñado—. ¡Concededme una hora y pensad en lo que puedo hacer!

La señorita Rosabel se tocó el rostro con cautela.

—¿Estoy guapa?

—Muy guapa —le aseguró Clarisa.

—¡Noto la piel tan limpia y fresca! —Por primera vez, una sonrisa se dibujó en el rostro de la señorita Rosabel, y se oyó un murmullo de admiración entre los hombres. No se habían fijado en ella antes. Ahora sí. No era hermosa del todo, pero era joven y saludable; no iban a faltarle ofertas para salir a pasear al anochecer.

Tendría que tener cuidado. Aunque la mayoría de hombres trataban con honor a una mujer soltera, no siempre sucedía así, y Clarisa inspeccionó la multitud con ansiedad, en busca de potenciales problemas.

Sacó de su alforja una banda de tejido azul claro y rodeó con ella el busto de la señorita Rosabel. El color volvió aún más atractivo su rostro, y dijo:

—Y bien, damas y caballeros, ¿merece esta mejora diez libras de Billie MacBain?

—¡Sí! —rugió la multitud, y todo el mundo miró a su alrededor en busca de Billie.

Clarisa se rió. Se rió con el placer de una victoria contra Billie y una docena de ventas garantizadas.

—Se escabulló hace cinco minutos. Pero yo he demostrado lo que quería. Pueden comprarme ahora la crema facial, y si quisieran conocer más regios secretos, pueden encontrarme alojada en la posada...

El apuesto caballero se estiró y la cogió por la mano. Finalmente habló:

—Será mucho mejor que se aloje en la casa solariega... princesa.

Clarisa había visto la casa MacKenzie mientras se aproximaba a caballo a Freya Crags. Apartada de la carretera, sobre una elevación, con cuatro pisos y veinte ventanas en sus muros, con gárgolas en el tejado y puertas dobles de bronce tan grandes que no hubieran quedado mal en una catedral. A Clarisa se le heló el corazón al ver las imponentes piedras grises instaladas pesadamente sobre el terrero. Era como si la casa le advirtiera que continuara sin detenerse, y eso hizo, pues se enorgullecía de ser práctica y nada veleidosa.

El lugar le desagradó tal vez porque estaba enterada de quién era su propietario. Su espía en el pueblo le había escrito para informarla de lord Hepburn, un hombre cruel que ponía orden en sus tierras y en su familia como un déspota. Clarisa no quería quedarse en la casa, y no quería estar en las proximidades de este tipo, quien probablemente fuese el administrador o el mayordomo o... o un hombre demasiado guapo para su propio bien. O el de ella.

De modo que, con una sonrisa de superioridad que espantaba a la mayoría de hombres, dio un tirón para soltar su mano.

—Es muy generoso con las invitaciones de su señor.

Él no la soltó y no dio muestras de estar asustado.

Un murmullo de risas corrió entre los espectadores.

—¡No! —La señorita Rosabel le pellizcó en el codo con fuerza.

Clarisa se estremeció. Había cometido un error, aunque aún no se imaginaba cuál.

Con voz suave, con leve acento, el caballero dijo:

—Tengo motivos para ser generoso con las invitaciones a la casa MacKenzie.

No. No podía ser.

Pero sí.

—Soy Robert Mackenzie, conde de Hepburn. Soy el señor de Freya Crags, y el dueño de la finca. —Le besó en los dedos. Su aliento le calentó la carne y, por un momento, pensó que le había tocado la piel con la lengua—. No soy un príncipe pero, de todos modos, insisto, alójese en la propiedad conmigo.

3

No te limites a picar alto, trata de alcanzar también un poco de felicidad a lo largo del camino.

Los viejos de Freya Crags

Clarisa volvió a zafarse de la mano. No. El hombre más guapo del pueblo no podía ser también el más poderoso. No podía ser.

Pero mientras miraba a lord Hepburn a los ojos, cayó en la cuenta: por supuesto que lo era. Emanaba autoridad. Estaba claro que su suerte había empeorado... pero había conseguido salir de situaciones más desesperadas sólo hablando.

—Ni soñaría con abusar de su hospitalidad.

—Que una encantadora mujer visite mi solitario hogar no es ningún abuso. —La voz de lord Hepburn era suave, profunda e implacable, y él parecía ser tal y como sonaba.

Sólo podía confiar en que ella no pareciera lo que sonaba, ya que su voz surgió consternada y entrecortada.

—No sería correcto. —El lugar donde le había tocado con la lengua estaba húmedo, y la brisa refrescó su piel. Dobló los dedos para librarse de aquella sensación.

—Tengo hermanas y millares de criados que nos estarán haciendo compañía. —Sus ojos azules estaban enmarcados entre pestañas tan negras como su pelo y la escudriñaban de modo inexorable, como los ojos de un hombre que vigila un tesoro.

Ella no quería ser su tesoro. No podía ser el tesoro de nadie.

—Mis actividades comerciales interrumpirían la paz de su hogar.

—Siempre doy la bienvenida a los visitantes del pueblo, en especial a las damas, y usted... es especial, es una princesa. —Lanzó una sonrisa a las mujeres que se habían agolpado más cerca para oír su conversación.

Las mujeres, susceptibles a su encanto, se rieron con disimulo como una bandada de abadejos embriagados por las bayas.

Clarisa no pudo detectar ni una pizca de sarcasmo en él, pero sabía que por debajo de su tono profundo, respetuoso, ahí estaba el cinismo. No se creía que fuera una princesa. Pero por algún motivo oscuro e inexplicable, la invitaba a su casa.

—Yo...

La señorita Rosabel volvió a darle un pellizco en el codo, con suficiente fuerza como para dejarle una magulladura.

Clarisa reconocía una señal cuando la recibía. Tenía que capitular. Él había ganado este asalto, pero nada en la vida le había costado tanto como las palabras que pronunció a continuación:

—Gracias. —Le sonrió, con su mejor, más graciosa y regia sonrisa —. Es muy amable. Si quiere adelantarse, acabaré de atender mis asuntos y me reuniré con usted más tarde.

—Esperaré. —Le devolvió la sonrisa con altiva cortesía—. No soportaría que... se perdiera.

—Qué amable —repitió ella. Le odiaba por insinuar que si pudiera huiría del pueblo.

Pero tenía razón. Si pudiera, lo haría. Todos sus instintos protestaban. No era ni el momento ni el lugar para vender su mercancía. Pero si no conseguía algo en Freya Crags, se enfrentaba a una racha de hambre y tal vez un periodo en el asilo para pobres. No, no se atrevía a pensar en marcharse, pese a lo que le dictaba su instinto.

Intentó no hacerle caso mientras bajaba del estrado, pero él, no dispuesto a ceder, la cogió de la mano para ayudarla a descender. Con gracia caballerosa, también ayudó a la señorita Rosabel, y luego se retiró a la parte posterior de la multitud.

La señorita Rosabel desapareció por el interior de la tienda de costura mientras Clarisa atendía a las mujeres que se agolpaban en torno a ella, con monedas en la mano. Vendió catorce tarros de crema facial a catorce clientas impacientes e intentó hablar con cada una de las mujeres que permanecían allí cerca. Reconocía su tipo, de otras ciudades y otras ventas. Las intimidaba su condición principesca, no se sentían lo bastante tranquilas como para hablar con ella directamente, y tal vez no tenían monedas suficientes para comprar su mercancía. Pero ella hacía un esfuerzo por tranquilizarlas. Al fin y al cabo, no iban a comprar si las asustaba la idea de decir algo incorrecto. Tenía que lograr que se sintieran a gusto.

La dama de rostro triste se mantenía apartada a un lado y observaba con sus grandes ojos marrones sin decir nada. Clarisa tomó nota de la calidad de su vestido; no era una de las vecinas del pueblo, aun así Clarisa estaba segura de poder ayudar a la dama con su vestido, sin gracia alguna, y con su actitud, que era aprensiva.

Pero ella tampoco se marchaba.

A medida que quedaba menos gente, lord Hepburn se acercó andando hasta Clarisa.

Las mujeres del pueblo retrocedieron un poco para dejarle pasar, no obstante permanecieron lo bastante cerca para inhalar la excitación de tener a alguien de la realeza entre ellas.

Era alto, casi le sacaba treinta centímetros a Clarisa, y su traje oscuro resaltaba la anchura de sus hombros. No se sintió amenazada, no había violencia. Pero él le abrumaba todos los sentidos, y sin siquiera dar muestras de intentarlo. Bloqueaba el cielo con su silueta. Su aroma era limpio y fresco, y su contacto... ya había sido víctima de su contacto y no le hacía ninguna gracia volver a experimentarlo.

—¿Está lista? —preguntó.

Su voz le provocó un escalofrío en la columna.

—No del todo. —Le había obligado a aceptar en el tema del alojamiento, aun así, en un último intento de librarse de su dominio, moduló la voz como le había enseñado su abuela—. Siempre pido a las damas que me visiten para poder hacer demostraciones de ungüentos y cremas. No le gustará que haga eso en su casa... ¿no es así?

La dama de rostro triste se adelantó y cogió del brazo a lord Hepburn.

—Estaré encantada de hacer de anfitriona.

Clarisa se quedó sorprendida, pero Hepburn parecía pasmado.

—Millicent, ¿de veras lo harías? Sería espléndido. —Miró a la mujer con afecto, del tipo que responde a una antigua familiaridad.

Millicent debía de ser la esposa. Bien. Eso haría la estancia en Mackenzie Manor más respetable, y tanto que sí. Estaría encantada de quedarse allí sabiendo que el hombre de los ojos persuasivos estaba ocupado por la noche con una mujer por la que sentía gran aprecio.

Pero su informador en el pueblo no había mencionado que estuviera casado. De golpe se percató: no, Millicent no era su esposa, era su hermana. Su hermana mayor... pobrecilla. Tenía el pelo marrón y recogido en un tirante moño, su vestido amarillo volvía su cutis cetrino, y los rasgos que quedaban tan aristocráticos en lord Hepburn eran en ella demasiado grandes en su rostro alargado.

Pero un nuevo peinado y un toque de cosméticos podrían cambiar las cosas, al igual que las lecciones sobre cómo caminar y hablar y reír. Con cierta dosis de humor, Clarisa cayó en la cuenta de que ya estaba tomando medidas a Millicent para un nuevo vestido. Tal vez fuera ése el motivo tras el ofrecimiento de Millicent para hacer de anfitriona. No estaba contenta consigo misma y quería cambiar. Y, mejor todavía, tenía dinero para pagar de forma espléndida.

Muy bien. Clarisa podía ayudar.

Pero ¿qué había tras el inexplicable alivio de Clarisa al descubrir que lord Hepburn estaba soltero y sin compromiso?

Esto no le gustaba. No le gustaba lo más mínimo. Siempre controlaba sus emociones, siempre se mantenía centrada en su objetivo, y ahora este hombre perturbaba su concentración mientras la observaba como si atravesara su ropa y sus máscaras con la vista y dejara sus huesos al descubierto. No, peor aún, como si dejara su alma expuesta.

Él sonrió a Millicent y, en un tono más amistoso que el que había usado antes, dijo:

—Ésta es mi hermana, lady Millicent. Lady Millicent, le presento a la princesa Clarisa.

Las dos mujeres hicieron una reverencia.

—Es un privilegio, Su Alteza. —La voz de Millicent era agradable, modulada, y encontró la mirada de Clarisa sin artificio.

—Gracias por su generosidad, milady —respondió Clarisa—. El tiempo que dedique a hacer de anfitriona sin duda le apartará de otras actividades.

—En el campo, la vida es tranquila, anhelamos un poco de compañía. —Millicent sonrió, y la sonrisa transformó a la mujer vulgar en una belleza inusual—. Aparte, estamos a punto de recibir la invasión de la mayoría de la clase aristócrata. Vamos a ofrecer un baile, y se trata de un baile muy especial, sabe...

Robert hizo un gesto casi imperceptible.

Millicent continuó con gracia.

—No se me da del todo bien la organización de estas cosas.

No era eso lo que estaba a punto de decir.

—Supongo, Su Alteza, que es una extraordinaria organizadora de bailes —dijo Millicent.

—Sí... Sí que lo soy.

—Imagino que todas las princesas lo son —apuntó Robert.

Su tono le crispó los nervios.

—Eso es. Me formaron para que me ocupara de los palacios que algún día gobernaré, y mi abuela no iba a permitir que se dijera por ahí que alguien de su familia era incompetente.

Con una dulzura que parecía formar parte de su carácter, Millicent dijo:

—Agradecería tanto su colaboración... Nuestra hermana pequeña se presentará en sociedad durante el baile. Es un poco insegura, y nunca me perdonaría haber permitido que usted se alojase en otro sitio que no fuera MacKenzie Manor.

Cuando lord Hepburn puso una mueca de disgusto, casi pareció un hermano normal.

—Prudence se ha vuelto loca con los vestidos, peinados y sombreros. Le compraré barriles enteros de crema principesca.

—Una mínima cantidad hace milagros y, para una muchacha que se presenta en sociedad, incluso eso puede ser demasiado. —Clarisa sonrió a Millicent con complicidad—. Creo que cuando dejo a las jovencitas demasiado guapas, las que no lo somos tanto nos ponemos irritables.

—Prudence es la primera en reconocer que es una chica difícil. —Millicent dobló las manos y frunció los labios, pero sus ojos centellearon con humor—. Yo soy la segunda.

Clarisa soltó una risita de sorpresa por el comentario y se percató de que aquella mujer podría caerle bien. Y eso era algo peligroso, en su negocio era preferible no tomar apego a ninguna persona por motivo alguno. Las partidas eran luego mucho más difíciles.

—Entonces está decidido. —Lord Hepburn volvía a tener el correcto aspecto solemne, sin mostrar para nada que había vencido... de nuevo—. Millicent será la anfitriona en sus reuniones, y usted ayudará a Prudence en su presentación en sociedad, las damas de la ciudad lo pasarán bien... y usted vendrá a mi baile.

Clarisa tomó aliento con cuidado de no hacer ningún sonido, pero de cualquier modo necesitaba recuperarse.

—¿Al baile? Yo no he dicho que vaya a ir al baile. Eso sería un desastre.

—Pero es una princesa.

Clarisa se mordisqueó el labio inferior. Estaba jugando con ella, era consciente de eso. A veces, la verdad podía desarmar a un villano.

—Perdóneme, milord, pero estoy segura de que entiende que una princesa que vende cremas es una vergüenza para su país. —Y si esta princesa fuera vista con la gente indebida, aún sería más vergonzoso. Podría significar prisión, linchamiento e incluso muerte.

Blaize sacudió la cabeza con un sonido de impaciencia.

—Su caballo no va a aguantar mucho más —dijo—. Comentaremos su asistencia al baile durante el trayecto.

Clarisa, recordando sus obligaciones, dijo:

—Me gustaría hablar en privado con la señorita Rosabel, darle algunas pistas sobre cómo mejorar su peinado y su vestido.

Lord Hepburn alzó las cejas.

—Pero no le ha pagado.

—A veces una princesa tiene que ser amable con los menos favorecidos. —La voz de Clarisa contenía poca nobleza amable de la que, según las enseñanzas de su abuela, debería usar la realeza.

—Por supuesto. —Él hizo una indicación hacia la tienda de la costurera—. Tómese su tiempo. —Con esa clase de placer que sólo puede mostrar un hombre a quien le gustan los caballos, dijo—: Yo me encargaré de su potro.

—Tenga cuidado —dijo Clarisa con deleite—. No le gustan los hombres.

Lord Hepburn, ofreciendo su mano al semental, permaneció del todo quieto mientras el caballo le olía los dedos, el brazo, el hombro y luego le acariciaba la oreja. Lord Hepburn acarició el suave morro del animal.

—Creo que nos llevaremos bien.

¡Qué vergüenza de caballo! Se enternecía sólo con las mujeres, y aun así a la mayoría de féminas les asustaba acercarse a él. Ahora este hombre que apestaba a aristocracia, cinismo y a una masculinidad indefinible sostenía a Blaize por las riendas y lo acariciaba como si fuera un perrito faldero, cuando en realidad Blaize era... Clarisa se pasó el dedo bajo el ajustado cuello de su traje de montar. Al ver cómo la miraba Hepburn, se apresuró a retirar la mano. No iba a comportarse como si se sintiera culpable. No era culpable de nada. Aquí no. Todavía no.

—Gracias, milord. Es muy amable.

Clarisa se fue andando hacia la tienda de la costurera. Se dio la vuelta antes de dar diez pasos.

—Se llama Blaize. Trátele bien. —Miró a los ojos a lord Hepburn, pidiéndole que fuera considerado—. Lo maltrataron, y es mi amigo.

Lord Hepburn hizo una inclinación como respuesta a su petición.

—Por supuesto. —Prolongó su atención sobre las caderas de Clarisa mientras ella se alejaba a buen paso. Se movía con una grácil agilidad que atrapó su atención. Echó un vistazo a la plaza. Atrapaba las miradas de todos los hombres allí presentes. A las mujeres les vendía crema facial. A los hombres, con sus palabras resueltas y su cuerpo curvilíneo, les vendía algo del todo diferente.

Felicidad, había dicho.

Tal vez, sólo tal vez, él estuviera dispuesto a comprar.

4

No te rebajes nunca a la falta de honradez, sean cuales sean las circunstancias. Tal conducta mancilla el reluciente carácter blanco de la realeza y de la familia Fleur.

REINA CLAUDIA, *VIUDA DEL MONARCA DE* BEAUMONTAGNE

—Alteza. —La señora Dubb había permanecido cerca lo suficiente como para oír la conversación. Se adelantó apresuradamente e hizo una reverencia—. Será un honor contar con su presencia en mi humilde tienda. —Lanzó una rápida mirada triunfante a las otras mujeres.

Clarisa se quejó en silencio. Conocía este tipo de mujer. La señora Dubb contaría la historia de la princesa en su tienda hasta que las otras mujeres tuvieran ganas de asar a la costurera en un espetón. Pero no podía evitarlo, tenía que mostrar la gentileza adecuada a la señora Dubb. No hacerlo sería descortés... y al final repercutiría de forma negativa en las ventas.

—Le agradezco su amabilidad, conmigo y con Amy.

La señora Dubb sonrió como una tonta, volvió a hacer una reverencia y abrió la pequeña puerta verde. En una pequeña ventana habían dispuesto sombreros diversos, tan vulgares, sin brillo, como todo en este pueblo.

—¡También es sombrerera! —exclamó Clarisa—. Cuánto talento tiene.

—Hago lo que puedo, Su Alteza. —Abrió la puerta de par en par y no dejó de inclinar la cabeza arriba y abajo mientras Clarisa entraba.

En el oscuro interior de la tienda, la señorita Rosabel se hallaba junto al espejo, retirándose lo que quedaba de arcilla de la nariz y la barbilla.

Clarisa le cerró el paso.

—El turquesa es el nuevo color de moda en Londres. Pero, por supuesto, usted ya lo sabía. —Clarisa no escatimó sonrisas a la costurera mientras escogía el color más fácil de combinar con cualquier cutis—. Imagino que estará trabajando ahora mismo en sombreros y gorros de ese color.

La señora Dubb tomó aliento.

—¡Sí, sí! En la parte posterior.

—Ahora voy a mantener una consulta privada con la señorita Rosabel. —Con amabilidad apartó a la señora Dubb—. Por supuesto, le tocará a usted más tarde. Estoy segura de que lo entiende. —Cerró la puerta ante la alborozada sonrisa de la señora Dubb.

—Eso ha sido muy hábil. —La señorita Rosabel salió de las sombras—. Esa vieja va a estar fanfarroneando de tu amabilidad durante dos semanas.

Su hostilidad era palpable, su tono sonaba desdeñoso, pues la señorita Rosabel, de hecho, era la hermana menor de Clarisa, de diecisiete años. Era la princesa Amy de Beaumontagne.

Antes de que respondiera, Clarisa se pasó al alemán. Cambiar de idiomas mientras hablaban era algo que ella y Amy hacían con frecuencia, iba bien para su habilidad lingüística y para aturdir a cualquiera que estuviera escuchando.

—Soy una princesa e intento ser amable.

El suspiro exasperado de adolescente que soltó Amy decía con demasiada claridad que su hermana Clarisa le parecía idiota y convencional.

—Sí, sí, las dos somos princesas. Princesas de Beaumontagne. —Con un movimiento brusco, Amy se limpió el polvo blanco de la cara—. Hermanas ligadas por su línea de sangre real, atrapadas ambas en el exilio. Según tú, eso lo justifica todo.

Clarisa se adelantó con afán e intentó coger la toalla.

—Ven, déjame.

Amy se apartó con crispación, evitando su contacto, y dijo con ferocidad:

—Yo puedo hacerlo. Lo he hecho bastantes veces antes.

A Clarisa se le hundió el corazón. Cuanto más tiempo dedicaban a vender sus mercancías, más desdichada se sentía Amy.

Clarisa se paseó por la tienda examinando los vestidos extendidos para coser, mientras Amy finalizaba su transformación de costurera vulgar y feúcha, recién llegada al lugar, a muchacha a punto de volverse guapa. Después de unas cuantas sesiones más con Clarisa estaría bella, un testimonio vivo de la crema facial real. Y cuando llegara el momento de la partida de Clarisa, Amy se iría a hurtadillas del pueblo.

Cuando Amy acabó, apoyó los puños a ambos lados del espejo y cerró los ojos. La voz le tembló de furia mientras preguntaba:

—¿Qué crees que estás haciendo?

Clarisa dio un respingo, pero respondió con alegría:

—Ha ido bien, ¿verdad?

—¡No, no ha ido bien! —Liberada de la coacción de la mirada pública, Amy dio rienda suelta a su furia—. Cuando te escribí, te advertí que éste no era lugar indicado para hacer tu actuación. Pero siempre te crees que sabes más que los demás.

Clarisa pasó al francés.

—Se había acabado el dinero y no teníamos tiempo para encontrar otro pueblo.

—Podríamos trabajar las dos de costureras. —La mirada de Amy encontró la de Clarisa en el espejo. Un collar plateado relucía en su garganta. Un collar con una cruz a juego con la de Clarisa—. Podríamos instalarnos en algún lugar y diseñar ropa. Se me da bien. No tendría que fingir ser fea. No tendríamos que seguir yendo de un lado para otro.

Clarisa sacudió la cabeza despacio.

—Oh, lo olvidé. Somos *princesas*. —Amy casi escupe las palabras—. Las princesas no realizan labores de ínfima categoría como coser.

—No. —Clarisa observaba a su hermana pequeña y deseaba que las cosas pudieran ser de otro modo. Quería que Amy fuera feliz, quería mantener la posición honorable que le correspondía por nacimiento. Pero Amy era muy joven cuando se fueron de Beaumontagne. Apenas tenía diez años. Con catorce, Clarisa era la segunda hermana, y recordaba bien el protocolo y el lujo, los deberes y las alegrías. Lo echaba de menos, pero sobre todo quería que Amy supiera muy bien qué era ser una princesa, disfrutar de los privilegios y cumplir con dedicación sus deberes.

—¿Corresponde a las princesas vender a la gente productos que no sirven? —inquirió Amy.

Con paciencia, Clarisa repitió lo que había dicho tantas veces antes.

—Ya intentamos ser costureras. Apenas conseguíamos sacar dinero para alimentarnos. Tenemos que localizar a Sorcha y juntas tendremos que conseguir regresar a Beaumontagne y encontrar a la abuela.

Con una brutalidad que nunca antes había mostrado, Amy respondió:

—Está muerta. Ya lo sabes. La intención de nuestro padre y la de la abuela no era que anduviéramos por las calles. Y Sorcha se ha perdido.

Amy había expresado en voz alta los temores más profundos de Clarisa, y el dolor de esas palabras le hizo tomar aliento con aspereza.

—Papá murió. Eso lo sabemos. Godfrey nos lo dijo, y también lo atestiguan los diarios de Londres. Pero los diarios dicen que la abuela ha recuperado el poder.

—Y Godfrey dijo que la abuela le había dado instrucciones de que no regresáramos hasta que ella nos mandara buscar. Dijo que había unos malvados persiguiéndonos y que deberíamos escondernos hasta que pusiera un anuncio en todos los periódicos conforme fuera seguro regresar.

La voz temblorosa de Amy recordó el miedo de aquellos días, cuando el mensajero favorito de la abuela había llegado a la escuela y les había hecho escapar a Clarisa y a Amy mientras él se llevaba a la princesa heredera Sorcha a un refugio secreto.

—No ha habido ningún anuncio. Repasamos todos los periódicos en cada ciudad a la que vamos, y ya conoces a la abuela. Si dijo que pondría un anuncio, lo habría hecho.

—Lo sé, lo sé. —Si había algo que entendían bien las dos muchachas era que su abuela era una fuerza de la naturaleza.

—Te lo digo una vez más, todos han muerto, los malvados han vencido, y nosotras no podemos regresar.

—No lo sabemos. Sorcha podría estar ahí, esperándonos. Te prometo que te encantará. El palacio es de lo más precioso, y tendrás los mejores vestidos y un hermoso pianoforte para tocar... —La voz de Clarisa temblaba mientras contenía las lágrimas.

—Querida Clarisa. —Amy se acercó a ella al instante y la rodeó con los brazos—. Lo siento. No era mi intención hacerte daño. Pero ojalá pudiéramos dejar de vendernos como baratas...

Clarisa tapó con los dedos la boca de Amy.

—No estamos vendiéndonos. Estamos vendiendo las cremas que la abuela nos enseñó a hacer. Y las cremas son de verdad reales, y sientan de maravilla al cutis y...

—Y la verdad es que no ponen guapa a nadie. Si fuera así, no tendría que ir dos semanas antes a una ciudad por delante de ti, con una nariz falsa y polvos blancos.

—Pero dan esperanzas durante un tiempo a las mujeres. Eso no está tan mal, ¿verdad que no? —quiso convencerla Clarisa.

Amy respondió con desánimo:

—Esa gente de Inglaterra que quiere colgarte de la horca cree que sí está mal.

—Fue por ese hombre tan horrible. —Clarisa alzó la barbilla—. El magistrado.

Ahora el cutis lívido de Amy no tenía nada que ver con el polvo blanco y sí con el miedo. Bajó la voz como si le diera miedo que la oyeran, y dijo en italiano:

—Te quería a ti.

—Lo sé. —Clarisa andaba en la cuerda floja. Las esposas querían sus cremas, pero los maridos eran los que tenían el monedero, y por lo tanto Clarisa tenía que ser agradable y encantadora con todo el mundo, y al mismo tiempo nunca traspasar la línea invisible que separaba a la dama de la mujer caída en desgracia.

A veces los hombres no veían esa fina línea. Con frecuencia veían sólo a una atractiva joven que vivía sin la protección de un hombre. Eso la convertía en una presa fácil; y el magistrado Fairfoot tenía más de un motivo para querer verla muerta. Le había herido en el orgullo de todas las maneras posibles, y ahora Clarisa veía en sus pesadillas las grises torres del fortín de Gilmichael arañando el cielo teñido de rojo, esperando a tragársela entera para no soltarla nunca jamás.

—Ahora tienes otro hombre horrible detrás de ti —dijo Amy.

—¿Es horrible? —Amy cogió a Clarisa por las solapas de la chaqueta y bajó la voz en un susurro intenso.

—¿Qué vas a hacer con él?

—No sé, no sé —Clarisa también susurró—. Por tu carta, pensé que era mayor. Mucho mayor. Le pintaste tan adusto.

—Lo es. —Con una rápida mirada a la puerta, Amy dijo—: Dicen que Hepburn es un buen hombre, pero que se peleó con su padre y el viejo conde le consiguió un grado de oficial y le obligó a ir a la guerra. Seis años después, el padre murió. Lord Hepburn dejó el ejército y regresó, pero los habitantes del pueblo murmuran que ha cambiado.

—¿Cambiado cómo?

—Solía ser un hombre joven, despreocupado, al que le gustaba buscar pelea, pasar la noche bebiendo, siempre riéndose. Ahora... ahora es lo que has visto. La gente del pueblo le admira, pero cuando hablan de él, hay un matiz de temor en sus voces.

Sí. Era lo que había percibido Clarisa. Era un hombre con privilegios, pero ocultaba secretos en su alma. Secretos que hacían que él y ella se parecieran.

No quería aceptarle ni a él ni a sus misterios.

Como si leyera los pensamientos de Clarisa, Amy dijo:

—Ten cuidado.

Clarisa respondió demasiado deprisa:

—¿Por qué?

—Él no se queda en la mansión con su familia.

—¿De verdad? —Eso dejó sin palabras a Clarisa. Habría dicho que él era un hombre de su casa, y que su lugar estaba ahí—. ¿Dónde se aloja?

—En una de las casitas de la finca. Llega a desayunar y se comporta con naturalidad, pero dicen que recorre la finca y la zona de noche como un hombre torturado, y que de vez en cuando desaparece durante varios días. —Amy bajó la voz como si su relato la inquietara también a ella—. Dicen que la guerra le volvió loco.

—Oh, bah. ¡Seguro que no está loco!

—Sí. Loco. Y peligroso. ¿Has visto el modo en que te miraba? —susurró Amy.

Clarisa consiguió fingir indiferencia y se encogió de hombros.

—Todos me observan.

—No del mismo modo. Él es... demasiado seguro. —Amy analizaba a Clarisa con una sabiduría que no se correspondía con su edad. La sabiduría obtenida tras años en la carretera y demasiada inocencia engañada—. Quiere... y consigue lo que quiere.

Clarisa sabía a qué se refería Amy. Al fin y al cabo, ¿no le había besado la mano casi antes de saber su nombre? Pero sólo porque tuviera suaves labios y la lengua rápida de un amante no era motivo para admitir su recelo. Amy ya había expresado su preocupación por este trabajo, y si conociera la inquietud de Clarisa, presionaría para marcharse del pueblo. Clarisa había perdido demasiado en el último trabajo, se había visto obligada a abandonar el lugar a toda prisa y había resultado imposible cobrar el dinero que les debían.

En ocasiones como ésta, en que el desastre ocupaba cada rincón, a Clarisa le costaba recordar los días que había vivido en un palacio, cuando la mimaban y agasajaban, cuando lo único que conocía del mundo era lo que le contaba su abuela. Ahora mismo, Clarisa no deseaba ninguna otra cosa más que regresar al palacio de Beaumontagne y ser otra vez aquella princesa malcriada.

Tonterías. En los últimos cinco años, Clarisa había aprendido bien de qué servían los deseos. De modo que dijo:

—Es mejor estar prevenida, o sea que... cuéntame todo lo que sepas sobre el loco y peligroso lord Hepburn.

BEAUMONTAGNE
Once años antes

La reina Claudia, viuda del anterior monarca, daba golpecitos con el bastón sobre el reluciente suelo de mármol blanco de la sala del trono del Palacio Real de Beaumontagne y, como un elegante galgo, viejo y dominante, ladraba a sus nietas:

—¡Arriba la barbilla! ¡La espalda hacia atrás!

El príncipe heredero de Richarte, Rainger, de quince años, estaba situado en posición firme sobre el estrado y observaba mientras la abuela inspeccionaba a las tres princesas.

Sabía que luego le tocaría a él.

Estudió con resentimiento a la vieja dama. Dominaba la solemne estancia sólo con su presencia. Demacrada y mezquina, tenía una lengua de látigo y ojos azules que podían ver los pecados de un hombre antes de que los cometiera. Rainger lo sabía, ya que era también su abuela. Ella explotaba aquel honor y le leía la cartilla cada vez que lo consideraba conveniente.

La anciana iba de un lado a otro ante las princesas situadas sobre los escalones del estrado que tenía delante. El sol brillaba a través de las altas ventanas e iluminaba la elegante y alargada sala, como un cumplido a las tres hermanas. Las tres muchachas iban vestidas igual: vestidos blancos con lazos de satén rosa alrededor de la cintura y lazos también de color rosa en el pelo. Se suponía que eran guapas... para ser princesas.

El padre de Rainger, el rey Platón, eso decía. El padre de ellas, el rey Raimundo, sonreía radiante de orgullo cada vez que las veía. Todo el mundo en las dos cortes susurraba sobre su encanto e idoneidad. Rainger suponía que era cierto, pero llevaba viniendo una vez al año a Beaumontagne desde que tenía uso de razón, y para él las muchachas eran a veces una diversión para jugar, aunque por lo habitual eran un incordio ya que no paraban de tomarle el pelo sin la menor deferencia a su edad o posición elevada.

—Hoy recibimos al embajador de Francia. Se trata de un acto oficial de la Corte, y todas las miradas estarán pendientes de vosotras, las princesas de Beaumontagne. —La reina Claudia llevaba su blanco pelo recogido en un moño, del que nunca se escapaba ni un solo mechón, y una diadema que relucía con diamantes y zafiros. Su vestido de terciopelo cerúleo combinaba a la perfección con su color de ojos.

Rainger pensaba que tendría por lo menos cien años, tal vez ciento cincuenta, pero su piel, aunque arrugada, no sufría la presencia de manchas o venillas rotas. Algunas personas murmuraban que era una bruja, y Rainger no descartaba aquella idea. Con toda certeza, tenía una larga nariz estrecha, y todo el mundo sabía que hacía hervir sus pociones secretas en la cocina de palacio. Exigía perfección, en ella y en todos los que la rodeaban. Y la conseguía.

El mismo Rainger había inspeccionado su traje de gala antes de salir de su habitación, para asegurarse de que el blanco lino reluciera inmaculado y el traje oscuro se ciñera impecable a sus hombros. También se había tomado un momento para admirar su forma musculada. La condesa DuBelle decía que era un hombre de espléndida figura. Tenía que admitir que la condesa tenía razón.

La reina Claudia se detuvo ante la nieta más joven.

—Amy, déjame ver tus uñas.

Amy, reacia, extendió las manos.

La reina Claudia inspeccionó las palmas estiradas de la princesa, luego examinó sus uñas.

—Mejor —dijo—. Limpias, pero una princesa no se muerde las uñas. Recuerda, tus manos y cada parte de tu persona son representantes de la entidad real de Beaumontagne. Todo lo que hagas y digas será sometido a examen, y no puede recibir reproche alguno.

Amy, de seis años, era un diablillo con pelo tan negro como el de Rainger y una sinceridad que la reina Claudia aún no había sido capaz de subyugar.

—Pero, abuela, me gusta morderme las uñas. No quiero ser princesa si tengo que dejarlo.

Mientras la cándida respuesta de Amy reverberaba entre las columnas de mármol, Rainger hizo una mueca.

Clarisa se tapó los ojos con la mano.

Sorcha, con seriedad, dijo:

—Abuela, Amy no lo dice en serio. Sólo tiene seis años.

Sorcha tenía doce, con un cabello rojo del color del cobre recién acuñado y un talante amable y bondadoso. En opinión de Rainger, la reina Claudia había amansado su espíritu con los sermones constantes sobre los deberes monárquicos, y eso era una lástima, porque ella y Rainger estaban prometidos. Se imaginaba aburrido después de un año de matrimonio.

La reina Claudia dirigió a su nieta mayor una gélida mirada.

—Sé qué edad tiene Amy, y sentimientos así son inaceptables a cualquier edad. —Estudió a Amy hasta que la pequeña no supo dónde meterse—. Este honor que tú desprecias con tanta alegría sólo se les concede a unas cuantas personas privilegiadas, y una princesa de verdad debería estar dispuesta a entregar su vida a su país y a su familia. Sopesando tales exigencias, renunciar a un asqueroso hábito es fácil.

Amy clavó la punta del pie en el tupido pelo de la moqueta roja que llevaba hasta el trono y murmuró:

—Entonces supongo que no soy una verdadera princesa.

Clarisa soltó una risita ahogada.

La reina Claudia se volvió a su nieta de once años, una rubia con una buena mata de rizos dorados que formaban tirabuzones alrededor de su rostro. Bufó enfadada mientras declaraba.

—¡No se te ocurra animar su insolencia!

—No, abuela. —Pero los ojos de Clarisa todavía centelleaban, y le clavó el codo a Sorcha en el costado.

Sorcha le devolvió el codazo.

La reina Claudia golpeó con fuerza su bastón en el suelo.

Las princesas se irguieron de un brinco.

Desde la muerte de la madre de las muchachas hacía cuatro años, la reina Claudia se había ocupado de todos los aspectos de sus vidas, y era tan severa, tenía tan poco sentido del humor, que Rainger estaba convencido de que nunca había sido joven.

—Amy, mandaré luego a tu dormitorio un ungüento que te aplicaras en las uñas cada mañana y cada noche —dijo la reina Claudia—. Eso te curará de tu mala costumbre y te enseñará también a no olvidar los buenos modales.

Con voz cantarina, Amy respondió:

—Sí, abuela.

Trasladando la atención a Clarisa, la reina dijo:

—Puesto que esta cuestión te parece motivo de diversión, me ayudarás a preparar el ungüento.

Clarisa puso cara larga.

—Sí, abuela.

—A lo largo de nuestra historia, todas las princesas de Beaumontagne han aprendido los secretos reales de belleza. Sorcha lo sabe. Es hora de que tú, Clarisa, también... —La reina Claudia se inclinó hacia Clarisa y respiró a fondo. Con el rostro dominado por el horror, la viuda preguntó—: ¿Detecto olor a caballo?

Clarisa se encogió y retrocedió un poco.

—El embajador francés le ha regalado a papá el árabe más bonito que he visto en la vida, y le he acariciado el cuello. ¡Pero sólo una vez!

—Es evidente que una vez es suficiente —proclamó la reina Claudia—. Una princesa no se da el gusto de acariciar caballos.

Rainger se sintió incitado a protestar:

—Abuela, a Clarisa le encantan los caballos y tiene mucha mano con ellos, incluso el mozo de cuadra la admira.

La reina Claudia levantó el bastón y le atizó en las costillas.

—Joven Rainger, no eres aún lo bastante mayor como para que no te mande copiar el Libro de los Reyes.

Durante las visitas anuales de Rainger a Beaumontagne, la reina Claudia le había ordenado con frecuencia copiar el Libro de los Reyes *de la Biblia como castigo por su mala conducta. Incluso ahora, si la reina Claudia le decía que lo hiciera, no tendría valor para negarse .*

Sorcha le envió una mirada de agradecimiento. Él sabía que apreciaba sus esfuerzos por defender a su hermana.

Desde la última vez que Rainger la había visto, haría un año, Sorcha se había vuelto muy alta, pero sus pies y sus manos seguían siendo demasiado grandes, y se movía con torpeza, lo que había hecho predecir al padre de Rainger que sería aún más alta. Clarisa también había crecido un poco, y su figura se había rellenado. Amy era todavía una niña descarada, que se rebelaba a la menor oportunidad contra su papel de princesa.

Todos los cortesanos le decían a Rainger que tenía suerte de casarse con una de estas princesas. Pero que le escogieran la esposa le contrariaba. Era adulto. Podía elegir su propia compañera. Él preferiría casarse con la condesa DuBelle. Lo único que le detenía era su edad, de casi veinticinco años... bien, eso y su marido, que seguía muy vivo. Rainger pasaba por alto las quejas de su conciencia cada vez que se introducía a hurtadillas en su cama, ya que le encantaba la hermosa, vivaz y maliciosa dama.

Con esa voz que helaba la médula, la reina Claudia le dijo a Clarisa:

—Sólo me queda esperar que no hayas echado a perder la recepción con tu egoísmo. En cuanto haya acabado te entregaré mi jabón especial y tendrás que lavarte hasta los codos. ¿Has entendido? ¡Hasta los codos!

—Sí, abuela —respondió Clarisa con voz débil.

—Y nada más de caballos. —Como si intuyera otra objeción de Rainger, se volvió hacia él—. De modo que, príncipe Rainger, ¿qué vas a hacer en esta recepción?

Resentido por exigirle explicar su proceder en la recepción, el joven hizo una inclinación y respondió:

—Bostezar.

Con tono apabullante, la reina respondió.

—Ser un príncipe significa que sabes bostezar con la boca cerrada.

—Por supuesto. —La respuesta rápida de la vieja dama le estremeció. Debería haberlo recordado. Tenía una frase hecha para cada ocasión.

La reina Claudia escudriñó a su nieta mayor.

—¿Es un grano lo que veo en tu frente?

Sorcha se tocó la hinchazón.

—Sólo uno pequeño.

—Se acabó para ti la mantequilla. Y las golosinas. Y utilizarás mi limpiador de cutis para lavarte el rostro dos veces al día. —La reina Claudia levantó la barbilla de Sorcha y estudió con ojo crítico—. Y para cubrir la marca, mi emulsión para el color. Una princesa siempre debe lucir un rostro perfecto. Recordad, no todo el mundo tiene buenas intenciones.

Se abrió una puerta en el estrado tras ellos y entró un caballero bajo y robusto, vestido con un uniforme cubierto de medallas y cintas. El rey Raimundo tenía un espléndido bigote y patillas pobladas y ojos azules parecidos a los de su madre, a excepción de que centelleaban risueños al ver a sus niñas. Parecía cansado, como si los recientes problemas de su reino le hubieran extenuado, pero extendió los brazos.

—Venid, queridas, y dadle un beso a vuestro papá.

Con gritos de alegría y una completa falta de dignidad, las princesas rompieron filas y se fueron corriendo hacia él. Le abrazaron las tres a la vez, farfullando en tono infantil su deleite por verle.

A Rainger le sorprendió detectar un leve esbozo de sonrisa en los labios de la reina Claudia. Parecía casi... complacida, no desaprobaba en absoluto esta exhibición de cariño.

Luego dio una sola palmada imperiosa.

Las niñas se apartaron de su padre y se apresuraron a ponerse en fila.

—Madre. —El rey Raimundo hizo una inclinación a la reina Claudia, luego se acercó a ella y tocó su mejilla con la suya.

Rainger le hizo una inclinación.

—Rey Raimundo.

—Príncipe Rainger. —Con la debida solemnidad, le devolvió la inclinación.

Rainger sospechaba que esta exhibición de dignidad divertía al rey, ya que en otro tiempo él también habría ido corriendo hacia él. Pero Rainger era demasiado mayor para esas chiquilladas. Al fin y al cabo, era el príncipe heredero.

Mientras se dirigía hacia el antiguo y oscuro trono tallado, el rey Raimundo preguntó:

—¿Está todo preparado para la recepción?

—Por supuesto. —La reina Claudia miró el pequeño reloj que colgaba de un alfiler de oro en su seno—. Los lacayos dejarán entrar a los cortesanos dentro de cinco minutos.

El rey Raimundo profirió un sonido, algo así como un quejido. Una vez sentado, se puso una sencilla corona de oro.

—Y bien. —La reina Claudia se paseó delante de las niñas y Rainger una vez más—. ¿Cómo vais a saludar al embajador francés?

Con seguridad tranquila, Amy anunció.

—Le diré que se vaya por donde ha venido.

Rainger, Sorcha y Clarisa soltaron un resuello.

La reina Claudia buscó a tientas la cadena alrededor de su cuello y levantó sus impertinentes para estudiar llena de consternación a su nieta pequeña.

—¿Qué has dicho?

Amy repitió:

—Le diré que se vaya por donde ha venido.

—¿Y por qué ibas a soltar una frase así al hombre que es embajador de Francia? —preguntó la reina Claudia en tono grave.

Con lógica impecable, Amy dijo.

—Porque has dicho que no es el verdadero embajador, que no es más que el embajador del gobierno intruso de Francia, y que hasta que no regrese su legítimo rey al poder, no nos caerá bien.

Sorcha y Clarisa intercambiaron miradas de sorpresa, luego se deshicieron en risitas.

El rey Raimundo se rió.

—Te ha pillado, madre.

Amy no tenía ni idea de por qué todos parecían tan divertidos, pero puso una sonrisa engreída que dejó ver el hueco donde había perdido un diente.

Sorcha se apresuró a defender a su hermana.

—Amy tiene razón, abuela. Siempre repites, «Decidme con quién os relacionáis y os diré quiénes sois».

Con voz suave, Clarisa añadió:

—Eso es verdad. ¿Deberíamos nosotras, las princesas reales de Beaumontagne, relacionarnos con un advenedizo francés?

Había ocasiones como éstas en las que Rainger recordaba por qué le caían bien las princesas. Ni siquiera la reina Claudia, con sus normas y sus dichos, podía bajarles los humos.

La reina Claudia les lanzó una seria mirada a todos, Sorcha,Clarisa, Amy, Rainger e incluso al rey Raimundo, e hizo su último anuncio:

—Espero que algún día tengáis todas una hija igualita a vosotras.

5

¿Por qué preocuparse?
Lo único que conseguirás serán unas arrugas.

Los viejos de Freya Crags

—¿Dónde te compró, amigo? —Robert hablaba a Blaize en tono grave y afable, mientras el caballo le estudiaba. Era un potro de dos años, árabe de formas elegantes, y demasiado fuerte e incontrolable para una dama, sin duda. No obstante, Clarisa lo manejaba con asombrosa facilidad—. ¿Y dónde aprendió tu damita a controlar un animal de tal fuerza?

Dirigió una ojeada a la puerta cerrada de la tienda de la costurera y continuó:

—Sé lo que ella diría. Diría que aprendió a cabalgar con un experto jinete. Porque ella es una princesa.

Blaize resopló como respuesta y meneó la cabeza.

—Sí. Exacto. ¿Has oído hablar de alguna princesa que se haya perdido en Gran Bretaña? No. ¿Acaso bullen los periódicos de noticias sobre la realeza perdida? No. —Robert llevó a Blaize a dar una vuelta por la plaza, sin dejar de hablarle con la voz grave y amable que empleaba para amansar a los animales salvajes—. Dios bendito, ya he tenido mi tanda de falsedades. Mis hombres explicaban cuentos grandilocuentes que iban cambiando día a día para adaptarse a las circunstancias.

Blaize tenía unos bellos andares y un temperamento que, aunque lleno de brío, tenía encanto. Pero por allí donde pasaba Blaize, la multitud observaba los cascos danzarines del caballo y se apartaba a un lado, ya que el semental observaba a los hombres con cautela, como si esperara un golpe. Robert se preguntó qué habría vuelto tan desconfiado al animal, por otra parte un confidente perfecto para Robert.

—Mis hombres eran delincuentes a quienes dieron la opción de elegir entre la horca y el ejército. ¿Qué excusa tiene tu damita para ir contando una mentira que eclipsa a cualquiera de todas esas? —Robert acarició la nariz de Blaize y le confesó—. Aunque debo decirte que eso la vuelve ideal para mis planes.

Los ojos marrones de Blaize estudiaron a Robert como si el caballo estuviera sopesando su carácter. Por desconcertante que resultara, Robert había hecho cosas peores en su vida que chantajear a una princesa. Cosas peores por peores motivos.

Al acercarse a la taberna, Tomas MacTavish dijo a voz en cuello:

—Milord, traiga el animal hasta aquí para que podamos verlo.

Robert puso una mueca. ¿Ver el animal? Sí, a los viejos les gustaría. Pero aún más querrían hablar de la mujer: a medida que se acercaba, ellos se sonreían y se balanceaban en sus asientos como una pandilla de abuelas casamenteras.

—Precioso semental —dijo Gilbert Wilson.

—Aún más preciosa la chica —Hamish MacQueen hizo un chiste—. Y estamos muy orgullosos de usted, milord, por conseguirla con tal rapidez.

—Yo no la he conseguido. —No en el sentido al que se referían ellos—. La llevo a un sitio donde pueda tenerla vigilada. —Y aprovecharse de ella.

—¿Eh? —Henry MacCulloch se llevó la mano a la oreja y se volvió a Tomas.

Tomas le gritó:

—Dice que se la lleva donde pueda tenerla vigilada.

—Sí, bien vigilada, sí. —Henry le dio un codazo a Hamish en las costillas—. Bien vigilada, claro que sí. Se ha buscado una muy guapa, milord.

—No tengo ningún interés en... —Robert vaciló.

Benneit MacTavish acabó la frase:

—¿... levantarle las faldas?

Las risas socarronas de los hombres intranquilizaron al caballo, y Robert continuó con la vuelta por la plaza, para regresar al cabo de un rato. No sabía por qué volvía al lugar de los viejos. Tal vez porque ellos, a diferencia del resto de gente de este pueblo y esta sociedad, no fingían. La edad, la pobreza y la soledad les habían despojado de sus máscaras; decían lo que pensaban y lo decían en serio. Qué refrescante después de tantos años de mentiras.

Mientras se acercaba, Hughina Gray salió de la taberna secándose las manos en el mandil.

—No les haga caso, milord. Se pasan el día sentados y siseando como viejos escobones, ocupan sitio y apenas se toman una jarra de cerveza entre todos.

Porque no tenían otro sitio donde ir aparte de su casa, con familiares demasiado ocupados como para molestarse por ellos, y tampoco tenían monedas para pagar cerveza y remojar el gaznate. Parecieron abochornados por sus acusaciones, moviendo los pies y jugueteando con los bastones. Viejos granjeros, viejos marinos, viejos comerciantes... cuando por fin morían, todo el mundo se sentía aliviado. Todos excepto Robert, que podía venir aquí y escucharles charlar sobre tiempos y sucesos pasados, sin necesidad de hablar de sí mismo ni de fingir estar bien ni de ocultar la eterna medianoche de su alma.

—Entonces sírvales una jarra diaria a cada uno, Hughina, y envíeme a mí la cuenta.

Hughina dejó caer el delantal.

—Pero milord...

Volvió la mirada a la mujer.

—Lo digo en serio.

—Por supuesto, milord. No quería decir que... —Debía de haber visto algo en su rostro que la asustó, ya que se quedó pálida y continuó tartamudeante—: Sss... Sí, ahora mismo les sirvo, milord.

Mientras se apresuraba a entrar en la taberna, Henry dijo:

—Gracias, milord. No tiene por qué hacerlo.

Benneit intervino antes de que al orgulloso Henry le diera por rechazar el ofrecimiento.

—Pero le estamos muy agradecidos. —Estiró su arrugada mano para aceptar un jarro goteante de la escarmentada Hughina—. Brindaremos por su salud a diario.

Robert acarició la nariz de Blaize.

—Es lo único que pido.

Los hombres levantaron las jarras, luego tragaron el oscuro y generoso brebaje con ganas.

Hamish suspiró con satisfacción.

—La leche materna.

Gilbert dirigió una mirada sombría a Hughina.

—De una teta marchita.

Hughina recuperó la mordacidad de golpe.

—No tienes que tomarla si no te gusta la fuente.

Gilbert abrió la boca para replicar, vio a Robert sacudiendo la cabeza lentamente, y en vez de ello decidió tragar más cerveza.

Visiblemente alegre por el refrescante líquido, Tomas plantó la jarra en la mesa con ruido.

—Sí, milord, aquí todos somos hombres. No puede esperar que nos creamos que no tiene interés en esa preciosa pieza principesca.

Robert esquivó la cuestión.

—Es demasiado guapa, y no me enredo con princesas.

—¿Qué edad supone que tiene? —preguntó Benneit.

—Diecisiete, dieciocho —contestó Robert. La misma edad que su hermana pequeña, Prudence, y demasiado joven para andar por ahí mintiendo y estafando a la gente.

—Dejémoslo en veintidós —dijo Hughina—. ¿Quiere que le saque una jarra, milord?

—Muchas gracias. —No la quería, pero ella se preocuparía si no la tomaba. Le preocuparía que se hubiera disgustado con ella, cuando de hecho a él no le importaba lo más mínimo. Lo que le importaba era la edad de Clarisa, y la certidumbre de Hughina. ¿Estaba ella celosa de la joven? ¿Por eso afirmaba que era mayor? ¿O veía algo que a él le pasaba desapercibido? Porque si fuera cierto, si Clarisa tuviera en realidad veintidós...

Él mismo tenía treinta y uno, y después de las batallas y la inmundicia, la muerte y el hambre, se sentía más viejo que la mugre. No iba a pervertir a una jovencita, pero si Clarisa era mayor, con un poco de experiencia encima... eso cambiaba la manera de abordarla. Había formas de camelar a las mujeres que no tenían nada que ver con el chantaje.

Las risas socarronas de los viejos cesaron al unísono, y sus miradas gastadas se clavaron en un punto detrás de Robert.

La princesa debía de haber salido otra vez a la plaza.

Con voz ronca, Tomas dijo:

—Viene directo hacia nosotros.

—Estoy que echo humo —susurró Benneit.

—¡Qué demonios, yo estoy ardiendo ya! —La voz de Henry se podía oír a medio camino de la frontera inglesa.

Mientras los otros viejos le hacían bajar el tono, Robert se volvió de cara a la plaza. Sí. Aquí venía. Clarisa parecía un ángel y engañaba como un diablo. Aun así, al mirarla, Robert se estremeció de pies a cabeza. No por llevar tiempo sin una mujer, sino por ella. Su sonrisa, sus andares, su pelo, su cuerpo... ese cuerpo.

Llevaba el pelo rubio recogido en una redecilla en la nuca, y unos mechones se escapaban con ingenio y flotaban en torno a su rostro y por su espalda, captando el calor del sol y calentando la sangre de todos los hombres presentes. Sus oscuras cejas se arqueaban sobre unos ojos marrones ambarinos que relucían de buen humor y transmitían una perezosa sensualidad que cada hombre pensaba que iba dirigida a él.

Hughina profirió un sonido de disgusto y con un rumor de faldas desapareció por el interior de la taberna. Volvió a sacar la cabeza y dijo con brusquedad:

—No hay tontos como los tontos viejos.

Mientras desaparecía de nuevo, los hombres sacudieron las cabezas con tristeza.

—Ésa necesita un poco de cariño —dijo Gilbert.

—Mucho cariño —dijo Hamish.

—Un marido —convino Tomas.

Luego, al mismo tiempo, Hughina dejó de tener interés, ya que la princesa llegó andando y dedicó una alegre sonrisa a los derretidos viejos.

—Lord Hepburn, ¿tendría la amabilidad de presentarme a estos guapos caballeros?

El cutis de los viejos, similar al papel, se tiñó de color, y Gilbert casi se vuelca al hacer una elegante inclinación mientras Robert les presentaba.

Clarisa agarró con firmeza a Gilbert por el brazo y, como si no hubiera advertido su inestabilidad, dijo:

—Buenos días, caballeros. ¿Cómo va la partida?

—Bien. —Tomas hinchó su delgado pecho—. He ganado yo.

Benneit replicó:

—Si es que se puede llamar ganar a hacer trampas.

La princesa tendió su mano a Tomas.

—Hace muchos días que no me enfrento al reto de una buena partida de damas. Tal vez cuando lord Hepburn me permita un rato libre en mis deberes, pueda venir y jugar una.

—Eso sería estupendo, Su Alteza. —Tomas conservó la mano de Clarisa entre sus dedos artríticos.

—Yo no soy un mezquino tramposo, Su Alteza —dijo Henry.

Ella echó hacia atrás la cabeza y se rió, con una risa alegre y sin artificio, y a los hombres les brillaron los ojos.

Benneit suplicó.

—Milord, ¿la dejará venir, verdad?

Nunca. Robert jamás iba a dejarla salir sola. Se la guardaría, por supuesto, y la seduciría, y al final le haría chantaje si se diera el caso, pero cabía la posibilidad de que ella rehusara a tomar parte en su plan, y él no podía permitirse la pérdida de otra mujer. No tan pronto después del baile.

—Yo mismo la traeré.

Ella le lanzó una rápida mirada de desdén.

—La carretera entre MacKenzie Manor y Freya Crags puede ser muy solitaria —le explicó él con amabilidad.

Clarisa retiró la mano con suavidad del asimiento de Tomas y se acercó a Robert. Alzó la vista para mirarle a los ojos, con mirada directa y acusadora, y dijo:

—Tal vez, milord, debiera vigilar la carretera por la seguridad de su gente además de la de su familia.

Ella no le tenía miedo. No tenía miedo a nada. La sangre de Robert se calentó como un brandy sobre la llama, notó el calor de la intoxicación. Había pensado que los próximos días serían un infierno. Tal vez lo fueran, pero tenía su propio ángel, con el que adentrarse en las llamas.

Clarisa estiró la mano para alcanzar las riendas de Blaize. Robert permitió que le rozara las manos.

—Es un consejo sensato. Lo tendré en consideración.

Mientras seguía observándola y mantenía el contacto, vio que ella tragaba saliva. Pero no apartó la mirada.

Bien. Bien.

Luego Blaize acarició la oreja de su ama como si le susurrara un secreto, y entonces Clarisa se apartó unos pasos con su caballo, dejando un fresco aroma tras ella. Como... el olor a flores frescas y especias hogareñas. A Robert le gustó su perfume.

—Ay, Su Alteza, no piense que está tan mal la cosa. —Henry, un hombre marchito y encorvado que en otro tiempo había sido alcalde de Freya Crags, se inclinó sobre su bastón—. Un par de asaltantes se aprovechan de los viajeros cuando los hay y de los campesinos cuando no. Los dos son unos matones y van por ahí con el garrote. Mientras les ha sonreído la suerte, han ido emprendiéndola a golpes. Pero lord Hepburn ha puesto una patrulla y eso ha hecho que salgan corriendo por la carretera en dirección a Edimburgo.

Clarisa lanzó una sonrisa triunfante a Robert.

—Entonces puedo venir cabalgando a Freya Crags sin preocuparme.

—Me temo que con la llegada de los suntuosos carruajes por la carretera de MacKenzie Manor, los robos les parecerán irresistibles y regresarán. —Era lo que Robert se temía. Además confiaba en que regresaran, y que lo hicieran una de las noches en que a él le costaba conciliar el sueño. Le gustaría encontrarles y explicarles, con exquisitos y dolorosos detalles, por qué debían buscarse otra profesión—. De modo que, Su Alteza, entenderá la razón de que deba acompañarla cuando venga a Freya Crags.

—Jovencito —refunfuñó Gilbert—, tiene miedo de que se la arrebatemos.

La sonrisa de Clarisa se congeló en su rostro.

—No soy suya.

Robert casi —¡casi!— pone una sonrisa. ¡Que Gilbert saliera él solito de ésta!

—No, no me refería a eso, Su Alteza, quería decir... —Gilbert miró de modo frenético a su grupo.

Hamish le rescató.

—Seguro que tiene historias fascinantes que contar, Su Alteza.

Ella lanzó una mirada iracunda a Robert como si fuera culpa suya.

Él alzó las cejas con inocencia estudiada.

—Por ejemplo —insistió Hamish—, ¿cómo ha conseguido poseer un caballo tan magnífico?

—¿No es hermoso? En parte árabe, en parte de Beaumontagne, y uno de los mejores animales que he tenido el privilegio de montar en mi vida. —Acarició a Blaize como si fuera un gran perro y no el caballo gigante cuyos cascos podrían aplastarla sobre el suelo—. Es un regalo de mi padre, el rey.

Robert advirtió que el embuste surgía entre sus labios con la facilidad que proporciona la práctica. Eso le complació, igual que el débil e indefinible acento y la nota ronca que se le antojaba tan seductora, a él y a cualquier hombre. Era una mentirosa consumada, y la necesitaba para concluir su misión.

La mirada de Clarisa reposó en Henry, el cual se balanceaba como si tanto rato de pie le hubiera agotado. Se volvió a Robert y le dijo:

—Estoy lista, milord. —Le habló con solemnidad, de forma muy diferente a la alegría que compartía con los viejos. Se volvió hacia sus nuevos amigos y defensores—. He cabalgado mucho hoy y necesito descansar. De modo que si nos disculpan, caballeros...

—Por supuesto, por supuesto. —Henry sonrió y, como un demente coro griego, los otros hombres también sonrieron de oreja a oreja—. Vayan, vayan, jóvenes, a MacKenzie Manor. Es un lugar precioso, Su Alteza, y sé que milord la hará sentirse como en su casa.

Los viejos asintieron dando ánimos a Robert, como si Clarisa fuera su última posibilidad de salvación.

Cuando de hecho ella era la única posibilidad de venganza con el enemigo que le había despojado del honor y de la amistad.

La dulce y gloriosa venganza.

6

El lobo hambriento y el corderito
pueden echarse juntos a descansar, pero mejor
que el cordero duerma con un ojo abierto.

Los viejos de Freya Crags

Millicent cabalgaba al lado de la princesa Clarisa y de su hermano por la empinada carretera llena de curvas que llevaba a MacKenzie Manor y observaba con muda satisfacción a la princesa mientras discutía con Robert.

—Lord Hepburn. —La princesa Clarisa mantenía su brioso semental al paso sin aparente esfuerzo. Era una mujer guapa y alegre, vestida con el tipo de encanto al que Millicent nunca podría aspirar—. Entiendo que hace poco tiempo que ha regresado a casa desde la Península Ibérica. Cuénteme, ¿a dónde le llevaron sus viajes?

El día era tranquilo, casi cálido, la brisa soplaba atisbos de primavera en el rostro. Los cascos de los caballos levantaban polvo a su paso. El jamelgo de Millicent era perfecto para una dama, afable y sin garra, para nada como Blaize, ni como el gigante y dorado caballo castrado de Robert, Helios. Pero, por supuesto, Millicent no era una amazona. No como la princesa Clarisa.

Y por supuesto, Robert montaba a Helios como un hombre nacido para la silla.

—Mi regimiento estaba destacado en Portugal.

La princesa Clarisa alzó las cejas mientras miraba a Millicent como si quisiera compartir la diversión que le proporcionaba su tono taciturno. Se volvió hacia él y le preguntó:

—¿Allí fue donde pasó todo el tiempo?

Millicent aguzó el oído para oír la respuesta. Cuando Robert regresó de la península, a ella le costó reconocerle. El joven alocado, bien plantado y lleno de encanto, había dado paso a un hombre con la mirada sombría, apagada, que observaba el mundo con cansada aceptación y nunca bajaba la guardia. Su hermana había intentado hablar con él de sus años en el ejército, pero Robert siempre cambiaba educadamente de tema y le preguntaba sobre los sucesos en Freya Crags con expresión de verdadero interés, aunque ella se temía que no le importaban lo más mínimo.

—Deambulé mucho por la campiña —contestó.

Lo cual no era ninguna respuesta. Millicent se encogió con gesto de decepción.

La princesa Clarisa no dio especiales muestras de desaliento. Una pequeña sonrisa se insinuaba en sus labios, el tipo de sonrisa que ponen las mujeres guapas porque saben que son irresistibles.

Millicent sabía que ella era bastante resistible. Sólo había que pensar en su desgraciada presentación en sociedad, así como los años transcurridos en fiestas conversando con damas de avanzada edad que necesitaban compañía. O pensar también en los años de desesperado anhelo por Corey MacGown, el conde Tardew, un hombre que casi no sabía ni su nombre.

No obstante, cuando Robert miró a la princesa Clarisa, algo alteró su rostro. Millicent no era más que una solterona, pero reconocía el interés al verlo, y el comienzo de un involuntario deshielo.

Ahora observaba con fascinación cómo la princesa Clarisa volvía a sondear a Robert.

—Milord, estoy segura de lo heroicas que fueron sus aventuras por la península, y también de lo fascinante de sus viajes.

Millicent pensó que la princesa estaba coqueteando con él.

La princesa Clarisa continuó.

—Tal vez esta noche pueda regalarnos con uno de sus relatos. Lo que hizo, lo que vio... dónde fue.

Con una sagacidad que no auguraba nada bueno para la princesa y sus indagaciones, Robert contestó:

—Tal vez lo pregunta porque su reino se encuentra en esa parte del mundo. ¿Es una princesa de Portugal? ¿O de Andalucía? ¿O de Baminia? ¿O de Serefinia? O...

Con una risa, la princesa Clarisa levantó la mano en señal de protesta.

—Conozco a la mayoría de familias reales de toda Europa y estoy relacionada con ellas. Confieso que me preguntaba si usted podría contarme novedades de ellas.

—Es muy discreta sobre su origen. —Robert sonaba agradable, pero Millicent oyó el acero en su tono.

Si la princesa Clarisa advirtió el tono, supo hacer caso omiso con gran maestría.

—La revolución vuelve el papel de princesa no sólo difícil sino peligroso.

—No obstante, se proclama miembro de la realeza en la plaza de un pueblo —dijo Robert.

La princesa Clarisa sonrió apretando el mentón.

—Tengo que vender cremas, y las mujeres no prueban cualquiera sin motivo. Saber que usan las mismas emulsiones que las reinas de antaño resulta un aliciente al que no pueden resistirse. De modo que aprovecho la oportunidad y proclamo mi título, luego continúo mi camino para frustrar cualquier intento de secuestro... o asesinato.

—Conveniente —dijo Robert.

—Necesario —replicó la princesa Clarisa.

Una vez más, no hubo respuesta. Este antagonismo entre su hermano y la princesa fascinaba a Millicent. Ella no se atrevería jamás a llevar la contraria a Robert en ningún asunto. Había esperado con mucha ilusión el regreso de Robert, pero después de unos pocos meses hablando con un cortés desconocido cuyas sonrisas nunca ablandaban su mirada, había perdido toda esperanza de volver a encontrar a su querido hermano.

Hasta hoy.

La princesa Clarisa había sacado a Robert de su exilio autoimpuesto para devolverle a la humanidad, de modo que Millicent quería ver a la princesa Clarisa muy cerca de su hermano, donde no pudiera obviarla, donde la princesa pudiera sacar al rostro habitualmente impasible esa peculiar expresión de asombro y fastidio.

Esa expresión que tenía ahora, mientras cabalgaba.

La princesa Clarisa se volvió a Millicent con un movimiento que desdeñaba a Robert e introducía a su hermana en la conversación.

—Hábleme del baile que está planeando.

Con un orgullo que Millicent no se molestó en disimular, le explicó a la princesa Clarisa:

—Mi hermano va a celebrar un baile para el coronel Oscar Ogley.

—¿El héroe de guerra? —La princesa Clarisa sonó convenientemente impresionada. Y no era para menos. Todos los periódicos narraban las hazañas y proezas del coronel Ogley. Su nombre estaba en boca de todos. Su altura, su porte apuesto, su nobleza, eran comentados por todo el país, y se rumoreaba que el príncipe de Gales iba a conceder a él y a su familia un título acorde a su valor. El coronel Ogley había escrito un libro, y Millicent lo tenía, encuadernado en el mejor cuero. Ocupaba un lugar de honor en su estantería—. ¿El coronel Ogley va a venir aquí?

—Era mi oficial al mando en la Península Ibérica —dijo Robert—. Celebrar su regreso es lo menos que puedo hacer después de su actos de valor.

La princesa Clarisa sonaba impresionada al decir:

—¡Vaya éxito para su familia tenerle aquí!

Robert bajó la vista mientras una leve sonrisa se dibujaba en su expresiva boca.

Millicent sabía lo que estaba pensando. Él pensaba que el coronel Ogley era consciente del honor que le hacían los Hepburn. Con amabilidad intentó transmitir eso a la princesa.

—Estamos muy complacidos de tener aquí con nosotros al coronel. Es el único baile al que ha accedido a asistir en Escocia.

Incluso antes de que las palabras surgieran de la boca de Millicent, la princesa Clarisa entendió y añadió:

—Sí, ¡y qué prestigio para el coronel Ogley que los Hepburn festejen su regreso!

Lo cual demostraba la instintiva cortesía y amabilidad de la princesa Clarisa.

Millicent desconocía el motivo de la insistencia de Robert para que la princesa se quedara en MacKenzie Manor, pero se había atrevido a sumar su invitación, menos imperiosa que la de Robert, y se encontraba gratamente sorprendida por la reacción de la princesa hacia ella. Normalmente las mujeres guapas intimidaban a Millicent. Aun así, pese a la gran belleza de la princesa, era accesible y para nada condescendiente, y cuando se rió por la pequeña broma de Millicent sobre Prudence... bien, Millicent pensó que era posible el hacerse amigas. Aunque si la princesa Clarisa era una princesa, tal vez Millicent estaba siendo impertinente al pensar que podían tener algo en común.

Entonces la princesa Clarisa dijo:

—Querida lady Millicent, ¡yo estaría más que satisfecha sólo de pensar en organizar un baile tan magnífico! Por favor, dígame qué puedo hacer por usted. Estaré encantada de ayudar en lo que pueda.

Antes de que Millicent pudiera darle las gracias, Robert dijo:

—Entonces asista a la fiesta.

La princesa Clarisa meneó la cabeza y dijo con prontitud:

—¡Imposible!

Millicent, como si presenciara un partido de tenis, desplazaba la mirada del uno a la otra, asombrada por el repentino derroche de antagonismo.

—Insisto —dijo él.

—No asisto a bailes —replicó la princesa Clarisa.

—Es una princesa —respondió.

—Su Alteza, la princesa Vendedora. —La princesa Clarisa sonrió, pero no con tanta afabilidad como antes—. Me temo que la mayoría de sus invitados estarán dispuestos a seguir mis consejos, pero no a relacionarse conmigo. Se lo prometo, milord, no estoy ofendida en absoluto.

Robert no cedió.

—Pero yo sí lo estaré si no asiste.

La princesa empezó a perder la compostura.

—No tengo vestidos adecuados para el baile, y no tengo intención...

—Millicent le conseguirá uno —dijo él.

—Con toda certeza, no —dijo indignada la princesa Clarisa.

—Mi hermana estará encantada —respondió Robert—. ¿No es cierto, Millicent?

Sorprendida de ser el centro de atención de dos pares de ojos, Millicent respondió un poco tartamudeante:

—Sí, podría... no... no me costará encontrar algo entre los vestidos de Prudence que le vaya bien a la princesa Clarisa. Sin usar, lo prometo, Su Alteza. Sería un insulto sugerir que se pusiese lo que no quiere otra persona. Prudence tiene muchos vestidos, no echará de menos uno.

La princesa extendió una mano hacia Millicent.

—Es muy amable, y se lo agradezco de todo corazón. Por favor, no me interprete mal —volvió veloz la cabeza hacia Robert—, pero no acepto caridad.

De inmediato volvieron a surgir chispas.

—No será caridad —dijo Robert—. Serán unos honorarios merecidos.

Dejando a un lado los refinamientos, la princesa Clarisa respondió:

—Los preferiría en guineas de oro.

—Le pagaré lo que pida. —Robert sonrió como un tigre de afilados dientes—. Créame, tendrá que ganarse cada penique.

Eso sonó como una amenaza contra la buena educación, incluso para Millicent.

—¡Robert!

El color ya subido de las mejillas de la princesa Clarisa alcanzó un intenso rosa. Detuvo su caballo justo antes de la gran entrada a los terrenos de MacKenzie Manor.

—Tal vez deba aclararlo, milord. Pongo guapa a la gente. Se me da muy bien esa actividad, pero es mi única misión. Se den las circunstancias que sean, o las exigencias, no hago nada que ponga en entredicho mi reputación o mi dignidad.

Robert hizo dar la vuelta a su caballo, utilizó a Helios para bloquear la escapada de la princesa Clarisa carretera abajo.

—He hablado de forma precipitada y mal calculada. Princesa Clarisa, no tengo los ojos puestos en su real persona.

Millicent confió en que estuviera mintiendo.

—No haré nada que perjudique a su reputación. —Sonaba y parecía sincero.

—Las vendedoras no tienen reputación —la princesa Clarisa se movía con tensión en la silla—, y ése es el motivo de que me preocupe tanto por la mía.

Blaize se puso nervioso al sentirse rodeado, y cuando Robert retrocedió para dejar paso al joven semental, éste se separó del grupo para situarse en pleno camino.

Millicent se percató de que había sido un truco de la princesa para liberarse de la incitación de Robert. La princesa era buena pareja para Robert. Ojalá él saliera del mausoleo en el que se había sepultado y no la dejara escapar.

Con toda certeza no parecía su intención cuando Robert se apresuró a colocarse entre ella y el pueblo.

—Princesa Clarisa, está soltera, por lo tanto le disculpo su inquietud, pero aunque no me crea, piense en esto: con dos hermanas en la casa y los carruajes de innumerables miembros femeninos de la familia a punto de llegar, hay pocas probabilidades de encontrar el tiempo o el lugar para seducir a una invitada, por hermosa que sea. Y desde luego no a una invitada tan ilustre como usted.

—¿El tiempo? Tal vez no. ¿Quizás el lugar? —La princesa Clarisa dio unas palmaditas a Blaize en el cuello—. En el pueblo se rumorea que vive solo en una vivienda independiente.

Robert no ofreció a la princesa más explicaciones sobre su peculiar conducta de las que había dado a Millicent y a Prudence.

—Desde que regresé de la guerra, necesito intimidad.

Oh, cielos. Si quería convencer a la princesa de su manera de pensar, que empleara ese tono de voz cortante y esa expresión distante no era la manera más indicada.

Pero, por algún motivo, la princesa Clarisa pareció tranquilizarse.

—Muy bien, acepto sus intenciones honorables, pero no asistiré como invitada al baile.

Sin apartar la mirada de la princesa, Robert dijo:

—Millicent, me gustaría que te adelantaras y prepararas un dormitorio para la princesa. El dormitorio de la reina será el mejor. Está cerca del tuyo y del de Prue, e instalarla en esa excelsa vitrina demostrará a nuestros invitados la estima que sentimos por nuestra visita principesca.

Se estaba librando de su hermana. Millicent lo entendió, pero temía que su hermano al final acabara por espantar a la princesa Clarisa, y Millicent quería que se quedara a toda costa. Quería la oportunidad de ver si podían ser amigas. Sobre todo, quería saber si la princesa continuaría hurgando bajo la piel de Robert y si lograría darle vida de nuevo.

De modo que se demoró allí un momento, hasta que Robert le lanzó una rápida mirada.

—Millicent. Por favor.

El soldado de rostro inexpresivo y mirada fría había regresado para reemplazar al hombre que empezaba a dar muestras de humanidad, y ella dio un respingo. Le dolía verle tan cerrado. Le dolía saber que no podía hacer nada para alcanzarle. Le dolía que le regañara delante de una princesa, como si no significara nada para él.

No su querida hermana, sólo una administradora de su casa. Lo mismo que había sido para su padre. Y lo que sería durante el resto de su vida. Su padre había dicho que sus sentimientos jamás le importarían a nadie. Su padre tenía razón.

Antes de deshacerse en lágrimas se apresuró a decir:

—Por supuesto, hermano. De inmediato. —Se dio media vuelta y se dirigió con prontitud a la casa. A su santuario.

7

Una princesa siempre pone cuidado
en que sus palabras sean melosas,
ya que cabe la posibilidad de que se las tenga que tragar.

REINA CLAUDIA, *VIUDA DEL MONARCA DE BEAUMONTAGNE*

Clarisa observó alejarse a lady Millicent y deseó que la mujer mostrara un poco de mal humor... que plantara cara a su hermano y se quedara, protegiendo así a Clarisa.

No es que ella necesitara protección. Se había encontrado en peores circunstancias que ésta —con franqueza, ¿qué podía hacer lord Hepburn aquí en la carretera?— y se las había apañado. Pero habría sido más fácil tener a Millicent como resguardo.

—Ha herido sus sentimientos.

—¿Qué? —Hepburn echó una rápida ojeada en dirección a su hermana—. No sea ridícula. Millicent es demasiado sensata como para...

—¿Tener sentimientos? —replicó enseguida—. ¿O demasiado poco apreciada como para atreverse a mostrarlos?

Típico de los hombres. Se quedó mirándola como si hablara en un idioma extranjero y dijo:

—Estoy seguro de que Millicent sabe muy bien lo apreciada que es en MacKenzie Manor.

—Estoy segura de que es así.

Entonces él se la quedó mirando como si hubiera oído la ironía y estuviera cavilando. Sin duda desdeñaría su comentario como típica tontería femenina, y su hermana se marchitaría hasta la insignificancia intimidada de la soltería.

Clarisa tendría que hacer algo al respecto. Millicent necesitaba ayuda, y Clarisa necesitaba mantenerse apartada de lord Hepburn.

Porque, dijera ella lo que dijera, él la hacía sentirse incómoda como ningún otro hombre antes, y sospechaba que él tendría maneras de imponer su voluntad y conseguir que se sintiera aún más incómoda.

No obstante, cuando ella se preparó y le miró a la cara, él se limitó a decir:

—Venga. —Tras darse la vuelta, Hepburn cabalgó por la calzada frondosa y empinada que llevaba hasta la gran casa.

Clarisa se quedó mirando la espalda que se alejaba, luego miró a su alrededor, a la carretera vacía. Podría huir corriendo ahora. Hepburn era un hombre sofisticado. No saldría en su persecución... y si Clarisa había sobrestimado su decoro, ella y Blaize podían sacar ventaja al conde y aquel dorado caballo castrado al que llamaba Helios.

Probablemente.

Pero... tenía a Amy en Freya Crags, además de una urgente necesidad de efectivo y la perspectiva de un sólido salario si pasaba unos días en MacKenzie Manor. Hepburn no era un villano, nada de lo que había dicho Amy indicaba eso. Aunque hiciera pasar algún que otro mal rato a Clarisa, aunque continuara con aquella promesa de sus ojos azules... bien, podría manejarle. Ella era experta en cuidar de sí misma.

Volvió el hocico de Blaize hacia la calzada de acceso al edificio, pero se detuvo.

Obedecerle ahora, seguirle ahora, la hacía sentirse como una mariposa revoloteando por voluntad propia hasta dentro de una telaraña muy pegajosa.

Si seguía adelante con este proyecto, iba a ser más cuidadosa incluso de lo habitual. Ayudaría a Millicent y vendería sus artículos a los invitados, por lo que recibiría un pago inmediato. Si Hepburn daba un paso en falso, inventaría alguna mentira sobre ayudar a la señora Dubb con su crema facial, iría a caballo hasta Freya Crags, cogería a Amy y desaparecerían. Ése era su plan, y era un buen plan.

Clarisa, vigilante, apretando los labios, observó otra vez a Hepburn.

Y mientras cruzaba la gran entrada, sufrió una sacudida sobrenatural, como si hubiera atravesado un umbral y nunca pudiera regresar al lugar donde había permanecido hasta entonces.

Casi se da media vuelta. Casi lo hace. Pero la idea de intentar sobrevivir el siguiente invierno aquí en Escocia sin suficiente comida ni carbón, y aquel magistrado inglés al otro lado de la frontera dispuesto a ahorcarla si pudiera, la hizo continuar. Y siempre, en la parte posterior de su mente, Beaumontagne, titilando como una visión plateada, que la empujaba hacia delante.

Se sacudió el temor y se adentró a caballo por un parque casi natural donde la brisa primaveral estremecía los robles gigantes y las azaleas florecían en macizos de rosa brillante y blanco virginal. El aroma a pino flotaba en el aire, y el perfume intenso levantó el ánimo de Clarisa y le dio nuevo aliento.

Había hecho cosas más difíciles. Si todo iba bien, si Hepburn mantenía la promesa de pago, ella y Amy serían capaces de costearse el pasaje a Beaumontagne, entrar en el país, encontrar a su abuela y ayudarla a expulsar a los últimos rebeldes. Tal vez la abuela estuviera ya vieja y débil, y fuera ése el motivo de que no hubiera enviara el mensaje para regresar. Tal vez estuviera intentando protegerlas de todo mal. No era consciente de que las frágiles muchachas que había mandado a Inglaterra se habían convertido en adultas capaces de mucho más que las labores de aguja y el baile. Esta dura prueba con Hepburn era uno de los últimos retos que Clarisa tendría que superar, de eso estaba segura.

Cuando le alcanzó en lo alto de la ascensión, una vez más, ella volvía a ser una mujer valiente y racional.

El guante de cuero negro de él indicó el camino.

—Ahí está. MacKenzie Manor.

Visto horas antes desde la carretera principal, el monolito de cuatro pisos la había hecho retroceder. Visto desde el otro lado de una extensión de prado, a través de árboles con encaje de hojas, la piedra gris se elevaba desde el suave césped verde de forma abrupta. Severo e imponente, parecía menos un hogar y más un edificio diseñado para sobrecoger y humillar a quienes visitaban a los poderosos Hepburn. Ninguna hiedra suavizaba la austera fachada, ninguna flor crecía a lo largo de sus cimientos, ningún pórtico daba la bienvenida a sus visitas. MacKenzie Manor hablaba de forma elocuente de riqueza y prestigio pero no decía nada de hogar y bellas artes.

Una vez más la invadió la sensación de estar atrapada, y echó un vistazo al hombre que tenía a su lado.

Su aspecto era tan austero como su hogar. La luz del sol moteaba su rostro, pero los parpadeos de luces y sombras en movimiento no suavizaban el contorno duro y prominente de hueso contra la piel. A causa de la cabalgata, tenía el cabello hacia atrás, formando un pico entre las entradas de pelo, lo cual no aliviaba la severidad de sus rasgos. La ondulación y rojez de una quemadura marcaba un lado de su frente, una quemadura que de buen seguro supuso un gran tormento.

Aun así, parecía no necesitar compasión. Nada en él insinuaba afecto u orgullo por MacKenzie Manor. En vez de ello, la observaba con aire de amo y señor, de alguien que poseía algo sin cariño.

Luego se volvió a ella con la misma mirada calculadora.

Debería haber escapado. Debería haber huido por la carretera sin mirar atrás.

En vez de ello, ahora no podía apartar su mirada de él.

Toda su vida, había visto sufrir a otros seres por pasiones desgraciadas y precipitadas, y se interesaba por ellos, porque ella era una princesa. Practicaba el control con cada movimiento, con cada sonrisa, con cada emoción. La pasión era para los seres inferiores, y siempre había creído que su educación y su formación proporcionaban inmunidad.

No obstante, ahora, mientras miraba de frente a este hombre, reconoció los indicios de su propio enamoramiento atolondrado.

La voz de Hepburn sonó grave, razonable y civilizada.

—Por favor, señora, tenga la seguridad de que le profeso un gran respeto. Sin embargo, sé que los hombres se sienten atraídos por usted, e imagino que habrá unos cuantos que no encontrarán motivos para contener sus deseos más viles. Puesto que no cuenta con la protección del matrimonio ni la familia, creen que es un juego limpio.

Ella asintió una sola vez con ademán rígido.

—Es una manera refinada de expresarlo.

—La necesito de verdad para agasajar a las visitas y... para... para poner guapas a las damas. Y sospecho que a usted este baile le parecerá un proyecto productivo y fructífero.

¡Ah, él sabía qué decir para engatusarla!

—Sí, gracias, milord. He decidido quedarme y hacer lo que me pida, mientras pueda vender mis cremas a sus invitados. —Porque, aunque él prometiera que iba a pagarle por quedarse, ella no era tan tonta como para confiar en la generosidad de un aristócrata.

—Bien, bien. —Sonrió con aquella sonrisa divertida y condescendiente que revelaba una cosa: nunca había dudado de que ella cedería a sus deseos—. Puede llamarme Robert.

Ella se indignó y respondió sin pensar qué tipo de restitución exigiría él.

—Puede llamarme Su Alteza.

—Un privilegio concedido a pocos, estoy seguro. —Luego, con tono deliberadamente burlón, añadió—: Su Alteza.

Aquel tono reveló a Clarisa que se había rebajado a tanta condescendencia como la usada por él. Ella, que por lo común era tan locuaz, había sido autocrática e inepta.

Por culpa de él.

Entonces oyó en su cabeza la voz de su abuela diciéndole que una auténtica princesa siempre asumía la responsabilidad de sus actos, y Clarisa echó la culpa a quien se la merecía: a ella misma. Tendré que esforzarme más, pensó. Un nudo de orgullo se formó en su garganta.

—En realidad, puesto que no me encuentro en mi país, animo a la gente a que me llame, como ha dicho usted, señora, o princesa Clarisa o incluso milady. —Nunca le había costado tanto pronunciar unas palabras.

¡Qué horror! Eso sonaba aún peor.

Pero él fingió estar agradecido pese a que en todo momento sus ojos centelleaban de ese modo cínico que a ella le provocaba aún más ganas de darle una respuesta descortés... y una bofetada.

—Gracias, pero si tiene que asistir a mi baile como princesa del reino, sea cual sea ese reino...

Clarisa apretó los dientes.

—... y si me da su permiso, creo que debo mostrarle todos los respetos debidos a su posición. —De nuevo él sonrió, una sonrisa cortante como un estoque—. Su Alteza.

Hacía sólo pocas horas que le conocía, pero ya detestaba esa sonrisa.

—No puedo asistir a su baile.

Él hizo caso omiso, como si no hubiera abierto la boca.

—Como pago por sus servicios, prometo que recibirá protección de esos hombres ignominiosos, su reputación brillará con esplendor, y cuando todo haya concluido, tendrá dinero suficiente como para regresar de inmediato a su reino, si así lo desea, o quedarse aquí y vivir bien el resto de su vida.

Tenía que ser un diablo para poder leer con tal precisión sus pensamientos. Pero tuvo que expresar su objeción:

—El asistir al baile ofrecido en honor de un héroe tan magnífico como el coronel Ogley atraería una atención hacia mí que podría ser peligrosa.

—Yo la mantendré a salvo.

Esa voz. Esas palabras. Todo esto demostraba que era un demonio, ya que durante todos estos últimos años solitarios, difíciles, había soñado con que un hombre le dijera eso.

Peor todavía, debía de haberse vuelto loca porque le creía.

—Está prometiendo mucho.

—Cierto. Siempre cumplo mis promesas. —Estirándose desde su silla, cogió la mano de Clarisa y la estrechó—. Pero a cambio hará lo que yo le pida.

—Antes de que acepte, tendrá que decir todo lo que desea que yo haga.

—Cuando llegue el momento. —Se llevó su mano a la boca y le besó el guante.

Ese saludo circunspecto a través de la protección de cuero debería haber resultado menos seductor que el beso que antes él le había dado en la mano desnuda.

Pero sin duda era más seductor. Le trajo a la mente toda una serie de desenfrenos que incluían la lenta retirada del guante de cuero de sus dedos, la retirada de toda su ropa de su cuerpo, sus labios moviéndose por todas partes sobre la pálida piel y los sensibles nervios.

Apartó la mano con brusquedad.

No entendía por qué él la quería en su baile, pero lo que sí sabía era que él deseaba su cuerpo, y demostraba su necesidad con atrevimiento. La observaba con esos espléndidos ojos azules y conseguía transmitir a la vez agresividad y pasión. Y ella... ella quería a la vez escabullirse y acercarse un poco más.

Este hombre era un arma sensual.

—Por favor, dígame qué es lo que quiere de mí. —Eso era demasiado directo y sonaba de forma vaga..., sonaba como una pregunta que haría una cortesana.

Él también lo sabía, pues le sonrió. Sonrió de un modo que otra vez la tuvo pensando en la carretera despejada y lo fácil que sería irse a caballo y no regresar jamás.

—Sería más fácil que me especificara las obligaciones que debo asumir como asesora de belleza en su casa.

Él continuaba sonriendo y, por supuesto, respondió con evasivas:

—Por ahora sólo tiene que ser amable con Millicent, paciente con Prudence y atender a mis familiares, que están a punto de invadirnos mientras nosotros hablamos. Tenga entretenidas a las primas. Son muchísimas, y cuando se ríen con ese tono tan agudo, pueden romper el cristal.

—No está siendo del todo sincero conmigo.

—Cuando llegue el momento, le haré saber lo que requiero de usted. —La miró fijamente a los ojos, de un modo tan profundo que quiso proteger los rincones más oscuros, casi olvidados, de su alma. Él volvió a repetir con voz suave—: Cuando llegue el momento.

8

Jamás sonrías. Las sonrisas dejan arrugas.

REINA CLAUDIA, *VIUDA DEL MONARCA DE* BEAUMONTAGNE

Hepburn no había exagerado. Tenía un montón de primas. Y amigas de esas primas, y amigas de sus hermanas, y familiares con parentesco tan lejano que no podía explicarse de un tirón. Todas esas jovencitas tenían madres, y todas ellas habían llegado aquella tarde para preparar el baile en honor del renombrado héroe, el coronel Ogley, y prepararse para su presentación en sociedad.

Con gran sensatez, los padres y hermanos se habían ido a pescar.

Clarisa estaba sentada un poco aparte tomando té, y recorría con la mirada el enorme vestidor lleno de volantes y lazos, cuentas y plumas. Escuchaba el tintineo de las tazas y el sonido de la conversación femenina, observaba a las muchachas que se abalanzaban sobre los emparedados y pasteles a la hora del té, y poco a poco se iba tranquilizando en lo que a las intenciones de Hepburn se refería. Porque era verdad que la necesitaba para agasajar, ayudar y organizar.

La hermana de Hepburn, Prudence, no servía para esto. Una guapa y curvilínea rubia de diecisiete años, se integraba a la perfección en el tropel de muchachas que no cesaban de soltar chillidos y risitas.

Tampoco Millicent era de ayuda. Puesto que las muchachas y sus madres no veían motivo para respetar a una dama soltera, sencilla y poco agraciada, se saltaban a la torera todas las sugerencias y ruegos de la mujer.

Clarisa estaba observando mientras Millicent pasaba por encima de montañas de zapatos, apartaba a dos de las muchachas que se peleaban a viva voz por la propiedad de un sombrero, y le ponía un pañuelo en la mano a la señorita Symlen para que se secara las incipientes lágrimas. Mientras permanecía allí, lady Blackston le informó de forma categórica de que era necesario que los menús se planificaran en ese instante. ¡En ese instante!

Cuando Millicent llegó por fin al lugar donde Clarisa estaba sentada un poco apartada de las demás, ésta le dijo fingiendo un tono altivo:

—Ha sido muy descuidada en la preparación de este baile. Qué suerte que sus familiares hayan asaltado su casa en masa para ayudarle o nunca hubiera conseguido preparar todo a tiempo.

Millicent se hundió contra la pared y se rió sardónica.

—Pero lady Blackston tiene razón. Debería tener la cena preparada para ahora.

—Qué tonta, no haberse percatado de que iban a llegar cuatro días antes de lo previsto. —Clarisa puso una taza de té en las manos de Millicent y un plato lleno de pasteles de limón—. Siéntese un rato y tómese el té.

Millicent se dejó caer en la silla al lado de Clarisa y se rió con un poco más de naturalidad.

—Sí, qué tonta soy.

Clarisa estudió la reunión. Ya había memorizado la mayoría de nombres.

Estaba lady White, una austera mujer cuya hija, la pensativa lady Lorraine, observaba lo que sucedía con tranquilo interés.

La graciosa sonrisa de la señora Symlen ocultaba una determinación petulante de presentar en sociedad a su hija de dieciséis años, señorita Georgia Symlen, y casarla antes de que la inmadura muchacha estuviera en edad de dejar las aulas.

La señorita Diantha Erembourg, feúcha y con gesto malhumorado, estaba allí sin familiares; su madre estaba en Italia, de viaje con su segundo marido, y su abuela, la vieja lady Mercer, tenía que acompañar a cuatro nietas, incluida Diantha.

La bella señora Trumbull sólo era eclipsada por su hija, la señorita Larissa Trumbull, el tipo de fémina que Clarisa reconocía y que no le inspiraba simpatía alguna. Larissa era pálida y esbelta, con un reluciente cabello negro y grandes ojos marrones de cervatillo que podía agrandar para atraer a los caballeros o entrecerrar para asustar a sus competidoras. Sería la reina de la fiesta aunque tuviera que pasar por encima de muchos cadáveres, y ni el propio Maquiavelo podría superarla en astucia.

Y había más. Muchísimas más.

—¿Son éstas todas las damas —preguntó Clarisa— o llegarán más mañana?

Millicent sorbió el té, comió uno de los pasteles y luego, con un poco más de compostura, respondió con calma:

—Creo que sólo falta lady Barnelby y sus cinco hijas, pero ¿cambian mucho las cosas seis damas más?

—Desde luego, no demasiado. De modo que debo agasajarlas esta noche.

Millicent dio un resoplido para apartarse de los ojos el despeinado cabello.

—Eso sería una maravilla. Así yo podré... ¡podré planificar la cena con la cocinera!

—Si hay algo que sé hacer es captar la atención de vanidosas muchachas. —Clarisa estudió a las matronas sentadas con las cabezas juntas en medio de la habitación—. Y a sus avejentadas madres.

Millicent también echó una ojeada a las damas de mayor edad y bajó la voz aún más:

—Aún no le han dirigido la palabra. La están dejando del todo sola, pero la observan. ¿Supone que van a atormentarla?

—No. —Clarisa sonaba, y estaba, segura de sí misma—. Aún no han decidido nada sobre mí.

—Les he dicho que era una princesa.

—Lo sé. —Clarisa había advertido las miradas de soslayo y oído los cuchicheos—. Las muchachas quieren creerlo. Las damas mayores dudan de mi palabra. Aunque les dijera el nombre de mi país, tendrían reservas. Sólo cuando hablen conmigo y sepan lo que puedo enseñarles, empezarán a creerlo también ellas.

Como si le avergonzara repetir la acusación, Millicent susurró:

—Lady Blackston ha dicho que fue a una reunión social en el campo y allí conoció a otra mujer que afirmaba ser una princesa, y que por la mañana la mujer había vaciado los bolsos de todo el mundo.

—Nunca le he robado el bolso a nadie. Cuando utilicen mis cremas principescas, abrirán de buena gana sus bolsos para mí. No se preocupe, lady Millicent, antes de que acabe la noche las tendré comiendo de mi mano.

Millicent dio un suspiro de alivio y de admiración.

—Ojalá pudiera emular yo su seguridad.

—Puede. —Clarisa dio una palmadita a Millicent en el brazo—. Antes del baile podrá.

—Oh. —Millicent se levantó sacudiendo la cabeza como si poner distancia entre ella y Clarisa pudiera servir de algo—. No, yo no. Debe reservar su magia para las jóvenes que van a encandilar a todo el mundo.

—Pero entonces no es cuestión de magia, ¿verdad que no? —Clarisa sonrió—. ¿No querrá herir mis sentimientos rehusando mis servicios?

Millicent soltó un resoplido nervioso.

—Ni en broma.

—No se preocupe. Me gusta ayudar a mis amigos.

—Pues... bien, muchas gracias. —Millicent parecía aturullada, complacida y consternada—. Confiaba en que... quiero decir, pensaba que podríamos ser...

—¿Amigas? —Clarisa acabó la frase con afecto—. Creo que ya lo somos.

—Sí, eso creo yo también. —Millicent sonrió, con una hermosa sonrisa lenta bastante diferente a la mueca desdeñosa de su hermano—. Pero no malgaste su valioso tiempo conmigo. Si atiende a estas mujeres esta noche, eso será una enorme amabilidad. No sé que haría sin usted. —Como si se muriera de ganas de escaparse, salió corriendo de la habitación.

Clarisa dio una palmada. Nadie hizo caso. Las muchachas continuaban retozando unas con otras como cachorros ansiosos, se envolvían en chales y probaban peinados cada vez más ridículos. Las madres no veían la necesidad de concederle atención a una mujer que afirmaba ser una princesa de un país desconocido y continuaban con su conversación.

Clarisa levantó su taza de té y le dio unos golpecitos con la cucharilla hasta que atrajo la atención de algunas de las muchachas más jóvenes.

—Señoras, deberíamos dirigirnos al jardín de invierno donde voy a enseñarles algunas actividades para recuperar un aspecto fresco después de bailar toda la noche, y para que me cuenten las novedades sobre los últimos estilos de París.

Las chicas se quedaron mirando a Clarisa como sapos a los que atraían hacia otro lirio blanco.

—Muchas de ustedes están morenas tras el largo viaje. —Clarisa tuvo la precaución de no dejar que su mirada reposara en ningún rostro en particular—. Tengo un ungüento que ayudará a eliminar esas manchas.

Como gatas ofendidas, las mujeres se sentaron más erguidas.

Clarisa jugó su baza:

—Pero primero les enseñaré a limpiarse el cutis y disimular las pecas de la nariz.

El chillido de éxtasis que surgió de todas las gargantas hizo dar un respingo a Clarisa, quien sintió ganas de avanzar hacia la puerta.

Hepburn tenía razón. Sus agudas voces y el olor de sus perfumes podían llevar a la locura a cualquier hombre cuerdo. Con cierta inquietud, Clarisa recordó que la cordura de Hepburn ya se había puesto en entredicho.

Pero a ella le parecía bastante cuerdo. Lo más probable. Sólo cruel y... dinámico.

Y pensaba en él demasiado para tratarse de un hombre al que había conocido aquel mismo día.

Apartó su mente de aquellas reflexiones sobre él y echó un vistazo al reloj situado sobre la repisa. Con tono grandilocuente, anunció:

—Las veré en el jardín de invierno a las siete. —A continuación pronunció sus palabras con cuidado—: En el jardín de invierno a las siete en punto. ¿Me ha oído todo el mundo?

—En el jardín de invierno a las siete —repitieron unas pocas jóvenes.

La mayoría de ellas, Clarisa lo sabía, llegarían tarde, pero estarían presentes. La suma total de la ambición de esas muchachas sería la habitual en esas situaciones. Clarisa recordaba vagamente alguna vez en la que deseara tan sólo el anonimato de ser también normal. Ahora únicamente quería superar esta siguiente semana sin que la colgaran del cuello hasta morir... y sin pasar más tiempo en compañía de Hepburn.

Salió con discreción de la sala y se fue andando en dirección al jardín de invierno para hablar con el primer lacayo que encontrase:

—Mis saludos, buen hombre. ¿Me permite preguntarle el nombre?

—¿Señora? Mmm, ¿Su Alteza? Me... mmm... —El muchacho de mejillas coloradas no podía tener más de dieciséis años. Se le estaba cayendo una media por su flacucha y peluda pierna, por lo tanto se la subió y se la metió por debajo de los pantalones azul pastel—. Me llamo Norval.

—Norval. —Memorizó el nombre. En todas las casas que visitaba, siempre se aseguraba de caer bien a los criados y que éstos estuvieran deseosos de hacer lo que a ella se le antojara. Uno nunca sabía cuándo podría necesitar que le prepararan el fuego... o que le prepararan una rápida huida—. Necesito encender velas en el jardín de invierno y, Norval, creo que eres el hombre que puede ayudarme.

—Por supuesto, Su Alteza. Lo soy, Su Alteza. —Sonreía de un modo tan radiante que Clarisa consideró la posibilidad de usarle para la iluminación.

—Gracias, Norval. Sabía que podía contar contigo. —Con una sonrisa se fue por el pasillo y entró en el jardín.

Su aire informal era parte de su calculada farsa, y siempre lo adoptaba con seguridad. Era gentil y hacía que todo el mundo a su alrededor se sintiera cómodo, sacando así de sus caparazones a las Millicents de todo el mundo.

La belleza era algo fácil en la mayoría de ocasiones. Si una mujer pensaba que era hermosa, y sonreía y se mostraba cortés, se volvía hermosa. Todo era un truco, que Clarisa conocía muy bien y que esta noche transmitiría a quienes quisieran escucharla.

Contempló con satisfacción el jardín de invierno, con diferencia la habitación más acogedora de Mackenzie Manor. El sol aún no se había puesto y la luz dorada llenaba la habitación circundada de cristal. Violetas y clavellinas florecían juntas en pequeñas macetas, mientras en los tiestos más grandes crecían rosas de damasco que trepaban por pequeños emparrados. Un melocotonero enano crecía guiado contra la pared con las ramas sobre espalderas, mostrando pequeños frutos aún verdes.

Los criados ya habían colocado sofás y sillas entre las flores, de cara a la mesa que Clarisa había cubierto con un mantel de encaje y con bálsamos y cremas, horquillas y bandas de tela. Ahora Norval entraba acompañado de tres lacayos más, y encendieron con prontitud las velas dispuestas por toda la habitación. Antes de acabar con las damas, Clarisa necesitaría luz, y la suave iluminación facilitaría su tarea. Una mujer nunca estaba más hermosa que bajo la luz de una vela que brillara con suavidad.

Dio las gracias a cada uno de los lacayos y advirtió que Norval era sin duda el más joven y por lo tanto el más dócil; algo importante, si tenía que irse de MacKenzie Manor sin autorización de Hepburn.

Clarisa ordenó sus frascos mientras canturreaba. Había hecho esta presentación al menos un centenar de veces, tanto ante damas como ante campesinas, y no obstante, cada vez que escogía a una muchacha entre la concurrencia y le arreglaba el pelo y la ropa, la hacía sentarse recta y sonreír, Clarisa veía florecer la esperanza en su joven rostro.

Amy pensaba que estafaban el dinero a sus clientes. Amy siempre se refería a las ocasiones en que tenían que huir corriendo de algún pueblo o alguna ciudad por delante del grupo de linchamiento. Pero Clarisa sabía que para algunas de esas muchachas, sus instrucciones les hacían verse a sí mismas bajo una nueva luz, y tal vez cambiaran sus vidas.

Volvería a hacerlo esta tarde. Ya había escogido a la muchacha afortunada. La señorita Diantha Erembourg hacía aspavientos y se encorvaba, llevaba el color y el peinado menos indicados para ella. Esta noche iba a transformarse en una encantadora dama... y mañana compraría todos los potingues que Clarisa tuviera para ofrecerle.

Oyó por el pasillo el zumbido de voces y el sonido de pasos. Se acercaban, entraban en fila en el jardín de invierno y se disputaban los mejores lugares en la sala. Esperó a que todas ellas se hubieran sentado, luego empleó la frase que siempre atraía su atención:

—Puedo curarles los granos. Puedo hacerles peinados. Puedo explicarles las modas que están *au courant*. Pero ¿por qué molestarnos con transformaciones tan prosaicas si puedo volverlas simplemente bellas?

Lady Mercer, franca, sorda y de setenta años, rebuznó:

—¿Puede volverme bella?

—Más bella —corrigió Clarisa.

Lady Mercer se calmó con un «¡Ja!» y una media sonrisa.

A Clarisa le encantaban las mujeres como lady Mercer. Era rolliza, con arrugas, de aspecto tierno, una apariencia del todo enfrentada a su lengua mordaz y agudo ingenio. Era una fuerza a tener en cuenta, una mujer que seguía los estilos más modernos y nunca toleraba que la engañaran. Sus comentarios mantendrían a Clarisa alerta y, algo significativo, a todo el mundo interesado en la presentación. Indicando a lady Mercer, Clarisa dijo:

—Ella conoce el elemento más importante de la belleza.

Las jóvenes se volvieron para mirar con incredulidad a la señora mayor.

—¿Qué? —preguntó con poca elegancia la joven lady Robertson.

—Una sonrisa —le dijo Clarisa—. Cualquier hombre mirará dos veces a una dama que sonría como si conociera el secreto de ser una mujer de verdad.

—Qué menos que conocer el secreto, me he casado cuatro veces —soltó lady Mercer, pero al mismo tiempo se sonrojó con tal intensidad que el colorete de sus mejillas se fundió con la subida de color.

Las muchachas aproximaron las cabezas unas a otras y se rieron con disimulo.

—De modo que debemos practicar nuestras sonrisas. —Clarisa hizo un gesto para que miraran todas al frente—. Sonrían ahora. Sonrían como si su ser más querido se hallara delante de ustedes.

Pero en vez de ello, se quedaron paralizadas en sus asientos, con expresión de consternación, placer y embobamiento en sus rostros. Luego, todas a una, sonrieron con deslumbrantes y atractivas sonrisas de un enternecedor encanto.

Al volverse entendió por qué.

Lord Hepburn se hallaba de pie en el umbral de la puerta.

9

No frunzas nunca el ceño. Provoca arrugas.

REINA CLAUDIA, *VIUDA DEL MONARCA DE BEAUMONTAGNE*

Lord Hepburn llevaba puesta una elegante chaqueta informal azul oscuro con chaleco y pantalones color tostado que resaltaban su altura. Su pelo negro formaba una especie de tupé sobre su frente y caía por encima de sus orejas, de una manera luminosa, primitiva. Flexionaba sus ásperas manos a los lados como armas inquietas. Su rostro, con su nariz aguileña, su ancha barbilla y sus intensos ojos, le hicieron recordar un cuadro de un antiguo guerrero que había visto tiempo atrás. Un guerrero cruel. Un guerrero conquistador.

Su corazón empezó a latir con fuerza, luego se aceleró.

¿Por qué había cedido a la tentación y había venido a esta casa? ¿Cómo podía haber imaginado que podría ser más lista que él? Todo el dinero del mundo no podría salvarla si él decidiera quedarse con ella.

Se le humedecieron las manos, y confió con desesperación en que él no tuviera planeado quedarse. Qué estupidez incluso pensar que lo hiciera, pero lo cierto era que la ponía nerviosa. Ella, la princesa Clarisa, la mujer capaz de hablar a cualquier grupo con seguridad.

Lady Mercer dijo en su sonoro tono:

—¡Maldición, esto sí que es un hombre guapo!

Él no dio muestras de oírla. Su mirada barrió el arco iris de coloridos vestidos de las muchachas sentadas con finura por toda la estancia. Les hizo una inclinación a todas, y la ráfaga de suspiros románticos casi tumba a Clarisa.

Luego, dando una exhibición de cómo se hacía una reverencia, se inclinó hacia Clarisa.

—Su Alteza, si más tarde tiene un momento libre, ¿me concederá el placer de su compañía?

Clarisa oyó un leve cuchicheo. Lady Blackston no aprobaba que lord Hepburn charlara con la princesa.

Él no pareció oír y continuó:

—Mi hermana y yo deseamos hacerle algunas consultas para que este baile sea majestuoso en todos los aspectos.

Desde la multitud, Clarisa oyó un «Ajá». Era admisible que ella pasara un rato con Hepburn siempre que comentaran el asunto del baile, y mientras Millicent hiciera de carabina.

—Por supuesto, lord Hepburn. —Clarisa habló en tono formal, como si se dirigiera al mismísimo rey Jorge—. Estaré encantada de ofrecerle mi experiencia.

Él inclinó la cabeza e hizo otro saludo. Debía llevar hombreras en la chaqueta. Ningún hombre podía tener unos hombros tan anchos.

—Muchas gracias.

Las mujeres mayores les estudiaban con mirada crítica, como si buscaran la auténtica verdad sobre Clarisa, y ella tuvo cuidado de apartar la mirada de él, como si no pensara más en el tema.

Y no lo hizo. No debía. Debía concentrarse en vender cremas a la mayor y más opulenta audiencia que jamás había tenido delante.

Dirigiéndose a la señorita Erembourg, Clarisa tocó la silla que había colocado de cara al público.

—Necesitaré una voluntaria a la que pueda poner guapa.

—Tengo una idea mejor. ¿Por qué no le pone guapo a él? —dijo a voz en cuello la joven Larissa al tiempo que señalaba a lord Hepburn.

Todo el mundo estalló en risitas.

Clarisa también se rió, con alivio de poder comportarse con naturalidad.

—Lord Hepburn ya es lo bastante guapo.

Él aceptó con solemnidad el tributo.

Pero la guapa y malcriada Larissa no estaba dispuesta a ceder.

—Tiene la piel bronceada por el sol. Prometió que nos enseñaría a eliminar las señales del sol.

Prudence empezó a aplaudir.

—Sí, sí, ponga guapo a mi hermano.

Clarisa sintió en su mano el impulso a abofetearla. Esa niña necesitaba, y mucho, mano dura, o al menos que Dios le inculcara un poco de juicio.

—Si le pone guapo a él, eso sería todo un testimonio de sus habilidades —entonó lady White.

Lady Mercer estaba recostada hacia atrás con los brazos cruzados y una sonrisita en el rostro. Estaba disfrutando de veras.

Las risas fueron creciendo en intensidad mientras Clarisa sacudía la cabeza.

—Lord Hepburn no accederá a permanecer quieto sentado mientras yo le embadurno de cremas. —Se arriesgó a mirar en su dirección.

Él contraía la mejilla como si contuviera una sonrisa. Se levantó el flequillo que caía sobre su frente y reveló la arruga quemada y enrojecida que la marcaba.

—¿Puede eliminar esta cicatriz de mi rostro?

La sala se quedó en silencio.

¿Qué estaba haciendo? ¿Y por qué lo estaba haciendo? ¡Actuaba como si considerara en serio este absurdo!

—No puedo eliminarla. Puedo ocultarla.

—Muy bien. —Entonces se sentó en la silla que ella había colocado para la señorita Erembourg—. Ocúltela. Póngame guapo, y juro que todos mis familiares comprarán sus artículos con sumo gusto.

Clarisa vio cómo asentían las hipnotizadas mujeres, y supo que aquello era cierto. Tener al conde de Hepburn sentado en su silla, sometiéndose a sus cuidados, mejoraba cualquier proeza teatral con la que ella hubiese soñado.

Pero... pero. Tendría que tocarle. Tocar su rostro. Acariciar su piel. Estudiarle con atención y luego tocarle un poco más.

No quería hacerlo. Apenas podía mirarle con ecuanimidad, mucho menos acariciarle como si fuera... un ser amado.

No obstante, al ver las sonrisas de anticipación en cada rostro, supo que no tenía escapatoria. Era lo que querían ver aquellas damas. Querían verla fracasar.

De modo que tendría que lograrlo. Poniendo la sonrisa que siempre tenía a punto, dijo:

—En ese caso, por supuesto, le pondré guapo. —Lo primero de todo sería apartarle el pelo de la cara. Una tarea fácil, pero sus dedos sólo pasaron rozando la melena, que no era lo mismo que examinar los mechones y descubrir si eran tan sedosos como parecían.

La estancia estaba sumida en un silencio frustrante cuando por fin hundió los dedos en el oscuro cabello. Era cálido, lleno de vitalidad... y se le resistía cada vez que ella intentaba apartarlo de la frente, volviendo a caer repetidamente hacia abajo. Con un sonido de exasperación se fue a buscar una cinta amarilla que había dejado sobre la mesa.

La señorita Symlen rompió el silencio.

—¿Ha trabajado en alguna otra ocasión con un hombre?

—Sí, pero no puedo decirles con quién. —Clarisa se colocó detrás de Hepburn y recogió con la mano toda la longitud de cabello, que sujetó con la cinta. Luego sonrió a las mujeres mayores, invitándolas a compartir la broma—. Los hombres son tan vanidosos como las mujeres, pero no les gusta que se sepa.

Las damas desplazaban la mirada de Clarisa a Hepburn preguntándose si podían atreverse a mostrar su regocijo.

Entonces Hepburn soltó una profunda risita, y al instante todo el mundo se puso también a reír.

Clarisa dio un paso a un lado y le miró. Hepburn debía parecer un insensato, sentado en una habitación llena de mujeres y con una cinta en el pelo.

Pero no. En vez de ello, con su cabello negro, su atractivo indisputable fascinaba a las damas.

¿No veían las otras mujeres el exceso de este hombre? ¿Lo peligroso que era? Era anómalo que un hombre accediera a posar así sin que su masculinidad se sintiera amenazada, algo que en este caso no quedaba en entredicho. En vez de ello, él imponía las cadenas restrictivas de su masculinidad sobre la reunión exclusivamente femenina, de una manera que asustó a Clarisa. Y Clarisa no se asustaba con facilidad.

Se apresuró a volverse hacia su mesa, abrió un frasco y hundió los dedos en él. Tomó aliento para cobrar fuerzas y regresó junto a Hepburn para darle unos ligeros toques con el pálido ungüento sobre mejillas, barbilla, nariz y frente. Hablando a la audiencia, dijo:

—No es necesario aplicar gran cantidad de mi crema real secreta para el cutis. Sólo hay que dar unos toques para refrescar el cutis con resultados maravillosos. Apreciarán la mancha roja —indicó su mentón—, aquí donde su ayuda de cámara ha arañado la piel de lord Hepburn mientras le afeitaba. —Aplicó allí el ungüento—. La crema eliminará el escozor y curará la herida. Para ser sinceros, los hombres, al afeitarse cada día, precisan estos cuidados más que las damas. —Puso cara larga— ¡Pero deseo suerte a todas las mujeres que intenten convencer a un hombre de que se cuide el rostro de este modo! Al menos cualquier hombre que no sea Beau Brummell. —Asegurándose de que cualquier persona en la sala podía ver sus movimientos, aplicó el ungüento en círculos sobre el rostro de Hepburn.

Él aceptaba con docilidad sus cuidados, pero ella se vio arrastrada de un modo irresistible a su infancia, a una ocasión en que llegó a palacio una colección ambulante de animales salvajes. Había rogado que le dejaran acariciar el león, y su padre lo había permitido. El león ronroneó y se estiró, pero bajo la palma de la mano Clarisa sintió la fuerza de sus músculos. Vio la longitud de sus garras y, cuando el animal volvió la cabeza y la miró fijamente, percibió una furia que ningún barrote podía contener.

La abuela la había descubierto en ese instante y la apartó a toda prisa de la jaula, pero esa furia dejó una fuerte impresión en su alma.

Sucedía lo mismo con Hepburn. Su peligro y ferocidad eran espléndidos, algo que la atraía.

El calor de su piel quemaba las puntas de sus dedos, y en sus ojos veía una oscura quietud que ocultaba sus pensamientos. Ocultaba su alma.

—¡Así! —se oyó decir con alegría a sí misma mientras apartaba la mirada—. Éste es el primer paso, y para la mayoría de hombres el único paso necesario. Pero puesto que lord

Hepburn ha pedido que disimulemos su cicatriz, una marca mínima que sólo sirve para sumarse a su distinción como soldado y héroe...

Las damas profirieron un murmullo de aprobación y aplaudieron un poco.

—... también será preciso emplear un pequeña cantidad de la emulsión real secreta para el color. —Clarisa se desplazó hasta la mesa y seleccionó un pequeño tarro entre la hilera—. ¿Qué tal le sienta, lord Hepburn? —No le miró al preguntar.

—Muy refrescante, y el aroma es muy grato.

Ella oyó la burla en su tono. Estaba jugando con el público, vendiendo sus productos como había prometido.

La señorita Larissa Trumbull se puso de pie con gracilidad.

—¿Podría oler la crema?

—Por supuesto. —Clarisa tendió el tarro, pero Larissa pasó de largo como si Clarisa no estuviera allí. Se fue hasta Hepburn a buen paso, se inclinó muy cerca de él, lo suficiente como para que él viera a la perfección su amplio escote, y respiró a fondo.

—Mmm. —Hizo un ruido que sonaba como un gemido.

Las otras muchachas la observaban con envidia. Su madre sonreía de un modo enigmático, era obvio que se sentía orgullosa de ver a su hija tomar la iniciativa. Dos de las otras madres juntaron las cabezas y zumbaron como abejas furiosas, pero todo el mundo en la habitación conocía ya los planes de Larissa de atrapar al tan cotizado lord Hepburn.

La muy descarada.

La muy necia. Clarisa inspeccionó la estancia. Vio miradas de adoración y una vez más oyó suspiros encaprichados. La mayoría de esas jóvenes iban a la caza... de Hepburn. ¡Qué insensatas!

—Bien, señorita Trumbull ¿está de acuerdo? —Dejó el tarro sobre la mesa con un golpe—. El aroma es muy refrescante.

—Muy refrescante. —Larissa se enderezó poco a poco, dando ocasión otra vez a Hepburn de ver su figura a través de los pliegues diáfanos de su vestido.

—¡Déjeme olerlo a mí también! —La señorita Georgia Symlen se levantó de un salto.

—¡Y a mí! —La joven Tessa Cutteridge la siguió.

Hepburn levantó las manos.

—¿Podría sugerir algo? La princesa Clarisa hará una demostración privada de sus artículos a todo el mundo. ¿Le parece bien, Su Alteza?

Clarisa forzó una sonrisa.

—Y tanto que sí. Hoy mismo, más tarde, y también mañana. Y desde luego que estaré disponible a cualquier hora en caso de que tengan alguna pregunta.

—Oh, de acuerdo. —Georgia se hundió con mal humor.

Larissa echó la cabeza hacia atrás y luego, despacio y con un ostensible balanceo de caderas, regresó hasta su silla. Era una representación digna de un actriz de teatro, con objeto de pisotear a sus rivales y encender a Hepburn.

Clarisa decidió no esperar a la apoteosis final y empezó a hablar una vez más:

—Mientras dejamos que la crema facial penetre en el rostro de lord Hepburn, explicaré cómo emplear la emulsión real secreta para el color. —Les mostró el contenido del diminuto tarro—. Estas emulsiones están coloreadas para adaptarse al tono de piel y cubrir cualquier marca que no forme parte del habitual cutis liso y maravilloso.

—¿Quiere decir... que es un realce? —La señora Trumbull alzó con horror sus depiladas cejas—. ¡No puede decir a estas recatadas jóvenes damas que se pongan una máscara de fulana! Su juventud debe ser su único cosmético.

Clarisa imitó a la perfección su expresión de horror.

—¿Realce? En absoluto. Jamás sugeriría a una muchacha o a una dama que empleara algo que alterara su belleza natural. —Entonces pasó a su disfraz de sinceridad—. Pero ¿es justo que una muchacha acuda a su primer baile y se enfrente al examen a fondo de los mejores partidos de la temporada y acabe sin que nadie la saque a bailar porque ese día tiene una imperfección justo en la punta de la nariz? —Clarisa arrugó su propia nariz, y con un pañuelo procedió a limpiar la crema sobrante del rostro de Hepburn.

Él la observaba con complicidad. Sabía lo que estaba haciendo... jugaba con la audiencia como un pescador con un pez.

Clarisa no le hacía caso, en la medida de lo posible, que no era demasiado puesto que ella le estaba tocando, mirando, eliminando con cuidado cualquier resto de humedad de su rostro. Sabía que la crema suavizaría las líneas que el sol y la intemperie habían marcado en profundidad.

—Yo no sé ustedes, pero mi impresión es que cada vez que me enfrento a un acontecimiento de importancia, como un baile, la punta de mi nariz desarrolla un grano.

Las jovencitas se rieron con nerviosismo, y unas cuantas se tocaron la cara.

Clarisa no les dio tiempo de pensar y continuó hablando.

—Personalmente creo que una mujer debería ser juzgada por su belleza e ingenio, no por una imperfección momentánea, sobre todo si tenemos en cuenta que las imperfecciones siempre parecen surgir la misma noche de la presentación en sociedad de una dama.

Hubo un movimiento al unísono de cabezas. Casi todas las presentes se habían enfrentado a una crisis así.

Pero la señora Trumbull dijo:

—Lo siento pero no estoy conforme. Si una muchacha no puede controlarse lo suficiente como para mantener un cutis fino, ¿cómo conseguirá llevar una casa y cuidar de los intereses del marido?

Las cabezas dejaron de asentir. Nadie estaba de acuerdo, a excepción de la fabulosa Larissa, pero no se atrevían a decirlo. La señora Trumbull había soltado la típica paparrucha aceptada por regla general entre la elite aristocrática: toda joven debutante debía someter su rostro al examen de cada caballero sin protección de ningún tipo. Era la clase de crueldad que llevaba a muchas muchachas a la soltería.

Antes de que Clarisa pudiera iniciar su respuesta de siempre, Hepburn se le adelantó arrastrando las palabras:

—No puedo imaginarme qué diferencia significaría en la eficiencia de una mujer el llevar unos toques de crema coloreada. Creo, señora Trumbull, que descubrirá que los hombres no son tan irracionales como para pensar que deberían escoger a sus esposas por el control que tienen sobre su cutis.

Ante la mirada ofendida en la cara de la señora Trumbull, Clarisa apenas pudo contener una risa ahogada. Y por las expresiones que vio en toda la habitación, pensó que las demás también hacían un esfuerzo por no reír, pues la señora Trumbull no se atrevía a contradecir al honorable lord Hepburn.

Larissa sonrió y se volvió a la señora Trumbull.

—Lord Hepburn es tan sensato, ¿no crees, madre?

La señora Trumbull, recuperándose, dijo:

—Vaya, sí, hija. Emana gran seguridad en sus extraordinarias opiniones.

En el fondo de la habitación continuaron unas pocas explosiones de regocijo y ojos llorosos, y Clarisa se apresuró a decir:

—La emulsión real secreta para el color es como un sombrero o un guante. No es la belleza por sí sola, pues exige que una joven dama le dé vida. —Volviéndose a la mesa, cogió el tinte más oscuro que tenía, segura de que iría bien con su piel, luego aplicó unos rápidos toques sobre la cicatriz.

Hepburn la observaba, la examinaba de un modo tan inquisitivo que parecía querer despojarla de su ropa y también de sus máscaras.

A Clarisa le temblaban un poco las manos mientras alisaba y ungía las marcas de la frente.

—La mayoría de mujeres cierran los ojos al llegar a este momento —le dijo en voz baja.

—A la mayoría de mujeres no les interesa el esplendor que tienen ante su rostro —respondió.

Ella se apartó con brusquedad para dirigirse al público, y con el dedo indicó la zona cicatrizada.

—¿Ven cómo desaparece la rojez con tan sólo una leve aplicación?

—Es muy calmante —comentó él como asombrado—. Ni grasiento ni pesado.

Era un buen modelo. Decía las cosas adecuadas, otorgaba credibilidad y respetabilidad a Clarisa... pero ella estaba impaciente por que saliera de allí. Concluyó deprisa la aplicación empleando toda su considerable destreza, luego se hizo a un lado y dijo con un gesto:

—Ahí lo tienen. Pueden ver cómo las cremas reales secretas no transforman el rostro, sino que se limitan a dar un sutil toque final a un semblante atractivo.

Las damas aplaudieron y murmuraron con cortesía.

—Gracias, princesa Clarisa. —Hepburn se puso en pie y le hizo una inclinación, luego la repitió para el público—. Ahora las dejaré para que disfruten de demostraciones más femeninas.

Ella le correspondió con una reverencia.

—Gracias, lord Hepburn, por su paciencia. Ningún hombre habría sido tan amable. —Era cierto, ¡qué rabia!

Y se afanó a ordenar sus tarros sobre la mesa para no tener que mirarle otra vez.

Él pasó a su lado en dirección a la puerta de salida.

Ella se tranquilizó.

Como si le detuviera una idea, Hepburn se paró en seco.

—Señora Trumbull, usted es una dama de gran experiencia en las cuestiones de corrección. ¿Podría hacerle una pregunta?

La señora Trumbull dedicó una mirada triunfante a las demás señoras.

—Por supuesto, milord. Estaré encantada de ayudarle.

—Supongamos que a su casa ha llegado un invitado justo cuando va a celebrarse un baile, y ese invitado reúne todos los requisitos, nobleza, cortesía, respetabilidad, pero pasa por un periodo de mala fortuna.

Clarisa entró en tensión. No iba a atreverse. Él concluyó:

—¿Debería invitarse a este huésped a reunirse con los demás convidados?

La señora Trumbull se aclaró la garganta con gesto pomposo.

—Un caballero inglés, o en su caso, lord Hepburn, un escocés excepcionalmente ilustre, siempre debe dar la bienvenida en su casa a las personas de clase similar, en especial si están pasando por malos momentos. No es más que una actitud cristiana.

Hepburn asintió con gravedad.

—Ésa es mi opinión. Y sería maleducado por parte de ese huésped negarse a participar en tal evento social, ¿cierto?

Clarisa sostuvo un tarro contra su pecho y deseó poder lanzarlo contra él.

—Eso sería un indicio de falso orgullo. Comprensible, pero un buen anfitrión encontraría la manera de que el huésped se sintiera cómodo. —Los ojos de la señora Trumbull relucieron ansiosos de cotilleo—. Milord, ¿cuál es el nombre de este caballero?

—¿Caballero? —Hepburn pestañeó fingiendo sorpresa—. No es ningún caballero, ¡en absoluto! Se trata de la princesa Clarisa, la cual es tan modesta que rehusa mi invitación.

¡Bum! Larissa clavó el codo en las costillas de su madre.

La señora Trumbull dio un respingo y tartamudeó.

—Pp... pero.. ella... la princesa Clarisa...

—Estoy de acuerdo —dijo Hepburn—. La princesa Clarisa es más ilustre que cualquiera de los invitados que va a asistir a mi baile. Su exilio es una vergüenza y su presencia necesaria. Aun así, es tímida y no quiere abusar, y me ha rogado poder retirarse en vez de asistir. Pero, señora Trumbull, estoy seguro de que la amable acogida que le han dispensado sin duda le hará cambiar de opinión.

Todas las miradas se centraron en Clarisa.

—¡Estupendo! —Prudence aplaudió. Dio con el codo a sus amigas e hizo una indicación con la cabeza en dirección a Larissa, quien echaba humo en esos momentos.

La señorita Diantha Erembourg siguió su ejemplo de inmediato.

—¡Sí, genial, princesa Clarisa! En serio, queremos que venga.

Una de sus primas, lady Alice Igglesworth, hizo lo mismo.

—Sin usted no será divertido, Su Alteza. Díganos que vendrá.

—¿Lo ve, princesa Clarisa? Hepburn extendió las manos para señalar a su público—. Sus preocupaciones eran infundadas.

Clarisa no se atrevió a mirarle por temor a encontrar su sonrisita de triunfo. Con una inclinación de cabeza, dijo:

—Gracias por su generosa bienvenida. Por supuesto que asistiré. Será... un honor asistir.

Él le cogió la mano y le besó los dedos. No vio ninguna sonrisita. Su expresión era seria y decidida. Con su tono grave habitual, dijo en voz baja:

—Recuerde esto, Su Alteza: me saldré con la mía.

10

La carretera al infierno está pavimentada
con buenas intenciones,
O sea que no iría mal poner además unos ladrillos.

LOS VIEJOS DE FREYA CRAGS

En la penumbra del atardecer de una primavera escocesa, Robert observaba pensativo la carta que sostenía en la mano. Había leído muchas veces la caligrafía garabateada con evidente descuido, y aun así le costaba entender el mensaje.

> *Le envío buenas nuevas. Me he casado. Por fin la mácula de mi deshonra ha quedado limpia con la bendición de la Santa Madre Iglesia, y ahora mi hijo tiene un padre. Pero Mi Amado quiere que me quede a su lado, aquí en España, y por lo tanto no puedo viajar a su primitiva Escocia y hacer lo que me pide...*

¡Haber estado tan cerca y verse coartado ahora!

Robert golpeó la superficie del escritorio con el puño, luego maldijo el dolor que le había producido. La furia no iba a valerle de nada. El problema requería una planificación fría y despiadada; y su plan reunía las dos cosas.

Cuando el reloj dio las nueve, oyó ruido de pasos en el pasillo en dirección al vestidor de Millicent. Se apresuró a doblar la carta y se la metió en la chaqueta.

Oyó hablar a Millicent, la respuesta con leve acento de la princesa Clarisa y... oh, no. La voz de su hermana pequeña.

Prudence las seguía.

Había invitado a Millicent. Millicent era una mujer sensata. Podía predecirse con exactitud su conducta en cualquier situación.

Había invitado a la princesa Clarisa. Necesitaba a la princesa Clarisa. La necesitaba para que su plan funcionara. Necesitaba determinar sus habilidades y engatusarla, si fuera posible, o chantajearla, si fuera necesario, para que le obedeciera.

Pero Prudence era una especie de moscardón que iba zumbando de un sitio a otro, y le irritaba tanto que le daba ganas de pegarle un manotazo. No obstante, si lo hacía, sabía muy bien que se desharía en tantas lágrimas, estallaría en tal llanto que él pagaría el error durante el siguiente mes, acaso para siempre.

Aparte, él no era como su padre, y no iba a caer en los actos y palabras malintencionados de su progenitor, que tanto habían espantado a la familia.

No era su padre.

Mientras las damas entraban, permaneció en pie e hizo una inclinación a cada una de ellas con perfecta urbanidad.

Millicent cruzó la estancia con las manos extendidas y le abrazó casi sin atreverse, era como si ella temiera que fuera su padre.

—Robert, que generoso por tu parte que te intereses tanto por nuestro baile.

—El Héroe de la Península honra nuestra casa con su presencia, y coincide con el día en que mi hermana menor —se inclinó y aceptó el entusiasta beso de Prudence en su mejilla— hace su presentación en sociedad. Qué otra cosa podría hacer aparte de ayudar en todo lo posible. —Levantó un momento la vista para ver si su demostración de devoción impresionaba a la princesa Clarisa.

Por lo visto no, pues permanecía con las manos dobladas con recato ante ella y los labios fruncidos con recelo. El fruncimiento se suavizó en cuanto se percató de que él la miraba.

—¿Sigue sin verse tu cicatriz? —Prudence le retiró el flequillo—. ¡Así es! La princesa Clarisa es muy lista. ¡No ha parado de vender tarros de cremas secretas y ungüentos secretos desde que te marchaste!

—Y apuesto a que también la emulsión secreta para el color. —De nuevo dirigió un vistazo a la princesa Clarisa.

¿Por qué no confiaba en sus demostraciones de afecto? Sus hermanas sí le creían. ¿Había comprendido también Millicent que los años de guerra, violencia y traición le habían arrastrado a un pozo oscuro e insufrible? No, tanto no. Ella pensaba que todo iba bien, porque él se ocupaba de que pareciera que iba bien.

—No, nadie tiene la audacia de comprárselas. —Prudence puso un puchero—. Yo quería comprar un poco para tapar mis pecas, pero cuando te has ido, la señora Trumbull ha empezado a cuchichear otra vez sobre meretrices y muchachas que tienen granos como castigo divino.

En otro tiempo, Robert adoraba a sus hermanas. Pensó con frialdad que esa emoción perduraría latente en algún rincón. Pero ya no la sentía, y por consiguiente el amor y todas las angustias y dichas que comporta eran inexistentes.

De todos modos podía hacer una buena demostración. ¿Por qué la princesa Clarisa no creía la prueba que tenía ante sus ojos?

¿Y por qué estaba tan seguro de que ella no le creía?

Prudence continuó.

—Nadie se atreve a burlar a esa mujer tan horrorosa.

—No tiene importancia. Pronostico que casi todo el mundo me llamará para visitarle en la intimidad de su dormitorio. —Los ojos de la princesa Clarisa centellearon—. Nadie sabe lo que sucede dentro de las habitaciones.

Era una mujer tan interesante: sensata en sus opiniones sobre la naturaleza humana y, al mismo tiempo, capaz de aceptar sus flaquezas. Encontraba humor allí donde Robert encontraba hipocresía, pero, por supuesto, ella también era hipócrita. Una embaucadora. Una vendedora de sueños.

—Qué criaturas tan fascinantes son las mujeres —comentó él.

—Lo somos —proclamó Prudence con pedantería.

—Al menos eso nos gusta pensar —cuchicheó la princesa aparte.

Millicent soltó una risita.

Robert observó sorprendido a su hermana. Sus años de ausencia habían apagado el lustre de Millicent y de su personalidad. Nunca había sido una mujer guapa, pero ahora parecía siempre cansada, como si la perpetuidad de tratar con su padre la hubiera envejecido. Robert lo achacaba a la amargura incesante de su padre. Robert se culpaba a sí mismo de haberla dejado sola. Aunque, ¿qué otra opción tenía?

Pero en manos de la princesa Clarisa, Millicent parecía más feliz, y más segura.

O tal vez su transformación no se debía tanto a la compañía de la princesa Clarisa sino a la maña de la princesa Clarisa. Examinó el rostro de Millicent a la luz de una vela. Su aspecto era diferente a ojos vista.

Viendo la oportunidad de persuadir a la princesa Clarisa, dijo:

—De modo, Su Alteza, que va a convertir a todas las damas en bellezas.

—Algunas damas precisan más transformación que otras. —Prudence ahogó una risita—. Como la señora Trumbull. Es imposible que la vuelva atractiva para los hombres. Los caballeros dicen que es una alimaña.

—Prudence. ¡No es opinión para una jovencita! —Pero la voz de Millicent carecía de firmeza, como si quisiera reírse.

Prudence soltó un aspaviento al oír la reprimenda.

—Es cierto. Tú lo sabes, Millie. Has oído lo que dicen los caballeros. Eso me dijiste.

Millicent plisó su pañuelo.

—No quería decir que informaras a todo el mundo.

—Y no lo hago. Sólo informo a Robert y a la princesa Clarisa. A ellos no les importa. —Prudence miró a uno y a otro—. ¿Verdad?

—Los chismorreos me resultan fascinantes y esclarecedores —admitió la princesa Clarisa—. No obstante, repetir el comentario de lady Millicent podría perjudicarle a ella socialmente. Creo que eso no te gustaría, Prue.

Sin dar muestras de escarmiento, Prudence dijo:

—¡No! No me gustaría y no volveré a repetirlo, pero es cierto. Todos los hombres piensan que es espantosa, y a nadie le gusta su esnobismo desdeñoso.

Robert alzó las cejas.

—O sea que Su Alteza no puede volver atractiva a la señora Trumbull a los ojos de los caballeros.

—Si se distribuyera suficiente licor, y en abundancia, creo que sí podría —repitió la princesa Clarisa con atrevimiento.

Robert se sintió sorprendido por un acceso de regocijo y se rió. Se rió en voz alta, una breve risotada de humor irreprimible. No se había reído desde... no recordaba la última vez.

Antes de abandonar la Península Ibérica, supuso. Antes de que los salvajes actos y la traición le hubieran despojado de toda alegría. Si hubiera pensado en ello, habría dicho que el instinto del alborozo había muerto en él.

Pero aunque doliera, como la sangre fluyendo hasta una extremidad congelada, la princesa Clarisa había resucitado su impulso.

Asombroso. Imposible.

Aterrador.

Hepburn la observó con ojos entrecerrados. Maldita. Despertaba sus sentidos. Todos sus sentidos, y en un momento que requería un total control de mente y corazón.

Era peligrosa. No tenía que olvidarlo.

Y era necesaria para su plan. Tenía que recordar eso también.

—Pero no puede cambiar el aspecto de una mujer hasta volverla irreconocible. —Confiaba en que el desafío le hiciera picar el anzuelo—. Eso es ridículo.

Una sonrisa jugueteó en los labios de la princesa, y se encogió de hombros con pudor.

—Mejoro el aspecto de una mujer, o un hombre, pero eso no es más que realzar sus rasgos preeminentes.

Prudence no se contentó con la respuesta modesta de la princesa Clarisa y preguntó:

—Pero ¿puede cambiar a una persona para que parezca otra?

La princesa admitió con cautela:

—Dentro de lo razonable, sí.

Ésa era la respuesta que Robert confiaba en escuchar.

—¡Es fascinante! —Prudence no cabía en sí de entusiasmo—. ¿Puede hacer que me parezca a Larissa Trumbull?

Millicent arrugó la nariz.

—¿Por qué ibas a querer eso?

—¡Porque ella es la reina de la fiesta! —Prudence usó un tono tan adolescente, impaciente y condescendiente que a Robert le entraron ganas de enviarla a su habitación.

La princesa Clarisa replicó:

—La señorita Trumbull es la reina de la fiesta hasta que los caballeros descubran que es una versión más joven de su madre. Y una alimaña más joven tiene más posibilidades de arrancarte la garganta, lady Prudence. Recuerda, a un caballero juicioso le gustan las damas que sonríen y le hacen sentirse relajado, no las que gritan en el desayuno y exigen atenciones constantes.

Como la niña tonta que era, Prudence intentó discutir.

—Pero...

—He dicho un caballero juicioso.

Robert se preguntó si le consideraba a él un caballero juicioso.

La princesa continuó:

—Y, lady Prudence, ¿para qué iba a querer a un caballero que no lo fuera ? —Reconsideró sus palabras—. Bien, excepto para bailar con él. Los hombres juiciosos siempre parecen capaces de recordar las complejidades más difíciles de la política, pero no los más sencillos pasos de baile. Pero no se preocupe, tendrá toda la atención de los caballeros, juiciosos o no, que pueda desear.

—No sé —refunfuñó Prudence—, es que deseo muchísima atención.

Millicent soltó otra risa, un sonido alegre, musical, que hizo caer a Robert en la cuenta de lo solemnísima que había estado su casa desde su regreso.

—Es lo que le decía yo —confió Millicent—, pero no escucha a una simple hermana.

Como si eso le hubiera recordado una queja, los grandes ojos azules de Prudence se humedecieron de lágrimas fáciles.

—Robert, ha surgido una situación atroz. Millicent no va a permitir que me moje el vestido para el baile.

—Oh, no, jovencita. —Millicent señaló a su hermana con el dedo—. No vas a meter a Robert en esto.

Prudence no le hizo caso e intentó engatusarle.

—Por favor, querido hermano, vas a darme permiso, ¿verdad? Todas las demás muchachas lo hacen.

Millicent adoptó una postura combativa.

—Está claro que todas las demás muchachas no lo hacen. Sólo las muchachas cuya familia no las quiere lo bastante como para detener sus frivolidades.

Prudence cruzó los brazos sobre el pecho.

—Eso no es verdad. Bernice va a humedecerse el vestido.

—Bernice es una mocosa malcriada —dijo Millicent.

—¿Qué piensa usted, Su Alteza? —preguntó Prudence con voz irascible—. ¿No cree que deberían permitirme humedecerme el vestido?

—Es su presentación. Su noche. —dijo con afecto la princesa Clarisa—. Deberían permitirle hacer lo que quiera...

A Millicent se le agrandaron los ojos. Se le abrió la boca. Robert le puso una mano en el hombro para contenerla.

—... por muy dañino que sea para su reputación —concluyó la princesa.

—¿Dañino? —Estaba claro que Prudence nunca había esperado oír eso de la lista y audaz princesa—. No sería dañino. Sería algo a la moda.

La princesa Clarisa hizo un leve encogimiento de hombros.

—Quiere humedecerse el vestido para que el tejido sea transparente, ¿no es así?

—Como hacen en Francia —respondió Prudence.

La princesa Clarisa replicó:

—Los franceses también cortan las cabezas a sus jóvenes aristócratas y comen trufas que desentierran los cerdos.

La sincera amargura de su tono sorprendió a Robert, e incluso Millicent dio la impresión de quedarse desconcertada.

—Es muy severa.

—Su Revolución hizo arder en llamas a toda Europa, y mientras ellos hacen reverencias al tirano Napoleón, los demás que nos vimos atrapados en el fuego aún vivimos en el exilio, nos ganamos la vida a duras penas mientras esperamos en vano que nos llamen para regresar a... —cuando estaba a punto de delatar el nombre de su país, tomó aliento con gesto angustiado.

Robert habría jurado que la princesa se mordió la lengua, y tuvo que admirar su habilidad como actriz. Cada vez estaba más convencido de que había acertado en su elección.

Lo cierto era que Millicent y Prudence tenían los ojos abiertos como platos tras oír su virulento alegato.

Pero cuando la princesa Clarisa alzó otra vez la vista, tenía el rostro calmado y confortado.

Había ocultado de nuevo sus profundas y secretas pasiones. Robert no debía olvidar eso. No podía permitirse ningún desliz por culpa de un ataque de furia.

La princesa continuó:

—Pero, lady Prudence, hablábamos de su vestido. Tengo en mi alcoba un galón plateado que está haciendo furor en Londres. Si le apetece, puedo enseñarle a colocárselo de modo favorecedor. Con su pelo oscuro y el vestido azul, logrará un efecto llamativo.

—De acuerdo. —Prudence sonaba apagada, miraba a la princesa Clarisa como si le preocupara su explosión.

Millicent rodeó a su hermanita por el hombro y la intentó convencer.

—Mi chal de seda es lo que falta para completar el atuendo. ¿Vamos a ver que tal queda?

—Adelante. Su Alteza y yo comentaremos el baile sin vuestra hábil ayuda, y os haremos saber lo que decidamos. —A nadie se le ocurriría jamás que su única intención era utilizar a la princesa en un nefario plan. Era mucho lo que dependía de su éxito. De no ser así, el hombre a quien Robert debía su vida sufriría y acabaría probablemente en la horca, y el propio Robert se hundiría poco a poco en las profundidades del infierno.

Pero tal vez... ya estaba ahí.

Salió de detrás del escritorio y ofreció su brazo a la princesa.

—Deberíamos pasear por donde puedan vernos para así poner fin a todo rumor de idilio.

La princesa Clarisa colocó su mano en el brazo.

—Dudo mucho que suceda eso. —Millicent detuvo su mirada en ellos—. No mientras seas el mejor partido aquí.

—Por el momento —admitió él—. La llegada de otros caballeros pronto me ensombrecerá.

—También dudo eso —añadió Millicent.

Con una mueca insolente, Prudence manifestó:

—Larissa te ha declarado el mejor partido de la temporada, y fanfarronea que va a atraparte.

La princesa Clarisa puso una sonrisita.

Millicent sacó a Prudence por la puerta y la arrastró por el pasillo.

—¡Prue, qué chismosa eres!

A él no le gustaba ser sujeto de la diversión de la princesa, ni tampoco le hacía gracia ser perseguido como un trofeo por la señorita Larissa Trumbull.

—No me interesa lo más mínimo —dijo de forma abrupta.

—No me lo imaginaba de otro modo. —Por un momento la princesa Clarisa se tapó sus sonrientes labios con los dedos—. Pero tampoco vi que apartara la vista cuando ella mostró su... mmm... mercancía.

—¿Su...? Oh. —La princesa Clarisa le sorprendía con su franqueza. La mayoría de damas jamás harían referencia a la amplia exhibición de seno que la señorita Trumbull le había mostrado. Pero también era cierto que la mayoría de damas no eran la princesa Clarisa—. La señorita Trumbull tiene unos pechos de vaca.

La princesa Clarisa tomó aliento llena de asombro.

También la había sorprendido él. Bien. Deseaba desequilibrarla un poco.

—Me hizo pensar en el pueblo. —Tras guiar a la princesa Clarisa hasta el pasillo, se fue en dirección contraria a Millicent y Prudence—. Freya Crags. Freya es un antiguo nombre nórdico que significa dama. El pueblo toma el nombre de las redondas colinas gemelas que se elevan por detrás.

La princesa Clarisa hizo un alto. Echó hacia atrás la cabeza y se rió. Soltó una risa grave y prolongada, disfrutando con la agudeza de Robert.

El sonido de su regocijo le dejó mudo, se detuvo junto a ella y la miró.

Era hermosa. Aunque fuera una muchacha de la carretera y una ladrona de un atrevimiento inusual. Era una hermosura. Supo que era una mujer de atractivo poco común la primera vez que la vio. Pero en realidad, no había sondeado las profundidades de su atractivo hasta aquel momento, cuando se rió con un deleite desinhibido.

Volvió la cabeza y respiró el aroma a flores y especias que emanaba su cabello. Olía bien, a primavera, y al mismo tiempo olía como la cocina los días en que se horneaba. Sólo con cerrar los ojos y aspirar, un hombre podría imaginar que tenía una mujer con un brazo desbordado de rosas y una mano llena de bollos de canela. La mujer perfecta, desde luego.

Cuando cesaron sus risas, ella continuó andando. Tenía un hoyuelo en la mejilla cuando dijo:

—Debería haber imaginado que sólo pensaba en su gente. Es un hombre muy responsable.

—Eso es cierto. —Si supiera... comprendería por qué hacía lo que hacía. Pero no podía explicárselo. Sí, era hermosa. Otro motivo para no confiar en ella—. ¿Su incursión en las ventas ha sido fructífera?

—Mucho. Tenía razón. Con ventas honradas conseguiré dinero suficiente para regresar a mi país.

—O para quedarse en Escocia. —La guió hasta la parte más antigua de MacKenzie Manor, sus sombríos pasillos se abrían tan sólo para dar alojamiento a sus huéspedes aún ausentes. Aquí las alfombras estaban gastadas, los oscuros muros estaban pasados de moda, y los apliques se hallaban demasiado separados como para que sus velas consiguieran algo más que aliviar la penumbra. Su aislamiento lo convertía en el escenario para su propuesta.

—Lo dice... porque no cree que soy una princesa de verdad. —Continuaba sonriendo.

Por supuesto no lo creía, pero aún más importante era la creciente fascinación que ella estaba despertando. Aun así, no hacía falta discutir eso. Aún no. Y cuando llegara el momento... no con palabras.

—Le importa un comino si lo creo, ¿no es cierto?

Ella contestó con franqueza:

—Me he enfrentado a destinos peores que su incredulidad, milord.

Hepburn contemplaba a Clarisa como si le divirtiera. Eso tampoco le importaba a ella. Sólo quería que le dijera lo que quería de ella y acabar con el asunto.

Él se la quedó mirando con un cumplido impasible.

—Tiene un don para la cosmética.

—No son cosméticos. —Clarisa había dado esta charla muchas veces, se la sabía de memoria—. Los cosméticos ocultan la belleza natural. Mis cremas revelan...

—Por favor. —Sostuvo una mano en alto—. No me importa si una muchacha está pintarrajeada de colorete o si se pellizca las mejillas para darles color. Las mujeres tienen sus trucos para volverse irresistibles y enroscar a un hombre como una serpiente, y me parece justo ya que los hombres son fuertes, brutales y desmandados a menos que la ley esté de su parte.

Ella alzó los ojos llena de sorpresa. No, más que sorpresa. Impresión.

—Es cierto, pero pocos hombres lo admiten.

Él contestó de plano:

—He visto más que la mayoría de hombres.

Ella sospechaba que era cierto. Bajo la calmada fachada, la experiencia era el manto que le envolvía. Era lo que atraía a Larissa Trumbull y le hacía nombrarle mejor partido de la temporada. La pequeña alimaña le observaba por el mismo motivo que todas las mujeres. Porque era el tipo de hombre en el que una mujer podía confiar para sentirse a salvo de cualquier amenaza. Cualquier amenaza, excepto la que representaba él. La que alertaba a una mujer de que él era capaz de seducir y cautivar.

¿Y qué mujer en su sano juicio quería mantenerse a salvo de eso?

Oh, cielos. No podía pensar así en él. Echó un rápido vistazo a su alrededor. No podía pensar de ese modo ahora que la había llevado hasta una parte desierta de la mansión. Un mobiliario pasado de moda decoraba el amplio e interminable corredor, y el silencio reverberaba como algo con vida propia.

Él no había negado su intención de utilizarla para un propósito diferente al de atender a sus familiares. La tenía atrapada... ahora era el momento esperado por él para hablar.

—Vendrá a mi baile —dijo.

—Con esa escena en el jardín de invierno, me pone imposible el negarme.

—Sí. —No daba muestras de sentirse culpable—. Por favor, esté disponible mañana a la tarde para probarse los vestidos.

—¿Vestidos? ¡No necesito vestidos!

—Espere, escuche. —Le puso el dedo en los labios para indicarle que se callara. El contacto persistió como un relámpago—. Quiero que se disfrace.

11

Todo resulta más fácil con una pequeña sonrisa.

Los viejos de Freya Crags

Atónita, preguntó:

—¿Disfrazada? ¿Qué quiere decir disfrazada?

Hepburn parecía pensar que lo había explicado con claridad.

—Tengo una invitada que de pronto no puede asistir a la fiesta, de modo que fingirá ser ella. —Puso una mueca—. Se ha casado.

La absoluta y burda arrogancia —no, estupidez— de su plan dejó a Clarisa sin aliento. Apenas supo cómo empezar a explicar que era imposible, pero lo intentó:

—En primer lugar, a menos que nadie conozca a esta persona, no puedo convencer a nadie de que soy ella, porque no lo soy. ¿Puede entender eso, verdad?

Él la observaba de un modo enigmático mientras continuaban andando.

—Lo entiendo, desde luego.

¿Qué quería decir con eso? ¿Por qué la estaba mirando de ese modo?

En el exterior, había salido la luna llena. Vertía su blanca luz a través de las cortinas abiertas. Las velas titilaban con la corriente de aire. Hepburn se movía entre rayos de luna y sombras, adaptándose a la cambiante iluminación como un hombre hecho para fundirse con su entorno.

—Este baile tiene para mí un propósito específico...

—Sí, homenajear al coronel Ogley.

—Por supuesto, eso también. —Hepburn sonreía de un modo tan agradable que la asustaba—. Pero hay además otro propósito, y mi invitada iba a ayudarme. Ahora usted ocupará su lugar.

La idea era absurda. ¿Por qué pensaba él que esto iba a funcionar?

—¿Con qué objetivo?

—No voy a dar explicaciones.

—Quiere decir, no a mí, a la mujer que finge ser una princesa. —Cuando ella escuchó su propia animadversión, contuvo el aliento. ¿Por qué le importaba que Hepburn la creyera o no? En el plan más amplio de su vida, él no era importante. O, al menos, no era importante mientras ella se mantuviera sana y salva bajo su custodia—. ¿Por qué esta persona tiene que asistir a su baile?

Clarisa volvió a dar una rápida mirada a su alrededor, a los pasillos desiertos. Si Hepburn estaba loco, y ahora eso parecía probable, lo único que podía hacer era mantenerse apartada de él y considerar la mejor escapatoria. ¿Por dónde habían venido? Él la superaría corriendo. ¿Por la ventana? No, las dependencias del servicio y la cocina se hallaban debajo, y era probable que la caída de seis metros desde la ventana al suelo resultara en una pierna rota. Así las cosas, ella tenía que quedarse e intentar disuadirle hablando de esta estratagema demencial.

—Tiene más o menos su altura. Tiene su figura. —Dio una veloz mirada analítica a su forma, carente de interés masculino—. Usted, eso sí, no tiene un tono tan profundo como el suyo; ella fuma unos espantosos puros que dan a su voz una aspereza que la mayoría de mujeres no pueden lograr. Pero tienen un acento similar.

Ella dijo con exasperación:

—¡Fantástico! Mientras nadie me vea la cara, somos idénticas. ¿Y qué hay de la gente que ya me ha conocido? ¿No le parece que notarán la disparidad?

Él siguió como si ella no hubiera hablado.

—El cabello de la dama es liso y negro, y lleva mantillas de encaje. He comprado pelucas y mantillas negras para que esconda sus rizos. —Él le cogió un mechón de pelo entre los dedos y lo frotó como un mercader de seda evaluando el género.

Ella le apartó la mano.

—Esta intriga es ridícula.

Él hizo caso omiso, como si no hubiera abierto la boca.

—Tendrá que cambiar la voz un poco. Sé que puede hacerlo. Le he oído poner acento escocés cuando lo ha considerado propicio.

Clarisa se mordió el labio.

—Tengo una miniatura de esa mujer, y quiero que aplique su destreza para que su rostro se parezca al de ella tanto como pueda.

—Eso no va a funcionar. —Podía haberse ahorrado la saliva.

—Sólo la verán de lejos. Llevará sus ropas y saludará con la mano con consumado desdén, como una mujer despreciada.

Algo en su tono le dio a ella que pensar.

—¿Es una mujer despreciada?

—Utilizada, despreciada y abandonada.

—¿Por quién? ¿Por usted?

—Tiene una lengua de arpía.

No le importaba lo que le llamara. Tenía que pensar en Beaumontagne, en su posición... y en su hermana. En Amy, sola en Freya Crags, trabajando de costurera mientras Clarisa agasajaba a las damas en unas circunstancias espléndidas.

Sin embargo no pudo evitar insistir.

—¿Fue usted quien se aprovechó de esta dama?

Con sus pómulos característicos y su mentón decidido, parecía una criatura merodeando en la noche, a gusto con la oscuridad, la violencia y la desesperación.

—Yo no.

Y Clarisa sintió alivio. Alivio de que no fuera este hombre quien pudiera convencerla con tanta facilidad de su integridad.

—Entonces, ¿quién?

—Hay cosas que no necesita saber.

—Cosas que no quiere que sepa.

—Exacto. —Era casi inquietante la manera en que se movía, un acecho lento, tan sinuoso que hizo que Clarisa se alegrara de no ser ella la presa.

Pero él iba de caza. De eso no tenía duda.

—¿De modo que busca venganza para la dama? —insistió.

—No para ella, aunque cuento con su bendición. No, busco venganza por las mentiras que me dijeron. Mentiras que me hicieron actuar de un modo que me desacreditaba.

Clarisa, incrédula, dijo:

—¿Y va a montar esta elaborada farsa porque alguien le ha mentido? Le espera una vida complicada, milord, si un simple embuste le indigna de tal manera que exige resarcimiento a todo precio. —Y ella iba a pasar por un mal trago si no conseguía disuadirle de su cruzada.

—A veces, un simple embuste es más que una mentira. A veces es una promesa rota y un honor traicionado.

—Está siendo enigmático, ¡y le prometo que conmigo no llegará a ninguna parte!

Parecía un diálogo de sordos, pero él parecía acostumbrado.

—¿Es una actriz, Su Alteza?

—Perdón, ¿cómo ha dicho? —Las actrices eran cortesanas y mujeres de vida alegre, por lo tanto no le gustaba su pregunta.

—Le pido disculpas. No era mi intención poner en entredicho su moralidad. Sólo preguntaba si puede interpretar un papel. —Tenía los párpados caídos mientras la contemplaba con seriedad—. ¿Puede mirar la encarnación de la crueldad y la maldad y fingir que ve a un paladín? ¿Puede fingir ecuanimidad cuando cada fibra de su cuerpo reclama enfrentarse al malvado que tiene delante?

Sus palabras, su tono, provocaban un picor de alarma en toda la piel de Clarisa. A cada paso que ella daba a su lado, estaba metiéndose en un terrible peligro. Ella lo percibía. Lo olía. Aun así no sabía cómo evitarlo. Escogió con cautela las palabras:

—Solía considerarme una intérprete pasable, pero no hace mucho, en Inglaterra, descubrí que tenía mis limitaciones. —No había sabido ocultar su aversión por el magistrado Fairfoot. Si lo hubiera hecho, las cosas podrían haber concluido sin hostilidad... aunque probablemente no. Al recordar el despiadado e inesperado cambio de expresión de Fairfoot tuvo que admitirlo: decididamente no.

—Entonces, aunque desconozca los motivos de mis exigencias, puede confiar en mí y obedecer.

—¿Por qué iba a hacer eso?

Sin que pareciera moverse, él se colocó a su lado. Deslizó los brazos en torno a su cintura, se inclinó para aproximarse a su oreja y murmuró:

—Por esto.

Su aliento levantó el fino pelo de la nuca y propagó un escalofrío por su columna... y un calor desbordante por todo su cuerpo. Aun así, Clarisa fue capaz de articular cada palabra:

—Quíteme las manos de encima.

La respiración de Hepburn le alcanzaba justo debajo de la oreja... ¿o era su boca la que la tocaba, la acariciaba y la dejaba sin aliento?

—Pare. —Sonaba jadeante—. Prometió que cuidaría de mi reputación.

Él levantó la cabeza, bajó la vista hacia ella y le sonrió. No era una de sus cínicas sonrisas, ni era una de sus sonrisas amables, vacías. Tampoco era una de sus peligrosas sonrisas depredadoras sino una sonrisa que encandilaba y cautivaba.

Oh, no. Nunca se le había ocurrido que pudiera sonreír así. Como si verla a ella le produjera placer. Como si su intención fuera proporcionarle ese mismo placer.

Oh, no.

Porque él sí que le proporcionaba placer. Con un solo abrazo y una sola sonrisa, la estaba volviendo idiota.

Clarisa dio voz a su consternación.

—¡Oh, no!

Él no parecía en absoluto disuadido.

—Sí. —La atrajo hacia él, tanto que ella experimentó su calor desde los muslos hasta el pecho—. Parece imposible, ¿verdad?

—¿Qué está diciendo? —No podía decir en serio lo que ella pensaba. Eso sería demasiado horrible.

Pero le leía el pensamiento.

—Que usted y yo nos parezcamos tanto cuando apenas nos conocemos. ¿Qué supone que hace que nos parezcamos tanto?

—No nos parecemos.

Él se burló de ella con su mirada perspicaz y respondió a su propia pregunta.

—Experiencias similares.

—No compartimos nada.

—A los dos nos educaron en ambientes privilegiados y fuimos a parar al mundo cruel para valernos por nosotros mismos sin ayuda de ningún tipo.

Oh, no. Estaba diciendo justo lo adecuado. Las cosas que ella quería oír.

Y rechazó su empatía. Tenía que hacerlo. Con agresividad y mal humor, Clarisa preguntó:

—¿De qué habla? ¿Por qué finge sentir simpatía por mí? No cree para nada que mi historia sea cierta.

—Convénzame. —En un ataque sorpresa para el que ella no tenía defensa, le dio un beso en la boca.

Sus labios parecían de seda. Tan fríos y lisos como el mármol bruñido. Rozaron la boca de Clarisa como un perverso incentivo. Era como si los sueños de una colegiala se hicieran realidad, como si las estatuas del palacio de su padre hubieran cobrado vida.

Parpadeó hasta cerrar las ojos.

Hepburn, con delicadeza, le succionó el labio inferior moviendo los suyos como si le deleitara su textura. Con certeza la textura de los labios de él deleitaba a Clarisa. Y casi podía saborearle. Casi... y quería saborearle. Quería devorarle, hasta la última gota deliciosa de su cuerpo exquisito y prohibido.

Hepburn recorrió con sus manos la espalda, la cintura, descendió luego hasta el trasero y empujó sus caderas contra las de él. La presión de su entrepierna despertó algo disipado en ella, algo que se comprimió en su vientre y le oprimió la garganta.

Clarisa intentó interponer sus manos entre ellos, pero no consiguió nada, sólo el embeleso de tocarle. Notaba a través de todas las capas de ropa, el calor y la firmeza del pecho masculino. Como una tonta, apretó las palmas de sus manos contra los músculos, explorando los contornos con gozo voluntarioso.

Estas caricias cambiaron la exploración cuidadosa que él llevaba a cabo igual que el calor del sol trae la primavera. Hepburn la estrechó entre sus brazos, con una apagada e impaciente exclamación de excitación profundizó en el beso. Deslizó la lengua entre los labios y acarició la sensible carne interior, los dientes y luego la lengua. A Clarisa le flaquearon las rodillas bajo un acceso de... no tenía sentido fingir que no sabía cómo poder llamar a aquello: bajo un acceso de deseo.

Esto era una deliciosa opulencia, un festín para los sentidos. Tenía un aroma estimulante: jabón de limón mezclado con placer masculino. Su fragancia la alcanzó como los vapores intoxicantes de un brandy. El sabor la fortalecía, creaba necesidades que no había imaginado jamás. Cada lamida la acercaba más a él, le daba un conocimiento más profundo de él, creaba tanta intimidad que cada aspiración que ella daba era el aliento de él, cada latido de su corazón seguía el compás de él. Nunca antes había deseado a un hombre, pero lo deseaba a él.

Hepburn acarició los brazos de Clarisa y luego se los colocó sobre los hombros. Ella se le aferró y gimió con deleite. Le permitió que sondeara en profundidad su boca, luego le devolvió con timidez el favor, deseosa de tomarle igual que él la tomaba a ella. Sus lenguas se contendieron, cada una buscando alcanzar el gozo, dar gozo, hasta que el otro se rindiera vencido.

Por supuesto, iba a ganar él. Tenía la experiencia de su lado, y también la crueldad y una necesidad que reconocía la de ella.

Cuando Clarisa estuvo extenuada de gozo, agarrada de todos modos a él por la necesidad, él separó su boca. Con un susurro áspero dijo:

—Dígame que hará lo que le pido.

Ella levantó unos párpados tan pesados que casi no podía abrirlos. La atractiva boca húmeda de él se cernía sobre ella, le ofrecía más droga de la que dispensaba con tal destreza. Aturdida, preguntó:

—¿Qué?

Dándole breves besos llenos de dulzura en las mejillas, la nariz, la garganta, Hepburn dijo:

—Dígame que interpretará mi farsa... por mí.

Pese a que su habilidad seductora no disminuía, su mirada era atenta, su mentón firme. Sopesaba la respuesta de Clarisa, considerándola una fulana entregada al deseo.

El sentido común le golpeó incisivo entre los ojos. Enderezó la columna vertebral de súbito, hasta formar una línea rígida.

—¡Será... será canalla! —Sin previo aviso bajó con fuerza su codo doblado sobre el esternón de él.

Con una tos de dolor, Hepburn la soltó y se apartó tambaleante.

Ella retrocedió y se apoyó contra la pared. La indignación y el insulto ardían en sus entrañas, pero necesitaba sujetarse.

—Lo ha... lo ha hecho a propósito. Me ha besado a posta. ¿Pensaba que tengo un carácter tan débil como para ceder a su tentación y a su extorsión?

Una medio sonrisa fruncía la mejilla de Hepburn. Se frotó el pecho dolorido con la palma de la mano.

—De hecho, no. Nunca se me pasó por la cabeza que tuviera un carácter débil o que haría lo que yo quisiera... pero ha sido un intento muy grato.

El hecho de que lo admitiera, hizo que Clarisa echara chispas.

—¿Piensa que sus besos son tan valiosos como para que yo pierda la cabeza y los principios?

—Mis besos son valiosos. No los malgasto con cualquiera.

No era de extrañar que la respuesta de él intensificara su furia.

—¿Imaginaba que nunca antes me habían besado? Pues sí... ¡y hombres mejores! —Parecía importante que le dijera eso.

Con voz profunda y enviando mensajes que ella no quería oír, él dijo:

—Hombres mejores, tal vez... pero no mejores amantes.

Ella se quedó inmóvil como un conejo observado por un lobo.

—¿Y eso cómo puede saberlo?

—Le ha gustado, y eso la ha sorprendido. —Apoyó una mano en la pared, al lado de ella, con actitud indolente pero alerta—. ¿Pensaba que no iba a darme cuenta?

Clarisa tragó saliva en un intento de aliviar su boca de repente seca. Todavía podía saborearle en su lengua, olerle en su cuerpo, y el calor de él resonaba en su mente. Maldito. ¿Cómo podía este hombre, este noble, con sus planes nefarios y su actitud autoritaria, ser quien dejaba en ella aquellas marcas de pasión?

—Prometió... —¿Qué había prometido?—. De camino aquí, dijo que reconocía el problema conmigo pues no estoy casada, y prometió que no dañaría mi reputación.

—Cierto, prometí que tendría cuidado con su reputación. —Una pequeña diferencia, pero elocuente—. No prometí que no intentara seducirla.

Aquello acabó por exasperarla.

—¿Me dirá cuál es la diferencia?

—La reputación es lo que piensan los demás que usted ha hecho. La seducción es lo que de verdad ha hecho... en este caso conmigo... con un poco de suerte.

—Patán presuntuoso.

Hepburn miró por la ventana. Entrecerró los ojos. La miró fijamente.

—Sé lo que valgo.

—Presuntuoso, y... No puedo permitirle que me seduzca. Soy una princesa. El destino me depara un matrimonio dinástico.

Hepburn volvió a mirar por la ventana.

—Incluso una princesa tiene derecho a un pequeño placer de vez en cuando. —Su mirada se entretuvo en algo, alguien, afuera... y se olvidó de ella. Así de fácil, toda su concentración se apartó de ella y Clarisa se alegró, pues su mirada se volvió fría. Parecía como si... como si ahora pudiera matar, como si hubiera matado antes, y sin pensar en las consecuencias. Le puso una mano en el hombro y la empujó contra la pared—. Quédese aquí.

Clarisa se estremeció ante el abrupto cambio de amante a verdugo, no obstante mantuvo el tono sereno e impasible.

—Milord, ¿qué sucede?

Sin hacerle caso, él se fue hasta el candelabro y apagó las velas, dejando el pasillo iluminado sólo por la luna y las velas más distantes. Se fue hasta la ventana y desapareció tras las cortinas.

Ella contuvo el aliento, perpleja por su comportamiento. ¿Era esto prueba de su locura?

Pero no, pues en el exterior alcanzó a ver una hilera de árboles en la cadena de colinas situada detrás de la finca, y allí un hombre que se escabullía de sombra en sombra, avanzando hacia las partes mejor iluminadas de MacKenzie Manor. Podría ser un lacayo que regresaba de una cita con su novia o uno de los trabajadores que volvía a casa...; no obstante, se movía con agilidad y sigilo, se fundía con las sombras como un hombre que se encuentra cómodo en la oscuridad y el aislamiento.

Luego, por un momento, mientras corría de una sombra a otra, la luna le dio de lleno en la cara, y Clarisa tuvo la impresión de conocerle.

—¿Quién es? —susurró mientras daba otro paso adelante.

—¡He dicho que se quede ahí! —La voz de Hepburn restalló como un látigo. Abrió con sigilo la ventana—. Clarisa, regrese con los demás.

—¿Quiere que avise a alguien...?

—No. —De súbito centró de nuevo la atención en ella, dejándola sin aliento. En un tono que le comunicaba con demasiada claridad que él no había abandonado su plan, le dijo—: Hablaremos mañana. Márchese. —Salió por la ventana con movimientos de serpiente y se dejó caer al suelo.

Ella no le obedeció. Convencida de que se habría lastimado —tampoco le importaba— se fue hasta la ventana para mirar.

No vio nada, no oyó nada en la sombra de la casa. Hepburn había desaparecido.

Dirigió una mirada hacia el otro hombre. Como una aparición, él también había desaparecido.

Los dos se habían esfumado, desvanecidos, como si nunca hubieran existido.

El desconocido oyó el golpe, como si algo o alguien cayera al suelo. Volvió la cabeza. El sonido provenía del ala antigua de MacKenzie Manor. Se escurrió tras un árbol y permaneció quieto y en silencio mientras escudriñaba la casa que llevaba vigilando las últimas doce horas.

Allí, en la ventana, una joven se inclinó y miró hacia abajo, luego inspeccionó el paisaje como si buscara a alguien... a él.

Aguzó la vista. ¿Era posible que se tratara de ella?

La joven se retiró y se alejó a toda prisa en dirección al salón y la compañía de los demás invitados.

Luego él detectó movimiento entre las sombras situadas debajo de la ventana. Alguien le había visto. Alguien que se movía con el mismo sigilo y práctica que él, y le perseguía.

Reconoció la manera en que corría el hombre, rápido y agachado, con el rostro hacia abajo. La reconoció, pues desde su fuga de la mazmorra, los hombres no habían cesado de perseguirle. Querían capturarle. Querían matarle. Si conseguían encontrarle.

Con lentitud, se deslizó hacia atrás, siguió la ruta de escapada que ya había vigilado antes. Sin ningún ruido. Sin dejar ninguna marca.

Era el príncipe Rainger de Richarte.

Había venido a buscar a la princesa.

* * *

LA CAMPIÑA INGLESA
Cinco años antes

Clarisa se encontraba en el exterior de la verja del exclusivo colegio para señoritas que había sido su hogar, y el de Amy, durante tres años. Era un imponente edificio en un amplio terreno bien cuidado. En verano, altos robles ofrecían sombra a las chicas mientras daban sus paseos. Ahora el viento despojaba a los árboles de sus hojas. Las ramas arañaban el cielo gris con dedos huesudos. Llegaba el invierno.

Aquí había dejado la abuela en secreto a Clarisa y Amy cuando la revolución sacudió su país. Aquí las habían educado, tratado como... como princesas en medio de las estudiantes. La directora no había revelado sus identidades, pero la señora Kitling las agasajaba y hacía sugerencias entre sus invitados sobre su importancia.

Ahora, agarrada a las barras de la verja, Clarisa miraba aquellos terrenos, intentando entender los sucesos que habían llevado a esta expulsión ignominiosa.

Amy le tiró del brazo.

—Clarisa, ¿o sea que ahora nos vamos a casa? ¿A Beaumontagne? ¿Podemos ir a casa?

—No sé. —Clarisa miró a su hermana, con doce años y el desgarbo propio de la adolescencia... e incapaz de entender los sucesos del día. ¿Cómo iba a entenderlos? Ni siquiera ella los entendía—. No sé. No he podido hablar con la directora. Se ha negado a hablar conmigo. —¡Se ha negado! Como si Clarisa fuera una insolente doncella que solicita una entrevista...

Durante los últimos meses, la deferencia de la señora Kitling se había ido desintegrando. Había estado haciendo comentarios insidiosos sobre aceptar obras de caridad, y su expresión se volvía amarga y contrariada cuando las miraba.

Y lo que era más importante, ¿dónde estaban las cartas de la abuela? Cada mes desde que las habían enviado fuera, ella había escrito para informarles del avance de la revolución, para mandarles noticias de Sorcha, para reprenderles por el comportamiento de una princesa y para exigirles que contestaran a sus cartas. Habían pasado cuatro meses sin una palabra.

Clarisa apretó la frente contra los fríos barrotes. No había querido pensar pero... ¿y si la abuela también hubiera muerto? ¿Qué iban a hacer?

Amy insistió.

—¿Dónde están Joyce y Betty? Son nuestras doncellas. Se supone que tienen que cuidarnos.

—No sé. Cuando he preguntado por ellas, nadie me ha contestado. —Las tres profesoras que las habían acompañado hasta la verja habían evitado su mirada y fingían no oír sus preguntas. Clarisa nunca en su vida se había sentido tan indefensa. Ni siquiera tres años y medio antes, cuando los revolucionarios habían tomado la capital. Ni tres años atrás cuando la abuela había enviado lejos a las princesas, separando a la princesa heredera Sorcha de sus hermanas por cuestiones de seguridad. Ni siquiera el año pasado cuando llegaron noticias de que habían matado a su padre en combate.

Inconsciente de las lúgubres cavilaciones de Clarisa, Amy zumbaba e incordiaba como un moscón.

—Joyce y Betty son nuestras. Las trajimos con nosotras.

Clarisa cogió la mano cubierta por un mitón de Amy y le dio una palmadita.

—No son propiedad nuestra. Pero ojalá hubiéramos podido hablar con ellas antes de... marcharnos. —Sintió un escalofrío. Ella y Amy no podían quedarse allí de pie como mendigas. A medida que avanzaba la mañana, el tiempo se iba enfriando. Las pocas ropas que habían conseguido juntar a toda prisa estaban apretujadas en una pequeña bolsa a sus pies, hecha con tejido de alfombra. Sus capas de terciopelo y sombreros elegantes no les protegerían de la lluvia inminente.

En Clarisa se mezclaban la cautela y el ansia.

—Creo que tenemos que irnos a casa. Tenemos que encontrar a Sorcha e irnos a casa. No tenemos elección. No tenemos otro sitio a donde ir y... es posible que la abuela nos necesite. —Tiró de Amy y comenzaron a andar por el borde cubierto de hierba de la calleja—. No tenemos nada de dinero ahora mismo —ni un solo penique—, pero pediremos cobijo en la posada de Ware.

—¿Y si nos lo niegan?

Con una seguridad que no sentía, Clarisa respondió:

—Nos lo darán.

—Pero, ¿y si no? —insistió Amy—. ¿Te acuerdas de aquella vez en que vimos a aquellos niños en el asilo de pobres? Estaban harapientos y sucios y flacuchos, y algunos de ellos tenían llagas, y un muchacho tenía un brazo roto envuelto en harapos. ¿Te acuerdas? ¿Y si nos meten también a nosotras allí?

Por supuesto que se acordaba. ¿Cómo iba a olvidarlo?

Entonces la llamada de una voz familiar salvó a Clarisa de tener que dar una respuesta.

—¡Por favor, Su Alteza, espere!

Clarisa se volvió y vio a Betty que corría por el césped todo lo rápido que le permitían sus gorduras. No llevaba ni capa ni sombrero, y la bolsa que agarraba le daba en las rodillas.

—¡Betty! —Consciente de su gran alivio, Clarisa estiró los brazos entre los barrotes y agarró las frías manos de la doncella—. ¡Gracias al cielo! Estaba preocupada por vosotras. ¿Estáis listas para marchar? ¿Son vuestras cosas?

—Ah, no, Su Alteza. —Betty miró por detrás de su hombro como si temiera ser descubierta—. Son suyas. Las cremas y pociones de la reina Claudia, y más ropa suya y ropa para la pequeña princesa.

Amy preguntó:

—¿No venís con nosotras?

—No puedo. La directora no me lo permite, ni a Joyce tampoco. La directora dice... dice que podemos ser útiles ayudando a las otras chicas. Para... para sufragar los gastos ocasionados cuando... cuando el dinero ha dejado de llegar. —Betty concluyó con voz entrecortada.

Clarisa preguntó con dureza.

—¿Qué quieres decir con que el dinero ha dejado de llegar?

Betty bajó la voz.

—Hace unos seis meses. Los sirvientes han estado cuchicheando sobre eso.

—¿Y por qué no lo has dicho? —Clarisa podría haber hablado con la señora Kitling, explicarle que... que... no sabía el qué, pero algo se le habría ocurrido.

—Son princesas. No podía imaginar que se atreviera a echarlas —dijo Betty con abatimiento.

—Pero no puede obligarte a que te quedes. A ninguna de las dos. Ven con nosotras —le instó Clarisa.

Betty bajó la vista hasta la bolsa que sujetaba con la mano, luego empezó a empujarla a través de los barrotes.

—Su Alteza, no tengo... no puedo. —Bajó la voz—. Me da miedo.

Clarisa se retiró.

—Oh. —Lo entendía bien. Ella también estaba asustada.

—No... no quiero morirme de hambre o de frío o —Betty alzó la vista, el sufrimiento evidente en sus ojos— hacer algo por dinero que una mujer moral no debería hacer.

Amy no entendió a que se refería Betty.

Clarisa sí. Clarisa entendía demasiado bien, y la idea de que su hermana pequeña anduviera por la calle con atuendo de prostituta le produjo un dolor en el pecho que la dejó sin aliento. Ella, la princesa Clarisa de Beaumontagne, nunca en su vida había tenido que responsabilizarse de sí misma. Ahora tenía que cuidar de Amy. Tenían que regresar a casa antes de que llegara el desastre; y el desastre ya había asolado su país.

Amy se empujó el sombrero hacia atrás. Su pelo negro revoloteó ante su rostro.

—Pero Betty, no sabemos viajar solas. Tienes que ayudarnos.

—Lo haré. —Escarbando en el voluminoso bolsillo de su mandil, Betty sacó un puñado de monedas. Tendiéndolo a través de los barrotes, dijo—: Es todo el dinero que hemos podido juntar en la cocina. Joyce y yo les damos todo lo que tenemos. Las demás también han puesto. Si son cuidadosas les ayudará a pasar la semana.

¡La semana!

Con manos temblorosas, Clarisa aceptó las monedas.

—Gracias, Betty. Nos has ayudado muchísimo. Si alguien llega al colegio procedente de Beaumontagne, dile... dile que vamos de camino a casa. Ahora, vuelve a entrar. Hace frío, y no llevas capa.

—Sí, Su Alteza.. —Betty hizo una reverencia y salió corriendo hacia la casa, se detuvo e hizo otra reverencia. Su

frente se arrugó ante la visión de las princesas—. Vayan con Dios.

—¡No! —Amy se fue tras ella, su delgado brazo se estiró a través de los barrotes—. Serás mala, horrible...

Sujetándola con el brazo, Clarisa tiró de ella por la carretera.

—¿Qué estás haciendo? —inquirió Amy—. La abuela le dijo que cuidara de nosotras, y ahora nos abandona. ¡Y tú le dejas!

—No le dejo. Pero me resigno a la realidad. No va a venir con nosotras. Y si no lo has olvidado, lo último que nos dijo la abuela fue que una princesa es valiente sean cuales sean las circunstancias, y es amable con sus inferiores, y siempre cortés. —Clarisa dio un suspiro desasosegado—. O sea que sólo obedezco sus directrices.

—Las directrices de la abuela son bobadas. Y tú lo sabes. Y además, ¿quién quiere ser princesa? —Amy se soltó del asimiento de Clarisa—. Sobre todo ahora que sólo hay problemas y ningún privilegio.

—Es lo que somos. Las princesas de Beaumontagne.

Amy dijo con hosquedad:

—No tenemos que serlo. Estamos aquí solas. Podríamos ser lo que quisiéramos.

Cuando llegaron a la calzada principal, Clarisa respondió con toda naturalidad:

—No es fácil. Somos aquello para lo que hemos nacido.

Amy corrigió:

—Somos aquello en lo que nos convertimos.

Clarisa se quedó de pie sobre la hierba próxima a un grupo de árboles.

—Cuando volvamos a Beaumontagne, lo verás de otra manera.

—No, seguro que no.

Clarisa miró arriba y abajo de la vía pública. Hojas quebradizas se amontonaban junto al seto y, barridas por el viento, volaban rozando el suelo de la calleja vacía. Nubes grises se amontonaban amenazadoras sobre ellas. No recordaba en qué dirección se iba a la posada. Nunca antes había prestado atención. Nunca lo había necesitado. Siempre había alguien que la llevaba, que la recogía, que la guiaba... tenía diecisiete años y no tenía ni idea de cómo moverse por el mundo. Tenía que ocuparse de Amy hasta que pudieran ir a su casa, y ni siquiera sabía en qué dirección ir. Sintió ganas de acurrucarse hecha un ovillo y ponerse a llorar.

Entonces algo vivo, algo oscuro, surgió ante ella desde detrás del matorral.

Un hombre. Alto, grueso y amenazador.

Amy dio un chillido.

—¡Lárgate!

El hombre cogió a Clarisa por el brazo con fuerza apabullante. La arrastró hacia los árboles.

Ella soltó un solo grito, débil y prolongado.

La llevó hasta detrás del tronco de un árbol. Luego la soltó. Antes de que Clarisa tuviera ocasión de apartarse de un brinco, él dijo:

—No se asuste. Su Alteza, ¿no se acuerda de mí?

Sí. Esa voz áspera sólo podía pertenecer a un hombre y sólo uno. Se llevó la mano a su acelerado corazón.

—Godfrey.

No se parecía a nadie de su país. Era rubio, con ojos azules, con brazos demasiado largos para su cuerpo ya alto de por sí. Sus desmesurados hombros y gruesa cintura eran propios de un estibador, y su nariz y labios parecían transformados por muchas peleas. Pero llevaba buenas ropas, hablaba como un cortesano, y había estado con la abuela desde antes de nacer Clarisa. Era el mensajero de la abuela, su lacayo, su leal emisario. Si la reina Claudia precisaba algo, Godfrey lo hacía.

Al verle, a Clarisa se le quitó un peso de encima.

—Gracias a Dios que nos ha encontrado.

Amy rodeó a su hermana por la cintura y lanzó una mirada hostil al hombre.

—No sé quién es. ¿Quién es usted?

Godfrey hizo una inclinación.

—Soy un sirviente de la reina viuda Claudia. Ella tiene plena confianza en mí.

Amy le estudió con recelo.

—¿Ah sí?

Clarisa le dio un abrazo e intentó tranquilizarla.

—Claro. La abuela emplea a Godfrey para enviar sus mensajes más importantes a tierras lejanas. De todos modos, ¿por qué estaba él aquí? ¿Ahora? Atormentada por la intriga preguntó—: ¿Es la abuela? ¿Acaso ha...?

—Está bien. —Sus pequeños ojos claros perforaron a Clarisa, luego a Amy—. Pero los revolucionarios infestan el país, y me ha enviado para que las inste a huir.

El alivio de Clarisa se mezcló con terror.

—¿Huir? ¿Por qué? ¿A dónde?

—Hay hombres buscándolas. Quieren matarlas, acabar con la Familia Real de Beaumontagne. Deben desaparecer, irse al campo —dijo con apremio— y quedarse ahí hasta que Su Majestad ordene su regreso.

Amy continuaba mirándole con recelo.

—Si nos ocultamos, ¿cómo nos encontrará?

—Me ha dicho, y sólo a mí, que pondrá un anuncio en los diarios de toda Gran Bretaña cuando llegue el momento de regresar. No deben confiar en nadie más que las encuentre y les

diga que ya no hay peligro. Sin que ella lo comunique por escrito, deben suponer que son traidores. De hecho —metió la mano en la valija que colgaba de su cinturón—, tengo aquí su carta.

Clarisa se la arrebató y rompió el sello de su abuela para leer las breves instrucciones con el corazón en un puño. Pasó la carta a Amy y dijo:

—Es muy clara. Huir y ocultarnos hasta que la situación sea segura. —Una frágil esperanza hizo que le temblara la voz—. Pero ¿vendrá con nosotras, verdad, Godfrey?

Él se incorporó.

—No puedo. Tengo que ir a avisar a Sorcha.

Por primera vez en este largo y horroroso día, el corazón de Clarisa dio un brinco de alegría.

—¡Sorcha! ¡Puede llevarnos junto a Sorcha!

Por un momento, él pareció desconcertado.

—No, no. No puedo.

Amy alzó la vista de la carta.

—Pero acaba de decir que se suponía que también tenía que encontrar a Sorcha.

—Las órdenes de mi reina son que la princesa heredera permanezca separada de sus hermanas. —Un gesto triste torció su boca—. Lo siento, tendrán que marcharse solas.

—La abuela nunca nos enviaría a ningún sitio sin compañía —declaró Amy.

Godfrey la miró con irritación.

—Joven princesa, sólo en estos tiempos de desesperación da su consentimiento.

Con la insistencia de una niña malcriada, Amy añadió:

—Queremos ver a Sorcha. Es nuestra hermana.

Godfrey miró temeroso a su alrededor.

—Su Alteza, lo hago para protegerlas a ustedes y también a Sorcha, pues temo que me sigan.

Clarisa también miró a su alrededor. Antes de tener ocasión de preocuparse por el invierno y por cómo conseguirían sobrevivir, se preocupó por si iban a sobrevivir.

Godfrey sacó de la valija una bolsa llena de monedas. Se la tendió a Clarisa.

—Esto les servirá para pasar el invierno. Y ahora deben irse. Cojan la diligencia en Ware y vayan tan lejos como puedan. Dense prisa. No miren atrás. —Las empujó para que salieran del matorral—. No confíen en nadie.

12

Las grandes mentes piensan parecido;
sobre todo cuando son mujeres.

REINA CLAUDIA, *VIUDA DEL MONARCA DE BEAUMONTAGNE*

El sol matinal daba de lleno a Clarisa en el rostro mientras, vestida con su traje de montar, se apresuraba a través de los escasos jardines en dirección a los establos. Tenía que escaparse de las muchachas alborozadas y de sus mamás casamenteras, escapar de las insolentes —y subrepticias— peticiones de sus servicios y escapar de sus propios pensamientos...

¿Se encontraba bien Hepburn? La noche anterior había saltado por la ventana y había desaparecido. Ni más ni menos. Ella había vuelto al salón y había observado a las damas mientras tocaban el piano y cantaban, pero él no regresó en ningún momento.

Esta mañana no había oído ningún comentario de los sirvientes conforme estuviera herido, pero no se había atrevido a preguntar por él por temor a que imaginaran la existencia de algún otro interés por su parte. No le hacía falta ese tipo de comentarios. No cuando... cuando en parte eran verdad.

El sendero de grava crujía bajo sus botas. Una suave brisa le daba en la cara y la animaba a continuar. Estaba contenta de salir. Quería ver a Blaize, acariciarlo, ensillarlo y disfrutar de la libertad que sólo podía encontrar sobre su lomo.

Porque... no debería haber permitido que Hepburn la besara. Ni siquiera sabía por qué lo había hecho. Otros hombres la habían agarrado, manoseado, morreado. Era en esos momentos cuando ella les enseñaba lo rápido que su rodilla podía entrar en contacto con sus partes masculinas. Nunca el contacto de los cuerpos había sido deseable.

No obstante, la primera vez que vio a Hepburn había percibido ya que el poder y el impulso de su sensualidad serían irresistibles. Su instinto había demostrado tener razón. Y tenía las destrezas que se temía como seductor. Él quería algo de ella. Quería que siguiera sus instrucciones. Ni siquiera se había preocupado en mentir al respecto. Había logrado que ella se dejara arrastrar por la pasión y en todo momento había estado tramando con sangre fría su recompensa por esa capitulación ante él. Como si él fuera más bien un premio que había que atesorar en vez de considerarlo un abusador de doncellas y un conspirador de planes dementes.

Se detuvo y se llevó la mano a la frente. ¡Y vaya plan! Quería que ella fingiera ser otra persona. Alguien a quien ella ni siquiera conocía. Y él sólo le explicó motivos vagos, con toda probabilidad inventados. Tenía que pensar en el plan como algo peligroso. Tenía que negarse por mucho que él la presionara. Por mucha destreza que sugieran sus labios y le consintiera aquellos besos apasionados y pasmosos.

Reinició la marcha, zigzagueando un poco y preguntándose si no la habría drogado de algún modo. Seguro que ésa era la única explicación por su conducta obsesiva y disipada. De algún modo, él le había dominado la mente.

No podía permitir que sucediera eso. Cuando ella y Amy fueron expulsadas de aquella escuela en las afueras de Ware,

Clarisa era una niña aterrorizada, recelosa de todos los desconocidos. El primer invierno lo habían vivido entre la sombra de dos terrores: ¿cómo iban a vivir cuando se les acabara el dinero? y ¿vivirían, si los asesinos las encontraban?

La desesperación le había dado la idea de vender las cremas reales. La experiencia le había enseñado a juzgar el carácter de una persona.

A medida que el tiempo pasaba, algunos diarios de Inglaterra informaban de la situación en Beaumontagne y Clarisa leía todo lo que podía encontrar, pero los detalles eran ambiguos y contradictorios. Algunos decían que la reina Claudia había sido más hábil que los revolucionarios y había regresado al poder. Otros periódicos informaban de que los rebeldes aún deambulaban por el campo.

Lo único que Clarisa sabía era que la abuela aún no había puesto el anuncio para que sus nietas regresaran.

De modo que, aunque Clarisa había bajado un poco la guardia, continuaba vigilando. Esperaba a que llegara su ocasión de regresar a casa. Eso había sido su objetivo durante cinco años. No permitiría que su fascinación por el conde de Hepburn distorsionara su criterio.

Mientras doblaba por un recodo, vio el dobladillo de una falda que se agitaba tras un seto y decidió no hacer caso a quién pudiera ser. Lo más probable era que una de las invitadas estuviera allí sollozando por algún desaire imaginario.

Pero no pudo resistir echar un rápido vistazo y ver quién se había tomado la molestia de escapar hasta aquí.

Al final de un estrecho sendero se hallaba una pequeña glorieta, aislada por setos y cubierta de rosas trepadoras de color rosa. Asomándose con cautela desde detrás de los capullos, con aspecto ansioso y amargado, se hallaba Millicent. Aunque la intención de Clarisa era respetar su obvio deseo de intimidad y saludarla con el brazo mientras pasaba de largo, el rostro de Millicent se iluminó y la llamó:

—Alteza, oh, no me habría apetecido que fuera otra persona.

Y de hecho, a Clarisa no le hubiera apetecido ver a otra persona. Millicent no se parecía en nada a su hermano, era obvio que él absorbía toda la arrogancia y cinismo de la familia. Millicent era tranquila, gentil, y era un placer tenerla cerca, mientras que su hermano era un canalla detestable.

Clarisa se propuso no pensar en él durante todo el día. Con toda certeza no iba a hablar con él hoy. No si le veía a tiempo.

Clarisa vaciló en la abertura del seto.

—Buenos días, lady Millicent. Hace una mañana preciosa para montar. ¿Le gustaría unirse a mí?

Millicent puso mala cara de inmediato.

—Se lo agradezco, pero no monto bien y eso entorpecería su disfrute con su precioso semental.

Clarisa se irguió con altanería y preguntó:

—¿Acaso soy tan ruin como para juzgar a mis acompañantes por sus habilidades como jinetes?

—¡No! No se me ocurriría... —El rostro de Millicent se iluminó con una sonrisa—. Me está tomando el pelo.

Clarisa le devolvió la sonrisa.

—Cierto.

—Venga y siéntese un poco, y hablaremos del baile. Anoche no tuvimos ocasión.

Hablar del baile era lo último que Clarisa quería hacer...; bien, casi lo último. Tampoco quería hablar con Hepburn.

Aunque le gustaría saber si le había pasado algo. Pero pensó que Millicent sobrellevaba demasiado sola la carga de este baile sobre sus pobres hombros; si comentar algunas cuestiones pudiera ser de ayuda, Clarisa lo haría. Después, claro, de descubrir qué le había sucedido a Hepburn. Subió las escaleras de la glorieta y preguntó con picardía:

—Entiendo que su hermana se encuentra bien esta mañana. ¿Y su hermano también?

Millicent parecía un poco sorprendida.

—Desde luego, creo que sí, están bien.

—Bien, bien. —Clarisa se sentó en un banco pintado de blanco—. ¿Ya les ha visto?

—¿Ver a Prudence? ¡Sin duda está de broma! Nunca se levanta antes del mediodía. —Millicent también se sentó—. No dejo de decir a la chiquilla que no es miembro de la realeza, pero no me hace caso. ¿Dormía usted cada día hasta el mediodía?

—En absoluto, la abuela no lo permitía. —Clarisa en realidad no prestaba atención a lo que decía. Se estaba preguntando cómo pedir más información sobre Hepburn—. Teníamos que levantarnos al amanecer y caminar por el exterior a buen paso, hiciera el tiempo que hiciera, luego tomar un desayuno saludable con la aprobación de la abuela, luego... —Acabó callándose al percatarse de los ojos embelesados de Millicent. Clarisa no debería contar tantas cosas de sí misma. No es que Millicent fuera a traicionarla de forma consciente, pero Millicent podría decir algo a la persona equivocada, y eso sería fatal, para Clarisa, y para su hermana—. Pero eso fue hace mucho tiempo, y ya no soy aquella princesa.

—¿Qué princesa es ahora? —preguntó Millicent de forma intencionada.

—Una princesa que es una vendedora. —Una princesa que nunca descubrirá el sino de Hepburn.

—He oído las historias de las revoluciones y siempre me he preguntado qué les pasaría a las personas depuestas. —La mirada de Millicent era afectuosa y amable—. Ahora lo sé. Vienen aquí a ayudarme.

Clarisa se quedó mirando a la mujer que tenía delante y se preguntó cómo podría haberla considerado feúcha en otro momento. La complicidad relucía en el rostro de Millicent, y su amable comprensión fue un bálsamo para el alma apaleada de Clarisa. De forma impulsiva preguntó:

—¿Cómo han sido tan insensatos los hombres de Escocia como para permitir que siga soltera?

Millicent se echó un poco hacia atrás como si recibiera una bofetada.

—En verdad, no son tan insensatos. —Pero se ruborizó.

Ajá. Millicent sí se inmutaba.

—Dígame la verdad, ¿ningún hombre le ha acelerado el corazón? —preguntó Clarisa.

Millicent se encogió de hombros con indiferencia estudiada.

—Ni siquiera cuando era joven albergué esperanzas.

—¿Sobre quién? —preguntó con astucia Clarisa.

—Sobre... nadie.

Una torpe evasión.

Millicent tuvo cuidado de evitar la mirada de Clarisa.

—¿Qué hombre iba a interesarse por mí? Soy vulgar y aburrida.

—No es vulgar, sólo que no lleva adornos. Y en cuanto a lo de aburrida, su conversación me parece una delicia y su amabilidad única, y se merece algo más que servir a la familia durante el resto de sus días.

Millicent dobló las manos sobre su regazo con gesto remilgado.

—Otras mujeres lo hacen y encuentran satisfacción en ello.

Clarisa dio un resoplido, un ruido maleducado de incredulidad que no se esforzó en suavizar.

—No, no es cierto. No se cree eso más que yo. Ya ha visto a esas mujeres, las tías solteras, las hijas sin desposar, que hacen de acompañantes y de institutrices sin remuneración alguna, y se desvanecen hasta no ser nadie porque ni siquiera son seres humanos ante los ojos de la sociedad. ¡Bah, ni ante los ojos de su propia familia!

Al oír la forma sencilla de hablar de Clarisa, los ojos de Millicent se agrandaron.

—Bien... Pero la Biblia dice que hay que resignarse al sino...

—La Biblia está llena de historias sobre gente que cogía su vida con sus manos y hacía con ella lo que deseaba. —Clarisa apretó los puños de forma ilustrativa—. ¡Fíjese en Ruth y en Esther! Eran mujeres fuertes que tomaron el mando y crearon un mundo nuevo. ¿Por qué usted no?

Millicent parecía alarmada.

—No quiero crear un nuevo mundo. Mis sueños no llegan a tanto.

¡Aja! Ahora estamos llegando a algún lado.

—¿Cuáles son sus sueños?

—Oh... nada importante. Ya se los puede imaginar... para una solterona.

Clarisa sonrió dando ánimo e hizo un gesto de asentimiento.

Millicent confesó con apuro:

—Nada más que mi propio hogar y un hombre que me ame.

—¿Y por qué no puede tenerlo? —preguntó Clarisa con afecto—. Eso se consigue con facilidad.

—Él ni siquiera me ha mirado jamás. Quiero decir...

—¿Él?

—Él... usted no le conoce.

Le conoceré.

—¿Vendrá al baile?

—Es amigo de Robert, supongo que es posible que venga.

Clarisa lanzó una severa mirada de soslayo a Millicent.

—Vendrá —admitió Millicent, y se rindió con un suspiro—. Es el conde de Tardew. Corey MacGown, el hombre más distinguido que haya honrado las costas de Escocia.

El lirismo de su respuesta reveló a Clarisa todo lo que necesitaba saber.

—Es guapo.

—Tiene cabello color sol y ojos del azul de una turquesa. Monta a caballo y caza y juega y baila... —la nostalgia apareció en los ojos de Millicent— de ensueño.

—¿Entonces ha bailado con él?

—Una vez. Cuando yo tenía diecisiete años. Le pise los pies. —Millicent agachó la cabeza y balbució—. Me lo merezco por aspirar a tales alturas.

Clarisa se enfadó.

—¿Quién dice eso?

—Mi padre.

Clarisa se tragó las palabras airadas que le saltaron a los labios. No podía vilipendiar al padre de Millicent. Con dulzura, Clarisa dijo:

—A veces la gente que más nos quiere está ciega a nuestros encantos.

—Papá no estaba ciego. Era recto y honrado.

—Tal vez, pero no sabía nada de belleza. —Clarisa no dio ocasión de discutir a Millicent—. Voy a ayudarle con el peinado y el vestido, y andará como una reina y sonreirá como una sirena, y lord Tardew caerá rendido de amor.

Millicent se rió.

Clarisa no se rió en absoluto.

—Hablo en serio. —Se puso en pie y dio una palmadita en el hombro a Millicent—. Empiece a pensar en ello. —Se dio la vuelta y se fue andando.

Oyó los pies de Millicent sobre las maderas de la glorieta mientras ella se ponía en pie.

—¡Princesa Clarisa, no! —Su tono de voz era casi tan imperioso como el de Clarisa. Cuando Clarisa se volvió a mirarla, Millicent dijo—: Hágame caso. Concéntrese en Prudence. Ayúdeme con el baile. Y sobre todo sea mi amiga. Pero no intente arreglarme la vida. Ya estoy contenta así.

13

Una princesa atrapará más moscas con miel que con vinagre.

REINA CLAUDIA, *VIUDA DEL MONARCA DE BEAUMONTAGNE*

Los establos dormitaban con placidez bajo la luz del sol. Los palafreneros y mozos de cuadra se ocupaban de sus tareas. Clarisa recorrió de forma apresurada la hilera de compartimentos, ansiosa por ver a Blaize y acariciarle el morro aterciopelado una vez más. El animal no le exigía nada aparte de mano firme al sujetar las riendas y una cariñosa frotada después de una buena cabalgada. Nunca la empujaba por miedo ni la ponía en peligro. Nada tenía sentido en este lugar, pero Blaize sí. A diferencia de los demás varones en esta casa, Blaize era una bestia sensata.

Pero cuando llegó al compartimento de Blaize, descubrió que estaba vacío.

El pánico danzó en su garganta. Miró a su alrededor buscándolo de forma frenética, pero los otros caballos no tenían su brillante color castaño o sus líneas nobles.

¿Dónde estaba?

Blaize odiaba a los hombres. Si uno de los mozos intentaba ejercitarle, el caballo le atacaría con fiereza. Pero bajo la preocupación razonable había un temor mayor, menos lógico: ¿se lo habían arrebatado?

Se fue hacia los cercados y escudriñó de un lado a otro, buscando alguna explicación, buscando a Blaize. Salió al exterior y pestañeó con el brillo del sol, y vio un semental, ensillado y listo para ella.

Hepburn, maldito Hepburn, sostenía al quisquilloso caballo y le acariciaba el morro.

El alivio encontró su expresión en la furia. Era obvio que Hepburn no había sufrido daño alguno. Era obvio que Blaize estaba sano y salvo. Y era obvio que los dos se llevaban a las mil maravillas. Deseó no haber perdido nunca su tiempo preocupándose sobre aquellos testarudos machos. Arrebató las riendas de las manos de Hepburn y dijo:

—¿Qué se cree que está haciendo?

—Esperarla. —Mostraba el mismo rostro impasible de siempre, como si anoche y los besos que escamoteó no hubieran existido.

De acuerdo. Podía ser tan brusca como él. Al fin y al cabo, lo de la noche anterior no era importante. La pasión ilícita sólo era eso: ilícita, algo que no iba a repetirse. Desde luego que no.

—Llega tarde —dijo él.

¡Como si hubieran quedado para montar juntos! Clarisa entrecerró los ojos y preguntó:

—¿Cómo sabía que estaría en los establos?

—Intuición.

¿Intuición? No, este hombre no tenía ni una brizna de intuición en su alma. Hacía que la vigilaran.

—No me gusta su clase de intuición —dijo—. No vuelva a usar conmigo su intuición.

Él inclinó la cabeza con aparente obediencia.

—Como desee.

Pero su despreocupada capitulación incrementó su inquietud. Un hombre como Hepburn no obedecía jamás, a menos que tuviera un motivo. Y a ella le daba miedo conocer ese motivo.

Miró a su alrededor por el patio de equitación y vio que su caballo, Helios, estaba esperando en un montadero.

—No llego tarde. —Apartó con un golpe a Hepburn cuando él intentó ayudarla a subir a la silla—. Justo llego a tiempo para mi paseo privado en mi propio caballo.

Con un encogimiento de hombros, como si le apabullara el mal humor de ella, Hepburn se apartó y se subió con facilidad sobre la silla.

—No le gusta la mañana que hace. Nunca lo hubiera sospechado.

Ella se subió al caballo con la misma facilidad y habilidad.

—¿De qué está hablando?

—Muy simple. Usted parecía el tipo de mujer que se levanta temprano y alegre. Pero ahora veo que eso no es verdad.

—¡Estoy de lo más alegre! —Estaba siendo de lo más ridícula, y lo sabía. Pero él la irritaba como un cardo debajo de la silla.

Hepburn la estudió con falsa preocupación.

—¿Se ha saltado el desayuno? No es saludable montar con el estómago vacío.

Su preocupación tenía que ser falsa, porque si fuera real consideraría que las cosas estaban peor de lo que pensaba.

Hizo el esfuerzo de pronunciar cada palabra entre dientes y dijo:

—No me he saltado el desayuno.

—Entonces no hay excusa que valga. Vamos. Cabalguemos. —Inició un medio galope alejándose de los establos en dirección al área agreste de su finca, donde riscos y valles se elevaban y descendían hasta parcelas de rocas y hierba.

Igual que el día anterior, la carretera era una tentación. Podría ir hasta Freya Crags, recoger a Amy e irse cabalgando. Había juntado una buena cantidad de oro con sus cremas. Podrían ir a Edimburgo y sobrevivir otro invierno.

Otro invierno sin ir a Beaumontagne. Y en vez de eso... un invierno vigilando por detrás del hombro, temerosa del magistrado Fairfoot de Inglaterra, temerosa de lord Hepburn, el cual querría vengarse de ella por huir sin cumplir lo que le pedía.

¿Acaso era ella una cobarde?

Nunca lo había pensado. Amy la había llamado insensata. Pero Hepburn la asustaba, y de varias maneras. La asustaba porque de veras no parecía darse cuenta de la auténtica locura de su plan. Y la asustaba porque la abrazaba mientras ponía toda su alma y corazón en el placer de su beso. Y porque, cuando él la besaba, parecía que ella iba a darle alma y corazón a cambio.

Se dijo que era la curiosidad lo que le atraía de él. Con toda certeza no era el miedo. Con toda certeza no era la expectativa. Desde luego que no era el deseo de un hombre que tal vez estaba loco y a todas luces demasiado arrogante como para aguantarle.

Le alcanzó y le preguntó.

—¿Qué le sucedió a ese hombre?

—¿Qué hombre?

—El que se fue persiguiendo la noche pasada.

Él aminoró la marcha.

—Se escapó.

—Eso tiene que irritarle bastante, que alguien se escape de su red.

Hepburn volvió despacio la cabeza. La miró profundamente a los ojos.

—Sí, así es.

Clarisa debió de tirar de las riendas porque Blaize se deslizó hacia un lado. Volvió a enderezarle deprisa.

¿La acababa de amenazar Hepburn? Tragó saliva. Sí, por supuesto que sí. Anoche había intentado seducirla. Hoy intentaría intimidarla.

Lamentablemente para él, no era nada fácil de intimidar. No era más que un conde. Ella era una princesa, y lo prudente por su parte era recordar el deber de actuar en consecuencia.

La abuela le había advertido que la familiaridad llevaba al desprecio. Ésta era la prueba. Pero en cada aspecto de su vida, la abuela había demostrado cómo detener ese tipo de atrevimiento.

Con un movimiento brusco de su vistoso sombrero, Clarisa se adelantó a Hepburn, confiando en que su postura, su manera de montar y su aire le pondrían a él en su sitio, sin dejar de sospechar en todo momento que la arrogancia sin límites de este hombre no podía socavarse.

Mientras cabalgaban, dejaron los establos muy atrás, perdieron de vista la casa, no vieron a nadie ni nada a excepción de pájaros silvestres. Ahí fuera, el cielo azul se extendía desde colinas a cumbres, la hierba formaba ondas con la brisa, y las rosas silvestres florecían formando ramilletes rosas y blancos. Esta tierra era tan diferente de su hogar en los Pirineos... —más domesticada, menos montañosa—, no obstante las rocas y el viento canturreaban con una ferocidad que conmovía su alma.

Una intensa ferocidad que estaba viendo reverberada en Hepburn.

Asqueroso Hepburn, no podía dejarle disfrutar la estupenda mañana. Entretanto, el camino se había abierto y se había desdibujado hasta quedarse en nada. Él se puso a su altura.

—Qué expresión tan altiva, Su Alteza. ¿La he ofendido de algún modo?

La ofendía sólo con respirar.

—Anoche me pidió algo que no puedo cumplir. Me pidió algo inadecuado e imposible. —Entonces, para asegurarse de que entendía, habló de su ridículo plan y no de sus consumados besos, luego añadió—: Confío en que entienda que no puedo fingir ser alguien a quien nunca he visto, sobre todo si no comprendo los motivos.

Él preguntó con amabilidad:

—¿De modo que ha pensado en mi proposición?

Hizo detenerse a Blaize. Se volvió para mirar a Hepburn. Con voz lenta y majestuosa, dijo:

—Soy una princesa. —Alzó una mano para atajar cualquier comentario—. Sé que no me cree, pero es la verdad, y sé cuáles son mis obligaciones. Me debo a mi posición, y ese deber no incluye disfrazarme con el objetivo del engaño y las artimañas.

La voz de él cambió, se convirtió en el azote de un látigo.

—Si que lo incluirá si no le queda otra opción.

Hepburn la estaba arrinconando sin dejarle escapatoria, y ella no quería eso. Tenía que convencerle de encontrar una salida. De algún modo, habría una manera.

—Si hiciera lo que me dice, tendría que disfrazarme y no podría estar presente yo misma en el baile. ¿Qué mentira contaría entonces a sus invitados cuando yo, la princesa que ha presentado a todos ellos, que casi ha chantajeado para que asista al baile, no se encuentra allí?

—Asistirá. —Helios se adelantó un paso—. Como la princesa.

Clarisa dijo con exasperación.

—Pero ¿no quería que me pusiera una peluca y un disfraz?

—Son dos cosas que se quitan con facilidad. —Su mirada no se apartaba en ningún momento de ella—. Hay que impedir a toda costa que se ponga en duda la presencia de la señora Menéndez.

—¿Por qué importa tanto que ella esté aquí? ¿Es tan importante impresionar a la gente con su presencia?

—Por supuesto. —Habló muy lento, con gravedad imperturbable—. Es el primer acto social que he organizado desde mi regreso de las guerras. La posición de mi familia depende en gran medida del éxito de esta fiesta.

Ella no le creía.

—Mentiroso.

Él la estudió y la valoró:

—Es inteligente.

Ella se deleitó con su admiración, y eso fue poco prudente. No podía ablandarse con él y llevar a cabo la farsa. No podía. Si alguien la reconocía, estaría perdida.

Amy estaría perdida.

Pero Clarisa sabía perfectamente cómo dar su negativa: con un excelente buen humor, sin desafiarle, sin permitirle ver la profundidad de su desesperación. Y por supuesto, si conseguía distraerle con un poco de sutil coqueteo, tampoco sería una mala idea. Por supuesto, no demasiado. Anoche él la había besado sin ninguna provocación. No quería una repetición de aquella... maravillosa pasión. Reconocía cuándo tenía ante sí un precipicio, y en este caso se trataba de uno muy profundo.

Se acercó a él, sonrió sacando provecho de sus hoyuelos. Con tono suave y encantador, dijo:

—Milord, lo que pide es imposible. Si nos pillan, será nuestra ruina.

No vio que él se ablandara. En todo caso, la mandíbula parecía más firme, los ojos más fríos.

—No nos pillarán. No lo permitiré.

Era inflexible.

Era racional.

—En planes como éste, siempre existe la posibilidad de dar un paso en falso.

La impaciencia desplazó su figura.

—No.

El corazón de Clarisa latió más deprisa. Bajo los guantes negros, sus palmas estaban cada vez más sudorosas. Era peligroso. Peligroso e implacable. ¿Y loco? De todos modos, ella debía negarse. Tenía que hacerlo.

—Milord, no puedo hacer esto.

Él bajó la vista como si quisiera ocultar sus pensamientos, luego volvió a alzar los ojos y estudió el rostro de ella. A Clarisa le pareció que buscaba algo.

—¿Es su palabra final?

La inquietud que la había infestado desde el primer momento de su encuentro se duplicó, y volvió a duplicarse de nuevo.

—Tiene que serlo.

Con tono suave que no concordaba con su amenaza, Hepburn dijo:

—Hace tan sólo un mes oí hablar en Gilmichael de un caballo, el semental más asombroso, de dos años. Era el caballo del magistrado, medio árabe, medio de Beaumontagne, un singular animal de color y ánimo inusual.

Clarisa sintió que el color abandonaba su rostro. Apretó las riendas con fuerza. Blaize se movió nervioso, y ella combatió el deseo de acariciar al animal para tranquilizarle.

—¿Qué está diciendo?

—Usted robó el caballo. —Hepburn sonrió con gélida satisfacción—. Robó a Blaize.

14

No se puede estar enfadado y pensar al mismo tiempo.

Los viejos de Freya Crags

«Usted robó el caballo.» Hepburn conocía los detalles. Sabía la verdad.

Y no ponía reparos en hacerle chantaje.

El impulso de escaparse fue en aumento: huir de aquella vida en ciudades diferentes y gente indiferente, espolear a Blaize para que galopara y galopara, tener el viento de cara, abandonar los deberes —¡incluso a Amy!— y no volver nunca la vista atrás.

—No. No, mi padre el rey...

—Falleció. —Hepburn cortó el aire con su mano—. Y si estuviera vivo, no le regalaría ese caballo. Blaize tiene dos años. Por lo que ha contado, lleva en Inglaterra algunos años más.

Atrapada. Atrapada por sus propias e irreflexivas mentiras. Por este hombre con una boca tan hermosa, suave, apasionada, y con pedernal en el alma. ¿Qué podía hacer? Primero debería apelar al amor de Hepburn por los animales.

—De acuerdo, es verdad. El magistrado Fairfoot se las daba de amaestrador. Intentó domar a Blaize, y al verse incapaz... iba a matar a este precioso... —Humillada, titubeó—. Blaize no merece su destrucción porque un magistrado aficionado quiera domar cada criatura de belleza y brío que entra en contacto con él.

Nada suavizó el rostro de Hepburn. Su voz sonó rotunda.

—¿Intentó domarla a usted?

Mejor que te rindas a mí, muchachita, si no quieres que os mande de un azote, a ti y a esa hermanita tuya, al interior de la mazmorra, y nunca volváis a ver la luz del día. La turbación por el recuerdo de aquella horrible escena se removió en su interior. El corpiño roto. Las magulladuras en las muñecas. La suerte que trajo a Amy en su ayuda.

Las mejillas de Clarisa se cubrieron de rubor. Sabía por experiencia que, por muy rápido o muy lejos que cabalgara, no escaparía de aquel recuerdo. Por mucho que quisiera. Dios santo, ¡cuánto quería!

Eludió la pregunta de Hepburn.

—Su esposa no para de andar y hablar, pero está angustiada. Sin vida por dentro. Por favor, milord, no envíe a Blaize de regreso con él. Blaize nunca dejará que lo domen. Sólo se le puede guiar. El magistrado Fairfoot lo matará, y será un final atroz, espeluznante.

—No mandaré a Blaize otra vez con él. —Hepburn extendió su mano enguantada para que ella pusiera la suya como prueba de su compromiso—. Siempre que haga lo que yo le pida.

Clarisa se quedó mirando la mano. Luego le miró a él. Al hombre al que sólo le importaba si su tonta estratagema iba a salir adelante.

No era justo que ella, una princesa educada para ser una joven mimada y consentida tuviera que hacerse mayor a edad tan temprana, hacerse responsable de sí misma y del bienestar de su hermana. Quedarse preocupada por la otra hermana. No era justo que se viera obligada a enfrentarse a este hombre que tenía el triunfo en sus cartas y a correr peligros cuando a él le viniera en gana.

Cediendo a la frustración, la rabia, la angustia, azuzó a Blaize para que emprendiera la huida. El brioso semental dio un salto hacia delante, ansioso por correr, aquello para lo que había sido criado, estirando las largas patas al atravesar a toda velocidad el prado.

Oyó la llamada desconcertada de Hepburn, luego el sonido atronador de los cascos del caballo tras ella.

No importaba que la alcanzara. Él no importaba. Lo único que importaba era el júbilo de esta huida, la ilusión de escapar, la bendición de la intemperancia.

Ella y Blaize cruzaron el prado y ascendieron directos por el extremo más alejado de la colina, luego descendieron por el otro lado. Se acercaban a la valla de madera. Debajo de Clarisa, Blaize se preparó y salvó la barrera con un salto limpio y glorioso. Un largo valle se extendía ante ellos. Blaize estiró el cuello, probó el freno, percibió el experto asimiento de las riendas, y se permitió correr y correr y correr.

Las lágrimas surcaban las mejillas de Clarisa a causa del viento fresco contra su cara. O tal vez era a causa del resentimiento y la rabia por la soga que rodeaba su cuello. Por Hepburn, que galopaba tras ella, siempre pisándole los talones, implacable y desalmado. No había manera de escapar de él. Era más rápido, más fuerte, mayor que ella. Más astuto, más despiadado... ¡maldito!

Él sostenía el otro extremo de la soga, y no había manera de eludirle.

Mientras Clarisa reconocía aquello, su breve rebelión se fue disipando. El sentido común volvió a reafirmarse, y cuando el terreno volvió a elevarse, ella hizo parar a su corcel.

Mientras Hepburn la adelantaba para bloquearle el paso, cogió las riendas de Blaize en sus manos. El conde mostraba sus blancos dientes, con los labios levantados, resoplaba con furia y unas blancas líneas de cólera bordeaban su boca. Sus azules ojos eran pura ira fundida. Entonces gritó:

—¿Qué demuestra con esto?

A Clarisa ya no le importaba más lo que él pensara de ella. Ninguna sonrisa, cumplido o toque en la mano, le haría abandonar esa decisión inclemente. De modo que contestó gritando:

—No quería demostrar nada. Lo he hecho porque me ha dado la gana.

—No puede superarme. No puede huir a ningún sitio donde yo no pueda encontrarla, y no conseguirá nada si se rompe el cuello.

—No me voy a romper el cuello. Monto tan bien como cualquier hombre... y Blaize es mío. —Le lanzó aquel desafío.

—Estoy seguro de que será suyo una vez cumpla lo que yo le digo. —Le expuso el soborno y volvió a tender su mano.

De modo que ella tuvo que correr otra vez, huir por el prado y sobre los obstáculos, y volvió a encontrarse justo donde había estado diez minutos antes, con lord Hepburn exigiéndole que le diera la mano para sellar el trato.

Odiaba a lord Hepburn. Le odiaba, y le temía... y también le deseaba. Ojalá pudiera entender por qué. ¿Por qué le deseaba si tan furiosa le ponía y tanto la asustaba?

—¿Por qué hace esto? —quiso saber—. ¿Por qué debo interpretar una farsa tan absurda?

—Quiero que se haga justicia con un amigo, y busco también su libertad. —Lo dijo con firmeza, sin fanfarria, como si la justicia, la libertad y la amistad merecieran cualquier esfuerzo.

A ella no le importaba.

—¿Amistad? —Sentía ganas de escupir sobre aquella palma extendida, pero perder la compostura tampoco iba a funcionar—. ¿Qué sabe de la amistad un hombre como usted? No sabe ser amigo de nadie. —Intentó dejar de hablar. Y lo consiguió. Incluso se apartó un poco. Luego pensó en Millicent, en su pobre hermana, y volvió a aproximarse—. Ni siquiera saber ser un buen hermano.

Aquella acusación le desconcertó, ya que bajó la mano a un lado y su voz sonaba perpleja de veras cuando habló:

—¿Qué quiere decir?

—¡Mírese! —Hizo un gesto para señalarle—. Regresa de la guerra, del todo infeliz y meditabundo, y no presta atención a las necesidades de su hermana.

Cubrió su voz de sarcasmo.

—Tengo dos hermanas.

Clarisa fingió sorpresa.

—¡Se ha dado cuenta! Sí, Prudence es una joven encantadora y piensa que todo está bien porque usted dice que lo está. Ve la vida como una alegre aventura, porque Millicent se ha preocupado de que lo sea. Porque Millicent... ¿alguna vez se ha percatado de cómo se inquieta por usted?

—Por supuesto.

—¿De modo que sencillamente no le importa? —Le vapuleó con el tono de voz.

—No hay nada de que inquietarse. —Permanecía sentado tan quieto sobre la silla que parecía una estatua—. Ella debería creerme.

—Tal vez, si alguna vez se sentara con Millicent y hablaran, ella le creería. Pero usted la evita, y eso le preocupa. —La voz de Clarisa volvía a elevarse otra vez de un modo incontrolado—. ¿Dónde ha aprendido a comportarse de un modo tan torpe?

Hepburn se estremeció, como si hubiera puesto el dedo en la llaga.

Clarisa se alegró. Confiaba en que sufriera por algún recuerdo, y le azuzó un poco más con la esperanza de herirle de nuevo.

—Después de morir su padre, ella se encargó de la propiedad y de su hogar. Y apuesto a que fue ella quien educó a Prudence. ¿Cierto?

—Sí.

—Sí —imitó Clarisa—. Y nunca le ha infundido ánimo ni le ha expresado agradecimiento, ¿verdad que no?

—No.

—Lady Millicent es una mujer dulce, encantadora, atractiva, que se ha quedado enterrada y alejada en la campiña escocesa, cumpliendo con su deber, sin que a nadie le importe ni nadie lo valore. Ni siquiera ese hermano al que ella adora.

No parecía sentirse culpable.

Por supuesto que no. Si chantajear a una princesa no le hacía sentirse culpable, ¿por qué iba a hacerlo su displicente trato hacia su hermana mayor?

—Le dijo que quería celebrar un baile y de inmediato se pone manos a la obra. No le da tiempo suficiente para planearlo y permite que las damas invitadas vengan antes de tiempo para que ella tenga el doble de trabajo...

Hepburn alzó una ceja con aire indiferente.

—Pensaba que serían de ayuda.

—Si ayudar incluye sentarse en sus abultados traseros y criticarla, pues sí, lo están cumpliendo a las mil maravillas. Esa pandilla de señoras precisa organización, exige atención constante, y siempre hay alguna necesitada de un hombro sobre el que llorar. Desde que han llegado, Millicent tiene el hombro empapado.

—Mi hermana no debería ser tan comprensiva con todo el mundo. Dejarían de recurrir a ella si...

—¿... las rechazara? ¿Igual que su padre la rechazó? ¿Como usted la ha rechazado? Creo que no, milord. Millicent entiende bien el dolor que acompaña ese desdén. —¿No iba a acabar Clarisa?—. El baile debería ser para su hermana una fiesta en la que bailar, en vez de la preocupación desesperante en la que se ha convertido.

Y como él era un hombre estúpido e insensible, respondió:

—No le gusta bailar.

—Querrá decir que nadie la saca a bailar. ¿Sabe por qué no se lo piden?

—Seguro que usted me lo aclara.

—¡Alguien tiene que hacerlo! —Clarisa respiró a fondo e intentó controlar su mal genio. Rara vez perdía el control, pero cuando lo hacía, como ahora no había marcha atrás—. Nadie se lo pide porque ella piensa que no es atractiva, y ha acabado por convencer a todos de que es así. —Clarisa se puso el pulgar sobre el pecho—. Pero yo puedo arreglarlo. Puedo peinarla e indicarle qué ponerse, mejorar su cutis, y lo más importante, puedo enseñarle a caminar y hablar con una sonrisa. Pero ella no quiere dejarme. ¿Y sabe por qué?

—Eso también me lo va a explicar.

—El hombre que la hiciera su esposa debería sentirse afortunado, pero ella no me permitirá enseñarle nada porque piensa que no lo merece. ¿De quién es culpa eso, milord? ¿De quién es la culpa?

Hepburn observaba a Clarisa con creciente interés, como si su compasión indignada fuera una rareza que le costaba asimilar.

—Estoy seguro de que va a decir que la culpa es mía.

—Tal vez —replicó ella con desdén hiriente— usted tenga que fingir que es su amiga en vez de su hermana para poder hacer lo posible para ayudarla.

Pero él había dejado de prestarle atención. El muy hijo de perra miraba con indiferencia en dirección a la colina, como sorprendido por algo.

Entonces, ella lo oyó. Los trajo el viento. Gritos débiles. El estruendo de cascos de caballos. Y un disparo, penetrante y definitivo.

—¡Los MacGee! —Hepburn hizo girar a Helios y se lanzó al galope por la elevada pendiente.

Clarisa le siguió y, al llegar a lo alto de la colina, vio una escena que había aparecido en sus pesadillas. Pesadillas llenas de guerra y revolución en su tierra natal. Pesadillas que ahora tomaban vida de forma atroz ante sus mismísimos ojos en un valle pacífico de Escocia.

Debajo de ellos, dos manzanos crecían a ambos lados de la pequeña cabaña de un campesino. En un lugar soleado de la ladera meridional había un huerto y los pollos picoteaban sobre la brillante hierba verde.

La puerta de la cabaña estaba abierta de par en par, sostenida sólo por sus bisagras. Una mujer yacía sin vida, estirada en medio del huerto, con un charco de sangre de intenso rojo debajo de su cuerpo tendido boca abajo. Dos caballos empapados en sudor estaban amarrados a un árbol. Uno de los dueños de estos caballos no cesaba de dar puñetazos a un hombre con falda escocesa que aguantaba en pie sujeto por el otro forajido.

Desde lo más profundo del pecho de Hepburn retumbó un grave gruñido.

—Canallas.

Clarisa apartó la vista y se volvió para observarle. Mientras le miraba, el semblante de Hepburn cambió. Los labios se separaron y revelaron una fuerte dentadura blanca, y resopló mientras entrecerraba los ojos mirando a los dos maleantes.

El sonido de los puños al golpear el abdomen y el rostro del pobre hombre, el crujido de sus huesos, sus débiles gritos patéticos, hicieron que Blaize se encabritara.

Clarisa se esforzó por controlar al espantado animal. Contuvo también su deseo de huir.

Esos hombres eran asesinos despiadados, que se reían mientras mataban a golpes a un hombre.

Dominó a Blaize y luego, pues sabía que era su deber, dijo:

—Milord, son dos. Yo puedo ayudar. Dígame qué hacer.

Hepburn le lanzó una mirada que le hizo echarse atrás, más asustada de él que de los dos asesinos de abajo. Con un grito de guerra que hizo que ella soltara un resuello y que Blaize se encabritara otra vez, clavó los talones en los costados de su montura. Como el caballo de guerra que era, Helios pasó a la acción, descendiendo a toda velocidad por la ladera rocosa en dirección a la cabaña, con la misma firmeza que se lanzaría a un auténtico campo de batalla.

Al oír el espeluznante alarido, los ladrones levantaron la cabeza llenos de sorpresa, pero al percatarse de que sólo un hombre descendía veloz hacia ellos, su alarma se transformó en carcajadas. Casi como si tal cosa, uno de ellos cogió la pistola y la apuntó contra Hepburn.

El miedo alcanzó su plenitud, y la visión de Clarisa se nubló a causa de una intensa rabia. Chillando el nombre de Hepburn, azuzó a Blaize y galoparon ladera abajo. Los cascos del animal chocaban contra el suelo como el pedernal contra la yesca.

Pero el caballo de Hepburn ya se disponía a dar un salto limpio y largo directamente contra el malhechor desdentado.

Cuando los cascos del caballo le alcanzaron en la cabeza, el ladrón gritó. Rodó por el suelo. La pistola se descargó, y cuando se puso en pie tambaleante, Clarisa esperó ver sangre. En él, Hepburn.

Pero el disparo se había desviado. Clarisa detuvo a Blaize para intentar decidir qué hacer para ayudar a Hepburn. ¿Irrumpir y distraer a los ladrones o quitarse de en medio?

Con un grito de rabia, el maleante arrojó a un lado su pistola humeante e inútil.

Su amigo, de hombros anchos y gran barriga, abandonó al campesino atacado. Cogió un sólido palo de la pila de madera y produjo un silbido mientras lo hacía girar sobre su cabeza calva. Corrió en dirección a su caballo.

Pero Hepburn hizo un viraje y le interceptó. En una demostración de su habilidad sobre el caballo que dejó a Clarisa boquiabierta, cabalgó a medio galope entre los caballos de los villanos y el árbol al que estaban atados y soltó las riendas. Profirió otro de aquellos terroríficos gritos de guerra y los caballos de los villanos entraron en pánico y partieron en un frenético galope.

Los ladrones chillaron de furia... y también de pánico. Hepburn iba a caballo. Ellos no. Les rebasaría con facilidad...

Pero no hizo eso.

Describió un círculo en torno al calvo que esgrimía el garrote, obligándole a retorcerse y volverse. Luego, cuando había perdido el equilibrio, cargó sobre él y le arrebató el garrote de las manos.

El calvo se resbaló y cayó sobre una rodilla. Sus maldiciones resonaron en todo el valle.

Clarisa, a media ladera, mantenía quieto a Blaize. Hepburn sabía lo que hacía. Ella no, y no quería entrometerse.

Le daba miedo entrometerse en el camino de Hepburn.

Él arrojó el palo como una lanza contra el primer hombre, sobrepasó a caballo al ladrón pelón y mientras el caballo seguía a toda velocidad, se arrojó contra el calvorotas. Dieron volteretas, los puños volaban en una brutal batalla física que a ella le puso la carne de gallina. Nunca había visto ni había oído un combate así.

Hepburn estaba debajo, dando y recibiendo puñetazo tras puñetazo.

El desdentado sacó un cuchillo del cinturón y cargó hacia la refriega.

Clarisa chilló:

—¡Robert! ¡Un puñal! —Y llevó una vez más a Blaize al galope.

Al oír el sonido de su voz, Hepburn levantó al calvorotas valiéndose de sus pies y puños y lo arrojó contra el desdentado. Los dos bandidos quedaron tendidos sobre la hierba.

Hepburn se levantó, señaló a Clarisa con el dedo y gritó.

—¡Quieta ahí!

Como si ella fuera un perro. ¡Como si fuera su sierva!

Con mano temblorosa y el corazón latiendo con fuerza, le obedeció como un perro o como un siervo. No se atrevía a otra cosa. No reconocía a este hombre, este Hepburn. Era un salvaje, y ella estaba más asustada de él que de los canallas contra los que luchaba.

Los canallas también estaban asustados. Se percibía en la manera en que se levantaban poco a poco, murmurando en un intento de dar con una estrategia que derrotara al lunático que les perseguía como una bestia.

Dejaron que se acercara a ellos y luego le rodearon, cada uno por un lado.

Hepburn sonrió. Clarisa alcanzó a ver su regocijo, el gesto que les hizo para que se acercaran, un poco más, y cuando el desdentado embistió con su cuchillo, Hepburn se hizo a un lado, le cogió por la muñeca y se la retorció.

Al oír el chasquido de los huesos, a Clarisa se le revolvió el estómago.

El desdentado cayó chillando y retorciéndose de dolor.

Por encima del ruido, Clarisa oyó decir a Hepburn:

—Anoche estabas en mi propiedad, ¿verdad?

No. Clarisa había visto al hombre en su propiedad. No era ninguno de estos hombres.

—Ni siquiera sé quién eres. —El calvo retrocedió mientras Hepburn le acechaba.

—Mentiroso. —Hepburn dobló sus puños—. Te atreves a espiar mi casa.

—Soy de Edimburgo. No sé quién es, y no soy un espía. Soy un ladrón honrado. Se lo juro que lo soy. —El puñetazo de Hepburn le alcanzó con tal fuerza en el oído, que la cabeza le fue de un lado a otro.

Como un boxeador, el calvo burló la guardia de Hepburn y le dio un golpe en la barbilla.

Antes de que Clarisa pudiera hacer otra cosa que contener un jadeo, Hepburn esquivó el siguiente golpe evitando las manos de aficionado del calvo y lanzó dos puñetazos contra la nariz del miserable. La sangre empezó a manar y Hepburn dijo sereno:

—Canalla. Estabas vigilando mi casa.

El calvo intentó tumbarle de un golpe.

Hepburn fintó y le pegó en el ojo.

—¿Quién te paga por vigilar mi casa?

El calvo retrocedió tambaleante.

—Hijo de puta, estás loco, ¿sabes?

—Lo sé. —Hepburn volvió a darle—. ¿Quién?

—Yo no he estado en tu casa. —El calvo giró sobre sus talones e intentó correr.

Hepburn se lanzó tras él y le puso la zancadilla. Esperó a que se levantara dando bandazos y volvió a ponerle la zancadilla. De pie sobre él, le preguntó.

—¿Ibas a robarme?

El calvo extendió el brazo bajo las rodillas de Hepburn.

Hepburn dio una voltereta y quedó de nuevo en pie. Se estiró hacia abajo y agarró al calvo para ponerlo en pie a rastras.

—¿Qué ibas a robar? —Cogió al maleante por la barbilla.

—Nada. Lo juro. Nada. —El hombre fintó y soltó un puñetazo en un intento de alcanzar a Hepburn.

Hepburn le dio en el pecho, le soltó un sopapo en la oreja, le golpeó la nariz.

Cegado por su propia sangre, el calvo se cayó al suelo y dijo con voz entrecortada:

—No te conozco.

Hepburn se quedó mirando con expresión demoníaca a los hombres en el suelo mientras su pecho subía y bajaba. Habéis matado y robado a mi gente.

El calvo, lloriqueando, prometió:

—Nunca más.

—Correcto, nunca más. —Hepburn se agachó y le cogió por la camisa para darle otro puñetazo.

Clarisa ya no podía mirar más. Cabalgó hasta su lado.

—¡Lord Hepburn! —Se dejó caer desde la silla—. ¡Lord Hepburn! —Le cogió por el brazo mientras él se preparaba para golpear al hombre que ya estaba inconsciente—. Lord Hepburn, deténgase. ¡Tiene que parar! —El amargo sabor de la bilis llenaba su garganta, su voz temblaba de un modo abominable.

Levantó la cabeza y Hepburn se la quedó mirando como si nunca antes la hubiera visto. Tenía el pelo encrespado, su manga estaba rajada por el cuchillo, la sangre empapaba su brazo. Parecía que el mismo demonio hubiera poseído su alma, y Clarisa temió que le pegara también a ella.

Luego hinchó su pecho con una larga y lenta inspiración. Su rostro se despejó. Bajó los brazos. Soltó el cuerpo. Con una voz que asustaba por su calma y normalidad, ordenó:

—Su Alteza, regrese a MacKenzie Manor y pida que alguien venga a atender a MacGee. Me ocuparé de él hasta que vengan.

—Pero —indicó su herida—, milord, está herido.

Dando un vistazo indiferente a su brazo, dijo:

—He tenido heridas peores. MacGee, no, pobre desgraciado. —Silbó a Blaize y el semental se acercó trotando.

Hepburn la subió a la silla y el contacto provocó un escalofrío de terror en Clarisa. Pero no de repugnancia. Que Dios la ayudara, no de repugnancia.

—Si no conseguimos ayuda para MacGee, morirá. —Hepburn dio una palmada a Blaize en la grupa para que se pusiera en marcha—. Rápido.

15

Una princesa hace bordados para crear un objeto de belleza, y para exhibir sus hermosas manos y gráciles gestos.

REINA CLAUDIA, *VIUDA DEL MONARCA DE BEAUMONTAGNE*

Desde la ventana del estudio de Hepburn, Clarisa vio llegar a Robert a caballo, ensangrentado, magullado y en apariencia impasible. Su avance por los pasillos de la mansión iba marcado por chillidos de horror de las invitadas femeninas y el grave murmullo tranquilizador de él. Ella permaneció en la penumbra del atardecer cuando él entró en el estudio y le oyó decir:

—Me encuentro bien, Millicent. No es necesario que me cosan un rasguño tan pequeño. Tengo que consultar el correo que ha llegado esta tarde, prometo que luego descansaré. Anda, vuelve ya con los invitados. Dios sabe que te necesitan bastante más que yo. —Pese al rostro angustiado de su hermana, cerró la puerta, giró la llave y se dirigió hacia el escritorio donde el correo estaba amontonado en una bandeja de plata.

Clarisa aprovechó un momento para estudiarle. Tenía una leve hinchazón en torno a los ojos, una pequeña contusión en el mentón, pero en conjunto, para un hombre que había participado en una sanguinaria pelea tan sólo pocas horas antes, su aspecto era muy bueno. A excepción del corte en el brazo, que sí necesitaba cuidados.

Sin levantar la cabeza, Hepburn dijo:

—No se quede ahí, Su Alteza, salga y ocúpese de mí. Ésa era su intención, ¿verdad?

Aunque no lo había demostrado, él había advertido la mesa dispuesta por ella con las tijeras, el costurero y la palangana con agua caliente. También había reparado en su presencia, y cuando Clarisa salió a la luz, él la miró de frente.

Tenía los ojos enrojecidos.

Aún sentía rabia.

El corazón de Clarisa se aceleró. Quería irse corriendo. Quería quedarse. Quería asegurarse de que él estuviera bien. No le importaba. Había visto lo peor de él, dominado por una cólera incontrolable, una cólera tan profunda y criminal que hubiera matado con gusto. Y le había visto en su mejor momento, porque había peleado por su gente.

Pero la compasión y compostura inculcadas por su abuela estaban muy arraigadas, y él...

Con gran parsimonia, Robert apartó la vista y puso una distancia entre ellos que no tenía nada que ver con la proximidad y sí con el rechazo.

De modo que Clarisa se esforzó por hablar con serenidad.

—¿Cómo se encuentra MacGee?

—Su esposa ha muerto, pero él vivirá. —Con una mirada desdeñosa a la pila de correo, Hepburn avanzó hacia ella—. Se encuentra con el cirujano en la ciudad.

Clarisa advirtió con gran satisfacción que Hepburn no iba a negarle el cuidado de las heridas.

—Tiene sangre en las manos, por haber sostenido a MacGee. —Metió la mano de Hepburn en la palangana de agua.

El rojo fluyó desde sus nudillos... y fluyó y fluyó. Era su sangre, ella cayó en la cuenta. La sangre de Hepburn.

Por supuesto. Del modo que había golpeado a aquellos hombres, tan fiero y brutal, ¿cómo no iba a lastimarse las manos? Clarisa dijo:

—Le vendaré los dedos en cuanto cosa el corte del brazo. Quítese la camisa.

Él no se movió. Se quedó allí como si no hubiera oído o como si ella hablara en un idioma extranjero.

Clarisa estiró la mano hasta el maltrecho corbatín con la intención de ayudarle, pero sin tiempo de ver su movimiento, él le apartó las manos. Con la mano derecha agarró la manga izquierda por el corte abierto, rasgó la tela y la tiró al suelo.

—Así.

¿Pudor? En un hombre que tan sólo una noche antes la había intentado llevar a la cama. Clarisa cogió unos suaves algodones, los humedeció y limpió con delicadeza la sangre seca de la herida. No podía creerlo.

—¿Dónde aprende una princesa a coser una herida de puñal? —Se hallaba en pie con la cabeza inclinada. Su pecho ascendía y descendía con sus respiraciones dificultosas, la voz era gutural. De cualquier modo su pregunta era razonable.

—La abuela no tenía mucha paciencia con las estupideces de la gente. —Con cuidado tocó los bordes de la herida para intentar valorar la profundidad del tajo. El músculo estaba básicamente intacto, pero la piel había retrocedido y harían falta más puntos de los que creía, lo cual hacía que la indiferencia de él resultara más increíble. Tenía que sufrir un dolor intenso. Ella continuó en tono distraído—: La abuela nos enseñó a todas las nietas a coser, y cuando empezó la revolución, nos explicó que tal vez nos viéramos obligadas a trabajar entre los heridos. Dijo que era nuestro deber para con los soldados leales. Dijo que seríamos los símbolos de la lucha que ellos libraban.

—¿Y trabajaron entre sus leales súbditos?

—No. La abuela opinaba que debíamos quedarnos y morir por nuestro país. Mi padre pensó que no. Nos envió a Inglaterra. A veces pienso que ojalá no nos hubiéramos marchado... pero es una tontería, supongo. Supongo que si nos hubiéramos quedado, también estaríamos muertas. Mientras estemos vivas, hay esperanzas de... —Se interrumpió. No le gustaba hablar de esperanzas. No le gustaba sentir esperanzas. Convertían una vida ya de por sí peligrosa en una experiencia casi insoportable.

Sobre todo no quería que Hepburn supiera que, en lo más profundo, en lo más oscuro de su corazón, nunca había dejado de arder una diminuta llama de optimismo. Temía que de algún modo él emplease esa llama en su contra, igual que había usado su afecto por Blaize para atraparla en la locura de su farsa.

Ella le apremió a dirigirse a la silla situada junto a la mesa.

—¿Sería tan amable de sentarse mientras coso los puntos?

—No. —El músculo de su mandíbula se flexionó mientras miraba hacia delante—. Permaneceré en pie.

—Como desee. —Ah, el amor era una carga que no valía la pena soportar. No obstante, cuando Clarisa le miró allí en pie, herido en cuerpo y alma, experimentó un anhelo que agitó su corazón con más potencia que cualquier otra emoción sentida en su vida.

Y no porque sus sentimientos fueran de amor. No era tan necia como para pensar eso. Pero le anhelaba y le odiaba al mismo tiempo. Cuando partiera de este lugar, seguiría soñando con él, porque había invadido su alma con su contacto y sus besos y sus ojos brillantes como gemas.

Ahora tenía que tocarle. Curarle. Y tenía que hacerlo sin que Hepburn advirtiera su afecto, porque él no mostraba el mismo aprecio que ella. De hecho, Hepburn se encontraba quieto por completo, sin prestarle atención, como si fuera un mueble más. Enhebró la aguja e intentó hacer una broma.

—¿Le parece que haga un vistoso punto de cruz?

—Limítese a coserla —dijo mirándose los dedos mientras los flexionaba—. ¿Cuántas hermanas tiene?

La conmoción inundó a Clarisa.

—¿Hermanas?

—Ha dicho que tenía hermanas.

—No, no he dicho eso. —No lo había hecho. No había dicho eso.

—Ha dicho «a todas las nietas». —Sacó la mano del agua y se la secó con una toalla—. Usted es de Beaumontagne.

El miedo encendió una veloz llama en sus entrañas.

—¡No tiene ni idea!

—Ahora sí.

La había engañado. La había engañado. Ahora sabía el nombre de su país y podría venderla a los villanos que querían verla muerta. Había descubierto otra amenaza de chantajearla.

Pero no vaciló cuando clavó la primera punzada en su piel.

Él aguantó casi sin rechistar.

—Entonces tengo razón. El primer día que la vi... estuve dudando. Los ingleses no sabemos mucho de su pequeño país, pero cuando estuve en la Península Ibérica, los soldados advertimos que había algo en el aspecto de las mujeres de Beaumontagne, una frescura en ellas.

Clarisa casi no podía hablar del miedo que sentía.

—Gracias a mis cremas.

—Y, por supuesto, usted es una princesa de Beaumontagne. —El tono era burlón—. Con hermanas que viven... ¿dónde?

Él no sabía nada de Amy. Clarisa tomó aire. Amy estaba a salvo.

—Mis hermanas no son asunto suyo.

Se arriesgó a echar otra mirada rápida a Hepburn. Este hombre no iba a traicionarla. Al menos no por accidente, y si ella hacía lo que le pedía, confiaba en salir relativamente indemne.

Por supuesto que, por lo que a ella le concernía, él podía bajar al infierno y subir de vuelta. Era un macho rudo, grosero y asqueroso que no se merecía nada de ella.

Sin embargo, había salvado la vida a MacGee. Clarisa sabía que él no pediría ayuda si ella no se la ofrecía, de modo que le ayudaría tanto si quería como si no.

Estirando a la vez los extremos de la piel, los unió con el hilo. Mientras ataba cada punto le preguntó:

—¿Cómo ha sabido que era de Beaumontagne?

—Dijo que Blaize era medio árabe, medio de Beaumontagne. No es mucha la gente que conoce un pequeño país llamado Beaumontagne, y son muchos menos los que saben que ahí crían caballos.

—¿Cómo conoce usted Beaumontagne? ¿Y los caballos? —Le temblaban los dedos—. ¿Cómo sabe esas cosas?

Por prudencia, él le cogió la mano y se la sostuvo.

—Fui a la guerra en la Península Ibérica. Viaje por toda España y Portugal. Me adentré por los Pirineos y, entre otros sitios, visité Andorra y también Beaumontagne.

Ella le clavó las uñas en la carne.

—Entonces está enterado de la revolución.

Una punzada de nostalgia embargó su corazón. Los diarios daban tan pocas noticias.

—Cuénteme, ¿el país aún vive sumido en el caos? ¿O controla con firmeza la situación la reina Claudia?

—No lo sé.

Ella tenía ganas de sacudirle hasta que le diera la información.

—¿Qué quiere decir con que no lo sabe? Ha estado allí.

—Entraba a caballo, luego salía, en la oscuridad de la noche. —Soltó la mano—. Bebía en posadas, atento a las noticias del ejército de Napoleón.

Hacía años que Clarisa esperaba a que la llamaran para regresar a Beaumontagne. Había escuchado sólo rumores. Había ansiado ir a la embajada de Londres y hacer preguntas, pero no se atrevía. Godfrey había dicho que ni Clarisa ni Amy estaban a salvo de los asesinos, y aunque estaba dispuesta a arriesgar su propia vida, nunca expondría a Amy a la cárcel o quizás a la muerte. Ahora la decepción sabía amarga en su lengua y arrojó a Hepburn la acusación más ridícula que se le pudo ocurrir.

—¿Y entonces qué era, alguna especie de espía?

—No.

No. Por supuesto que no. Los nobles ingleses no eran espías. Se consideraban por encima de esos trabajos inferiores. Preferían vestirse con sus elegantes uniformes, montar espléndidos caballos y azotar con las espadas a los indefensos soldados de a pie.

Luego, Hepburn confesó con tono rotundo.

—Era menos que un espía. Más miserable que un espía. Los reclutas realizaban misiones más respetables que las mías.

Ella le miró incrédula, llena de asombro. De él surgían oleadas de calor. Su despeinado cabello formaba mechones. Y aunque ella no ponía en duda sus palabras, le costaba entender.

—Es una persona importante, ¿cómo es posible?

Él se rió con una risa seca y ronca.

—Alguien tenía que hacer el trabajo sucio, y yo acabé haciéndolo muy bien.

—¿Qué tipo de trabajo sucio?

—El tipo de trabajo que deja manchas en el alma de un hombre. —Indicó la herida a medio coser en su brazo—. Debería haber sido cirujana en el ejército. Nunca antes me habían cosido con tanto esmero.

—¿Cuántas heridas ha tenido?

—Unas cuantas.

Unas cuantas. Por supuesto. Cuando un hombre pelea con el tipo de desdén al dolor que mostraba Hepburn, tenía que resultar herido.

Reanudó su tarea y reflexionó sobre él. Con qué rapidez extraía conclusiones. Con qué astucia había intentado seducirla la primera vez para que siguiera su voluntad, y luego al ver que no funcionaba, la había chantajeado. Ahora la estaba manipulando para que confesara su origen. Clarisa sentía ganas de clavarle la aguja solamente por diversión, pero sospechaba que no le dolería. Además sabía cuál era su deber, tenía que curarle las heridas. No era una dedicación personal. Haría lo mismo por un perro golpeado por una carreta.

Acabó los puntos. Abrió uno de los tarros y le dio unos toques con su valioso bálsamo.

Él observaba, con los ojos ensombrecidos por las pestañas.

—¿Qué es eso?

No le gustó la manera en la que lo preguntó, como si tuviera recelos de que ella quisiera envenenarle, de modo que contestó con brusquedad.

—Un ungüento curativo. Impedirá que se infecte.

—¿Por qué no lo vende en su demostración?

—Aquí en Inglaterra es imposible de conseguir. —Concluyó y le vendó el brazo con una larga tira de algodón—. Es mi último tarro. —Y quedaba muy poco.

—No debería malgastarlo conmigo —dijo con voz grave.

—Pero la abuela nos enseñó a anteponer el bienestar de los demás al nuestro, y no puedo pasar por alto sus enseñanzas, por mucho que a usted le gustara que lo hiciera. —Y aunque era cierto que a Clarisa le hubiera gustado no hacer más de lo necesario por Hepburn, no podía soportar imaginárselo con fiebre o inconsciente. Se estremecía al imaginar a ese hombre, que luchaba como un poseso y vivía al borde de la desesperación, como un cadáver inmóvil y frío. Y si esa muerte se producía porque ella no hubiera hecho todo lo que estaba en su mano para curarle...

—No debe desobedecer a su abuela —se burló.

Ingrato. Canalla. Su burla la indignó.

Le sacó la otra mano del agua y examinó los nudillos magullados. Apretó las articulaciones una a una, atenta a alguna muestra de dolor. Pero Hepburn permaneció impávido. Pues allá él. Si se había roto un hueso, sufriría. Después de esparcir el bálsamo sobre los rasguños, envolvió las peores heridas abiertas con algodón blanco.

—Así ya se puede ir a la cama.

—Aún no.

El tono profundo, inquietante, no era el apropiado, y ella preguntó con tono eficiente:

—¿Se ha hecho daño en algún sitio que yo no alcance a ver? ¿No? Entonces ya he acabado mi trabajo.

Él le tendió su gran mano.

—Hoy, antes... llegamos a un acuerdo. Su cooperación a cambio de Blaize. Falta el apretón de manos.

Ella observó aquella mano, ensangrentada y vendada, firme como una roca, y una cautela tardía se retorció en sus tripas. ¿Nunca se le olvidaba nada? ¿Siempre insistía en que sus socios sellaran los acuerdos, de forma voluntaria o no, con aquella aceptación tan antigua? ¿Se imaginaba que ella tenía algún anticuado sentido del honor que le haría cumplir con sus exigencias siempre que le estrechara la mano?

—Tiene a Blaize en sus establos. Ya cuenta con mi cooperación.

—De cualquier modo, quiero que me dé la mano para cerrar el trato.

Tal vez aquel tono oscuro e inquietante funcionaba con ella, pues tuvo que enfrentarse al repentino acceso de dos deseos diferentes: uno el de huir, otro el de pelear. Respiró a fondo, sin dejar de mirar la mano y luego a él. Él también miraba la mano, esperando, esperando...

Y, maldición, él tenía razón. Clarisa sufría de un anticuado sentido del honor. El chantaje sólo la retendría mientras él retuviera a Blaize. Pero el apretón de manos la detendría hasta que se acabara la farsa a satisfacción de él.

A satisfacción de él...

Despacio, tendió la mano y la colocó sobre la suya. La conmoción del contacto ascendió veloz por su brazo, erizó el cabello de su cabeza y se deslizó por su columna vertebral.

Hepburn rodeó sus dedos con los suyos. Por primera vez desde que había iniciado la cura, él alzó la mirada y encontró los ojos de Clarisa... y la arrulló con su calor.

Reconoció a este hombre. Era Hepburn sin ninguna de sus máscaras. Era el guerrero que hoy había peleado por una mujer asesinada y su esposo herido.

La batalla aún rugía en él. Y no sólo la batalla de hoy. La ira, el tumulto de la guerra, aún ardía en su alma. La lucha de hoy le había arrebatado su camuflaje de tranquilidad. Vivía sumido en el dolor, un dolor que se transformaba en furiosa pasión.

La deseaba a ella.

16

No te limites a picar alto; trata de alcanzar también un poco de felicidad a lo largo del camino.

LOS VIEJOS DE FREYA CRAGS

El miedo dominó a Clarisa, el miedo de un mujer que se enfrenta a un hombre fuerte y despiadado. Un hombre del que la gente susurraba que estaba loco. Un hombre cuyos ojos ardían y quemaban.

Y el miedo venía acompañado de una oleada de excitación. Hepburn la deseaba más allá de lo razonable, más allá del protocolo, más allá de la voluntad. La sangre de Clarice brincaba para ir al encuentro de ese deseo. Cuando él le rodeó la cintura y la atrajo, se le cortó la respiración. Sus pechos se comprimieron contra el pecho de él, sus caderas contra las de él. Hepburn se quedó mirando su rostro con los labios un poco abiertos, los dientes blancos relucientes, y todos los cuentos de hadas que su niñera le había contado sobre lobos hambrientos volvieron a ella en una avalancha descontrolada.

El corazón de Clarisa latía con violencia. Le empujó los hombros con las palmas de las manos.

Él iba a devorarla.

Hepburn se apropió de sus labios con un beso salvaje. Arremetió con la lengua dentro de su boca y peleó con la de ella, contuvo la rebelión de Clarisa y obtuvo su excitación involuntaria.

Él estaba loco. Y la locura era contagiosa, pues ella se moría de necesidad. Su piel se estiró, los pechos se volvieron tiernos. Le flaqueaban las rodillas, y entre sus piernas había una hinchazón de pasión.

Él le quitaba el aliento como si estuviera en su derecho, y le daba el suyo como un conquistador que reclama un país. Y ella era ese país.

El placer se precipitó por las venas de Clarisa, avanzó con rapidez como una obsesión. Ella gimió dentro de la boca de él. Hepburn apartó sus labios y la besó en las mejillas, recorrió con su lengua la barbilla, succionó su cuello y la clavícula. Era como si quisiera saborear cada centímetro de su cuerpo, y cada centímetro de ella quería que él alcanzara ese privilegio.

Hepburn la inclinó sobre su brazo, y con un movimiento limpio le bajó el corpiño y liberó uno de los pechos de su encierro. Ella salió por un breve momento a la superficie de esta corriente de ardor para comprender que él era un entendido, tenía demasiada experiencia. Había practicado aquellos movimientos muchas veces antes, y por ello tuvo ganas de pegarle.

Luego él soltó un grave gruñido, y ella esperó que ninguna otra mujer hubiera visto antes esa expresión en su rostro. Él tenía hambre. Un hambre devoradora. Aquello hizo que Clarisa se pusiera en tensión llena de inquietud.

Iba a hacerle daño.

Pero esta boca, al envolver su pezón, era cálida y suave como el terciopelo. La fricción de su lengua con relieve la hizo gemir otra vez —un gemido más penetrante y agudo— al tiempo que le agarraba el pelo con los dedos. Sujetando los oscuros mechones, ella le mantenía en su lugar mientras él la lamía, y mientras una explosión de fuegos artificiales estallaba dentro de los párpados cerrados. Nunca en su vida había sentido esto, nunca había imaginado que una batalla de dulzura y violenta emoción se librara tan encarnizada en sus venas.

Aun así, al mismo tiempo... volvía a comprender por qué se asustaba ante lord Hepburn. Siempre había sospechado que podría contagiarle su locura. Y ella no podría hacer nada para resistirse.

Todos estos años... toda su disciplina... arrastradas por una riada de insensatez.

Sin embargo, que él la venerara con su boca le gustaba. Por primera vez desde que había llegado a las costas de Gran Bretaña, se sentía en casa.

Cuando notó que le faltaba el aire, que el cruel mundo se había desvanecido y tan sólo quedaba este hombre, él alzó la cabeza.

El aire frío contra su pezón húmedo lo puso del todo duro. Mareada y sin aliento, intentó respirar a fondo y alzó la vista.

Y él estaba sonriendo. La miraba sonriente, sus dientes blancos en su moreno rostro, sus ojos... oh, Dios, aún tenían esa capa de locura. A Clarisa le temblaban las manos cuando se agarró a él en un intento de no perder el equilibrio sobre la tierra que tanto se balanceaba.

Un esfuerzo inútil. Él deslizó sus manos hacia abajo para tomarle el trasero. La alzó de puntillas y colocó la pierna entre sus muslos. La pierna presionaba contra sus partes femeninas, con firmeza, y él la obligaba a moverse, adelante y atrás, adelante y atrás.

El sentido común penetró la densa bruma de pasión.

—¡No! —Le empujó con toda la fuerza que pudo, pero él no paraba—. ¡No! —Clarisa no sabía qué iba a hacer, pero sí sabía que iba a perder el control. Y eso sería inaceptable, comprometido, insoportable—. ¡Basta!

Pero él no escuchaba. No se detenía. Ni siquiera parecía escuchar.

Y el ansia en ella crecía.

Las fuerzas de Clarisa disminuían bajo aquel asalto. Se le doblaron las rodillas. La presión se intensificaba. La oscura pasión intentaba dominarla, la despojaba de su orgullo, de su identidad incluso. Ella clavó las uñas en los hombros de él, en la piel caliente oculta bajo la fina capa de la camisa.

Hepburn llevó sus labios cerca de la oreja de Clarisa y susurró.

—Eres mía. Para hacer lo que me plazca.

—No. —Pero mientras formaba esa palabra con los labios, no le quedaba aliento para pronunciarla. Y entretanto su muslo continuaba moviéndose sin cesar entre sus piernas.

—Esta noche eres mía. Entrégate a mí. —Y le mordió el lóbulo de la oreja con suficiente fuerza como para que ella se arqueara hacia Robert.

Con suficiente fuerza como para que la impresión la impulsara hasta el oscuro abismo del clímax. Su cuerpo se contraía espasmódicamente contra él, sin poder hacer nada contra una oleada tras otra de sensaciones tan fuertes que le impedían hablar, respirar, tan sólo podía sentir.

Y la sensación no se parecía a nada que hubiera experimentado en el pasado. Se movía, gemía, *era*, sin pensamiento consciente.

Hepburn la levantó antes de que hubiera acabado y la dejó sobre la alfombra que tenían a sus pies. Notó el suelo duro contra su espalda. Notó las manos ásperas de él al cogerle la falda y levantarla hasta su cintura, pero su expresión era resuelta, triunfante, casi... de adoración.

Clarisa debería sentirse avergonzada al encontrarse con las piernas desnudas, al sufrir la ráfaga de aire sobre sus partes íntimas, pero de algún modo, este hombre, con sus dedos experimentados y sus labios incitantes, transmitía su impresión de triunfo, y ella le abrió los brazos.

Él se dejó caer de rodillas entre sus piernas, se bajó los pantalones y se colocó encima. El impacto de su piel desnuda contra la de ella dejó sus pulmones sin aire. Él irradiaba calor, marcaba la piel de Clarisa como un hierro candente. Hepburn apoyó los codos a ambos lados de su cabeza y descendió a saborear sus labios, luego ahondó con la lengua. El movimiento lento y constante de su exploración y las suaves caricias de sus dedos sobre la barbilla le hicieron temblar de anhelo... y temor. El aroma de él invadía su nariz, y la intimidad abrumadora de boca y cuerpo sobrepasó todas las barreras que ella había levantado para proteger su corazón.

Clarisa deslizó las manos entre el pelo de él, le agarró y le retuvo, aceptando las embestidas de su lengua y devolviéndolas con tímidos aumentos. Él gemía como si aquel entusiasmo le provocara dolor, y la vibración de sus labios la transportó a un nivel más elevado de excitación. En un ataque de atrevimiento, Clarisa frotó su pierna contra la cadera de él y, como si ese contacto intencionado le hiciera perder su precario autocontrol, Hepburn retrocedió. Por un breve instante ella pudo avistar unos ojos elevados a la temperatura de brasas azules.

Luego empujó sus caderas contra ella. Su virilidad buscaba una entrada. Ella se puso rígida llena de conmoción, pero nada podía detenerle ahora. Encontró su abertura femenina, empujó con fuerza... y por primera vez experimentó la presencia de un hombre abriéndose camino dentro de ella.

Le hizo daño. La quemaba con su pasión. Apoyaba las manos junto a su cabeza y aguantaba el peso del torso sobre los codos. La dominaba con su posición y su poder.

Las lágrimas le saltaron a los ojos, pero no le detuvo. ¿Cómo podía, si aquel cuello arqueado, las ventanas de la nariz abiertas y la expresión de angustia sólo hablaban del dolor de él? Se abrió paso centímetro a centímetro dentro de ella, rompió su himen, la poseyó y la hizo suya. Y entretanto Clarisa absorbió su agonía, tranquilizándole e intercambiando dolor.

Luego él ya estuvo dentro del todo, hizo una pausa, se adaptó... esperando algo. ¿El qué?

La mirada de Clarisa se desplazó hasta él.

Hepburn la mantuvo contra el suelo con sus labios. La observaba con decisión, con ojos abiertos y salvajes. Tenía la frente surcada de gotas de sudor. Hacía un esfuerzo por mantenerse quieto.

Podía verlo. Era un hombre al borde de la locura, y Clarisa se negaba a que descendiera solo a la locura. Le rodeó la espalda con los brazos, rodeó la cadera de él con su piernas y se colocó en una posición que le aceptaba —su dominación y su virilidad— de forma más plena.

Y como si su consentimiento destruyera los últimos restos de cordura, él descendió sobre ella. Echó hacia atrás las caderas y se hundió. Lo hizo una y otra vez, ciego e inconsciente a causa de la euforia.

Pero Clarisa descubrió que ella subía a su encuentro, su pasión se ponía a la altura de la de él. No tenía idea de en qué momento la angustia se disolvió y empezó el placer. Pero no importaba. Lo único que importaba era este apareamiento primario, este encuentro de sus dos cuerpos, la manera en que se fundían hasta convertirse en un solo ser. El acto era imprudente, espontáneo y glorioso hasta lo indecible. Nunca en su vida había hecho algo por el puro regocijo del acto, pero ahora, sin pensar, de forma desbordante, copulaba con él.

Mientras él movía su cuerpo encima de ella, dentro de ella, la arrastraba con él por el camino jadeante hacia la liberación. La sangre rugía en sus oídos, el corazón latía desbocado en su pecho. Ella gemía y se agarraba a él, con las palmas humedecidas de deseo. En lo profundo de su útero, los músculos se aferraban a su virilidad, intentaban retenerlo ahí dentro.

Aun así, él siempre salía. El movimiento y la lucha entre ellos era cada vez más feroz. Le deseaba como nunca había deseado nada en su vida, y cuando él le deslizó las manos por debajo del trasero y la levantó para recibir sus embestidas continuadas, la llevó hasta la culminación.

Feroz, exigente y agresiva culminación.

El despilfarro de violencia del orgasmo se apoderó de ella y la levantó con espasmos salvajes hasta un lugar en el que el placer desterraba el pensamiento. Obedeciendo a algún instinto profundo y antiguo, serpenteó debajo de Robert, constituyendo una misma criatura con él... con su cólera, su angustia, con su gloria.

Él por su parte aumentó el ritmo, la arrastró aún más por el oscuro esplendor de la gratificación. Hepburn gemía a viva voz, un profundo sonido animal que surgía de las profundidades de su alma atormentada, y como si ésa fuera la señal del límite, se arqueó en una agonía de dicha irresistible e imparable. Se sostuvo, con cada músculo tenso, el cuerpo chocando contra ella, y en su desenfreno volvió a arrastrarla una vez más.

Clarisa se entregó sin queja, demasiado neófita como para percatarse de que lo que le hacía era casi imposible: llevar a una virgen hasta las alturas no sólo una vez, sino dos. La fuerza del placer la obligó a buscar aire entre jadeos. Su cuerpo ya no le pertenecía, era algo para que Hepburn usara y tuviera... y mimara. Por un momento, cuando el placer se hallaba en el pináculo, pensó que iba a morir.

Pero no. Mientras cesaba el movimiento, mientras él caía sobre ella, tomó consciencia de que estaba muy viva. Cada centímetro de su piel estaba colorado. El corazón cantaba. Su útero temblaba con las últimas sacudidas de satisfacción que se desvanecían. Debajo de ella el suelo estaba duro, la alfombra áspera, sus mechones de pelo enredados en una abultada maraña. Sus ojos, con los párpados pesados, se abrieron para mirarle, y nunca antes había visto algo tan bello como su rostro empapado en sudor.

En un silencio absoluto, los dos se miraron con fijeza. Él había cumplido todas las promesas hechas por sus ojos de cristal, sus andares seguros, su firme control. Le había proporcionado una dicha muy por encima de lo que ella se hubiera atrevido a imaginar.

Como si estuviera desorientado, sacudió la cabeza. Su voz sonó ronca como si tuviera que arrastrar la pregunta desde una caverna en lo más profundo de él.

—¿Por qué me ha permitido... poseerla?

Tendría que darle un tirón de orejas por la insolente suposición de autoridad sobre ella, pero en cierto modo, con el peso de él encima y ese aturdimiento en el rostro, no tuvo valor. Le dijo con dulzura:

—No me ha poseído. —Le dolía aquel punto entre las piernas, pero tenía que decir la verdad—. Me he entregado a usted.

Con lentitud, él salió de su cuerpo y la dejó en soledad. Ya sentía soledad.

—¿Por qué? —preguntó él.

La respuesta. Era tan sencilla. ¿Cómo no lo sabía?

—Porque me necesitaba.

17

Cuidado con lo que deseas.
Algún día podrías conseguirlo.

LOS VIEJOS DE FREYA CRAGS

«Porque me necesitaba.»

¿Qué diantres significaba eso?

Con la ferocidad de un tigre herido, Robert se alejaba de su cabaña en dirección a la casita. Había transcurrido la mañana. Se había despertado con el sol de la mañana, con la fragancia del perfume de Clarisa en el cuerpo, dándose cuenta estupefacto de que había dormido profundamente por primera vez desde su regreso de la guerra.

Tanto daba que con Clarisa hubiera encontrado el tipo de dicha que pensaba que había desaparecido de su vida para siempre. Tanto daba que la hubiera desvirgado...

Puñetas. Era virgen.

Abrumado por aquel pensamiento que le obsesionaba, se apretó la frente con las palmas y dio un pequeño tropezón de lo débil que estaba su pierna. Tenía una gran magulladura en la cadera de uno de los golpes del día anterior, aunque no lo recordaba. Le dolía el brazo donde Clarisa le había cosido los puntos. Tenía el ojo y el mentón hinchados y —flexionó los dedos— los nudillos estaban rígidos debajo de las postillas. Nada de que preocuparse. En otros tiempos las había pasado de peores.

No eran sus trofeos de guerra lo que le preocupaba. Era la verdad que volvía a él una y otra vez. Clarisa era virgen. No le preocupaba que fuera de verdad princesa ni que hubiera puesto fin a su oportunidad de una boda dinástica. Esas leyendas eran cuestiones incongruentes que ella contaba.

Pero era una mujer soltera, y él había arruinado su reputación. Cuando él había planeado seducirla, lo había hecho con el convencimiento de que tenía experiencia. Ella le había inducido a aquel error con su aire de seguridad y sus viajes y su mundo. Él se había equivocado, y ella... ella había dicho...

«Porque me necesitaba.»

No la necesitaba. No necesitaba a nadie.

Clarisa le convenía, era una mujer en el lugar correcto en el momento correcto. Necesitaba dejar claro aquello.

Pero el caballero no tardaría en llegar, embarrado con el polvo de la caza, con necesidad de baños y ganas de comer. ¿Cuándo iba a encontrar tiempo o la oportunidad de hablar con Clarisa a solas?

Entró en la casa por la puerta lateral y miró a su alrededor con irritación.

¿Y dónde estaba todo el mundo? ¿Por qué ninguno de los hombres había aparecido todavía? ¿Se estaban acicalando las damas en su habitaciones?

Por primera vez desde su regreso a casa, tenía ganas de compañía. Quería hablar con gente, quería oír voces... porque no quería pensar en las palabras de Clarisa.

«Me necesitaba.»

Al cuerno.

Quería hablar con Clarisa y decirle...

No. Necesitaba ver a Clarisa. No del modo que ella decía que le necesitaba, sino porque el coronel Ogley estaba en camino. Si la información de Hepburn era correcta, y lo era, Ogley estaría aquí antes del té.

Hepburn dio una larga exhalación de impaciencia. Se acababa el tiempo. Tenía que preparar a Clarisa para la tarea que tenían delante.

Acechó por los pasillos escuchando y mirando. No estaba por ningún lado.

Hizo un gesto a un lacayo joven y desgarbado.

—¿Dónde esta la princesa?

El lacayo dio un brinco y se sonrojó con intensidad.

—Milord, Su Alteza está en el jardín de invierno.

—¿Otra vez? —soltó Hepburn.

Al lacayo los ojos se le salieron de las órbitas con alarma.

—¿Milord?

—Da igual. —Hepburn se fue por el pasillo—. Enseguida lo descubriré. —¿No iba a hacer otra demostración, o sí? No iba a permitirle pintarle otra vez, qué puñetas. No sabía si podría soportar que le tocara otra vez, porque la mera idea le calentaba la sangre al igual que algunas partes menos dóciles.

Mientras se aproximaba al jardín de invierno, captó primero su fragancia. Algo así como nuez moscada y flores, y vino caliente y embriagador. El aroma le llevó de vuelta al recuerdo de la noche anterior, cuando él estaba encima de ella y embestía en su interior. No quería pensar en eso, recordar cómo la sentía mientras se movía debajo de él, entregándose con generosidad incesante. Respiró a fondo, y sus latidos se aceleraron.

«Me necesitaba.»

Pero no. No decía eso, estaba diciendo:

—Necesitarán esto para adoptar una línea suave en la frente. ¿Ven cómo toma forma y se define?

Hablaba otra vez de cosméticos, no cesaba de vender sus bálsamos y ungüentos. Ella estaba motivada, tanto como él, pero las razones eran diferentes. Quería dinero. Regresar a Beaumontagne y ocupar su puesto en la Familia Real, decía. Aunque bien mirado no sabía qué la motivaba en realidad. No comprendía nada de ella. Y ojalá no le importara.

Permaneció entre sombras y dio una ojeada al grupo de damas que miraban al frente embelesadas. Millicent estaba sentada junto a una mesita, con una taza de té junto al codo y la mejilla descansando en su mano. Parecía vulgar y, también, solitaria, justo lo que Clarisa le había dicho a gritos tan sólo un día antes. Millicent había sido menospreciada por su padre, por Prudence y por él. Pero él no se sentía culpable. La culpa no tenía ninguna utilidad. En vez de ello, consideró en qué forma corregir la situación. Él tomaba decisiones, y antes de que finalizara el baile, Millicent tendría lo que quisiera. Él haría lo necesario para que estuviera feliz.

La señorita Larissa Trumbull y su madre también estaban sentadas, con un mohín de desdén distorsionando su boca.

Se apresuró a retirarse de su campo de visión. Lo último que le hacía falta era oír la voz calculadamente seductora de Larissa Trumbull y someterse a otra exhibición extravagante de sus pechos demasiado generosos.

Se torció para poder ver a Clarisa.

Era cierto que tenía un aire regio. Era menuda, y aun así su postura era la de una mujer alta, con los hombros hacia atrás y los brazos doblados con gracia a los lados. Siempre, sin excepción, era amable con las personas menos agraciadas, y aun así se reservaba un poco, como alguien a quien le asustara la intimidad y su traición final. Ese distanciamiento era un reto para él.

¿Era la princesa de un país lejano o un fraude ejecutado con inimaginable destreza? No sabía. Sabía sólo que él la había poseído pero que aún no la había conquistado.

Su belleza le cortó la respiración. Su pelo... algunos decían que el pelo de una mujer era su gloria suprema, y en el caso de Clarisa, era cierto. Sus rizos eran genuinamente dorados, atrapaban la luz en sus curvas suaves y reflectantes. Lo llevaba estirado hacia atrás y sujeto de tal manera que algunos mechones se sostenían y otros escapaban en un orden descuidado y caían a lo largo de la columna de su cuello. Anheló apartar esos rizos, rozar la nuca con sus dedos, con los labios. Quería besar el suave arco de su pómulo, la curvatura de su sonrosada boca. Recorrió con la mirada su seno bien proporcionado, tan desatendido la noche anterior en el frenesí de la copulación, y determinó corregir su negligencia con largos minutos... no, con horas de atención.

Captar su aroma, oír su voz, verla, creó en él tal mezcla de anhelo —no necesidad— que temió que alguien pudiera verle en este estado. Tenía el pene erecto igual que cuando era un adolescente, y tenía tan poco control sobre sí mismo como un muchacho con su primera calentura de deseo. Le temblaban las manos de ganas de entrar sin más, levantarla en sus brazos y llevársela. Lejos de las palabras persuasivas, de damas con tontas sonrisas, de las trampas de la civilización. Llevarla a un lugar creado por él donde no existiera nada, sólo él y ella y sus cuerpos desnudos enredados hasta que disfrutara de ella de todas las maneras posibles.

Robert observó que Clarisa tenía en la silla a una muchacha, ¿cómo se llamaba?, esa costurera del pueblo... la señorita Rosabel. Las damas observaban —Millicent y Prudence, lady Mercer y lady Lorraine, lady Blackston y la señorita Diantha Erembourg— mientras Clarisa señalaba su barbilla, su mejilla, su nariz. Cogió el cabello de la muchacha con la mano y lo retiró del rostro. Luego inclinó la cabeza de tal manera que Robert tuvo una visión clara de su perfil.

Era guapa, pensó él con despreocupación. Una chica afortunada por haber tenido a Clarisa para enseñarle cómo conseguir encanto, ya que recordaba el aspecto de la señorita Rosabel cuando llegó por primera vez a Freya Crags. Nadie la había mirado por segunda vez.

Mientras Clarisa hablaba, la muchacha puso una mueca y le dedicó una mirada de resentimiento.

Qué extraño. ¿Por qué iba a estar resentida?

Además, había visto esa expresión antes en otra persona. Algo familiar en la expresión de esa muchacha le rondó. Entrecerró los ojos mientras la observaba.

Entonces Clarisa puso también una mueca, y lo supo. Sin fanfarria lo vio claro: eran hermanas. Clarisa y esa tal señorita Rosabel eran hermanas.

No se parecían, pero sus gestos, sus expresiones, la manera en que hablaban, eran idénticas.

Dio un paso atrás.

Porque al darse cuenta de eso, entendió otra cosa. La nueva costurera no era una aventurera a la que la casualidad había traído a Freya Crags en busca de trabajo. El plan era deliberado. Pocas semanas antes de que Clarisa se presentara en la ciudad, esta mujer, en apariencia feúcha, llegaba y esperaba a que la transformaran en público en una joven encantadora.

No sabía si aplaudir su inventiva o maldecir el hecho de que Clarisa fuera una charlatana de proporciones inusuales.

Las dos cosas. Ninguna.

Saber que Clarisa contaba con el apoyo de su hermana creaba un nuevo reparto para su farsa. El papel de la asesora de belleza recaía por lógica en la persona de Clarisa. Pero el papel de granuja era más improbable. ¿Había motivado el engaño de Clarisa su responsabilidad en la seguridad de una hermana?

Todavía más importante, él había supuesto que tenía hermanas, pero ella nunca había admitido su existencia. ¿Había más hermanas merodeando o sólo protegía a la señorita Rosabel?

No importaba. Nada había cambiado. Seguía necesitando a Clarisa para cumplir su papel en el baile. La necesitaba tanto como antes.

Regresó junto al lacayo y le dijo:

—Cuando acabe Su Alteza, por favor, acompáñela a mi estudio. —No, no a su estudio. Los recuerdos rondaban por el estudio—. Mejor, acompáñela a la biblioteca. La esperaré en la biblioteca.

Clarisa iba del brazo de Amy en dirección a la entrada de servicio.

—Has venido en el momento justo. —Gracias a la claridad y delicada textura de la piel de Amy, Clarisa había vendido otra docena de tarros de su ungüento más caro, la crema secreta real para una mirada luminosa—. Eres la modelo ideal.

—Será por eso que he venido andando hasta aquí. —El labio inferior de Amy sobresalió aparatosamente—. Para que pudiera hacer de modelo en tus demostraciones.

La culpabilidad atravesó a Clarisa. Amy llevaba una vida de costurera, cosía hasta que le dolía la vista, vivía en el minísculo dormitorio en una buhardilla en casa de la señora Dubb, andaba a pie en vez de ir a caballo por la carretera de MacKenzie Manor. No era de extrañar que Amy estuviera resentida con Clarisa.

Llevó a su hermana hasta la soledad de una pequeña sala de estar y Clarisa dijo:

—Soy consciente de que has venido hasta aquí porque tenías un motivo, y quiero oírlo sin más demora. Lo único es que has llegado justo cuando había empezado la demostración y no me he atrevido a decirles que tenía que interrumpirla para hablar contigo...

Amy se quedó mirándola destilando hostilidad por cada poro.

—¿... con mi hermana? —Clarisa acabó con una nota interrogadora, en un intento de explicar lo que no necesitaba explicarse.

—No, no podías decirles eso. Eso acabaría con todo. Toda esa ridícula farsa real secreta. —Amy se dio una vuelta para que Clarisa no la tocara—. Mira, Clarisa, estoy cansada de ser una demostración —respiró a fondo y gritó—, y estoy cansada de ser una princesa.

Clarisa cerró la puerta a toda prisa y, por prevención, empezó a hablar en italiano.

—¿Qué quieres decir? Eres una princesa. No puedes cambiarlo.

—No seas ridícula. —Amy dio unos pasos por la estancia—. No somos princesas. No tenemos país.

—¡Sí tenemos país! —Clarisa se lo había dicho a Amy antes—. Estamos temporalmente en el exilio.

—Temporalmente en el exilio por el resto de nuestras vidas. —Amy se retorció los nudillos hasta que le quedaron blancos—. No voy a ningún lado. No voy a ir a otra ciudad por delante de ti. No voy a hacer pensar a la gente que me has transformado de bruja en belleza. Se acabó.

—De acuerdo, está bien. —Clarisa intentó coger a Amy por la mano, consolarla, pero Amy no quería que la tranquilizara—. Esta vez voy a juntar suficiente dinero para que podamos regresar a Beaumontagne.

Amy se burló de ella.

—Se suponía que no íbamos a regresar hasta que nos enviaran un recado.

—He empezado a preguntarme si no habrá alguien saboteando los intentos de la abuela de enviarnos noticias. Eso cambiaría mucho las cosas. —Clarisa tamborileó los dedos entre sí—. Estoy tentada de escribir a la abuela.

—Si no fuera por mí, ya habrías regresado a Beaumontagne. ¿No es cierto?

La sagacidad de Amy hizo titubear a Clarisa.

—¿Por qué dices eso?

—Te conozco. Eres valiente como un león. Si no te preocupara mi seguridad, ya habrías hecho el viaje y descubierto la verdad de lo que pasa allí. —Amy la miró de demasiado cerca—. ¿No es cierto?

—Sólo tenías doce años cuando nos fuimos del colegio, y consideré imprudente regresar tan pronto. —Lo cual no era una respuesta, pero tendría que serlo.

No obstante, Amy no iba a ceder.

—Pero después... Llevas mucho tiempo pensando en regresar, de eso me doy cuenta. Si no fueras responsable de mí, habrías vuelto, por muchas dificultades que encontraras.

—No me atrevo a contrariar los deseos de la abuela. —Eso tampoco era una respuesta, y Amy lo sabía. Clarisa se daba cuenta por el gesto burlón que torcía la boca de su hermana—. Ahora estoy decidida a escribir a la abuela, y cuando lo haga...

—No lo entiendes. —Amy arrojó las manos con gesto de exasperación extrema y se puso a caminar por la habitación—. No importa. No me importa. No quiero regresar a Beaumontagne.

Clarisa la siguió con paciencia.

—No hablas en serio.

Amy se dio la vuelta y le plantó cara con ojos centelleantes.

—Sí, es en serio. Has trabajado para que podamos regresar a Beaumontagne, pero a mí nunca me has preguntado qué quería yo.

Clarisa, perpleja, preguntó.

—¿Qué quieres?

—¡No me interesa un país remoto que apenas recuerdo! —Amy cogió a Clarisa por los hombros y la miró a los ojos—. Quiero encontrar algún lugar en Inglaterra o en Escocia donde pueda instalarme y trabajar en serio: diseñar ropa o cualquier otra cosa por la que los jueces no nos presten atención.

—Amy. —Amy no sabía qué estaba diciendo—. Lamento mucho que no recuerdes Beaumontagne como yo, y me culpo de que no lo tengas más presente...

Exasperada, Amy soltó una exagerada exhalación.

—¡Lo recuerdo! Tenía nueve años cuando me fui, no dos. Pero, ¿de qué sirven los recuerdos? Tú estás tan ocupada recordando Beaumontagne que no eres capaz de mirar el paisaje que nos rodea. Estás tan ocupada recordando nuestra familia perdida que no te fijas en la gente con la que hablamos cada día. No puedes vivir el día de hoy, estás ansiosa por marcharte y vivir de regreso en Beaumontagne. Vives tan ajena a los acontecimientos cotidianos como si aún estuvieras en el castillo de Beaumontagne.

Clarisa se quedó mirando sin habla a su hermana. Ojalá fuera verdad. Ojalá viviera sólo para el día de mañana.

Anoche había vivido el momento. Robert MacKenzie la había sacado a rastras de sus preocupaciones sobre lo que era lo adecuado para una princesa y la había adentrado en su vida con rabia y dolor. Ella había sentido con él esas emociones, se había entregado para ayudarle, y nada volvería a ser igual.

Mientras Amy perdía el control sobre sus palabras, no advirtió la congoja de Clarisa. Hablaba cada vez más rápido, como si hubiera reprimido sus sentimientos durante demasiado tiempo.

—Yo... estoy cansada de esperar a mañana para vivir. Quiero vivir aquí, ahora, antes de que sea tan vieja que ya no queden mañanas.

—No podemos ser como la gente normal. No somos gente normal. Somos princesas, y todo lo que eso implica. —A Clarisa le sorprendió comprender lo racional que sonaba eso, y no como algo dicho por una mujer que la noche anterior había traicionado su herencia de la peor manera posible—. Tenemos que mantenernos por encima de las condiciones normales de la vida...

Amy la silenció.

—Ya he oído eso antes. No me importa. —Cogió las mejillas de Clarisa entre sus manos y la miró al rostro—. Me niego a seguir siendo una princesa.

Clarisa sonrió, aunque le temblaban los labios.

—Querida hermana, sé lo frustrada que estás, pero te lo prometo: si tienes paciencia unos pocos días más, tendré dinero suficiente para que viajemos con cautela y prudencia de regreso a Beaumontagne.

Amy bajó la vista a la alfombra. Siguió las líneas del estampado con la punta de su resistente bota. Alzó la vista y sonrió, y la tristeza de su sonrisa sacudió a Clarisa.

—No has oído ni una palabra de lo que he dicho, ¿verdad que no?

Con frustración, Clarisa dijo:

—Sí, te he oído, pero no sé qué quieres.

—Me has oído, pero no has escuchado. —Cuando Clarisa quiso soltar una objeción, Amy le hizo un gesto para que se callara—. No te preocupes, yo lo entiendo de veras. Ojalá... bien, si los deseos fueran caballos, el mendigo iría a caballo. ¿No es cierto ese dicho? Te veré cuando sea conveniente. Recuerda, soy mayor de lo que tú eras cuando empezaste a cuidar de mí.

—Cuando pienso lo inexperta que era...

—Yo no soy inexperta. Tengo mucha más experiencia que tú por entonces. Y bien, debes cuidar de ti igual que has cuidado de mí. Esta situación es muy inestable, y me preocupo por ti. —Amy besó a Clarisa en la frente, luego se apartó.

—Estaré bien. —Aunque Amy tenía razón. La situación era volátil y aún lo sería más la próxima vez que Clarisa viera a lord Hepburn—. Lo tengo todo controlado.

—Por supuesto que sí. Siempre sabes cuidar de ti misma. —Amy sonrió con algo que parecía admiración—. Sólo recuerda, he aprendido a cuidarme yo solita sólo con verte, y eres la mejor hermana que alguien pueda tener. —Avanzó hacia la puerta.

La convicción de Amy alarmó a Clarisa más que cualquier otra cosa. Siguió a su hermana.

—Espera, Amy.

Pero cuando Amy se estiraba para coger la manilla, alguien llamó a la puerta. Amy la abrió de par en par, dejando al descubierto a un joven y alto mayordomo.

Era Norval, que parecía más nervioso que nunca, si es que eso era posible.

—¿Sí? —preguntó Clarisa con amabilidad.

Él hizo una inclinación con sus torpes y largas piernas.

—Su Alteza, Su Señoría desea reunirse con usted en la biblioteca. Ha pedido que vaya a verle de inmediato.

Nada como este mensaje podría haber apartado a Clarisa de su interés en Amy.

Hepburn quería volver a verla.

Por supuesto, no dudaba de que volverían a verse, pero que ese momento se definiera la consternó, y le entraron ganas de salir corriendo y ocultarse... pero al mismo tiempo deseaba ir deprisa a su encuentro.

¿Quién era ella? ¿La princesa que sabía que era? ¿O sólo una mujer tan alocada como para desear a un hombre más allá de la lógica y la decencia?

Amy rodeó discreta al lacayo y dio unos pasos por el pasillo.

—Dios la bendiga, Clarisa.

Distraída, Clarisa respondió.

—Vendré al pueblo en cuanto acabe el baile y ya hablaremos entonces.

Amy hizo un gesto de asentimiento, sonrió y se despidió con la mano.

—Adiós.

18

La gente más interesante es la gente que se interesa por ti. Una princesa perspicaz aprovechará esta idea para dominar el mundo.

REINA CLAUDIA, VIUDA DEL MONARCA DE BEAUMONTAGNE

Clarisa empezó a andar por el pasillo en dirección a la biblioteca, olvidada de Norval, olvidada de Amy, olvidada de las exigencias de las damas y sus cutis. Nada importaba a excepción de la opresión en sus entrañas y la expectación que experimentaba por volver a ver a Hepburn.

Entonces advirtió los ojos asustados del lacayo que la observaban con angustia. No le importaba, no le importaba cuál fuera el problema.

Pero la imagen de su expresión abatida se le quedó grabada. Antes de que doblara el recodo, se detuvo.

—¿Algún problema, Norval?

Él se movió arrastrando los pies.

—Su Alteza, lord Hepburn me pidió que la acompañara de inmediato a la biblioteca cuando acabara con las damas y... y yo estaba trabajando en otro sitio. —Se sonrojó con aire miserable bajo la mirada inquisitiva de Clarisa y corrigió—: Quiero decir, estaba hablando con las doncellas y se me pasó comunicárselo de inmediato como me había ordenado el señor.

—Entonces no se lo diremos. —Intentó marcharse, para ir a verle.

—El señor se entera de todo y tiene un genio aterrador. —Norval bajó la voz—. He oído que ayer mató a diez granujas sólo con sus puños.

—Eran dos hombres, y sólo les dio una paliza. —No podía creer que estuviera tranquilizando a Norval sobre un suceso que a ella la había espantado.

—En la cocina dicen que el señor está loco —susurró Norval.

—Con toda certeza no está loco —dijo con irritación— y eso podrías decirles a los de la cocina.

Norval hizo una inclinación mientras ella se iba a buen paso.

¡Qué ridículo pensar que Hepburn estaba loco porque había pegado a esos hombres! Sí, en un momento ella podría haberlo pensado, pero anoche eso había cambiado. Anoche...

Con dedos temblorosos, se colocó bien un mechón de pelo.

La noche anterior le había odiado y le había amado y le había temido... y había tenido relaciones con él.

Oh, Dios. Durante todos los días anteriores de su estancia en MacKenzie Manor había temido la locura de Hepburn. Ahora su propia locura la tenía perpleja. Iba a verle otra vez, y no sabía qué decir. La abuela le había enseñado cómo actuar en todo tipo de situaciones... excepto en ésta.

La luminosa luz del sol que entraba por las ventanas debería haberle dado valor, en vez de ello, temía que dejara expuestos sus pensamientos para que los viera todo el mundo.

Una voz interna se burló: ¿Todo el mundo?

No había nadie por los pasillos. ¿A quién quería engañar aparte de sí misma? La persona de la que quería proteger sus pensamientos era Hepburn, pues la noche anterior había sido maravillosa y turbadora, y aún no la había asimilado.

La puerta de la biblioteca se alzaba ante ella. Se quedó quieta mirándola como si fuera un portal a otro mundo. Él estaba al otro lado. Anoche, cuando regresó a su dormitorio, había dormido con dificultad. La mente era un enredo de nuevas revelaciones y viejos sueños, sus emociones pasaban de la euforia a la desesperación. Ahora tenía que enfrentarse a él de nuevo, y ella no estaba preparada.

Nunca estaría preparada.

Un rumor de seda y el ruido de pasos le hizo volver la cabeza. Larissa venía a toda prisa hacia ella, taladrando a Clarisa con la mirada, con la misma caridad que muestra un águila cuando detecta su presa.

—¡Princesa Clarisa! —Su exigente voz no exhibía en absoluto el tono seductor que adoptaba ante lord Hepburn—. Requiero su atención de inmediato en mi dormitorio.

Qué interesante. Larissa y su madre habían dejado muy claro lo que opinaban de los cuidados de Clarisa, pero entre sus cejas relucía un grano rojo.

—¡Recoja ahora mismo sus secretos reales y reúnase conmigo en mi dormitorio! —soltó Larissa.

—Lo siento, señorita Trumbull, pero eso no es posible. Tengo otra cita. —Clarisa mantuvo la cortesía, con voz firme—. ¿Tal vez más tarde?

El color del rostro de Larissa en todo caso se intensificó y el grano entre las cejas se volvió púrpura.

—Princesa Clarissa —hizo vibrar la *r* de *princesa*— no sabe con quién habla. Soy la única hija de Reginald Buford Trumbull de Trumbull Hall y de Ann Joann Stark-Nash del castillo Grahame, y no toleramos la insolencia de meras vendedoras ambulantes. —Sonrió con tensa arrogancia—. Ni siquiera de las vendedoras que afirman ser realeza desposeída de algún misterioso país sin mencionar, que sin duda existe en las fiebres de su cerebro.

A Clarisa ya la habían insultado antes, y gente mejor, pero algo en la altanera seguridad de Larissa le tocó la fibra. La sonrisa de Clarisa sólo podía calificarse de majestuosa, y su voz tenía una mordacidad que reservaba por lo común para perros que ladraban o para hombres que se atrevían más de la cuenta.

—Mi querida señorita Trumbull, estoy segura de que sus antecedentes son los que usted afirma. Sin embargo, si cree o no en mi pertenencia a la realeza es una cuestión que me es indiferente. Lo que sí importa es que he dado mi palabra de que iría a atender a otra persona, y siempre cumplo mi palabra. —Su tono contenía un trallazo de desdén—. Estoy segura de que alguien de su posición entiende el valor de cumplir la palabra dada.

La ira despojó el rostro de Larissa de cualquier cosa parecida a una conducta civilizada. Se acercó un poco más, alzó la mano y propinó una bofetada con la palma abierta en el rostro de Clarisa.

Y desde la biblioteca, Hepburn dijo:

—Su Alteza, le agradezco que haya hecho un hueco en su exigente agenda para hablar conmigo.

A Larissa le tembló la mano, luego la bajó a un lado.

—¡Oh, señorita Trumbull! —Hepburn sonaba sorprendido cuando se apoyó en el umbral de la puerta, pero su lánguida postura se burlaba de Larissa, le comunicaba con demasiada claridad que lo había visto y oído todo—. No había advertido que estaba aquí. Confío, Su Alteza, en que no interrumpo su charla con la señorita Trumbull.

El seno de Larissa se agitó como si intentara con gran esfuerzo respirar y excusarse, pero sólo pudo decir:

—No... no le había oído.

—No. —La analizó de arriba abajo con la mirada, y dejó claro que la visión le resultaba de mal gusto—. Ya lo sé.

Larissa cayó en la cuenta de su acto: había exhibido con demasiada claridad su crueldad y mezquindad al hombre que ella había declarado que iba a conquistar. Típico de Larissa, intentó echar la culpa a otra persona.

—La princesa Clarisa estaba siendo insolente conmigo.

Hepburn se incorporó poco a poco hasta separarse del umbral y dominó la escena en cuanto abandonó su aire indolente.

—Señorita Trumbull, entre las cosas que más detesto se encuentra la exhibición obvia de encantos femeninos que estarían mejor ocultos que expuestos. Pero, por encima de eso, los celos descontrolados me parecen vulgares en extremo. Es culpable de las dos cosas, y hasta que aprenda a comportarse de un modo más apropiado, sugeriría que regresara a las aulas.

Mientras Larissa se quedaba observando a Hepburn, la sangre abandonó su rostro. Tomó aliento para responder, pero nada salió de su boca. Al final se dio media vuelta, y en un intento patético de dignidad, se alejó tambaleándose.

Clarisa la observó alejarse, incómoda al darse perfecta cuenta de que había dado rienda suelta a su genio y que había lastimado a alguien en el proceso.

—Eso ha estado feo por parte de las dos.

—¿Qué quiere decir? —Hepburn la cogió por el brazo y la guió al interior de la biblioteca—. La señorita Trumbull es una joven insolente y demasiado desarrollada, y es ella la que se merece una bofetada.

—Sí, pero a partir de ahora le dará vergüenza volver a mirarle a los ojos.

—Eso espero.

Clarisa vio que él no entendía, que no le importaba, y dijo algo que pensó que sí entendería:

—Las jóvenes insolentes y demasiado desarrolladas tienen tendencia a crear problemas a humildes vendedoras como yo. Debería haberle hecho la pelota.

Parecía que Clarisa hubiera olvidado lo sucedido entre ambos la noche anterior. A Robert no le gustó.

—¿Piensa acaso que debería haber sido menos desdeñoso?

—¡Sí!

Que bobalicona era Clarisa, preocuparse por Larissa, cuando él se encontraba a dos pasos de distancia. Con un gruñido sensual, Hepburn dijo:

—Pero yo hago lo que me place.

Ella volvió la cabeza de golpe y le miró fijamente con su bonita boca carnosa un poco abierta.

Él casi se ríe cuando ella reparó en la referencia a la noche anterior y se ruborizó. Ahora recordaba. Bajó la vista. Se puso roja y dio un paso hacia atrás.

Él continuó, pues estaba impaciente por llevar la conversación a un tema de su interés. Un tema como: ¿lamentaba ella haberse entregado a él? ¿O ansiaba volver a probar?

—Olvidémonos de Larissa. No es importante para nosotros.

—Sí. Quiero decir, no. —Clarisa avanzó poco a poco junto a las estanterías; estaba de ensueño con su sencillo vestido rosa que resaltaba sus mejillas—. Quiero decir, tal vez no sea importante para usted, pero yo he padecido ese tipo de humillación por la que ella acaba de pasar, y es doloroso.

—Se recuperará. Las de su tipo siempre se recuperan. —Se preguntaba cuántos botones tendría que desabrochar para que el vestido se escurriera desde sus hombros y formara una masa en el suelo en torno a sus pies. Iba a disfrutar desnudándola, y esta vez iba a asegurarse de no asustarla con un ataque de pasión, sabía cómo hacerlo..., anoche había sido una aberración, deseo impetuoso y único. La siguiente vez sería diferente.

Y ahora... él iba a cortejarla. Iba a demostrarle que no siempre era un salvaje que se metía en peleas y luego se echaba en los brazos de una mujer.

Hepburn se detuvo ante el aparador y sirvió dos copas de un vino de pálido tono dorado. Tendió una a Clarisa.

—Hábleme de usted. ¿Qué ha hecho de malo para ganarse ese tipo de humillación?

Clarisa se quedó mirando la copa como si fuera el cebo de una trampa. Y lo era. El tipo de cebo que la ponía de nuevo en contacto con él y al mismo tiempo soltaba el corsé restrictivo de la cautela. Él no sonrió cuando Clarisa aceptó el vino de sus dedos y retrocedió de un brinco a su sitio, pero quería sonreír, algo que ya era interesante por sí solo. Hacía mucho, muchísimo tiempo que no se divertía tanto y tanto rato.

—La humillación es algo que sucede. Una hace todo lo posible para olvidar las circunstancias, y eso no incluye asociarlas a un caballero que... —Su voz se fue apagando con cierta confusión placentera mientras daba un trago apresurado al vino. Sus cejas sorprendentemente oscuras volaron hacia arriba—. ¡Un buen vino! De Alemania, ¿puede ser?

—Sí, muy bien. —Ella entendía de vinos. La cogió por el brazo y la llevó a la parte de la biblioteca en la que había unos cómodos sillones de enorme tamaño, grandes ventanales y tallas colocadas con gusto sobre estantes y mesas—. Por favor, ¿no va a sentarse? Nos convendría mucho hablar de la velada que tenemos por delante. —Le sorprendió ver una sonrisa en los labios de ella. ¿Qué era lo que le divertía tanto de aquella velada?

Luego siguió su mirada, y la vio examinando la réplica de una pequeña estatua de mármol de Hermes a punto de lanzarse volando al aire.

—¿Qué?

Clarisa se hundió en uno de los sillones que él indicó.

—Estaba recordando una de las ocasiones de mi humillación.

Ah, una confidencia, confesada de forma voluntaria. Las cosas iban muy bien. Cogió la botella y se acercó un poco más a ella.

—¿No le aflige ese recuerdo?

—No, no, fue más cómico que penoso. —Sacudió la cabeza y se pasó los dedos por delante de los ojos, luego sonrió como si viera la escena ante ella—. Cuando tenía nueve años, la abuela decidió que todas las estatuas del palacio eran obscenas: obras de arte coleccionadas por mis antepasados desde la época del Renacimiento —Clarisa soltó una carcajada y su rostro gracioso se encendió con el regocijo del recuerdo—. Ordenó que les pusieran togas para proteger nuestras sensibilidades delicadas y principescas.

Sus hermanas. Hablaban de sus hermanas. Llenó su copa.

—¿Se sintieron protegidas sus constituciones?

—Hasta entonces no nos habíamos fijado en las estatuas. Formaban parte del palacio, sin más. Pero después de tanto alboroto, nos pasábamos buenos ratos apartando las togas para examinar el... eh... la evidencia.

—Por supuesto. —Se apoyó en la oreja del sillón—. Los frutos prohibidos son siempre los más sabrosos.

Ella alzó la vista. Le miró durante un momento demasiado prolongado, y luego su sonrisa se desvaneció. Se obligó a sonreír de nuevo.

—Por entonces iban a nombrar princesa heredera a mi hermana mayor, Sorcha, y al mismo tiempo prometerla en matrimonio al príncipe Rainger de Richarte. —Clarisa puso una mueca—. Un muchacho detestable. Mi hermana me inspiraba mucha lástima. De modo que ella, mi hermana pequeña, y yo nos las ingeniamos para tirar de una cuerda cuando papá hiciera el anuncio, de forma que todas las togas cayeran al suelo. —Clarisa empezó a reír, una risa alegre por los recuerdos placenteros.

Robert la observó en silencio, con una presión en la entrepierna por su deseo renovado. Si bien no era la mujer más hermosa que había visto le atraía como ninguna. Era menuda, demasiado agradable... demasiado comedida. También era suave como la seda, de piel dorada y buen corazón. Él la había poseído y quería repetirlo. Y luego otra vez. Y una vez más, hasta que el mundo desapareciera y sólo quedara Clarisa, con sus delicados brazos y su suave corazón.

Sin sospechar sus pensamientos, Clarisa continuó:

—Algunas de las togas se enredaron en ciertas partes del cuerpo, ya sabe a qué me refiero...

Sabía a qué se refería, no podía evitarlo. Puso una mueca.

—... y eso empeoró mucho las cosas —continuó—. Los embajadores se ofendieron terriblemente, y la abuela temblaba de furia.

Le recordó a Robert otro tiempo en que él era joven, y estaba convencido de la bondad final del género humano, y también estaba seguro de su propia superioridad y posición. Creía en la familia, en el amor y en que el bien se recompensaba y el mal se castigaba.

Ahora no creía en nada. Ni tenía miedo a nada. Ni siquiera a la muerte.

Clarisa continuó parloteando, inconsciente de su reflexión melancólica.

—Pero papá... juraría que él también se rió. —Dio un sorbo al vino—. Nos fuimos a la cama sin cenar aquella noche, incluso la recién prometida princesa heredera.

Con un rápido instante de silencio, Robert se percató de que la creía. Creía que Clarisa era una princesa. Sus recuerdos eran demasiado cándidos, la mezcla de tristeza y diversión era demasiado real. Intentaba ocultar el centelleo de sus lágrimas mientras hablaba de su familia perdida, y sonreía, pero le temblaban los labios.

Era una princesa, una princesa en el exilio, y él iba a utilizarla a su antojo, y la poseería con tanta frecuencia como pudiera. Porque, al final, hubiera lo que hubiera entre ellos, la pasión no podía negarse. Había estado con muchas mujeres, algunas hermosas, algunas misteriosas, otras desenfadadas o experimentadas, pero ninguna le alteraba los sentidos del modo en que Clarisa lo hacía. Entre los dos existía algo, algo tan peculiar como para ser un tesoro, y él iba a atraparlo si podía. Ella dijo:

—Por supuesto, piensa que soy una mentirosa, pero de cualquier modo, mis recuerdos son mi tesoro.

—No. —*No debía confesar esto*—. La creo.

Ella le miró pestañeando.

—Milord, no entiendo... ha dicho... ¿qué?

Él no la culpaba por la confusión en sus ojos de ámbar y la manera en que le temblaba la mano mientras dejaba el vino en la mesa a su lado.

Clarisa no podía imaginar que ese hombre que la había intimidado y ridiculizado profesara ahora aquella fe en lo mismo que había negado con insistencia.

Hepburn reiteró:

—La creo. Es una princesa. Puede ser un fraude con sus cremas y ungüentos y no ser un fraude en cuanto a su persona principesca. —Torció la boca ridiculizándose a sí mismo y se alejó hasta confundirse con las sombras de la biblioteca—. Pero me importa un comino, porque aún la deseo.

Clarisa sintió ganas de ponerse a dar vueltas, bailar, gritar al cielo su regocijo. Después de tantos años de exilio y frialdad, que alguien dijera que la creía provocaría escepticismo en cuanto a sus motivos. Pero que este hombre, duro y cínico, dijera que daba crédito a sus afirmaciones... casi no podía creer su propia reacción. Sabía que él no mentía. Este hombre no tenía que rebajarse a tal argucia para alcanzar su objetivo. ¿Por qué iba a hacerlo? Ya había conseguido su cooperación en esta mascarada.

Él ya la había poseído. Ahora le ofrecía el mejor regalo que podía darle. Le ofrecía su confianza.

Clarisa se deslizó sobre la alfombra gastada hasta acercarse a él y le puso las manos en los hombros.

—Yo también le deseo.

Los ojos de Hepburn eran inescrutables. Sentía el cuerpo caliente bajo las manos. Él estiró las suyas para cogerle las muñecas.

—¿Y?

El pecho de Clarisa subía y bajaba con rápidas respiraciones silenciosas.

—Y... milord, si me desea, yo le aceptaré. Por el momento. Hasta que esta farsa suya haya terminado y sea el momento de mi partida. —Entrelazó sus dedos con los de él. Se llevó una de las manos de Robert a la boca, la besó y luego mordió un nudillo.

Él saltó como si le hubiera hecho daño, los ojos ardieron con el zafiro centelleante de una señal de alerta. Tomó la barbilla de Clarisa en su mano y bajó la cabeza. Con su boca suspendida encima de ella y el cálido aliento acariciando su rostro, le susurró:

—Puesto que se entrega a mí, ¿podría llamarme por mi nombre?

—Robert. —Ella saboreó las sílabas y las encontró dulces, así como la intimidad que implicaban—. Robert.

Él le rozó los labios. Clarisa acogió con ansia su lengua al deslizarse en su boca. Quería experimentar la armonía que él le ofrecía mientras se fundían y cantaban la canción de la pasión. Nunca dos personas se habían besado como ellos, con este glorioso ejercicio deslizante de degustación, de ternura y violencia. Le rodeó con los brazos y mantuvo la cabeza en el mismo sitio, exigiendo todo lo que él podía darle, cada embate de su lengua, cada respiración acalorada.

Luego él se apartó y volvió la cabeza.

—Escucha. Los carruajes se encuentran ya en la entrada principal. Han empezado a llegar los caballeros. —Volvió a fijar en ella su mirada, pero la pasión había desaparecido de forma tan abrupta que bien podía no haber estado nunca ahí. Su mirada en cambio sopesaba y valoraba a Clarisa:

—Debo explicarte con exactitud lo que requiero de ti en esta farsa. ¿Estás lista?

¿Lista? Sí, estaba lista. Pero él hablaba de otra cosa, y a ella no le importaba. En este preciso instante ella haría lo que él deseara por el único motivo de que él lo quería así. De todos modos, no iba a confesar eso. Ella podía estar fascinada por su forma de hacer el amor, pero conocía demasiado bien su crueldad, y no iba a darle ocasión de pisotearla. Con voz serena que no traicionaba las señales de deseo que perduraban en ella, dijo:

—Dime con exactitud qué quieres que haga, y yo te diré si puedo hacerlo.

—Tengo fe en ti, mi princesa. —Movía los labios, su voz era profunda y grave, cargada de promesas no pronunciadas.

Y cuando hayas acabado, te aseguro que Blaize será del todo tuyo, para siempre.

Ella estaba pensando en algo más que un caballo cuando repitió:

—Para siempre.

19

No encuentras crema en una zanja.

LOS VIEJOS DE FREYA CRAGS

El coronel Ogley había esperado toda su vida para esto. Llegar triunfal a MacKenzie Manor. Deleitarse con las miradas aduladoras de las damas, los comentarios de admiración de los caballeros. Tener boquiabierta a Brenda, su rica esposa, colgada de su brazo.

Saborear el bien disimulado disgusto del conde de Hepburn.

Oh, Hepburn dijo todo lo correcto. Dio la bienvenida a Ogley y le invitó a entrar en el gran vestíbulo de MackKenzie Manor con todas las muestras de gratificación.

Pero Ogley sabía la verdad. Hepburn le odiaba. Ogley se había asegurado de ello durante los años transcurridos juntos en la Península Ibérica y durante todo el tiempo posterior. Ogley se aseguró de que el señorito estirado que le habían asignado como oficial subordinado se convirtiera en un hombre amargado y desilusionado. De hecho, el único objetivo que Ogley no había alcanzado era lograr la muerte dolorosa de Hepburn.

Pero, en realidad, que Hepburn hubiera vivido para hacerle de anfitrión en este baile de celebración estaba resultando incluso más satisfactorio. Aún más, que Hepburn tuviera que ver a Waldemar —el anterior asesor de Hepburn— de pie ahora recto y quieto detrás de Ogley, le daba una sensación de poder que no podía equiparar a ningún acto de guerra o de masacre brutal. Hepburn no tenía nada que Ogley no le hubiera arrebatado. Bueno, excepto su título, y Ogley esperaba recibir una baronía bastante pronto. Qué dulce era saber que Hepburn le detestaba hasta lo más profundo, pero no obstante se veía obligado a fingir respeto.

—Coronel Ogley, señora Ogley, es un gran privilegio para nosotros organizar un baile en su honor. —Lady Millicent, que en cierto modo se parecía a la esposa de Ogley, se apresuró a saludarles—. Estoy leyendo su libro, coronel Ogley, y estoy asombrada por sus hazañas en la Península Ibérica. Confío en que si no está demasiado cansado de su viaje, se reúna esta noche con nosotros en el salón y nos relate sus heroicidades.

Los invitados reunidos en torno a ellos dieron algunos aplausos aislados.

—¡Sí! —Brenda le agarró del brazo—. Por favor, Oscar, ya sabes cómo me gusta oírte hablar.

Ogley dio una palmadita a su esposa en la mano y sonrió con benevolencia a lady Millicent.

—¿No es maravillosa la señora Ogley? Ha oído las mismas historias innumerables veces durante nuestra gira victoriosa por Inglaterra, pero de todos modos me anima a contarlas una vez más.

—Oh, Oscar. —Brenda se ruborizó llena de deleite—. ¿Cómo no iba a encantarme oír tus relatos? Saber que te expusiste voluntariamente a tales peligros, una y otra vez... vaya, es casi un cuento de hadas.

Ogley se puso rígido, pero Hepburn no dijo nada. Ni siquiera daba muestras de burlarse un poco. Era como si hubiera olvidado la verdad, pero eso no se lo creía Ogley. El arrogante hijo de perra de Hepburn nunca olvidaba nada, y ése era el único motivo de que hubiera intentado matarle con tal interés. Que no lo hubiera conseguido revelaba al mundo la suerte de Hepburn... y su destreza.

Pero, por otra parte, ¿qué podía hacer ahora Hepburn? Si intentaba contar la verdad, nadie le creería. Le tomarían por un mezquino que buscaba un poco de gloria para sí mismo. Sus celos añadirían lustre a la fama de Ogley. El coronel sonrió felicitándose a sí mismo. Había atrapado a Hepburn en un infierno creado específicamente para su trasnochado sentido del honor, y Ogley disfrutaba con su sufrimiento.

—Coronel Ogley, la princesa Clarisa ha pedido conocerle. —Hepburn dio un paso adelante con una mujer de belleza inusual de su brazo—. Su Alteza, éste es el coronel cuyas heroicidades ha admirado en las páginas de su libro. Princesa Clarisa, el coronel Ogley y su esposa, lady Brenda.

—Por favor —dijo Brenda—, prefiero que me llame señora Ogley, sin más.

—Entiendo, señora Ogley. —Los ojos de peculiar color ámbar de la princesa Clarisa denotaban admiración mientras miraba al coronel Ogley—. ¡Qué honor ser la esposa de un héroe así!

—Eso creo yo. —Brenda no era capaz de preocuparse por la guapa princesa o por la reacción de Ogley hacia ella. Brenda sólo pensaba lo mejor de él, incluido que seguía fiel a sus votos matrimoniales.

No era intención de él aclararle las cosas.

Pero el coronel sonrió de un modo seductor a la princesa.

—Por supuesto que relataré mis hazañas esta noche en el salón. Hacerlo será el mayor placer. —No sabía de dónde era la princesa Clarisa y tampoco le importaba. Era una hermoso ejemplar de carne femenina, y estaría encantado de compartir con ella la fuente de su heroísmo.

A Clarisa le sorprendió su excesiva admiración, como si hubiera entendido mal el interés que ella sentía por él. Y no era el caso; era demasiado veterano como para reconocer el relumbre que exudaba una mujer cuando deseaba a un hombre.

El coronel desplazó la mirada a Hepburn, quien fruncía el ceño y les observaba. Mejor aún si Hepburn tenía un interés en esta princesa. Arrebatársela sería el cañonazo final de una batalla que había empezado en cuanto Ogley había oído que Hepburn estaba asignado a su regimiento. Una decepción de ese calibre empujaría a Hepburn hasta el fondo del infierno.

—Coronel Ogley, señora Ogley, si no les importa seguirme por aquí. —Lady Millicent interrumpió sin que él pudiera hacer alguna cosa más para ganarse a la princesa.

Lo cual, mientras Brenda estuviera por allí en medio, era preferible. Pero si volvía a tener acceso a la princesa más tarde...

Mientras lady Millicent les guiaba por las escaleras, Ogley hizo un saludo a la multitud de nobles y sirvientes reunidos abajo. Dios, le encantaba ser un héroe. Hizo un saludo especial a la princesa Clarisa y sonrió al ver que Hepburn entrecerraba los ojos con recelo.

Luego Ogley volvió su atención a lady Millicent, quien decía:

—Les hemos instalado en las habitaciones del señor, y si desean alguna cosa, cualquier cosa, sólo tienen que solicitarlo.

Cogió la mano de su esposa y le dio unas suaves palmaditas.

—Estás tan débil y delicada. El viaje te ha agotado. Permíteme que llame a una doncella para que puedas echarte antes de los festejos de la velada.

—De verdad, Oscar, me encuentro bien. Estar junto a ti en esta gira victoriosa no me agota. —Brenda le tocó la mejilla—. Me da energías.

Dejó que sus rasgos adoptaran un ceño de seriedad.

—Por favor, concédeme esto. Ya sabes cómo me preocupo por ti. —Bajó la voz para que lady Millicent no pudiera oírle—. Sobre todo teniendo en cuenta que podrías estar en un estado delicado...

Casi se sintió culpable al ver la expresión de dolor en el rostro de su esposa. Ella había admitido su intención de darle el regalo de un hijo, sin tener conocimiento de que él tomaba precauciones para asegurarse de que su unión no produjera ningún descendiente.

Brenda era hija de un barón rico e influyente. Su padre había concedido a Ogley una asignación anual. Y ese dinero había servido a Ogley para comprar un grado de mando de prestigio en el ejército. Y todo ello porque Brenda le adoraba. Ogley no tenía intención de que nada ocupara su lugar en la vida de su mujer. Ni siquiera su propio hijo.

Brenda inclinó la cabeza y murmuró.

—Sí, querido, por supuesto haré lo que digas.

Mientras el lacayo abría la puerta de entrada a los dormitorios de su señor, Ogley preguntó:

—Lady Millicent, ¿podría ocuparse de que mi esposa descanse en nuestra habitación para que pueda reunirse con nosotros más tarde por la noche?

—¡Por supuesto! —Lady Millicent se volvió a Brenda con preocupación—. ¿Tiene dolor de cabeza? ¿Quiere que le envíe también una tintura?

Mientras las damas charlaban, Ogley admiró la espléndida suite del señor de MacKenzie. Reconocía la riqueza cuando la veía. El gran salón sólo podía describirse como magnífico:

sillas agrupadas en torno a la chimenea, un escritorio provisto de papel, plumas y tinta, una alfombra con los colores gastados de tan vieja, pero tan elegante de todos modos que aún se veía soberbia, y cortinas de regios tonos morado y oro. La mesa tallada estaba adornada con un tapete de terciopelo bordado y una bandeja de oro para las tarjetas de visita. Allí, Waldemar, vestido con librea de sirviente, descargaba los recuerdos de guerra de la bolsa que el coronel había llevado a todas partes con él.

La puerta se abrió para pasar al dormitorio. Dentro, la doncella se hallaba en pie junto a una cama dorada, descorriendo las colchas. La cama estaba sobre un estrado, como si el señor de los MacKenzie fuera un monarca menor que merecía ser venerado. Los regios colores morado y oro se repetían por las cortinas de la cama y el cobertor, y Ogley reflexionó con amargura sobre si Hepburn debía de sentirse como un rey cuando dormía aquí.

Pero Hepburn había renunciado a su alcoba en honor a Ogley, y eso le hizo sonreír. ¿Temía Hepburn a Ogley? ¿Pensaba sobornarle? ¿Se imaginaba el pequeño lord Hepburn que si adulaba a Ogley éste olvidaría sus insultos y jugaría limpio?

No había nada limpio en aquella noche catorce años atrás en Londres, cuando un joven lord Hepburn borracho había retado al recién nombrado Ogley a un duelo con la espada... y había ganado. Y se había reído.

Ogley detestaba que se rieran de él. Era el tercer hermano de una familia noble, pero pobre, de seis alborotadores hijos. Y parecía que siempre había sido el que se caía del árbol o se volcaba del trineo o se escondía debajo de la mesa y al que pillaban. Había sido el chivo expiatorio de todos sus hermanos, algo que odiaba, a lo que respondía chivándose por ahí y buscándoles problemas. Ellos, por su parte, le odiaban. Cuando cumplió veinte años y su padre le pagó un grado de oficial en el ejército, fue lo mejor que le había pasado en la vida. Amaba el ejército. Le encantaban los uniformes, la formalidad y la posibilidad de mandar a hombres inferiores que no tenían otra opción que obedecer. No le importaba si caía mal a todos sus compañeros oficiales. Era gallardo y apuesto, a las mujeres les gustaba, y ahí también veía una oportunidad.

Luego, la victoria de Hepburn había convertido a Ogley en blanco de todos los chistes de los oficiales del ejército. Peor todavía, Hepburn agravó la transgresión presentándose al día siguiente... para disculparse. El canalla indigno se disculpó por ir embriagado y ser grosero hasta lo imperdonable, y esa disculpa puso de relieve una sola cosa: que Ogley había sido vencido con la espada por un muchacho de diecisiete años tan borracho que casi no se aguantaba en pie.

Hasta que Ogley no se casó con Brenda y compró un nuevo grado, mucho mejor, las burlas no habían cesado. Oh, aún había quien susurraba a su espalda, pero ninguno de los oficiales inferiores se atrevía a decir nada, y cuando un superior bromeaba algo... bien, Ogley había aprendido a vengarse con sus hermanos, enseñar una lección a un mero oficial no sería nada. Sólo había que contratar a unos matones para que enseñaran mejores modales al oficial.

Por supuesto, Ogley había sido enviado a la Península Ibérica como represalia, pero para un hombre de su talento ni siquiera eso era tan malo. Había logrado rehuir la mirada adoradora y asfixiante de Brenda, y había hallado oportunidades de las que beneficiarse en medio de los destrozos que producía el enfrentamiento entre franceses e ingleses en suelo español y portugués.

Mejor aún, el viejo conde de Hepburn se había cansado de las costumbres frívolas de su hijo. Para poner fin a sus escándalos le había comprado un cargo en el ejército. Un cargo que envió a Hepburn directo al regimiento de Ogley.

Ogley todavía se reía hoy día con el recuerdo. Qué deleite había sido encomendar al muchacho que domara a los hombres más recalcitrantes salidos de la escoria de las prisiones, y luego exigirle que les liderara en misiones de las que nunca regresarían. Hepburn siempre conseguía traerles de vuelta... a algunos de ellos. Los efectivos mermaban según eran eliminados, pero Ogley siempre ofrecía voluntario a su regimiento para otra misión, y otra, y se encargaba de que ningún mando se enterara de que era Hepburn quien conseguía éxitos mientras el resto fracasaba. En el aislamiento de la península, era fácil para un hombre con inteligencia y tiempo redactar las hazañas como suyas y enviar el manuscrito para que lo publicaran en Inglaterra. Para cuando Ogley dimitió de su cargo, ya había regresado como un héroe a su tierra.

Se quedó mirando un instante a Waldemar.

Nadie se atrevía a contar la verdad, con certeza no Hepburn. No mientras Ogley tuviera a Waldemar en su poder. Ogley sería un necio si dejara ir a Waldemar... y Ogley se jactaba de su astucia.

Brenda le cogió la mano.

—¿No es maravillosa la suite del señor de la mansión?

—Desde luego que sí. —La satisfacción se propagaba como aceite por sus entrañas. Dedicó una sonrisa a lady Millicent—. Le doy las gracias, lady Millicent, por instalarnos aquí.

Lady Millicent se agitó como cualquier soltera que recibe un cumplido.

—Fue mi hermano quien insistió.

—No me gusta la idea de que haya tenido que renunciar a su habitación por nosotros —protestó Brenda.

—No, por favor, no se inquiete. —Al igual que Hepburn, lady Millicent hablaba con aquel débil acento escocés que delataba inferioridad—. Mi hermano no duerme aquí. Desde su regreso de la Península Ibérica, ha preferido permanecer en otra vivienda en los terrenos de la finca.

—Eso me deja más tranquila. —Brenda sonrió radiante. A veces la bondad de su esposa le producía dolor de vientre—. ¿Y a ti no, Oscar? —preguntó.

No. Quería desplazar a Hepburn. Le puso la mano en el brazo y la sujetó con demasiada firmeza. Mientras Brenda se retorcía detrás de él, dijo:

—Lady Millicent, le ruego nos perdone, pero mi esposa necesita de veras descansar.

—Por supuesto, me aseguraré de que pueda tomar un baño. —Con una brusca reverencia, lady Millicent salió de la habitación.

—Eso ha sido cortante. —Brenda estiró los dedos magullados de su marido.

Pero él la llevó con decisión al interior del dormitorio. La ayudó a tumbarse sobre el colchón. Le besó la frente. Luego dijo a su doncella:

—Asegúrese de que descansa. —Al salir de la habitación cerró la puerta tras él.

Waldemar supervisaba la llegada de sus baúles.

—Pon las bolsas ahí junto a la puerta, mozo. Ah, muchacha —pellizcó a una doncella en la mejilla—, me alegra el corazón ver aquí a una chiquita tan guapa como tú.

El lacayo hizo una mueca y la doncella soltó una risita. Waldemar caía bien a todo el mundo con su pelo rubio rojizo y su semblante apuesto. Sus joviales ojos azules relucían bajo las pestañas y cejas rubias, y las pecas invadían su nariz. Parecía la imagen de la franqueza y la sinceridad; mientras uno no se fijara en sus largos dedos de ladrón y sus rápidos andares gatunos.

A Waldemar le habían sacado del barro de la prisión para darle a elegir entre luchar por la madre Inglaterra... o la muerte. Había emprendido el viaje a la Península Ibérica, por supuesto, pero una vez allí intentó escapar. Intentó evitar sus deberes. Fue insolente y chulo. Nada de lo que había hecho Ogley, ni los azotes, ni el aislamiento, ni tan siquiera el estigma del hierro de marcar, le había cambiado.

Luego apareció Hepburn, el brioso, gallardo y noble Hepburn, y Waldemar había elegido seguirle... al infierno.

Al menos, Ogley había hecho todo lo posible para asegurar que Hepburn viviera en un infierno cada minuto de cada día, y lo había conseguido. Consideraba eso uno de los logros de los que estaba más orgulloso.

Ogley se aclaró la garganta.

La doncella cesó las risitas. El lacayo se acercó sigiloso hasta la puerta. Waldemar se enderezó poniéndose en posición de firmes. La sonrisa se borró de su rostro. Cerró la boca con firmeza.

—Y bien —Ogley adoptó su tono asesino—, ¿qué siente al ver a su antiguo oficial una vez más?

—No está mal, señor. —Waldemar se fue hasta la mesa y dejó unos ejemplares del libro de Ogley en una cesta que iban a bajar más tarde al salón.

—No parece haberle perjudicado el tiempo pasado en la Península Ibérica. —Ogley frotó el oro del marco del cuadro y consideró si él debería colgar también algunos cuadros en su dormitorio.

—En absoluto, señor. —Waldemar colocó el cinturón de Ogley y su sable sobre la mesa, así como las condecoraciones de la campaña y sus charreteras.

—A excepción de la cicatriz en su frente. No ha curado bien. ¿Lo has notado? —Ogley se sirvió una copa de brandy y fingió sentirse turbado por su propio lapsus de memoria—. Pero qué tonto por mi parte. Su cicatriz es como la de tus brazos, las que te hicieron mientras le rescatabas del incendio. ¿Cómo sucedió aquello?

Waldemar no se movió. No alzó la vista.

—No lo recuerdo, señor.

Ogley, despacio y con gran placer, se sentó ante la mesa.

—Tendrás que leerlo en mi libro.

Waldemar no dijo nada. Nada. Estaba tan mudo y tan inexpresivo como una marioneta.

Ogley soltó una risita.

—Creo que por fin te has convertido en el asistente que cualquier comandante puede desear.

En tono alicaído, Waldemar contestó:

—Sí, señor.

Ogley por fin había visto verdaderas y claras señales de amansamiento en el hombre que Hepburn había calificado de indomable. En los ojos de Waldemar había un vacío, una falta de expresión en su rostro de clase baja, de origen humilde. Casi se había vuelto aburrido, pero Ogley nunca renunciaría a él. Nunca. Waldemar era suyo de por vida. Ogley había vencido allí donde Hepburn había fracasado. Su intención era pasar aquella victoria bajo la insufrible nariz aguileña de Hepburn.

—Te imagino a ti y a la moza de Hepburn en todas las grandes aventuras que los dos tuvisteis —se burló Ogley.

Waldemar hizo una pausa dolorosa y reveladora.

—No recuerdo ninguna aventura, señor. Creo que el único que vivió aventuras fue usted.

Paseándose hasta la ventana, Ogley hizo girar el acre licor en la copa.

—Sí. Y no lo olvides. Yo soy quien entró en el arsenal francés y robó su munición. Yo soy quien rescató a Hepburn de una prisión francesa después de su descabellado intento de espionaje. Yo soy quien... —Se detuvo de súbito.

Una mujer curvilínea andaba por la amplia extensión de césped situada debajo. Su brillante cabello negro estaba recogido hacia atrás en un moño, y en él llevaba una peineta con una mantilla que caía con encanto alrededor de su rostro. No podía ver sus rasgos a través del encaje, pero su manera de caminar —con las manos dobladas ante ella, avanzando por la hierba como si ninguna emergencia en la tierra pudiera impulsarla a correr— le recordó a Carmen. Eran esos andares majestuosos, sensuales, los que le habían atraído de ella la primera vez, y esta mujer llevaba un vestido escarlata del tono y estilo favoritos de Carmen.

Pestañeó. Pero no podía ser Carmen. La había dejado sin una mirada atrás cuando regresó a Inglaterra junto a su esposa. No era posible que Carmen le hubiera seguido hasta aquí, a un pueblo de Escocia.

El ver a Hepburn debía de haberle traído recuerdos que era mejor descartar.

Luego la mujer volvió la cabeza y se quedó mirando.

—¡Jesucristo! —Ogley dio tal brinco que tiró el brandy sobre su almidonada y limpia camisa.

Era ella. Era Carmen.

—Sir, ¿sucede algo? —preguntó Waldemar.

Ogley se alejó de un brinco de la ventana.

—Sí. ¡A ver si puedes explicarme eso! —Indicó con un gesto violento hacia el exterior.

Observando de reojo a Ogley, Waldemar se fue hasta la ventana y miró afuera.

—¿Y bien? —ladró Ogley.

Waldemar se encogió como si temiera que Ogley fuera a golpearle.

—No... no veo nada, señor.

Ogley apartó a Waldemar de un empujón y se quedó mirando al césped.

Era cierto. Había desaparecido.

20

Sólo los que reman hacen olas.

LOS VIEJOS DE FREYA CRAGS

Entre las sombras de los árboles, Robert tapó a Clarisa con una capa marrón y la sujetó para que no se moviera. Alcanzó a ver en la ventana del piso superior a Ogley y Waldemar mirando al césped. Ogley abrió la ventana de golpe, sacó la cabeza y miró a un lado y otro como un loco.

Waldemar inspeccionaba el lugar en silencio. Robert supo en qué momento les descubrió. Se miraron uno al otro. Los dos hombres se hicieron un gesto de asentimiento con contenida satisfacción. Luego, mientras Ogley gritaba, Waldemar cerró la ventana.

Waldemar había aprendido el arte de la observación durante sus años como desvalijador de viviendas, y él fue quien enseñó a Robert a mirar más allá de lo obvio. Pese a todas las astutas destrezas de Ogley, éste jamás había aprendido a observar, y por eso era con tanta frecuencia blanco de burlas en torno a las hogueras de los campamentos.

Por supuesto, aquello no importaba, él se vengaba de mil formas mezquinas y sobre todo se enorgullecía de un desquite: siempre enviaba a Robert a las misiones más peligrosas, y ahora retenía al mejor amigo de Robert en eterna servidumbre. La situación no era tolerable, y Robert tenía intención de ponerle fin aquí y ahora.

Rodeando a Clarisa con su brazo mientras le tapaba la cabeza con la capa, dijo:

—Ven conmigo. Puedes volver a arreglarte en la casita.

Ella le siguió con obediencia, y cuando la puerta estuvo cerrada tras ellos, se apresuró a quitarse el manto.

Era extraño verla allí de pie, con actitud familiar y postura regia, y aun así, por su aspecto, era una desconocida. Gracias a un retrato en miniatura de la señora Menéndez, Clarisa había conseguido un parecido espeluznante a los rasgos de Carmen. Había oscurecido de algún modo sus ojos, los había perfilado hasta darles forma de almendra. Tenía la boca más roja, más exuberante, coloreada en forma de morrito para dar un beso. Había hundido sus mejillas bajo los pómulos, y su barbilla parecía más ancha. Con la peluca negra y la mantilla, junto con el vestido escarlata, Robert pensaba —confiaba— en que Clarisa pudiera hacerse pasar por Carmen de cerca si Ogley no la examinaba con demasiada atención.

Habían esperado entre los árboles, Clarisa cubierta por la capa marrón. Conociendo a Ogley como le conocía, Robert estaba seguro de que el coronel querría observar la propiedad y regodearse de tener en su poder al señor de la finca. Justo lo que había hecho. Cuando miró por la ventana, Robert dio la señal a Clarisa, «Ahora», y ella empezó a dar un paseo.

Cuando Ogley se apartó de un brinco, Robert volvió a llamarla y ella corrió a su lado. Ella aún no sabía por qué estaba haciendo esto, pero ya no preguntaba. Gracias a Dios, pues Robert no quería explicárselo. No se atrevía a darle la oportunidad de negarse a engañar al hombre que todos creían un héroe.

Mañana apretarían un poco más las tuercas a Ogley con otra aparición, y con ayuda de Clarisa y la gracia de Dios, ahora sólo quedarían dos días para que Waldemar se encontrara a bordo de un barco en el puerto de Edimburgo.

Con ayuda de Clarisa y la gracia de Dios...

Ella estaba de pie mirando a Robert con ojos que veían demasiado.

—¿Puedo hacerte una pregunta?

Inevitable, supuso.

—Por supuesto.

—Estuviste a las órdenes del coronel Ogley. ¿Qué opinabas de él?

Él alzó las cejas. No era la pregunta que había previsto.

—¿Por qué me lo preguntas?

—No es como yo esperaba. Pensaba que sería un hombre fuera de lo normal, un gran hombre ocupado en grandes cosas. En vez de eso... hizo que me sintiera incómoda. Me lanzó miradas lascivas. —Buscó las palabras como si temiera no expresarse con claridad—. Delante de su esposa.

Hepburn hizo un gesto de asentimiento.

Lo cual pareció decirle todo lo que necesitaba saber.

—De modo que no es el héroe que todos queremos venerar.

—Veneradle si queréis. —Hepburn la cogió por la cintura, deseaba que su calor le confortara—. Pero quiéreme a mí.

Aunque Clarisa cedió, acomodando su cuerpo al de él, volvió a preguntar:

—¿Estoy representando esta farsa para el coronel Ogley?

Era demasiado perspicaz.

—¿Por qué lo dices?

—Porque alcé la vista para ver quién me miraba desde la casa.

Aterrorizado por su atrevimiento, Robert preguntó:

—¿Miraste?

—Sí, miré. No te preocupes. —Apoyó su mano en la mejilla de él—. Tengo un espejo. Sé cuánto he conseguido parecerme a Carmen. Le he engañado, ¿verdad?

Sí. La conducta de Ogley había dejado claro que pensaba que había visto a Carmen. Robert hizo un gesto de asentimiento, disfrutando de las caricias de su mano contra su piel, el contacto de su pulgar sobre sus labios.

—Le has engañado. Supe en todo momento que lo conseguirías.

—De modo que ha empezado el juego. —Se soltó y entró en el dormitorio, donde cerró la puerta tras ella.

Robert miró la vivienda que había sido testigo de tanto sufrimiento desde su regreso. Las dos habitaciones habían sido utilizadas treinta años antes para acoger el exceso de visitantes que asistían a las reuniones organizadas por su madre. El salón y el dormitorio tenían proporciones generosas, y estaban amueblados y decorados con gusto, aunque un poco anticuado. Se había sentido cómodo viviendo a solas aquí. Y ahora, con la llegada del coronel Ogley, Robert podía sacar provecho de su aislamiento.

Cuando se abrió la puerta del dormitorio, la princesa Clarisa que reconocía salió con su vestido rosa de día, que llevaba flojo a la altura de los hombros. Al acercarse a él se volvió de espaldas.

—¿Podrías acabar de abotonarme, por favor?

Los botones de la parte superior del vestido estaban desabrochados y le dejaron ver una lisa extensión de piel dorada, el resalte de la espina dorsal y la elegante columna de su cuello. No quería abrochárselo, quería desnudarla, tomar en ese mismo instante lo que ella había prometido. «Si me deseas, yo te aceptaré —había dicho. Luego había añadido—: por ahora.»

Deseaba aquel acto de unión antes incluso de cumplir su misión. Esta mujer era un peligro para él y para sus intenciones.

Por otro lado, la base de su cuello, con los mechones de rizos ralos, le tentaba tantísimo ¿y qué había de malo en un beso?

Clarisa notó el contacto de sus labios contra la piel y cerró los ojos invadida por un oleada de dicha y triunfo. Podría haberse abrochado ella misma los botones, sólo con retorcerse y doblarse un poco, pero necesitaba la confianza de ser algo más que un maniquí y una charlatana para Robert. Necesitaba saber que le atraía como él la atraía a ella. Y quería su beso... todos sus besos.

Robert se pegó un poco más a Clarisa, su cuerpo calentaba el de ella. Abrió la boca contra su piel y la saboreó como si fuera nata y él fuera un gato. Deslizó sus labios sobre su columna, deteniéndose en cada vértebra y provocando en Clarisa escalofríos que descendían hasta la punta de sus pies. Ella se balanceó con el comienzo de la pasión y se preguntó cómo este hombre la había acostumbrado tan pronto a su contacto. Ella era como un instrumento musical que, hasta conocer a Robert, había tocado música discordante. Ahora, mientras sus dedos resbalaban por su piel desnuda, Clarisa era capaz de interpretar una sinfonía y cada nota podía vibrar con afinación perfecta. Pero por él. Sólo por él.

Hepburn retrocedió un paso, se aclaró la garganta y le abrochó los botones con brusquedad. Agarrándola por los brazos, la guió hasta una silla, le dio media vuelta e hizo que se sentara. Clarisa le miró fijamente, sin comprender aquella eficiencia mientras él se apartaba.

De pronto, sin ningún tipo de aviso, vio un movimiento borroso. Un gran hombre con pelo rubio rojizo, vestido con librea de criado, saltó desde la ventana abierta contra Robert y le agarró por la cintura. Los dos cayeron por el suelo y, ante los ojos asombrados de Clarisa, Robert levantó a su atacante por encima de su cabeza. El atacante aterrizó de espaldas en el suelo y luego, con un «Ja», se levantó de un bote y saltó sobre Robert. Era más joven y más grande, pero se dio media vuelta y, al instante, Robert rodó por el suelo y alcanzó a su contrincante en la cabeza con un puñetazo que produjo un sonido amortiguado parecido al de un gong enfundado. Era una lucha intensa y silenciosa, y los dos hombres se daban puñetazos y se empujaban despreciando cualquier resultado que no fuera la victoria.

Clarisa tembló llena de angustia. Era como el día anterior. ¿Acabaría esto también en sangre, carnicería y muerte? Alzó los pies y se puso de pie en la silla para quitarse de en medio... y para saltar sobre el atacante de Robert si hiciera falta.

No podía pensar en otra cosa que no fuera la furia enloquecida de Robert por los MacGee, y el hombre acechando en medio de la noche. Debía de ser él, debía de haber decidido atacar por fin. Pero Robert era formidable cuando estaba enojado, y de hecho Clarisa sufría por el atacante. Robert iba a matarle.

Luego, para su asombro, con un movimiento tan rápido que no vio los detalles, el atacante dejó a Robert boca abajo y se sentó sobre su espalda, torciéndole desde allí el brazo. Con un marcado acento de los arrabales londinenses, el tipo dijo:

—Ah, compadre, vaya pelea de pacotilla. ¡Te has vuelto débil con los años!

—Mi hombro —gimió Robert—. Me has dislocado el hombro.

Clarisa, tras aterrizar en el suelo de un salto, cogió un jarrón y lo sostuvo alto sobre la cabeza del atacante, a punto de bajarlo y eliminar al agresor.

Pero el hombre soltó a Robert al instante.

—Eh, hombre, que no era mi intención...

Robert rodó por el suelo, le atrapó por debajo de las rodillas, y antes de que Clarisa se enterara, se echó sobre él y se quedó sentado sobre la espalda del atacante diciendo:

—La edad y los ataques a traición siempre vencerán a la juventud y la compasión. —Levantó tanto el brazo de su atacante, que Clarisa hizo un gesto de dolor—: Ríndete —exigió.

El atacante soltó un gruñido. Los músculos de su cuello estaban abultados, y levantando la cabeza para aliviar el dolor.

—El muy imbécil; por supuesto que me rindo.

Robert le soltó al instante.

El tipo se volvió boca arriba y se quedó mirando a Robert. Los dos se observaron. Clarisa contuvo el aliento en espera de que comenzaran las recriminaciones.

Pero ambos hombres empezaron a reír. ¡Se estaban riendo!

El atacante tenía una sonrisa tan radiante, que podía hacer que los pájaros se pusieran a cantar.

—Hijo de perra tramposo, pensaba que te había matado. —Al alzar la vista, vio a Clarisa aún parada con el jarrón en las manos—. Ésta sí que es una buena mujer, Robert, dispuesta a defenderte con tu valiosa loza.

Sin dejar de reírse, Robert alzó la vista a Clarisa. Sus miradas se encontraron durante un prolongado momento. La sonrisa se desvaneció, pero ella sólo tenía ojos para él, alto y moreno y tan lleno de risa y rabia y pesar, que podía sentir cada emoción que recorría sus venas.

De un modo inexplicable las lágrimas le saltaron a los ojos. Había pensado que él corría peligro. Tenía el pulso acelerado, le temblaban los dedos... y la lucha no había sido nada más que una pelea entre dos amigos.

Había temido por él.

Bajó el jarrón.

Qué necia había sido.

Robert se sacudió las manos y se levantó para ayudar a ponerse en pie a su compinche. Con una formalidad que no se correspondía con su aspecto arrugado, dijo:

—Princesa Clarisa, éste es el hombre más despreciable de la cristiandad, Cornelius Gunther Halstead Waldemar el Cuarto, antiguo habitante de Londres, antiguo habitante de la prisión de Newgate, antiguo habitante de la Península Ibérica, y también mi buen amigo. —Se rió—. Mi excelente amigo.

Por algún motivo, a Clarisa no le sorprendió oír que Waldemar había pasado un tiempo en Newgate.

Mientras Waldemar hacía una profunda reverencia, Robert continuó:

—Waldemar, ésta es la princesa Clarisa de Beaumontagne, segunda en la línea de sucesión al trono y la dama que conseguirá tu liberación antes de que acabe la semana.

Robert se estaba tomando mucha libertad con la información personal y ella frunció el ceño en señal de desaprobación.

Waldemar cogió el jarrón y le besó los dedos.

—Agradezco sus esfuerzos, Su Alteza, no sabe lo poco que me gusta trabajar para el viejo. Pero cuando el pequeño coronel la ha visto toda emperifollada como la señora Carmen Menéndez, se ha asustado tanto que me ha costado contener las carcajadas.

—¿La reconoció? —preguntó Robert con urgencia.

—¿Reconocerla? —Waldemar se balanceó hacia atrás sobre sus talones y puso una mueca—. Sí, vaya si la reconoció. Casi le da algo allí mismo sobre tu elegante alfombra. Ha creído que veía a Carmen, seguro, y no le ha hecho la menor gracia.

—¿Pensó que era Carmen incluso cuando ella volvió la cabeza para mirarla? —preguntó Robert.

—Robert, no tienes que preocuparte. —Waldemar seguía sonriendo—. Se ha puesto verde.

Robert miró a Clarisa.

—Lo ha conseguido. Le ha engañado.

—De lejos —dijo ella—. Ya veremos qué pasa de cerca.

—Una mujer con coraje. Así me gusta. Su Alteza, si alguna vez decide deshacerse de este tipejo, este Hepburn, le ruego que se acuerde de mí, soy el hombre ideal para usted. —Mirando de soslayo a Robert, añadió—: Tengo mejores antepasados.

—Todos ellos inventados. —En una exhibición de celos que ella sabía que era falsa, Robert le apartó los dedos de la mano de Waldemar—. Ella no querrá nunca a nadie que no sea yo.

Y Clarisa temió que fuera cierto, pero no hacía falta que Robert se lo contara a todo el mundo. Retiró deliberadamente la mano y juntó las dos cerca de la cintura.

—No entiendo, Waldemar, ¿por qué le ha atacado?

Con un ademán elegante, Waldemar la acompañó a la silla para que se sentara.

—Necesita que alguien le tenga al trote. Vivir aquí en esta mansión, solo con los pájaros y las flores, vuelve blando a un hombre. Y nuestro amigo Robert no puede permitirse ser blando. No con el viejo saqueador en la casa.

Por primera vez cesaron las risas entre los hombres, se quedaron mirándose uno al otro con gesto grave.

—Se refiere al coronel Ogley —dijo ella—. ¿No es esto peligroso?

—No —dijo Robert.

—Sí —dijo Waldemar al mismo tiempo. Se volvió a Robert y se quejó—. ¡No mientas a la muchacha! Necesita conocer la verdad sobre él.

—La ignorancia no hace la felicidad —añadió ella.

Robert inclinó la cabeza y accedió a su pesar:

—Digamos que el coronel Ogley no es un hombre genial.

—En realidad es un tramposo, y es taimado, y huele a problemas desde kilómetros de distancia.

Robert se enganchó los pantalones por la rodilla y se sentó sobre el borde de la mesa.

—Es ególatra hasta la medula, y cree que yo estoy haciendo lo mismo que haría él en mi lugar. Piensa que le he traído aquí para desvelar la verdad y que el mundo sepa quién es el verdadero Héroe de la Península Ibérica... cuando en realidad no me importa lo más mínimo.

Waldemar observó que Clarisa movía las cejas, señalando con su pulgar a Robert y articuló para que le leyera los labios:

—El héroe.

Clarisa hizo un gesto de asentimiento y articuló.

—Ya entiendo. —En voz alta añadió—: Creo que merezco saber más. ¿Qué intentamos conseguir? ¿Cuál es mi papel? ¿A quién estoy representando?

Robert no detuvo a Waldemar cuando se precipitó a dar explicaciones.

—Ha hecho un buen trabajo representando a la mujer llamada Carmen Menéndez, una dama de España que pasó por un mal momento. Ogley quería una mujer que calentara su cama, o sea que le dijo que no estaba casado, le prometió que la traería a Inglaterra cuando regresara y que se casaría aquí con ella. Por supuesto, cuando llegó la hora de marcharse, él la abandonó sin mirar atrás. Tiene una esposa. Ella le adora, y Ogley tiene buen cuidado de no enojarla.

—Porque ella tiene el dinero —supuso Clarisa.

Waldemar se apretó la nariz con el dedo.

—Es muy lista, para ser princesa.

Por raro que pareciera, no se sintió insultada. Más bien, consideró que el hombre al que Robert llamaba su amigo la aceptaba.

—De modo que interpreto el papel de una amante utilizada y abandonada por el coronel Ogley para obligarle a... ¿hacer qué?

—A hacer lo que prometió. —Robert tenía un gesto adusto en la boca.

—No te culpo —prosiguió Waldemar—, tú ya lo sabes.

—Fui un estúpido —respondió Robert—. Creí que él cumpliría su palabra.

Waldemar desafió a Robert con su expresión y sus palabras:

—Si esto no funciona, yo me voy de todos modos.

—Funcionará. Lo juro —dijo Robert.

Frustrada por aquella charla que a ella no le decía nada, Clarisa preguntó:

—¿Qué hizo el coronel Ogley?

Robert estaba sentado muy quieto, como una sombra oscura en la habitación.

—Ogley prometió que si Waldemar iba a una última misión conmigo y sobrevivíamos, le liberaría del ejército con una condecoración por valentía.

Waldemar les sirvió a todos una copa de oporto, y cuando entregó la suya a Clarisa, confesó en voz baja:

—El padre de Robert había muerto, y Robert ya podía dejar su cargo en el ejército. No hacía falta que fuera en esta misión. Lo hizo por mí.

Robert les observaba:

—Maldición, Waldemar, estamos en la misma habitación. Oigo lo que dices.

—Pese a su edad avanzada, aún no se ha quedado sordo —añadió Waldemar aún en voz baja. Luego retomó la historia con más volumen—. Sobrevivimos, por los pelos, y por supuesto el coronel Escoria se rió en la cara de Robert cuando le exigió mi libertad. Le dijo que las promesas hechas a alguien como yo no eran en absoluto promesas, y le dijo que le había hecho un favor al enseñarle cómo tratar a un criado: colgando una zanahoria del extremo de un palo, para darle con el palo cuando intentara atraparla.

La historia le provocó náuseas a Clarisa. Balbució:

—Me gustaba pensar que había algún héroe en este mundo.

—Lo hay —dijo Waldemar—. Sólo unos pocos, y yo los he conocido a todos.

—Tú eres uno de ellos —dijo Robert.

Waldemar no hizo caso a Robert, se encogió de hombros mirando a Clarisa:

—Ogley sí que no lo es.

—¡Coronel Ogley, ha sido absolutamente maravilloso! —Lady Millicent inició los aplausos después de la presentación—. Su relato ha sido tan vívido, que me sentía como si hubiera estado ahí durante su heroica acción en la prisión francesa.

¿No nos podrá hacer el gran favor de revelarnos a quién rescató?

Ogley miró por toda la habitación a los invitados aristócratas vestidos con elegancia. Brenda se encontraba allí, radiante de orgullo. La princesa Clarisa también estaba, ataviada con un favorecedor vestido de noche de terciopelo verde claro con la espalda al descubierto. El coronel, sonriendo con gesto irónico, dio la mano a los caballeros.

—No puedo. Eso no sería un acto caballeroso, contar la verdad sobre los actos temerarios de un oficial compañero, ¿no es cierto?

La multitud mostró su aprobación con un murmullo mientras Ogley se mantenía a una distancia respetuosa de las damas, pese a la exuberante y predispuesta señorita Trumbull, quien le sonreía con una invitación sensual. Con Brenda pegada a él tan cerca, ni se atrevió a mostrar interés.

Aparte, la piel entre sus omoplatos le picaba como si alguien le apuntara con un arma. Recorrió la habitación con veloz mirada, buscando, buscando...

Carmen no podía estar aquí. Era imposible. ¿Cómo podía llegar allí? ¿Por qué iba a venir?

Bien... Podía ser por venganza o para arruinar su reputación, desde luego, pero ¿qué esperaría obtener? Y en cuanto a la forma en que había llegado hasta aquí... ¿la habría traído Hepburn?

Ogley palideció sólo de pensarlo. Por supuesto. Hepburn. En la Península Ibérica, Ogley se había apropiado de la vida de Hepburn, la había hecho suya. ¡Cómo debía detestar él ahora ver a Ogley ganarse la adulación que él se merecía! En este mismo momento le miraba con sonrisa irónica mientras Ogley era tratado con un respeto que jamás hubiera imaginado en el pasado.

Ogley se abrió camino entre la multitud, decidido a enfrentarse a Hepburn en ese mismo instante. Pero Hepburn estaba hablando con un mayordomo y hacía una indicación a lady Millicent, quien movía la cabeza con gesto afirmativo.

Era la hora de la cena, un cena muy formal supuestamente en honor de Ogley y sólo de Ogley. No podía ocuparse de Hepburn entonces.

¿Le estaba eludiendo...?

No, estaba desempeñando sus deberes como anfitrión que deseaba que sus invitados se encontraran cómodos. No podía haber traído a Carmen desde España hasta Escocia. Era demasiado absurdo pensar que iba a buscarse tantos problemas.

¿Habría soñado esta tarde? Waldemar había afirmado no ver a nadie en el césped, y cuando Ogley volvió a mirar por la ventana, ella ya había desaparecido.

¿No pensarían que podían volverle loco, verdad?

Se pasó el dedo por el cuello que de pronto le parecía demasiado apretado.

—¿Querrán venir por aquí, coronel y señora Ogley? La cena está servida. —Lady Millicent dirigió al grupo hasta el comedor. La larga mesa lucía unos inmaculados manteles blancos, plata centelleante y ramos de flores—. Por favor, coronel Ogley, le rogamos que ocupe el lugar de honor.

Normalmente, en todas las celebraciones organizadas para él, disfrutaba con los cumplidos más que con ninguna otra cosa. Ahora no deseaba sentarse en la cabecera de la mesa con su anfitriona, lady Millicent, a su mano derecha, y la princesa Clarisa a la izquierda. No le importaba que el seno de la princesa Clarisa se alzara formando unas espléndidas elevaciones curvilíneas por encima del escote del vestido, ni que se sacudieran de forma del todo tentadora cada vez que ella se movía. Al mirar al otro extremo de la mesa, al mirar a Hepburn, Ogley se sintió como el buen griego Damocles, quien al sentarse en el trono del rey, había descubierto una espada colgada sobre su cabeza pendiendo sólo de un cabello.

La espada caería. La única pregunta era... ¿sería Ogley lo bastante rápido como para esquivar el golpe fatal?

21

La vida es demasiado corta como
para bailar con un hombre feo.

LOS VIEJOS DE FREYA CRAGS

Todas las cortinas del dormitorio de Robert estaban descorridas, permitían que la luz de la luna menguante inundara la habitación con su blanco sobrenatural. Cuando Clarisa entró, brillaba con sorprendente intensidad. Podía ver las formas y detalles muy bien, aunque de todos modos la pálida iluminación desteñía los colores de la alfombra, el edredón y las cortinas de la cama. Convertía los oscuros muebles de madera y las puertas en negros bloques cuadrados y los cuadros en imitaciones de la realidad.

Y podía ver sobre la cama el perfil de Robert, recostado contra los almohadones mientras la esperaba.

Él también la veía, eso lo sabía Clarisa. Aún llevaba el vestido de terciopelo verde claro que había encargado lady Millicent para ella. El excelente material tenía una caída perfecta y formaba pliegues a su alrededor, se ajustaba a ella como un sueño. Esta noche, durante las largas horas de espera y charla social, había acariciado el terciopelo, deleitándose en su lujosa textura. Robert la observaba, con párpados caídos, distante, y no obstante ella sabía que la deseaba en todo momento.

Ahora Clarisa sonreía, con una pequeña sonrisa secreta de triunfo. Sí, era una insensata por salir de su dormitorio y venir a verle de noche. Sí, sin duda, le costaría después un desengaño. Pero algún día, cuando estuviera de regreso en Beaumontagne desempeñando el papel para el que la habían educado, tendría el recuerdo de esta noche, y las noches siguientes, fueran las que fueran.

Hepburn se levantó de la cama y se fue hacia ella con su figura grande, grácil y misteriosa. Llevaba pantalones pero sus pies no hacían ruido sobre el suelo de madera, estaba descalzo.

Cuando se detuvo a pocos centímetros de ella, a Clarisa le dio un vuelco el corazón. No le tenía miedo; ya no pensaba que estaba loco pues ahora comprendía su insistencia en esta farsa. Pero ahora se hallaba tan cerca que tuvo que inclinar la cabeza hacia arriba para mirarle. Era muy alto. Era muy fuerte. Peleaba de un modo brutal. Y lo más importante: anoche la había poseído con desesperación y necesidad. No era su intención, pero le había hecho daño con su tamaño. Y esta noche ella volvía a su encuentro.

Pero no estaba indefensa. Era una princesa, nacida para mandar, y esta noche... esta noche ella revelaría el potencial de su autoridad. Esta noche ella tomaría el control.

—Temía que fueras a cambiar de opinión.

Llevaba la camisa abierta por el cuello, y en la profunda uve que formaba el escote, Clarisa alcanzaba a ver la oscura espuma de vello que cubría su piel.

—Di mi palabra.

—Y una princesa jamás deja de cumplir su palabra. —Sonaba como había sonado la primera vez que le vio: neutral, un tanto interesado por su respuesta... e implacable.

Clarisa aspiró su fragancia, la fragancia que había acabado por conocer, y se le aceleró el pulso. Hepburn la había marcado con su pasión —y la marcaría aún más— pero ella también iba a marcarle.

—Lo hago lo mejor que puedo.

El silencio se prolongó entre ellos, un silencio que no era de incomodidad sino de interrogantes.

—¿Por eso estás aquí? —Su voz retumbaba en la oscuridad—. ¿Para cumplir tu palabra?

Sonaba tan absurdo que Clarisa quiso reírse de él. Pero no lo hizo, a él no le gustaría, no lo entendería. Pero sí podía burlarse de él, y lo hizo.

—Robert, ¿alguna vez te has mirado al espejo? Larissa declaró que eras el mejor partido de la temporada por otros motivos que tu título y tu riqueza. Tu forma de andar, esa cortante mirada azul, ese aire oscuro y esa neblina de opulencia... hay algo en ti que hace que todas las mujeres se vuelvan a mirarte y deseen seguirte allí donde vayas.

En la oscuridad, sus ojos relucían con chispas negras.

—Algunas mujeres consiguen resistirse muy bien a mis encantos. Creo recordar que cuando nos conocimos en Freya Crags, te morías de ganas de escaparte.

—Porque sabía que iba a acabar así. —Clarisa apoyó una mano en la forma dominante de su hombro y disipó con su movimiento la tensión bajo la piel—. Deseándote con todo mi cuerpo y alma. Ofreciéndome a ti sólo por... ¿qué mujer quiere verse reducida a ruegos? Pero aquí estoy.

La voz de Robert sonó afectuosa.

—No te he oído rogar.

—Por favor —dijo ella—. Por favor.

Por fin él salió de su inmovilidad. La levantó en sus brazos y avanzó hasta la cama.

La echó sobre las sábanas y se tumbó con ella, apretando el cuerpo de Clarisa sobre el colchón. Ella disfrutó de la pesada sensación, del aroma de él rodeándola de nuevo, de la forma decidida en que la cogía. Él la besó, con un beso lento, penetrante, que a ella le ofreció tiempo para adaptarse, disfrutar del sabor de su esencia y, en lo más profundo de su cuerpo, el deleite empezó a transformarse en la pasión desesperada que despertaba dominante en ella.

Clarisa le mordisqueó el labio inferior.

Él alzó la cabeza con un gemido.

Ella le metió las manos en el pelo. Los mechones se escurrieron entre sus dedos, seda negra de la más suntuosa textura. Volvió a bajarle la cabeza y le pasó la lengua por la pequeña herida. Él abrió los labios sobre los de ella y la devoró mientras empezaba a mover las caderas contra las suyas. Era demasiado, abrumaba los sentidos de Clarisa, pero no era suficiente. Quería más de él, más de su sabor, de su peso, de su fuerza... hasta acabar. Hasta que ella se marchara.

La intensidad dulce y perversa penetró en su alma, con un repentino movimiento salvaje, Clarisa le puso las manos en los hombros y le empujó de espaldas. Él se resistió, durante un instante de sorpresa, luego cedió, se tumbó sobre el colchón con brazos y piernas extendidos.

Robert era un festín para todos sus sentidos: alto, ancho, duro... recorrió con la mano su muslo y encontró su erección bajo los pantalones. El calor que desprendía le quemó la mano como un hierro de marcar, y deseó aquel hierro dentro de ella. Apoyó su cuerpo sobre el de Robert y metió la mano dentro de la camisa abierta. La abrió y palpó los músculos del pecho, tensos y flexionados, como si hiciera un esfuerzo por mantenerse quieto. El áspero vello del esternón se rizaba contra su palma, y aquel simple placer era casi insoportable.

—Siéntate —le ordenó. Cuando obedeció, le quitó la camisa de los hombros y la arrojó lejos.

Bajo la austera luz de la luna, era tan soberbio como cualquiera de las estatuas de su palacio. Las sombras de los músculos jugueteaban sobre la pálida piel, la incitaban a seguir adelante, la tentaban para ver si todo en él concordaba con aquella perfección de mármol de aquellos nobles del Renacimiento. Aun así, antes de que pudiera alcanzar el botón de sus pantalones, Robert le cogió las manos y las apoyó sobre su estómago. Le movió las palmas sobre los músculos tensos de su abdomen y pecho. Allí ella se resistió y se tomó un momento para encontrar los pezones en el nido de vello, para acariciarlos con las puntas de los dedos.

Robert profirió un áspero sonido de deseo. Tenía los ojos medio cerrados mientras ella se inclinaba hacia delante y substituía una mano por su boca. Dio vueltas con la lengua en torno al pezón que se endureció y se irguió hacia ella. Clarisa experimentó una reacción idéntica en sus propios pezones que se hincharon y se elevaron. Era como si todo lo que ella le hiciera a él reverberara en su interior. Todo lo que él le hacía a ella reverberaba dentro de él. Y cada eco se incrementaba como una conexión mágica entre ellos.

Clarisa alzó la cabeza y le sonrió a los ojos.

La expresión de él era adusta, cruel e impaciente, pero no la asustaba. Nunca le haría daño, eso lo sabían sus huesos y se lo comunicaban con claridad.

Él se puso las manos de Clarisa sobre sus amplios hombros, dejando su cuerpo expuesto a él. Robert sondeó primero su mirada, luego desplazó la vista sobre sus pechos, la cintura, las caderas y las pantorrillas estiradas sin recato por debajo de la falda. Clarisa tuvo un primer impulso de taparse las piernas. El segundo, mucho mejor, fue deleitarse en la pasión que a él le obsesionaba. Ella se estiró y se flexionó despacio. El dobladillo se fue levantando poco a poco hacia los muslos. El corpiño se corrió sobre su seno. Se echó el pelo hacia atrás por encima de los hombros para mostrar de forma deliberada la pálida longitud del cuello.

—Me atormentas. —Su voz sonó grave e intensa—. Desde que nos conocimos, cada momento ha sido un juego prolongado y lento en el que yo me imaginaba tu cuerpo estirado debajo del mío, encima del mío, al lado del mío, mientras te tomaba de todas las formas posibles.

Sus palabras formaron un nudo de anhelo entre los muslos de Clarisa. La sangre corría por sus venas, despacio y con fuerza, al ritmo de la ancestral danza carnal.

—Me has tomado una vez. ¿Será diferente esta noche?

Él tendió las manos anchas y fuertes, de largos y capaces dedos.

—Oh, sí. Tan diferente. Esta noche no habrá dolor, sólo un placer interminable. —Le acarició con los dedos el hueco de la garganta, luego los deslizó por las clavículas, y siguió su silueta hasta la cintura. Después, con un lento movimiento ascendente, le cogió los pechos.

Tan fuerte era la sensación de placer y sorpresa que tuvo que cerrar los ojos para controlarse. De todos modos, eso no sirvió. En la oscuridad total, sintió aún con más precisión las caricias de los pulgares alrededor de los pezones, imitando el movimiento que ella había empleado con él. Y si ponía ahí su boca... la dulzura de la anticipación la traspasaba. Esperó sin aliento el siguiente movimiento.

En vez de ello, él se inclinó aún más, la rodeó suavemente con los brazos y movió los dedos para abrir los botones de la parte posterior del vestido. Estaba tan cerca de ella, sentía su aliento en la cara, el calor de su cuerpo la calentaba, pero no hacía ningún movimiento para besarla o retenerla cerca. Sólo, despacio, a propósito, soltó los botones, uno a uno.

Clarisa sentía sus párpados pesados al abrir los ojos. Ahí estaba él, con la cabeza inclinada hacia ella, y la observaba con expresión de desafío. Quería que reconociera cada paso dado en este largo recorrido de la amante casi inocente a la experimentada. Clarisa levantó la barbilla y le sonrió, bajó la mano y metió los dedos por la cinturilla del pantalón.

—¿Pensabas que iba a cambiar de idea?

El vestido cada vez estaba más flojo a medida que él soltaba más botones.

—He oído que las princesas tienen fama de veleidosas.

—Esta princesa no. No... durante mucho, mucho tiempo. —No desde que se había percatado de que nadie cuidaría de Amy aparte... de ella.

Había dedicado su vida a cuidar de Amy. Ahora tendría estos momentos para sí.

Robert tiró de las mangas y el vestido se deslizó desde los hombros, junto con la camisola, descendiendo con un movimiento fluido. El tejido se enganchó en los pezones y luego se deslizó hasta la cintura. Clarisa se encontró conteniendo la respiración. ¿La encontraría hermosa? Otros hombres, ordinarios y sin disimulo, se comían sus pechos con los ojos a través de su ropa. No le importaban sus opiniones lo más mínimo. En cambio, Robert era su amante. Todo lo que tuviera que ver con él le importaba.

Pero él no era consciente de su ansia. Clarisa tenía cautela de no expresarla. Aun así, él susurró:

—Qué bello. Tu cuerpo es bello. —Se inclinó hacia delante y le dio un beso en la inclinación superior del pecho izquierdo.

Una punzada de deseo desesperado se propagó por ella, y sacó los brazos de las mangas.

—No te pareces a otros hombres.

Él alzó la vista para mirarla. Le preguntó de un modo enigmático:

—¿Otros hombres?

—Las mujeres me cuentan cosas. Cuentan chismes, entre risitas, y a veces me explican sus secretos más íntimos. Todas ellas coinciden en que los hombres van demasiado deprisa, con indiferencia. Pero tú... tú vas demasiado despacio. —Le cogió la mano y la apretó contra su pecho—. Me muero de deseo, y tú eres una tortuga.

Él sonrió, sus dientes relucieron a la luz de la luna.

—Al final me darás las gracias, princesa mía. —Giraba la mano mientras le daba un beso en el otro pecho—. Querida mía.

Clarisa no sabía qué creer, sólo conocía ese profundo deseo dentro de ella, el deseo se retorcía con vida propia. Cada centímetro de piel anhelaba entrar en contacto con él. Quería sentir sus manos en sus caderas. Quería seducirle, besarle los labios y meterle la lengua en la boca saboreándole una y otra vez.

De modo que le puso las manos en la barbilla y le mantuvo quieto mientras buscaba su boca con la suya. Los labios de él, calientes y tersos, la mantuvieron embelesada durante interminables momentos mientras ella exploraba los contornos, y cuando él respondió con una presión similar, ella dejó ir un murmullo de invitación. Hepburn abrió la boca debajo de ella, siguió su ejemplo como si ella fuera la experta en seducción. Clarisa le saboreó con los labios, los dientes, la lengua, disfrutando del sabor ahora familiar de su pasión. Con incitación deliberada, le cogió los omoplatos y comprimió sus senos contra el pecho de él.

Confiaba en acelerar la pasión de Robert. Pero descubrió que el contacto de la piel de este hombre contra la suya despertaba en ella un ternura abrumadora y una frenética pasión. Desabrochó los botones de sus pantalones y metió dentro la mano.

La erección llenaba toda su palma. La rígida verga estaba cubierta por la más suave de las pieles, como terciopelo sobre acero, y Clarisa acarició toda la longitud hasta la base, luego volvió al redondeado capullo. No se había percatado de que un hombre pudiera ser tan grande. Tan insistente. Tragó saliva en un intento de humedecer su boca de pronto seca. Tenerlo dentro de ella... lo que parecía tan deseable momentos antes ahora parecía imposible.

Con un ronco susurro, ella dijo:

—Si fuera propensa a los dilemas, lo tendría ahora.

—Te ruego que no —respondió él, con otro susurro—. Me moriré si no te tengo esta noche, y te conozco, princesa mía. Te tomas en serio las responsabilidades. Sufrirías al enterarte de que he muerto de amor por ti.

—¿De verdad? —Le acarició otra vez, y esa emoción secreta corrió una vez más como champaña burbujeante por sus venas—. ¿Morirías por mí?

—Si no me posees pronto, falleceré ante tus propios ojos.

Era una tontería, por supuesto, pensar que este hombre fuerte y experimentado sentía tal deseo por ella. No obstante aquellas palabras la complacieron.

—Entonces deberíamos librarnos de estas ropas para que pueda salvarte la vida.

—Dios, sí. —La sacó del barullo de su vestido.

Clarisa tiró de sus pantalones y calzones hasta que se reveló ante ella. Sólo alcanzó a ver un instante la erección antes de que él la tumbara de espaldas. El movimiento la sorprendió, y con una suave risa forcejeó con él por el predominio. Como si ella tuviera más fuerza, Robert cedió poco a poco.

Un capricho absurdo, pero a Clarisa le gustaría saber si él se sentía a gusto con ella al mando. Cuando por fin él se quedó echado de espaldas, ella se inclinó, le sostuvo los brazos por encima de la cabeza y le miró a la cara con una sonrisa.

—¿Te rindes?

—Me rindo. —No le devolvió la sonrisa.

La risa de Clarisa se desvaneció poco a poco. Allí estaba él, debajo, desnudo de pies a cabeza, y ella... a excepción de las medias, también estaba desnuda. La fragancia ascendía hasta su nariz, embriagadora e intensa, como un borgoña madurado al sol o cuero trabajado con esmero.

—¿Y ahora qué vas a hacer conmigo? —preguntó él.

—Lo que quiera, así de sencillo. —Él era magnífico, la encarnación de todo lo masculino y perfecto en este mundo.

Ella le acarició, buscó la ondulación de los músculos de su brazo y los contornos de su pecho. Disfrutaba con la seguridad que daba el saber que él triunfaría en una pelea. Era un auténtico guerrero. Cualquier cosa querida por él estaría a salvo; y en aquel preciso instante se sentía algo apreciado.

Clarisa se deslizó hacia abajo, y el vientre de Robert le pareció una tentación. Lo besó, primero un lado, luego el otro, en la estrecha concavidad sobre las caderas. La piel era lisa y sin vello, pero justo debajo, el pelo crecía en abundancia, y en medio surgía agresiva su virilidad.

Debería sentirse tímida. No había visto esto la noche anterior, sólo había sentido su embestida intermitente. Nunca antes había visto esto en un hombre vivo, jadeante... y esto no se parecía para nada a las estatuas de su palacio que en alguna ocasión habían aparecido tapadas. Esto era una verga larga, pálida y gruesa, erecta y fascinante.

Mientras recorría con un dedo toda su extensión, se quedó maravillada de su calor. Se agitaba bajo su contacto. El repentino sonido áspero de la respiración de Robert la desconcentró e hizo que un margen de cordura regresara a su mente.

—Robert —susurró—. Creo que no puedo hacerlo.

Él le recogió un mechón de pelo detrás de la oreja.

—¿Por qué eres una princesa y yo sólo soy un lord?

—No. Porque sin duda nuestros tamaños no encajan.

Él profirió un sonido sordo. Ella pensó que era una risa, pero él la contuvo.

—Anoche si que encajábamos. Volveremos a poder. Lo prometo. —Sonrió, con esa clase de sonrisa que le recordaba la rudeza con la que él la había obligado a cooperar en esta farsa.

Un frío estremecimiento recorrió la columna de Clarisa, y empezó a retirarse.

Entonces él le rozó los pechos con las manos, y la oleada de necesidad hizo que olvidara su sonrisa y su cordura.

Mientras la acariciaba, las manos proporcionaban el fuego y la pasión que calentaba su piel. Había percibido esto la primera vez que le había visto: él sabía cómo llevar a una mujer al borde de la locura y sabía encender un profundo fuego interior de pasión oculta en lo más hondo de ella. Un fuego que podía conseguir que su sangre canturreara por las venas.

El cuerpo de Robert refulgía mientras la luna relucía sobre cada ondulación de músculo y hueso. Clarisa recordó de súbito que era ella quien mandaba. Mientras él le acariciaba los brazos, calentándola con su contacto, ella le frotaba el pecho, los hombros, el vientre. Sus manos se cruzaron y se entrelazaron, dando y recibiendo placer en una lenta danza sensual. Él volvió a acariciarle los pechos, los cogió entre las manos, los levantó y rodeó los pezones con sus pulgares. Él la miraba a la cara mientras la acariciaba con una sonrisita en los labios, como si supiera, mientras evaluaba el efecto que tenía sobre ella.

Él no sabía. Nadie la conocía, nadie conocía la historia que la había moldeado. Él decía que la creía cuando afirmaba ser una princesa, y se trataba de un hombre, duro y cínico, que no se tomaría la molestia de mentir. Pero tal vez pensara que su sangre real la volvía blanda y débil, cuando de hecho era todo lo contrario. Tal vez pensara que ella iba a perder los nervios, que le permitiría tomar el mando o incluso intentaría mantenerse por completo en un segundo plano.

Pero no. Ella era audaz y fuerte, y actuaba movida por su valentía. Con firmeza y delicadeza, Clarisa le frotó con las palmas las caderas, formando pequeños círculos. Permitió que su mirada resbalara por el cuerpo de Robert con una sonrisa también en sus labios. Respiró a fondo para tomar energía y cogió entre sus manos su miembro, que acarició en toda su longitud... y él soltó un gemido desde lo más profundo de su pecho. Él extendió los brazos a lo ancho de la cama y agarró las sábanas, y en un acceso de euforia Clarisa se percató de que le tenía ahí, indefenso.

Pasó una pierna sobre sus caderas y se sentó encima de él como si fuera su trono. Clarisa contempló maravillada su forma: los amplios hombros, estrechándose hasta una fina cintura, y el empuje de los huesos de sus caderas contra su piel. Siguió con el dedo el vello sobre el esternón, descendió por donde se estrechaba hasta su vientre, y así hasta el nido de la rizada mata en la entrepierna.

Él la observaba con ojos entrecerrados mientras sus caderas se balanceaban debajo de ella.

—Ah, princesa, desde aquí alcanzo a ver la eternidad.

—Y yo siento... —quiso decir algo igual de elocuente, algo romántico, pero en realidad lo que sentía era su verga, larga y ardiente, tensa entre sus piernas. Reposaba el peso de su cuerpo sobre la verga, y notaba su poder enjaulado. Por ahora estaba inactiva, pero imaginaba que no se contentaría con quedarse así. Pronto, el miembro —al igual que Robert— exigiría alguna cosa, y su tarea era tomar el mando y llevar la iniciativa hasta donde quisiera y cuando quisiera. Su tarea se parecía a la de domar un tigre: seguro que podía hacerse, pero siempre sabría que el tigre era impredecible y salvaje. No obstante, durante el breve tiempo que pasaran juntos, ella llevaría la batuta. Al fin y al cabo, por eso se creía capaz de sobrevivir indemne a este encuentro.

Se movió sobre él, poniendo a prueba su propio aguante, su propia determinación.

Robert tenía los ojos medio cerrados mientras la observaba.

—Te deseo como nunca antes he deseado nada.

Clarisa apretó las manos contra el estómago de él para mantener el equilibrio. Le gustaba esto: sentada encima de Robert con las sabanas hechas un lío debajo de sus rodillas, la luz de la luna y la brisa refrescante entrando por las ventanas abiertas. El encuentro le daba una sensación de libertad que no había experimentado antes en la vida. Esta noche no tendría repercusiones. Esta noche era un momento fuera de la realidad, y se negaba a considerar cómo afectaría al destino de su matrimonio dinástico o si alteraría el curso de la historia. Es más, se negaba a preguntarse qué diría su abuela.

No obstante, la obediencia a sus deberes era un hábito difícil de romper, y vaciló por un momento.

Luego él le pasó las manos por los costados, sobre las caderas y los muslos, y ella olvidó todo deber. Robert frotó las palmas de las manos sobre su cuerpo como si el mero contacto con la piel de Clarisa le proporcionara placer; y Dios sabía que a ella sí se lo daba. Clarisa se estiró como un gato y gimió mientras la suave sensación daba paso a un sentimiento más profundo, de necesidad y calor, de impulso.

Robert recorrió su vientre con las manos hasta llegar al santuario interior de su feminidad. Contuvo el aliento mientras él le juntaba con dos dedos los labios vaginales y los estrujaba con delicadeza. Clarisa pestañeó hasta cerrar los ojos; toda noción de deber abandonó su mente y el placer la reemplazó a raudales. Con uno de los dedos, Robert avanzó más íntimamente, la fue abriendo con su contacto, y ella soltó un murmullo de deleite.

—Te ha gustado. —La voz ronca de Robert sonaba profunda y segura.

—Oh, sí. Oh, sí. —Ese dedo encontró su nudo de placer y lo frotó describiendo un círculo. Una y otra vez, hasta que ella sintió ganas de chillar para que él siguiera tocándola. Notó que se hinchaba de necesidad, y las caderas se movieron de forma involuntaria, dando el ultimátum que su cuerpo femenino exigía.

Y él obedeció. Apretó y frotó con sus dedos, y ella... ella se arqueó sobre él mientras la conmoción sacudía todo su cuerpo. Ya no sabía dónde estaba, quién era. Sólo era un ser compuesto de dicha y deseo.

Cuando el clímax comenzó a desvanecerse, la determinación de Clarisa cobró fuerza. Era una princesa. Estaba encima. Ella llevaba el mando.

Apartó las manos de Robert a un lado y cogió la verga entre sus dedos, acarició el capullo, pegajoso por una sola gota pálida de semen y la evidencia de la satisfacción alcanzada por ella. Se levantó y se colocó el miembro con cuidado en la entrada de su cuerpo y, sentándose recta, se deslizó poco a poco hacia abajo. La amplitud de Robert la abría aún más, los tejidos se estiraban para acomodarle, y Clarisa gimió mientras la plenitud parecía superar lo soportable.

Luego él también gimió, y ella cobró aliento ante aquella noción de triunfo. Y el deseo estaba presente en todo momento, la instaba a arriesgarse más. Había venido a por esto. A satisfacer una vez más la promesa de dicha.

Él le sujetó las caderas y con delicadeza la guió despacio hacia abajo.

Sublevándose, Clarisa marcó el ritmo y obligó a Robert a seguirla. Disfrutó del poder de tener a un hombre dinámico entre sus piernas, de cabalgar sobre él durante las largas horas de oscuridad hasta que el sudor refulgiera en su frente y él culebreara debajo de ella con desesperada sumisión. Clarisa quería prolongar las sensaciones, y lo hizo, girando las caderas mientras se alzaba y descendía, moviéndose deprisa y luego despacio, importunándole con la pluma de sus dedos descendiendo por su esternón. Le encantaba la expresión de Robert mientras permitía que la tomara. La luz de la luna veteaba su piel, le acariciaba igual que ella lo hacía. Sus ojos relucían, su boca se curvaba formando una medio sonrisa mientras la observaba. Parecía saber sin palabras que ella deseaba dominarle. Que le dominaría.

En los lugares donde se tocaban, la piel les ardía. Sentada encima de él, Clarisa le observaba a través de sus ojos medio cerrados, un mínimo fragmento de su mente encontraba placer en el encanto de su semblante, la fuerza de su cuerpo. La otra parte de su cerebro se consumía con sensaciones. Apretaba las rodillas contra el colchón, elevándose sobre él una y otra vez. Dentro de ella, el pene la llenaba con grandiosas mareas. Él alcanzaba su parte más profunda, hacía saltar chispas como fuegos artificiales a través de su vientre, a través de su alma, por su corazón.

Entonces tomó el mando algo que estaba por encima de ellos dos y ordenó que Clarisa se moviera más deprisa, exigió el placer con más rudeza, les dominó entre jadeos y gemidos con una necesidad tan audaz que le ofuscó la mente y la llevó a la desesperación. Debajo, las caderas de Robert se elevaban y descendían. Él gemía con el tormento de la necesidad que ella le provocaba. Esto era lo que Clarisa quería. Esto era lo que deseaba. Saber que ella le había tomado. Apretó las manos contra el vientre de Robert, sentada derecha, moviéndose sobre él, con la seguridad de que pronto el clímax la dominaría. El ardor del momento le haría olvidar los clímax anteriores; este clímax que ella había provocado con su fuerza y control, era especial.

Lloriqueó cuando empezaron los espasmos en lo más hondo. Se movió con violencia ansiosa, exigiendo satisfacción y más satisfacción. Debajo suyo, los gemidos de Robert iban a más mientras él embestía con fuerza y con su ardiente pene dentro de ella. Le sujetaba los muslos con las palmas de las manos, la levantaba, la empujaba, la llenaba. Sus movimientos se hicieron frenéticos, y aun así él embestía y ella mantenía el mismo ritmo, con la misma necesidad. Notaba el estruendo de su corazón en el pecho. La respiración se le entrecortaba. Se inclinó sobre él con las manos apoyadas en el colchón a ambos lados de su cabeza, pues quería mantenerse cerca de su calor, oír sus jadeos y unirse a él en su orgasmo. Bajo la luz de la luna, los rasgos de Robert eran los contornos del éxtasis, mientras que en el interior de ella, las sacudidas de su verga daban prueba de su compulsión. Triunfante, Clarisa le condujo a través de su satisfacción en todo momento hasta que él se derrumbó.

Luego ella también se quedó distendida, con la cabeza apoyada en el pecho de Robert, escuchando el estruendo de su corazón que disminuía poco a poco.

La conexión entre ellos parecía casi mística: el cuerpo de él, prominente, intruso, tomaba; el de ella blando, flexible, aceptaba. Juntos formaban un solo ser.

Él no la dominaba con su sexualidad. Ella no se sometía al incentivo del cuerpo de Robert. Era un disfrute mutuo que se daban uno al otro, y ella tenía tanta autoridad como él.

Se quedó dormida con aquel pensamiento reconfortante.

22

Una princesa nunca traiciona sus verdaderos sentimientos. Y tampoco tolera confianzas a aquellos de rango inferior.

REINA CLAUDIA, *VIUDA DEL MONARCA DE BEAUMONTAGNE*

Al despertarse se encontró a Robert encima de ella. Sus hombros bloqueaban la luz oblicua de la luna, y Clarisa no podía ver nada de su expresión. Lo único que sabía era lo mucho que pesaba sobre ella, y que se encontraba estirada debajo de él como una virgen sacrificada en un altar. Que tenía su boca en su pezón, succionando con tal fuerza que tuvo que clavar los talones en el colchón para no retorcerse en absoluta y abyecta sumisión. Le dolía el cuerpo de necesidad, como si él la hubiera estado tocando y saboreando mientras ella dormía.

Eso la asustó, pensar que había estado ahí durante sus sueños. Preguntó sin aliento:

—¿Qué haces? —Al ver que no contestaba, intentó bajar los brazos que tenía levantados hacia arriba, y descubrió que estaban allí clavados, él le sujetaba las muñecas con las manos.

—Robert. Suéltame. —Intentó forcejear.

Y él se rió. Se rió contra su pecho. Luego la mordisqueó ahí, y el roce de sus dientes resultó casi doloroso sobre su tejido inflamado.

Y entre sus piernas sentía la palpitación de la necesidad.

¿Necesidad? ¿Cómo era posible? El sol prometía iluminar pronto el cielo, sólo había dormido unas horas, y se había dormido saciada. Ahora volvía a sentir deseo. Le quería a él entre las piernas, con su embate, saciando esa hambre que la dejaba hueca y vacía.

Esto era una locura. Estaba loca.

Intentó forcejear con más insistencia, pero para ella era una lucha más dura que para él. Se enfrentaba a la oscuridad y la somnolencia, y a su propio deseo, que repiqueteaba en sus oídos y volvía pesados sus párpados.

¿Qué había sucedido? ¿Cuándo había cambiado el equilibrio de poder? ¿O había sido siempre así? ¿Había estado él al mando? ¿O la había consentido él?

Robert le besó el rostro, con los labios sobre los párpados, las mejillas, la boca. No se demoró en ningún sitio en particular, y Clarisa, perdida en el deleite, le siguió con su cabeza, deseando más de aquel contacto. La lengua húmeda sondeó las profundidades de su oído, la ráfaga y humedad de su aliento provocó un escalofrío en toda su columna.

Clarisa, mascullando en voz baja, volvió a preguntar:

—¿Qué estás haciendo?

Con voz tan profunda y áspera como la propia noche, respondió:

—Voy a enseñarte placeres que nunca has experimentado. Voy a meterme debajo de tu piel y en tu mente. —Apartó a un lado las colchas, exponiendo la piel de ella al aire frío del amanecer. Se sentó sobre ella y se inclinó, presionando su dura y caliente erección contra su vientre, mientras susurraba—: Mañana por la noche y cada noche, vas a regresar a mí, no porque quieras hacerlo, sino porque tendrás que hacerlo.

Ella dio un respingo, como si él le hubiera pegado un bofetón. Se retorció debajo de él.

—Mañana por la noche. Regresaré mañana por la noche, si quiero. Pero ¿cada noche? No puedo quedarme aquí. No puedo estar aquí. No puedes obligarme.

Robert la besó mientras se le escapaba una ronca risita. La besó sin su delicadeza habitual, con la áspera lujuria de un guerrero liberado de la cautividad de la civilización. Invadió su boca con la lengua, metiéndola y sacándola sin sutileza, dominándola. Y cuando ella cedió, cuando dejó de forcejear, estirándose para adaptar su cuerpo al de él, Robert alzó la cabeza y susurró:

—Oh, querida. No sabes lo que soy capaz de hacer.

La asustó con sus palabras excitadas y besos feroces, y Clarisa gimoteó como una niña. La había llevado a revelaciones que ella no quería descubrir, una necesidad que no podía soportar, y cuando acabara aquello, ya no sabría quién sería.

Él no le daba tiempo a pensar. Bajaba la boca sobre sus pechos, lamía su tierna piel de la parte inferior, succionaba con suavidad cada pezón. Su aliento refrescaba la caliente humedad que él dejaba detrás, su boca la saboreaba de un modo tan completo que la dejaba sin aliento. Sus pezones formaban cuentas, más duras que nunca. Era casi doloroso, era sin lugar a dudas impetuoso... y desesperado. Quería sus manos libres, no quería darle puñetazos sino clavarle las uñas, y pedir más.

Sin embargo, a él no le importaban sus demandas. Hacía lo que le venía en gana, y lo que deseaba era descender a besos desde su esternón hasta el ombligo, sondear sus profundidades con su lengua, con una imitación lenta y diestra del coito. Clarisa se encontró gimiendo de deleite por lo que él hacía, y por la expectación de lo que estaba por llegar. Movía las piernas sobre las sábanas, que inspeccionaban el terreno inquietas. Pasó el arco de los pies sobre la espalda de Robert, apremiándole a acercarse más en vez de apartarle a patadas.

El amanecer iluminaba ahora el cielo, y cerró los ojos. De algún modo, eso lo volvía todo más ensoñador, menos real, y eso estaba bien. Significaba que algún día, cuando viviera en su frío palacio de mármol, podría fingir que esto jamás había sucedido. Que nunca había existido el momento en que tan sólo había sido un frágil caparazón femenino de deseo. Que nunca había habido ningún hombre que la empujara a un clímax no buscado y una pasión eterna.

Eterna. Oh, Dios, qué palabra tan horrible. Se olvidaría... ¿verdad que sí? Esto no la obsesionaría el resto de... ¿a que no?

Robert le soltó las manos.

Ni siquiera se dio cuenta, pues él acariciaba sus costados, disfrutando de las curvas debajo de los brazos, de su cintura, de sus caderas. Deslizó las manos entre sus piernas, las separó mucho y acarició con las palmas el interior de los muslos, casi hasta la mata de pelo. Contuvo el aliento, en espera de su contacto.

Pero no sucedía nada. Nada. Y él ordenó:

—Mírame.

Ella abrió los ojos a su pesar y al instante vio que él había sabido en todo momento lo que ella estaba haciendo, fingir como una niña que no podía enfrentarse a la verdad.

—Mírame. —con un dedo siguió el contorno de su feminidad.

El tierno contacto casi era más de lo que podía soportar. Quería gritarle que se diera prisa, que entrara a fondo, con fuerza... oh, Dios, deprisa.

La mirada de Robert encontró la de ella, le sonrió, una sonrisa que se burlaba de su endeble control. Él podía subyugarla en cualquier momento. Conocía su poder, y también ella.

El silencio era profundo mientras él añadía el resto de dedos y, tras rozar su vello, los deslizaba hacia dentro para abrir el interior del cuerpo de Clarisa al aire y luego a su contacto. La manejaba con una seguridad que la obligó a aferrarse a las sábanas con los dedos, en un intento de encontrar un sostén en un mundo que se balanceaba y amenazaba con desplazarse y desaparecer bajo sus pies. Él describió círculos sobre su abertura, hundió el pulgar un poco hacia dentro.

—Bien —dijo con esa voz tan embriagadora como el brandy, e igual de tóxica—. Caliente. Húmedo. Tan húmedo. ¿Me quieres dentro de ti, querida?

—Sí. —Era demasiado tarde para preocuparse de su orgullo. No cuando todos sus músculos le buscaban a él para tirar hacia dentro.

—Aún no. Tendrás que esperar.

—¿Cuánto? —¿Cuánto podía atormentarla?

—Eres tan neófita. —Robert no prestaba atención a lo que ella quería, a lo que exigía su cuerpo. Sacó el pulgar con suavidad. Encontró con los dedos su nudo de placer y lo acarició, lo mimó—. No sabes que el coito calma el anhelo del hombre.

Sin voluntad, Clarisa balanceó las caderas, describió los movimientos del acto sexual. Casi no fue capaz de formular la pregunta:

—¿Qué quieres decir? Pensaba que había notado...

—¿Esto? —Él se movió y se colocó entre sus piernas. La erección presionó suavemente contra la abertura. Le sonrió mirándola a los ojos—. No te equivoques. Tengo una erección que podría reventar. Te deseo; te he deseado desde el primer momento que te vi.

—Entonces... hazlo por mí... —Intentó alcanzarle, colocarle en su vagina y llevarle hacia dentro.

Pero él la cogió por las muñecas.

—No. Aún no. No hasta que no pueda esperar más. —Movió las caderas para que el extremo de su pene se deslizara sobre su piel húmeda y tersa, provocando revueltas de sensaciones entre la carne. Como si la fuerza de su erección le cogiera desprevenido, medio cerró los ojos—. El tacto de tu carne tiene una suntuosidad, como si fuera seda viva. Nunca me canso, nunca me canso de ti.

Clarisa casi soltó un sollozo y se arqueó hacia él, hacia la copulación.

—Robert...

Antes de que dijera algo más, él la volvió a besar, uno de esos besos salvajes de guerrero que embelesaban sus sentidos, la dejaban sin aliento, creaban una criatura que sólo le pertenecía a él y a nadie más.

Cuando separó la boca, soltó una risita.

—Eres buena, y ni siquiera sabes lo que estás haciendo. Abre los ojos.

Ni se había percatado de que los había cerrado. Forcejeó, abrió los párpados y encontró su rostro pegado al suyo.

—Mírame —ordenó.

Robert desplazó el cuerpo de Clarisa. Ella pensaba que iba a besarle los pechos, luego el vientre. Pero, no. No. Tenía un objetivo más oscuro en su mente. Y cuando ella se percató, soltó un grito y forcejeó.

Robert le puso una gran mano sobre la caja torácica para mantenerla quieta.

Ella intentó cerrar las piernas.

Robert se encontraba ya entre ellas. Le empujó con suavidad las rodillas para que las doblara y apoyara las plantas de los pies sobre las sábanas.

Clarisa se retorció, sin saber si le inspiraba miedo o deseo. Ambas cosas, supuso. Tal vez ninguna. Consiguió incorporarse con esfuerzo sobre los codos, sentarse, le miró y susurró:

—Por favor.

—Por favor, ¿qué? —Le acarició con la boca el pliegue entre sus piernas—. ¿Por favor, saboréame? Es lo que intento.

Le separó con la lengua los labios vaginales, luego acarició la piel interior, suave, pálida y húmeda. Qué delicia. A Clarisa no debería gustarle. Debería sentirse incómoda. Pero un júbilo voluptuoso anulaba todo lo demás. La lengua de Robert la lamía, con movimientos largos, lentos, que iban de un extremo al otro. Una y otra vez, lamió como si buscara algo, y con cada repetición ella temblaba, sus brazos amenazaban con ceder bajo su peso. Expuesta al aire y a sus caricias, su piel cada vez estaba más sensible. Cuando, por fin, Robert cerró la boca en torno a su ya hinchado clítoris y lamió con delicadeza, Clarisa se derrumbó contra las almohadas en un clímax que barrió todo pensamiento de su mente.

Era demasiado. Demasiado. Le ardían los pulmones, la sangre se transformaba en fuego fundido. Le escocía la piel al apoyarse sobre las sábanas, como si cualquier contacto fuera insufrible.

—Alto —dijo—. Por favor, para.

Robert quiso reírse al oír su súplica. ¿Parar? Desde luego que no. No quería. Aún no. No hasta que le hubiera enseñado bien la lección que quería que aprendiera. Entró en ella con su lengua, la lamió por dentro, saboreando la dulzura de su clímax y llevándola al siguiente. Clarisa gimió con un sonido grave e insistente que era imposible confundir. Una mujer sumida en una pasión innegable. Él escuchó sin abrir aún los ojos, con la satisfacción de oír esa canción en Clarisa. En su princesa.

Y, por fin, la necesidad —porque era necesidad— fue demasiado intensa como para resistirla. Elevándose sobre ella, esperó a que la última cresta hubiera bañado a Clarisa, a que ella se reclinara jadeante sobre las sábanas. Esperó a que ella advirtiera que él estaba encima y a que abriera a su pesar los ojos. Robert dijo, con énfasis, sin piedad:

—Querías tener poder sobre mí. Qué bien. Lo tienes. Pero recuerda: yo tengo el mismo poder sobre ti.

Ella abrió mucho los ojos, como si estuviera sorprendida de que él hubiera ahondado en su mente así como en su cuerpo.

Luego, con un solo desplazamiento, la penetró, se hundió por completo. Esta vez la controlaba en todos los aspectos. La presionaba con el cuerpo contra el colchón. Forzaba sensaciones eróticas con manos y boca. Su pene ahondaba en profundidad, y ella no podía hacer nada por detenerle.

El clímax la dominó de inmediato, una explosión interna cálida y húmeda, que se desenvolvió más y más.

Él no eyaculó. Podía esperar... apenas. Sólo esta vez. Para demostrar lo que quería.

Se detuvo lo suficiente para que ella recuperara el aliento lo justo para volver a penetrarla.

Estaba hinchada del encuentro anterior, pero más que eso, estaba extremadamente sensible porque le había acariciado los pechos, se había ocupado de ella con la boca, había metido la lengua en su pasadizo íntimo. El anhelo no había cesado, y ella había perdido el control.

Tuvo un orgasmo tras otro, los músculos internos exprimieron a Robert hasta que él estuvo tan frenético como ella.

A Robert le encantaba la excitación de ella. Le regocijaba aquel exceso. Le susurró al oído:

—Más. Dámelo. Toda tú. No te contengas.

Desde luego que no. Temblaba. Chillaba. Le corrían las lágrimas por las mejillas, y aun así se agarraba a él, le rodeaba fuertemente con piernas y brazos para mantenerle cerca. Él la guiaba, marcaba el ritmo, los cuerpos se elevaban y descendían con las mareas de pasión, la sangre se precipitaba por las venas, la respiración surgía acelerada de los pulmones.

Al final, muy al final, él ya no puedo esperar. Los testículos se elevaron exigiendo con ferocidad la liberación, y con un grito se rindió y la llenó de su semen.

Nunca había habido una mujer como Clarisa. Era la luz de su oscuridad, y mientras se hundía en ella, empujándola sobre el colchón, imponiendo su posesión en un último acto, se preguntó, ¿qué haría cuando llegara el momento de la partida y le dejara? ¿Le permitiría él marchar? ¿O tal vez la retendría... con todos los medios a su alcance?

—Vamos, encanto, tienes que regresar a tu dormitorio —Robert instó a Clarisa a ponerse de pie y le metió el vestido por la cabeza.

Se lo abotonó mientras ella se balanceaba con las rodillas a punto de ceder, tan agotada de puro deleite hedonista que apenas conseguía aguantarse en pie. En el exterior, el sol había salido sobre las cimas de las colinas y ya alcanzaba las cumbres de los árboles.

—Hay luz —musitó—. Espero que no me vea nadie. —Porque después de la noche pasada, no dudaría sobre lo que había estado haciendo. Un breve vistazo al espejo le reveló a una mujer con los labios hinchados, el pelo enredado de un modo imposible, y un destello que sólo podía describir como carnal. O tal vez era apuro, pues había hecho cosas que jamás hubiera imaginado que fueran posibles, y había gozado con ellas, y con... con él. Con Robert.

Sus miradas se encontraron y, al ver cómo la miraba, Clarisa sintió ganas de desaparecer... de timidez. O tal vez de deseo. Lo cual sin duda era imposible. Estaba irritada, entre las piernas. No podría aguantar otro acto sexual. No obstante su cuerpo reclamaba el de él a gritos, como si hubiera perdido el juicio, y se preguntó si no lo habría perdido. Porque si Robert volvía a indicar la cama, ella se subiría y se entregaría a él sin pensar en su orgullo ni en su control.

—Cuando estés en tu dormitorio, quiero que pidas que te preparen un baño. Luego deberías dormir.

—Creo que no podré. —Pues, por cansada que estuviera, una excitación nerviosa la dominaba. El júbilo de todo lo descubierto durante las horas anteriores, supuso. De tener un amante.

Pero su amante le dijo:

—Debes hacerlo. Esta noche querrás estar descansada y encandilar al coronel Ogley. Luego mantenerte alerta para cambiarte de vestido a toda prisa, camuflar tu rasgos y conseguir que tu rostro se parezca al de Carmen. Y cuando vuelvas a ver al coronel Ogley, representar la escena como merece su propio teatro.

—Lo sé. Tienes razón.

—Waldemar depende de ti. La justicia depende de ti. Y yo... yo confío plenamente en ti. —Rozó con ternura su cuello con la punta de los dedos—. Nunca he conocido una mujer tan lista, ni con tanto talento, ni tan hermosa. Quiero cuidar de ti el resto de mi vida.

Oh, Dios. Y ella le amaba.

Bien, por supuesto que sí, nunca había dudado de ese amor. La emoción que sentía la había arrastrado, de un modo casi irresistible, a esta situación cargada de peligro y engaños. No conocía de verdad a Robert, pero se consumía de anhelo por él, y eso era peligroso. Muy peligroso.

Y le amaba, eso era lo más peligroso de todo.

—Haré lo que desees. Dormiré todo lo que pueda, y me tomaré el resto del día libre.

—Bien, porque te he tenido despierta cuando deberías estar dormida.

El rubor inundó el rostro de Clarisa. Había estado más que despierta. Había estado abrumada.

Con esa voz profunda que convertía en miel su sangre, Robert dijo:

—Ahora es el momento de regresar. Me ocuparé de que nadie nos vea.

—¿Vernos? —Alarmada, intentó girarse en redondo y mirarle de frente—. No puedes llevarme de regreso. Si alguien te viera conmigo, sería un desastre.

La miró profundamente a los ojos y preguntó:

—¿Crees que permitiría que te enfrentaras a los peligros de regresar a solas por el césped y los pasillos? ¿Después de lo que ha pasado entre nosotros?

No. No, desde luego que no. No había impuesto su voluntad sobre ella con crueldad, no la había marcado con su pasión, para que otro hombre lo viera. La escoltaría hasta su dormitorio, y con su habilidad, nadie les vería.

Rogó al cielo para que nadie les viera.

Mientras él iba a buscar la capa marrón que la tapaba de pies a cabeza, Clarisa intentó peinarse el pelo con dedos temblorosos, e intentó no hacer la pregunta que quería preguntar a gritos. Pero mientras él la cubría con la capa y la acercaba a él, no pudo contenerse.

—¿Por qué me has hecho eso esta noche? ¿Por qué me has tomado... como un maleante vikingo en un asalto?

Robert le levantó la barbilla con el dedo, la miró a los ojos y ofreció la única respuesta que ella no hubiera querido oír jamás. Repitiendo las palabras que ella había pronunciado en el suelo de su estudio, dijo:

—Porque me necesitabas. Porque me necesitabas.

Larissa torció la boca formando su expresión más desdeñosa. La conocía bien, la practicaba ante el espejo para conseguir el mayor efecto. Esa mueca acababa con la confianza de otras debutantes que se imaginaban en el papel de reina de la fiesta, y ponía en su sitio a los pobres jóvenes prendados, poco idóneos. Justo ahora, mientras Larissa observaba a lord Hepburn andando por el césped, rodeando con el brazo a la princesa Clarisa, envuelta con su capa, el desdén parecía del todo natural.

La princesa Clarisa. Esa zorra. No era de extrañar que hubiera tenido el valor de no hacer caso a Larissa. Se acostaba con Su Señoría. Se revolcaba sobre sus sábanas como un fulana en celo, cobrando por sus habilidades, eso seguro. Bien. Larissa iba a guardarse esta información hasta el momento adecuado, y de algún modo conseguiría que aquella estirada, Su Alteza Real, pagara por su insolencia.

Oh, sí, la princesa Clarisa iba a pagar.

23

El amor es como la malaria.
Cuanto más la temes, más probabilidades de pillarla.

LOS VIEJOS DE FREYA CRAGS

Clarisa no podía dormir, aunque quería. Sabía que estaba agotada física y mentalmente. Sabía que era importante mantenerse alerta aquella noche. Pero por su mente, las dudas no cesaban de circular de forma espontánea, así como un inexplicable júbilo.

En realidad, no tan inexplicable. Sonrió al ver los querubines que decoraban el techo del dormitorio. Estaba enamorada. Por primera vez en su vida, estaba loca, profunda y genuinamente enamorada.

¡Y de Robert MacKenzie, conde de Hepburn! ¡Entre todos los hombres menos idóneos!

Exacto, el menos idóneo. Ahí empezaban sus dudas. Casi podía oír a la abuela. *¡Entre los hombres menos idóneos! ¿En qué estabas pensando, Clarisa Juana María Nicolasa? ¿Un simple conde? Eres una princesa. Y no cualquier princesa sino ¡princesa de Beaumontagne!*

Con el rostro crispado, dio la vuelta a la almohada, encontró un punto fresco donde apoyar la mejilla e intentó no hacer caso de la voz despótica y correcta, tan sumamente fría, de su abuela.

Lo cual devolvió sus pensamientos a Robert. Tenía el cuerpo irritado, pero era una irritación agradable, como si hubiera pasado el día en absoluta libertad, cabalgando con Blaize a través de prados y colinas.

Soltó una risita. Robert no sabría apreciar la comparación. Pero ella le amaba y, cuando pensaba en él —en su voz profunda, sus ojos azules bordeados de oscuras pestañas de longitud pecaminosa, su suave pelo negro—, una emoción jamás experimentada mecía todo su cuerpo. No podía dejar de sonreír. Era bochornoso. Su conducta era bochornosa.

Con toda certeza, no estaba orgullosa de su comportamiento: el día anterior había venido Amy a hablar con ella, y Clarisa la había abandonado para ir junto a Robert. La familia era lo primero. La abuela le había metido eso en la cabeza. Y Amy... Amy la necesitaba. Oh, Amy no estaba muy contenta con ella, eso lo sabía bien. Amy era una niña apabullada que buscaba una dirección.

Clarisa se mordisqueó el labio inferior. Amy había recalcado que Clarisa era más joven que ella cuando se hizo cargo de su hermana pequeña, pero Clarisa no había tenido otro remedio que crecer muy deprisa. Quería proteger a su hermana de la conmoción de una transición tan abrupta a la vida adulta, e iba a conseguirlo. En cuanto finalizara el baile, iría a Freya Crags y haría todo lo que precisara Amy.

Se preguntaba si Robert permitiría que Amy viviera en Mackenzie Manor. No sabía que Clarisa tenía una hermana, pero hacía gala de un gran sentido de la responsabilidad con su propia familia, y también con Waldemar.

Clarisa se retorció debajo de las mantas mientras una visión de Robert flotaba en su mente. Era todo lo que una mujer podía desear. Apuesto, concienzudo, y un amante como nunca hubiera imaginado. Gracias a Dios, porque si lo hubiera imaginado, habría recorrido el mundo entero en busca de un hombre así.

Pero sabía que él no sospechaba la verdad sobre Amy. Tal vez aquel secreto le desagradara, sobre todo al percatarse de que había instalado a Amy en el pueblo para ayudarla a vender las cremas reales secretas.

Clarisa se sentó considerando esto. Tal vez él no apreciara un amaño tan bien tramado, pese a que él mismo planeaba algo parecido para esta misma noche. Los hombres tenían una manera ilógica de pensar que cualquier cosa era aceptable por honor, pero no para alimentar a una familia necesitada.

Y Robert no había mencionado que ella tuviera que permanecer más tiempo después de esta noche. De hecho, ayer fue ella quien afirmó que haría el amor con él hasta que «la farsa haya concluido y sea hora de marcharme». Tal vez se lo había creído.

Abrió mucho los ojos y apartó a un lado las colchas. Tal vez él no quisiera que una princesa, menos aún una princesa que se había acostado con él, viviera en su casa y pervirtiera la moralidad de su hermana pequeña. Ella opinaría lo mismo si estuviera en su lugar.

Cogió el vestido de la silla, donde lo había dejado la doncella, se lo puso sobre la camisola y se abrochó los botones de la espalda. Sin duda era capaz de realizar una tarea tan simple por sí sola, había pasado sin doncella la mayor parte de su vida. Tras ponerse las pantuflas, se peinó y se preguntó qué iba a hacer, luego se encaminó al piso inferior en busca de la única mujer que aplacaría sus temores, Lady Millicent.

Encontró a Millicent en el centro del salón de baile repleto de sirvientes que iban de un lado a otro. Iba vestida con su vestido más viejo y daba órdenes a Norval con voz enérgica:

—Ponlos delante de cada espejo y coloca velas sólo de la mejor cera.

—Sí, lady Millicent. —El lacayo se alejó tambaleante con un montón de lustrosos candelabros de plata debajo del brazo.

El chico no podía hacer una inclinación, aguantaba demasiado peso, no obstante, Clarisa se quedó mirándole pensando que al menos debería haberlo intentado.

—Quiero las flores colocadas en grandes jarrones que no puedan volcarse —ordenó Millicent al jefe de jardineros—. Esta noche no habrá una sola salpicadura de agua sobre el suelo encerado.

El hombre saludó con una reverencia.

—Sí, señora. Eso mismo era lo que planeaba hacer.

A Clarisa no le gustó su actitud. El jardinero era un hombre mayor, lo más probable un antiguo criado, y trataba a Millicent como si fuera una niña.

Millicent pasó por alto su insolencia. Hizo una indicación al mayordomo para que se acercara y dijo:

—Lord Hepburn ha pedido que el champán circule en todo momento, y sobre todo, que la copa del coronel Ogley esté siempre llena. ¿Están preparados sus criados para un reto así?

—Por supuesto, milady. —Luego el mayordomo dijo con desdén—: ¡Como si yo fuera a permitir que al Héroe de la Península Ibérica se le vaciara la copa!

—Porque si lo hicieras —replicó Millicent con crispación—, yo me enojaría, ¡y saldrías en la primera diligencia con destino a Londres!

El mayordomo farfulló con rabia como si su propio perrito le hubiera mordisqueado los talones. La charla decayó en el salón de baile y los criados intercambiaron miradas de cautela.

Clarisa permaneció en pie también llena de asombro. Nunca había visto a Millicent imponer su autoridad de este modo. Tal vez nunca lo había hecho. Pero por lo visto, cuando todo dependía del resultado de una velada, Millicent hacía saber sus deseos, sin vacilaciones. Se detuvo y adoptó una mirada gélida que reposó sobre cada uno de los criados.

—Dependo de todos vosotros, y me sentiré muy defraudada si alguna cosa, cualquier cosa, echa a perder este baile. ¿Entendido?

—Sí, milady. —El coro de voces sonó flojo e inseguro, pero la mayoría de criados se inclinaron o hicieron una reverencia.

Entonces Millicent taladró con la mirada a un mayordomo que permanecía rígido y con aire ofendido. En voz baja, preguntó:

—¿Quieres coger la diligencia antes del baile?

Él bajó la barbilla con gesto derrotado e hizo una breve inclinación vacilante.

—Supervisaré personalmente todo, milady, y estará perfecto.

—Muy bien. —Millicent sonrió con gélida satisfacción.

Y Clarisa se sintió una estúpida por personarse justo en aquel momento a requerir un poco del tiempo de Millicent.

Pero ella se percató de la presencia de la princesa y una sonrisa se dibujó en su rostro.

—Princesa Clarisa, qué placer verla. —Recorrió con la mano todo el salón—. ¿Qué opina?

Las paredes eran de un glorioso color dorado, y las columnas que se sucedían a cada uno de los lados de la larga y amplia estancia estaban diestramente pintadas con efecto de mármol negro. Los altos jarrones sí que eran de auténtico mármol negro, y los ayudantes del jardinero estaban colocando en ellos ramilletes de alhelíes rojos rosáceos y blancas margaritas. Entre jarrón y jarrón, Millicent había dispuesto espejos de marco dorado, y Norval estaba colocando los candelabros delante de cada espejo, de manera que, cuando se encendieran las velas, el salón reluciría con un millar de luces refulgentes.

—Que hermosura —respondió Clarisa—, y esta noche estará aún más bonito.

Millicent asintió con satisfacción.

—Estoy complacida con los resultados. Muy complacida. —Su mirada regresó veloz a Clarisa y le indicó una mesita cubierta de papeles—. Su llegada no podía producirse en un instante más oportuno. Es el momento de sentarme un rato, aunque, confieso que tengo que quedarme aquí para supervisar el caos. ¿Le parece que pida el té?

Clarisa se relajó al entrever una ocasión de ayudar.

—Descanse y déjeme hacerlo a mí. —Chasqueó los dedos y llamó de nuevo la atención de los sirvientes—. Su señora necesita té y un refrigerio. Traigan dos tazas, por favor, me ha invitado a sentarme con ella. —Observó con satisfacción cómo el mayordomo chasqueaba a su vez los dedos a una de las doncellas y uno de los lacayos, que partían a toda prisa. Clarisa se hundió en la silla colocada para ella y preguntó—: ¿Tiene un momento para mí y mi tonta curiosidad?

—¿Para usted? Por supuesto que sí. —Millicent despidió con un ademán a los criados que rondaban cerca de ellas—. ¿Qué es lo que quiere saber?

Ahora que Clarisa estaba frente a la hermana de Robert, no sabía qué decir. ¿Me ama su hermano? No. Oh, no. De modo que recurrió a evasivas.

—Yo nunca he sido anfitriona en una fiesta. ¿Espera usted el momento con ilusión?

Millicent pareció desconcertada.

—¿Ilusión? Decididamente, no. La tensión es incesante, desde el primer invitado al último baile.

—Pero ¿sin duda disfruta cuando asiste a otros bailes, los bailes en los que no es anfitriona?

Millicent recogió sus papeles en una pila.

—No, tampoco disfruto. Me temo que cualquier acto social es una tensión para mí. —Alzó una mano— Lo sé, piensa que yo debería divertirme igual que usted. Pero usted es bella.

Era la situación en la que Clarisa sabía intervenir.

—En realidad, no. Soy demasiado bajita, sobre todo mis extremidades son cortas. —Estiró la pierna para mostrársela a Millicent—. Tengo la piel morena del sol, y no puedo hacer nada al respecto pues me veo obligada a desplazarme de ciudad en ciudad. Las orejas me sobresalen como las puertas abiertas de un carruaje, que es el motivo de que siempre lleve el pelo estirado sobre ellas, para taparlas, y recogido en la nuca. Pero nadie advierte mis defectos, no les doy ocasión.

Los criados trajeron el té. Millicent sirvió dos tazas, con azúcar y crema ambas, y pasó una a Clarisa. Después de dar un sorbo nervioso, Millicent bajó la taza.

—Su Alteza, ¿a qué se refiere?

—Cada vez que hago entrada en una fiesta, me recuerdo a mí misma que soy una princesa, y finjo ser la anfitriona, como si dependiera de mí que todo el mundo se encontrara cómodo. Presento a los invitados entre sí y encuentro algo acerca de cada persona para hacer un cumplido... eso no siempre es fácil. —Clarisa guiñó el ojo a Millicent—. Dedico un momento a las viudas de los nobles. De forma invariable, ellas son la gente más divertida de toda la fiesta, y me distraen más de lo que yo les distraigo a ellas. Para cuando he hecho todo eso, todo el mundo está feliz y piensan que yo soy hermosa.

Con voz tímida, Millicent protestó.

—Pero yo no soy una princesa.

—Es la anfitriona —se apresuró a responder Clarisa.

—Sí, sí. —Millicent pasó la mano por el material gastado de su falda y se quedó mirando con gesto pensativo.

Clarisa, respirando a fondo para coger valor, dijo:

—Pero no he venido en su busca para aburrirla con las particularidades de mi belleza. —Soltó una risita para que Millicent supiera que estaba de broma.

—¡Oh! —Millicent se concentró en Clarisa—. Sí, ¿en qué puedo ayudarla?

—Me preguntaba si su hermano alguna vez ha tenido alguna... —Bebió el té de golpe, luego soltó un jadeo al notar la lengua ardiendo—. Es decir, me preguntaba si Su Señoría... si se ha hablado alguna vez de...

—¿Un compromiso? —adivinó Millicent.

—¡Sí! No de rumores, de un compromiso en serio. —Con un poco más de cautela, Clarisa sorbió el té para humedecer su seca boca. Se apresuró a añadir—: Pensaba que tal vez debiera buscar entre las debutantes y ver quién podría ser la más idónea para él. —Y sintió una terrible vergüenza, pues sin duda Millicent detectaría una mentira tan absurda.

Estaba enamorada de Robert, y por lo visto el amor y la estupidez eran cosas que iban de la mano.

Pero Millicent ni pestañeó.

—No creo que haga falta, pero gracias por preguntar. Robert nunca se ha tomado en serio una relación con una joven dama, pero es una persona decidida. Escogerá una esposa él mismo y, creo que conozco a mi hermano, la escogerá en función de su bondad y su vivacidad, y no por motivos tan tontos como su dote o lo que sepamos de su familia.

—Bien. Eso está bien. Quiero decir... —Cielos, Clarisa se sentía estúpida—, está tan.. tan solo.

—Sí. Me preocupo por él. Sobre todo desde su regreso de la guerra, pero en los últimos días parece encontrarse mejor. No tan taciturno, y vivo. Me temía que no iba a volver a verle así. —Millicent tendió un plato—. ¿Una galleta?

—No, gracias. —El cansancio de la noche anterior hacía mella en Clarisa, de repente no podía mantener los ojos abiertos—. Tengo que ir a echar una siesta antes del baile.

—Por supuesto que sí. —La boca de Millicent esbozó una sonrisa mientras observaba alejarse a Clarisa, aturdida y exhausta. ¿Elegiría Robert esposa? Eso pensaba Millicent. Pensó también que contribuiría en todo lo posible al resultado.

El salón se veía bien preparado. Era hora de que los lacayos se cambiaran y se pusieran la librea de gala, de que las doncellas ayudaran a los invitados a prepararse para el baile, y de que el cocinero se pusiera manos a la obra con el serio asunto de preparar la cena. Pero, primero... Millicent se levantó y dio una palmada.

—Id a tomar el té... y recordad, esta noche los MacKenzie dependen de vosotros, de todos vosotros. ¡O sea que, vamos, daos prisa!

Los criados dejaron sus ocupaciones y siguieron sus instrucciones.

Millicent sonrió al verles marchar. Entre los criados y la princesa Clarisa, pensó que todo iría muy bien esta noche. Iba a estar mucho más relajada que en cualquier otro baile anterior, pese a que no se atrevía a fingir que era una princesa.

Robert habló a su espalda.

—Millicent, ¿podrías ayudarme un momento?

Dio un brinco. Se volvió deprisa con una mano en el pecho.

Él iba vestido con un atuendo de caballero de campo: tweed marrón y botas negras. Sus serios ojos la miraban con serenidad.

—Por supuesto que sí. Haré lo que me pidas. —Estaba maravillada por el hecho de que se lo pidiera. Miró a su alrededor por el salón vacío, y dijo—: Vayamos a mi salón privado. —Le guió hasta una pequeña estancia orientada hacia el este.

Él invitó a su hermana a sentarse en el sofá y, cuando lo hizo, se sentó a su lado. Permanecieron un rato en silencio, un silencio no exactamente confortable. Pese a ser hermano y hermana, parecían no saber qué decirse el uno al otro.

¿Qué haría una princesa? Una princesa le ofrecería su ayuda. Millicent no habría sido tan audaz con nadie más, pero preguntó en aquel momento:

—Robert, por favor ¿de qué se trata? Deseo ayudarte.

—Sí. Ya lo haces, ¿no es así? —Buscó su mano, luego, como si no se atreviera del todo a tocarla, la retiró un poco.

En un acceso de valentía, Millicent le cogió los dedos y los sostuvo entre los suyos.

—Siempre he querido ayudarte.

Robert miró sus manos unidas con indefensión, como si no supiera qué se suponía que debía hacer. Se aclaró la garganta y dijo:

—Ya me ayudas. En todo momento. Te ocupas de la casa y has cuidado de MacKenzie Manor después de que muriera nuestro padre. —Robert se rió con amargura—. Y más importante todavía, educaste a Prudence después de que yo marchara, y no soy tan tonto como para creer que nuestro padre te fuera de ayuda.

Millicent había aprendido a no quejarse nunca. A nadie le importaban las duras experiencias de una solterona.

—No fue tan difícil.

Robert no prestó atención a aquel embuste.

—Qué hombre tan horrible era nuestro padre.

Los dos estaban sentados mirando al frente, sin mirarse entre sí, recordando al hombre que tan lamentables volvió sus vidas, de un modo constante. Su padre era un tirano, un antiguo oficial del ejército que obtuvo su título tras varios percances que le convirtieron en heredero de la familia. No estaba preparado para las responsabilidades de la riqueza y los privilegios, no obstante era muy consciente de su deber con los MacKenzie. Se había casado con su madre, una dama de buena familia sin fortuna, y había cumplido sus obligaciones maritales con tal frecuencia, que ella había sufrido seis embarazos. Murió al dar a luz a Prudence, y Millicent había llorado con amargura, pues su madre era la única persona que se interponía entre los niños y su padre. Por supuesto, al padre las lágrimas de Millicent le parecieron una debilidad y su timidez un incordio.

—¿Cómo pudiste sobrevivir todos esos años a solas con él? —preguntó Robert.

Su franqueza la hizo sentirse incómoda.

—No debería quejarme. Al fin y al cabo, era mi padre, y se supone que debo honrarle.

—Eres su hija, lo cual quiere decir que él debería haberse ocupado de ti. De todos nosotros. En vez de ello, nos utilizó como chivos expiatorios.

A Millicent le conmocionó que Robert dijera por fin lo que siempre habían pensado. Al mismo tiempo, le ofrecía la libertad de mostrar la compasión que siempre había sentido pero que refrenaba por respeto al orgullo de Robert.

—Nunca nos azotó ni a Pru ni a mí. Sólo utilizaba la vara contigo. Siento no haber podido detenerle.

—Él también te azotaba a ti. Sin compasión y sin cesar. Te pegaba con sus palabras, y yo lamento también no haber podido detenerle.

—Lo sé. Ya lo sé.

Cuando faltó su hermano, vendido al ejército como un recluta en vez del hijo de un noble que era, sólo el recuerdo que Millicent tenía de su madre le dio coraje para mantenerse entre Prudence y su padre. Lo había conseguido en gran parte, desviando la maldad de su padre hacia sí misma.

Prudence no lo sabía. Niña encantadora. Cada momento miserable había merecido la pena, pues Prudence era ahora todo lo inocente y llena de vida que Millicent nunca había sido. Prudence iba a ser presentada en sociedad. Bailaría, coquetearía, se casaría y tendría niños. Sería todo lo que Millicent había soñado, y eso hacía que el sacrificio mereciera la pena.

—Siento haberte abandonado con nuestro padre —dijo Robert—. Me preocupaba por ti.

—Yo también me preocupaba por ti, todo ese tiempo fuera, pero para ser sincera, confiaba en que las cosas te fueran mejor en la Península Ibérica. —Sonaba estúpida, y se apresuró a explicarse—. Espero que me creas... no pienso que la guerra sea fácil. Pero confiaba en que, lejos de nuestro padre y entre otros jóvenes alegres, de vez en cuando disfrutaras con cosas de chicos.

Robert pareció relajado por primera vez. Se reclinó hacia atrás y estudió a su hermana.

—Cosas de chicos, ¿eh? ¿Y qué se supone que es eso?

Le estaba tomando el pelo, comprendió Millicent. ¡Le estaba tomando el pelo! Era casi como en los viejos tiempos, cuando su padre se iba a visitar a alguien y se quedaban solos y felices.

—Ya sabes. —Hizo un ademán con la otra mano—. Beber, cartas... mujeres.

Robert soltó una carcajada

—Hubo algo de eso, Millicent. Te lo prometo, hubo algo de eso.

Ella estudió con ansia su rostro.

—Pero aún así resultó difícil.

Robert desdeñó sus penalidades encogiéndose de hombros.

—Lo que quería decir era... Millicent, estoy agradecido por todo lo que has hecho por mí. Lo que has hecho por mí, por Prudence y por la propiedad, reuniendo el coraje de un centenar de mujeres, y lo has hecho todo sin quejarte cuando tenías pleno derecho a protestar. Eres la mejor hermana que cualquier hombre pueda tener, y doy gracias a Dios por ti cada noche. Sobre todo ahora, con todo el trabajo que has realizado para hacer realidad este baile.

Millicent no sabía qué decir. Nadie había expresado jamás admiración por ella. No lo esperaba. Pero le gustaba.

Él continuó.

—He regresado para hacerme cargo de las cosas. Sé que, por el momento, no he hecho un buen trabajo, pero prometo que en el futuro lo haré mejor. Y esta noche... te ruego que aproveches la ocasión para disfrutar de los frutos de tu trabajo.

—¿Qué quieres decir?

—Baila, bebe, come y entérate de algún cuchicheo —dijo—. ¿No es lo que les gusta hacer a las damas en los bailes?

—No sé —dijo con frialdad.

—He metido la pata, mis disculpas. —Se levantó e hizo una inclinación—. No debería haberte molestado, lo siento mucho.

No era intención de Millicent despacharle. No cuando él parecía sobrecogido por alguna angustia.

—Robert, siéntate. Puedes pedirme lo que sea. Haré todo lo que pueda por ti.

Con gesto reacio, se apoyó en el extremo del sofá.

—Podrías hacerme un favor.

—Cualquier cosa —insistió.

—Lord Tardew es amigo mío. Bien, recuerdas a Corey. Nos visitaba con bastante frecuencia.

—Sí, lo recuerdo. —¿Cómo iba a olvidarlo?

—Estará aquí esta noche.

—Lo sé. —¿Habría estado la princesa Clarisa hablando con Robert sobre Millicent? Pero ella no sería tan cruel. No era así. Y Robert no intentaría juntarles con artimañas. Sabía muy bien que Millicent no podía atraer a un hombre como Corey.

Pero Robert no parecía saber nada de eso. Bajó la voz.

—No te he contado todo sobre mis motivos de celebrar este baile.

Desconcertada, su hermana sacudió la cabeza.

—¿Ah no?

—Y no voy a hacerlo. Confía en mí, es mejor que no conozcas los detalles. Pero la cuestión es que no voy a tener tiempo para dar una palmada en el hombro a Corey y comportarme como su amigo, igual que en el pasado, y no quiero que él se inquiete. —Robert la miró implorante—. Sé que es una obligación más, y ya estás servida, pero ¿bailarías y coquetearías con él y le distraerías un poco? Sé que puedes hacerlo.

Le dio un vuelco el corazón. ¿Sabía Robert que Corey le gustaba? ¿Le estaba tomando el pelo?

Pero no, parecía hablar en serio.

—No sé coquetear. —Detestaba admitir la verdad. Le gustaba oír a Robert adularla con cosas que no eran verdad—. No sé cómo.

Robert soltó una risita.

—No tienes que coquetear. Sólo sonríele y muestra interés. Él es un tipo superficial. Pensará que te has encaprichado de él y te cortejará con todo su afán.

—Hay otras muchachas más de su gusto.

—No tan atractivas como tú, Millicent. Le he oído decir que tienes una espléndida figura. Vístete para demostrarlo. Tienes la sonrisa más bonita del mundo. No se la escatimes. Además, tienes fama de inmune a los coqueteos. Sí, lo prometo, cuando él se percate de que va a conquistar una ciudadela que nadie más ha tocado, irá detrás de ti de inmediato. —Robert le dio una apretujón en la mano—. ¿Te resulta muy espantoso? Porque si te cuesta tanto, intentaré encontrar otra manera de distraerle, aunque ninguna será tan efectiva.

—¡No! No, me alegra poder ayudarte en lo que pueda. —Millicent respiró a fondo pues de repente tenía la impresión de haber trepado a una montaña en la que el aire escaseaba.

—Bien. —Robert se dio una palmada sobre las rodillas y se levantó—. Admiro tu arrojo y más si cabe tu iniciativa, y tengo plena fe en ti. Ahora tengo que irme, pero recuerda, ¡mantenle distraído toda la noche!

—Lo haré. —Como en las nubes, Millicent observó a Robert alejándose a buen paso.

Luego regresó.

—Espero que no te importe, pero he encargado un vestido a la señora Dubb, confeccionado según tus requisitos. Sabe de moda, y me dijo que se ocuparía de todo el asunto. De cualquier modo, si no te gusta el vestido, no te apures. Todos tus vestidos son admirables cuando tú los llevas puestos.

Volvió a marcharse, dejándola con las manos inmóviles sobre el regazo. ¿Robert la admiraba? ¿Su audacia e iniciativa? ¿Era consciente de todo lo que ella había hecho mientras él estaba fuera? ¿Apreciaba su esfuerzo por llevar la casa? ¿La apreciaba a ella? Apenas podía comprender estas novedades.

Durante todo este tiempo, ella se había considerado casi invisible, y a medida que pasaban los años, se volvía cada vez más invisible, casi parecía que los demás miraban a través de ella.

Pero Robert había dicho lo contrario, y por algún motivo, oír una voz declarando su admiración lo cambiaba todo en el mundo.

Se levantó y se fue, con paso un poco agarrotado, hacia su dormitorio.

Y otra cosa, Robert le había encomendado una misión. Coquetear... con lord Tardew. Con su querido, apuesto, noble Corey MacGown. Y Robert había hecho que sonara como un asunto importante.

Abrió la puerta de su dormitorio, entró dando traspiés y se fue hasta el tocador. Allí, colocado entre los cepillos de dorso plateado y las serias horquillas, había unos tarros como los que vendía la princesa Clarisa. Y unas tenacillas para rizar el pelo. Y sobre la cama, un precioso vestido del color rojo cereza más provocativo.

Millicent supo que era provocativo porque casi se le salen los ojos al verlo.

—¿Señora? —La doncella se apresuró hacia ella—. Su Señoría ha dicho que tenía que ayudarla a vestirse y a peinarse, y que, si necesitaba ayuda adicional, llamara a la princesa Clarisa.

Al oír aquello la columna de Millicent se puso rígida.

—No. Ya sé qué hacer. Ahora sólo tengo que hacerlo.

24

Una princesa utiliza siempre su pañuelo,
y revisa sus bolsillos antes de entrar en el salón de baile.

REINA CLAUDIA, *VIUDA DEL MONARCA DE BEAUMONTAGNE*

A Millicent nunca la había mirado la gente como en estos momentos. Con confusión e incredulidad. Cuando el coronel Ogley y la señora Ogley entraron en la habitación recibidos con unos amables aplausos, el propio coronel la vio y volvió a mirarla de forma poco elegante.

Pero, recordando en todo momento el consejo de la princesa Clarisa, Millicent entró en el salón con una sonrisa dibujada en sus labios. Se deslizaba más que caminar, el fino satén rojo cereza de la falda susurraba alrededor de sus piernas, mientras se preguntaba si los caballeros podrían distinguir que no se había puesto el corsé.

Al ver la mirada escandalizada en el rostro abatido del señor Trumbull, comprendió que sí.

El flequillo recién cortado rozaba su frente de un modo exasperante, como diminutos enjambres contra su piel. Le costó contenerse y no darles un manotazo, pero consiguió mantener las manos formando un gracioso arco a ambos lados del cuerpo mientras atravesaba el suelo de madera noble.

El salón de baile estaba todo lo hermoso que había esperado, y lady Mercer, lady Lorraine y la señora Symlen sonreían mientras miraban a su alrededor. Las debutantes tenían los ojos muy abiertos, atemorizadas, e incluso lady Blackston asentía con agria aprobación.

Millicent dio instrucciones al director de la orquesta para que empezara la música, luego se volvió de nuevo a la multitud ataviada con suma elegancia, agrupada sobre el suelo del salón de baile, y sonrió con gracia. Se mostraría sonriente aunque aquello la matara, qué diantres.

Y descubrió el placer de ver la mirada boquiabierta, vidriosa, que le dedicó la joven Larissa... sobre todo teniendo en cuenta que ella tenía un grano rojísimo y pustuloso entre los ojos.

Con todo el entusiasmo de una cría, Prudence apareció a su lado y farfulló con indignación:

—¿No me dejabas humedecer las faldas y te presentas así?

La seguridad de Millicent se hundió en picado.

—¿Estoy ridícula?

—Estás deslumbrante, muy diferente a lo habitual en ti, pero tú llevas un vestido rojo imponente y yo llevo —Prudence tiró de su falda azul con descontento— esta antigualla aburrida.

—Estás preciosa, y es lo más apropiado para alguien de tu edad.

—No quiero llevar lo apropiado. Quiero estar despampanante también.

—Cuando tengas mi edad, podrás ponerte un vestido rojo cereza. —Bajando la voz, Millicent distrajo a Prudence del mejor modo que supo—. Entretanto, ¿has visto el grano de Larissa?

Prudence acercó su cabeza a la de Millicent.

—Sí, ¿no es horrendo? Ninguna de nosotras tiene granos porque hemos usado las cremas reales secretas. Eso enseñará a Larissa a hacer caso a su madre. ¿Y has visto a la princesa Clarisa? ¿No está impresionante?

Millicent miró a su alrededor. En el extremo del salón de baile se encontraba la princesa Clarisa ataviada con un vestido de reluciente satén plateado, con detalles de galón azul oscuro en los hombros y una cinta azul oscuro enlazada debajo del seno. Llevaba el dorado y rizado pelo recogido hacia atrás en un peinado severo que daba a su rostro una grave distinción, y una pluma de pavo real se inclinaba por encima de su cabeza.

—Está bellísima, como es habitual —dijo Millicent.

Robert entró, ofreció su brazo a la princesa e inició con ella un recorrido por toda la habitación.

Prudence soltó un silbido sin sonido.

—Nuestro hermano mayor también está guapo. Larissa tiene razón. Es el mejor partido de la temporada, y con ese grano, ella no tiene demasiadas posibilidades.

Millicent se encontró disimulando una risa junto con su hermana.

—Tal vez la princesa Clarisa pueda ganarle —especuló Prudence.

Millicent enlazó las manos ante ella.

—Tal vez sea así. —Con un apretón a Prudence en la mano, dijo—: Compórtate y diviértete.

Mientras se alejaba, Prudence le dijo con una risita:

—O una cosa o la otra. Las dos es imposible.

Millicent rogaba con fervor cada noche para que Robert se comprometiera, para que la princesa Clarisa le cambiara todavía más de lo que ella había esperado jamás. Robert volvía a ser él mismo, sociable y refinado, había desaparecido el hombre cuyos ojos sin vida provocaban en ella ganas de llorar.

Eso era obra de Millicent. Ella había animado a la princesa Clarisa a venir a instalarse con ellos. Les había empujado a juntarse siempre que era posible. Había hecho cuanto estaba en su mano para crear una atmósfera que estimulara el romanticismo, y se sentía orgullosa de ello. La idea de que pudiera hacer una cosa bien le daba valor para hablar con confianza, y así fue como empezó a dirigirse a los invitados:

—Lady Mercer, qué elegante está. ¿Son ésas las famosas perlas de las que tanto he oído hablar?

Lady Mercer se rió socarronamente, como sólo una dama anciana puede hacer.

—Maldición, jovencita, pensaba que nunca llegaría a verlo, pero lo ha conseguido. Lo ha conseguido, Millicent, de veras, y al infierno su padre, eso es.

Antes de que Millicent tuviera tiempo de pensar una respuesta, lady Mercer le dio un pellizco en la mejilla y se apoyó en el bastón para irse pesadamente hacia el rincón de las matronas.

Sonríe, pensó Millicent. Sonríe y pasa al siguiente invitado.

El señor Gaskell fue el siguiente que la interceptó. No era mayor que Prudence pero era de buena familia y tenía una gran fortuna, y su elección de esposa era un tema objeto de gran especulación entre las debutantes. En aquel instante, sus grandes ojos marrones se fijaban en ella de un modo desconocido hasta entonces. Parecía casi adoración. Se inclinó con cierta rigidez, sin hundir la barbilla por debajo del tieso cuello, y con voz nerviosa preguntó:

—¿Puedo solicitarle la próxima cuadrilla?

—¿Con... migo? Bien... sí, por supuesto, estaré encantada. —Y muy culpable, pues sabía muy bien que las debutantes se pondrían furiosas con ella. Pero todo esto era bastante grato.

Él volvió a hacer una inclinación y se alejó, con la mirada fija no en su rostro sino en sus pechos. Santo cielo, ¿no habrían crecido durante la noche, verdad? Y para ser más precisos, ¿el escote no sería demasiado bajo, o sí? Sintió la tentación de mirar, pero consiguió contenerse.

Un poco aturullada, decidió ir a charlar con el cocinero para asegurarse de que todo lo referente a la cena iba bien y que estaría lista a medianoche. Y de camino iría a ponerse un chal para taparse el escote. Pero al darse la vuelta, casi hunde la nariz en un alto cuello blanco almidonado y un corbatín perfectamente anudado.

El conde de Tardew, Corey MacGown, se hallaba delante de ella. Alto, con pelo rubio dorado y ojos azules, tenía una figura perfecta plantada a la perfección sobre unos pantalones verdes de corte perfecto y una chaqueta a rayas verdes y azules perfectamente diseñada. Mientras alzaba los ojos, se percató de que la miraba como si no la hubiera visto con anterioridad.

La sonrisa de Millicent vaciló un momento, le temblaron los labios. Luego oyó una risita ahogada a un lado y supo que les observaban... y no con amabilidad. Alzó la barbilla. Puso una sonrisa radiante. Con voz serena, dijo:

—Corey, qué placer verle otra vez. Oh, cielos, le ruego me perdone, debería llamarle lord Tardew, pero hace tanto que somos amigos que lo he olvidado.

—¿Amigos? —dijo él de un modo estúpido—. ¿La conozco?

Su desconocimiento fue una conmoción para Millicent. ¿De verdad nunca la había mirado con más atención?

—Lady Millicent MacKenzie, a su servicio. —Ella hizo una reverencia—. ¿Se acuerda ahora?

—¡Lady Millicent! —Apoyó la palma de la mano en el pecho—. No, era... es decir, casi no la reconozco... es decir, está encantadora esta noche.

—Muchas gracias. —Robert le había pedido que mantuviera entretenido a Corey, pero aunque no había otra cosa que deseara más que levantarse las faldas y salir corriendo hacia la seguridad de las cocinas, le rodeó el brazo con la mano y se dedicó a desafiar su sentido de la competición—. ¿Me hará un favor?

—¡Lo que sea!

—¿Bailará con Pru? —Sonrió cohibida y se percató de que eso a lo que llamaban coqueteo resultaba más fácil de lo que creía—. Tengo todos estos niños tontos pidiéndome que les conceda un baile, y mi hermana va a enfadarse si nadie se lo pide a ella.

Los grandes ojos de Corey se entrecerraron mientras se le ocurría una idea. Una idea que ella había puesto en su cabeza.

—Tengo un plan mejor. ¿Por qué no bailo todos los bailes con usted, de modo que sea imposible que estos mozalbetes se lo pidan? Entonces tendrán que solicitárselo a Prue.

—Pero qué avispado, Corey. —Millicent le sonrió y advirtió con distancia lo fácil que había sido manipularle—. Pero sabe que es imposible. Si bailo todas las piezas con usted, eso equivaldría a anunciar nuestro compromiso.

—Tal vez eso no sea tan mala idea —dijo Corey.

¿Estaba sugiriendo un compromiso? ¿Quería casarse con ella? ¡Esto era un sueño! ¿Por qué no estaba desmayada en sus brazos?

Y la parte sensata de Millicent —que era la principal parte de Millicent— respondió, «porque ni siquiera te ha reconocido hace diez minutos». Cómo detestaba la sensatez. ¡Pisoteaba los sueños de tal modo! Respiró con calma destacable mientras le dedicaba una caída de ojos.

—Pienso que lo es.

—Lady Millicent. —Lord Aldwinkle les interrumpió con una inclinación—. Estaría encantado de acompañarla al comedor cuando sirvan la cena.

Corey le hizo a un lado de un empujón.

—Llega tarde. Ya se lo he pedido yo.

—No lo ha hecho. —Millicent no iba a permitirle que pensara que estaba a su disposición.

—Iba a hacerlo —declaró Corey.

El señor Mallett se unió a ellos.

—Todos sabemos de qué sirven las buenas intenciones, eh, lord Tardew.

El grupo que se estaba congregando soltó unas risas cuando Corey frunció el ceño.

—¿De qué?

Todo el mundo le trataba como si fuera una persona ingeniosa, y él se rió con los demás, pero Millicent tuvo la espantosa sensación de que él no entendía la chanza. Y si eso era cierto, si Corey no era inteligente... con sus ilusiones por tierra y la tensión de ser el centro de atención, iba a ser una noche muy larga.

—Mira eso. —Clarisa observaba a Millicent mientras Robert la observaba a ella—. Es la nueva reina de la fiesta. Adoro las transformaciones que consigo, sobre todo cuando logran un éxito tan excepcional.

Robert guiaba a Clarisa a través de la multitud para asegurarse de que todo el mundo la veía y tomaba nota del reluciente vestido plateado, la pluma de pavo real, el pelo dorado.

—Tú también estás hermosísima.

Le dirigió una mirada de soslayo, que a él le hizo recordar la noche anterior de un modo tan explícito que se preguntó en un momento de alarma si tendría que excusarse hasta que las consecuencias físicas decrecieran. De forma lacónica, le indicó:

—Sonríe.

—Sé lo que tengo que hacer —respondió en voz baja—. Confía en mí.

¿Confiar en ella? Ya confiaba. De un modo inexplicable. Y la deseaba. Dios, cuánto la deseaba. Quería levantarla, sacarla de este salón de baile donde los caballeros le dirigían miradas lascivas con anhelo imprudente. Librarla del peligro al que se enfrentaba, el peligro que él había creado para ella.

Lord Plumbley la detuvo y le rogó que le concediera un baile, y Robert observó cómo negaba con la cabeza con pesar.

—Me temo que me he torcido el tobillo esta mañana cabalgando, y hoy no puedo bailar. Pero sí puedo sentarme y permitirle que me traiga un poco de ponche. —Sonrió con encanto.

Lord Plumbley temblaba de entusiasmo.

Robert sintió ganas de darle un puñetazo en su tonta mandíbula convulsa. En vez de ello, con un movimiento cortante de cabeza al caballero, continuó guiando a Clarisa. En voz baja dijo:

—No tiene ni medio penique que no esté comprometido con algún prestamista.

—Pobre hombre. —Clarisa sonaba compasiva, lo cual no era lo que Robert había pretendido—. Tengo que ver si puedo encontrarle una heredera. Quiero decir... si continúo un tiempo en Escocia.

Antes de que Robert pudiera contestar, ella le tiró del brazo.

—Andas demasiado deprisa. Tenemos que pasearnos como si nada en el mundo nos preocupara.

Ella tenía razón, por supuesto, pero él se debatía entre su preocupación por ella y su necesidad de liberar a Waldemar.

Todo seguía el plan. Pero ella estaba tan tranquila y sonriente que tal vez no hubiera entendido que todo el peso de la farsa recaía en ella. Pero sí entendía, y la confianza que demostraba hacía que él se sintiera orgulloso, y estuviera convencido de que ella le había poseído el alma. Sin ella, temía volver a hundirse en la oscuridad que había sido su prisión durante tanto tiempo. Cuando esto acabara haría lo necesario para convencerla de que debía quedarse en MacKenzie Manor. Tenía que quedarse con él.

La señora Birkbeck les detuvo y pidió que la presentaran a la princesa, y cuando él la complació, se mantuvo retrasado y observó cómo se quedaba encantada con Clarisa, y luego la señora Symlen, y después lady White. La princesa habló también en voz baja con lady Lorraine... algún consejo de última hora, supuso él.

Cuando Clarisa se reunió de nuevo con él y se alejaron del pequeño grupo hacia un espacio libre de invitados, ella inquirió con tranquilidad:

—Hay algo que me he preguntado. ¿Por qué no me explicaste lisa y llanamente por qué querías que yo representara esta farsa? Tus motivos son nobles, y yo me siento orgullosa de mi papel en la liberación de Waldemar. ¿Por qué tanto secreto?

Robert enlazó sus manos enguantadas tras la espalda para no tocarla mientras caminaban. Parecía aburrido, como si mantuviera una conversación cotidiana, y mantuvo el tono bajo para responder:

—Eras como cualquier otra persona. Habías oído hablar del heroísmo de Ogley. Querías creerlo. ¿Y por qué no? Esas hazañas sobre las que ha escrito sucedieron de verdad. ¿Ibas a creer que quien las hizo fue Waldemar, un criminal condenado a la horca, en vez de Ogley? ¿Y me habrías creído al decir que Waldemar se merecía la libertad y una distinción que le permitiera ir a donde deseara y ser lo que quisiera?

—Probablemente, no —admitió.

Robert miró a su alrededor, al cálido y abarrotado salón de baile. Al grupo de caballeros que rodeaban a una atildada Millicent, a las parejas que bailaban las danzas campestres, a los criados que circulaban con copas de champán.

—Hemos cumplido con nuestro deber. Aquí todo el mundo te ha visto.

—Todo el mundo excepto el coronel y la señora Ogley. —Clarisa volvió hacia él su rostro sereno y calmado—. Pero no podemos evitarles, Robert. Tengo que hablar con él directamente. Si queremos que funcione esta farsa, él no debe albergar ninguna duda de que estoy aquí en el salón de baile.

Ogley estaría predispuesto a creer que la princesa deseaba admirarle. Ogley miraba a Clarisa como si sólo tuviera que estirar la mano y cogerla, y Robert le había visto antes movido por impulsos abyectos. Con la consiguiente tragedia.

Pero esta vez no.

—Muy bien. —Tocando a Clarisa en la mitad de la espalda, la guió hacia la multitud que rodeaba al coronel y a la señora Ogley. Clarisa se aproximó a Robert como si buscara protección. Al mirar el perfil sonriente de Clarisa, Robert supo que haría cualquier cosa para protegerla.

Waldemar se había ofrecido voluntario para asegurarse de que el coronel Ogley no hacía nada que perjudicara a Clarisa disfrazada de Carmen. Después de conocerla, Waldemar había rogado a Robert que le permitiera escapar sin la documentación necesaria. Pero tanto Robert como Waldemar sabían que si lo hacía, nunca regresaría a Inglaterra sin correr el riesgo de que le capturaran y le juzgaran como desertor... y le ahorcaran.

Pese a todos los antecedentes criminales, Robert había llegado a la conclusión de que Waldemar era uno de los hombres más importantes que había conocido, y quería que recibiera los honores que merecía, que tuviera la oportunidad de llevar una vida tranquila o una vida aventurera o incluso una vida honesta, si lo deseaba. Ahora, cada momento, cada paso, les aproximaba al desenlace. Robert y Waldemar, Ogley y Clarisa. Serían los actores de la obra escrita por Robert, y que Dios les ayudara si no lograban convencer a Ogley de que la señora Carmen Menéndez realmente le había seguido desde España, armada con su sed de venganza y los instrumentos necesarios para saciarla.

—Señora Ogley, qué encantadora está esta noche. —Robert se inclinó ante la delgada y feúcha mujer de pecho plano que iba colgada del brazo de Ogley.

—Gracias, milord. Qué baile tan magnífico han organizado en honor de Oscar. —Los grandes ojos de la señora Ogley centelleaban.

—Es un privilegio rendir honores a un héroe así. —Robert detuvo a uno de los lacayos que circulaba por el salón—. Su copa está casi vacía, coronel Ogley. Tome otra.

—Gracias. —Ogley miró con una sonrisa a Robert, como si le deleitara la situación.

—Creo que luego habrá fuegos artificiales —dijo la señora Ogley.

—Así es —contestó Robert.

—Lord Hepburn dice que nada es suficiente para celebrar el heroísmo del coronel Ogley. —Clarisa no escatimaba admiración en sus ojos color ámbar al mirar a Ogley.

Con extremada galantería, el coronel Ogley dijo:

—Entonces tal vez concedería a este héroe el honor de bailar la siguiente cuadrilla con él.

—Oh, no debería. —Clarisa titubeó pese a que Robert sabía demasiado bien que ella debía negarse de plano—. Me he torcido hoy el tobillo, pero, es la única oportunidad que tendré en la vida de bailar con un héroe. Sí, coronel Ogley, será un placer bailar con usted.

Robert quiso detenerles, pero al final se contuvo. Ella tenía razón. Que Ogley bailara con ella reforzaría su creencia de que Clarisa se encontraba en el salón de baile cuando luego hiciera frente a Carmen. Pero no quería que Ogley la tocara, ni siquiera la mano.

Ogley también sabía eso, y lanzó una mirada triunfante a Robert mientras guiaba a la princesa hacia la pista de baile para unirse al grupo que allí se estaba formando.

El grupo adulador que acompañaba al héroe se apartó para observar.

La señora Ogley dijo:

—Qué pareja tan encantadora forman.

Con un respingo, Robert se percató de que ahora él debería pedirle un baile. Y no había bailado desde su regreso de la guerra.

Pero antes de darle ocasión, la señora Ogley dijo:

—A Oscar le encanta bailar, en cambio yo soy una bailarina espantosa. No recuerdo los movimientos y no tengo sentido del ritmo. Muestra una gran paciencia conmigo, pero lo cierto es que soy un desastre.

—Debo confesar que yo también soy una completa calamidad. —Pero, sobre todo, Robert quería quedarse allí apostado y vigilar a Ogley. Ogley, quien incomodaba a Clarisa con su interés lascivo.

Tras un momento, Robert cayó en la cuenta de que un buen anfitrión tenía que dar conversación. Si al menos recordara cómo hacerlo. Miró de soslayo a la señora Ogley y vio que ella le observaba con evidente curiosidad.

—Usted no me parece un joven noble malcriado —comentó.

—¿Ah no? —Era franca, más franca de lo que él hubiera esperado.

—En absoluto, y eso fue lo que dijo Oscar de usted. ¿Serían los celos? —Como Robert no respondió directamente, ella continuó—. Porque conozco a mi esposo y sé que tiene sus pelusillas con la gente, y pienso que usted es uno de esos casos. Su ayuda de cámara, Waldemar, es otro.

—¿Oh? —Robert se preguntaba si Ogley habría sugerido a su mujer que indagara todo lo posible sobre él... pero no. Ogley nunca confiaba una misión a una mujer. De modo que, ¿a qué respondían sus preguntas?

—Cuando acabemos esta gira de la victoria y nos retiremos a nuestras propiedades en el campo, voy a animar a Oscar a buscar un nuevo ayuda de cámara.

Robert, sobresaltado, preguntó:

—¿De veras? ¿Por qué? —¿Se retiraban a sus propiedades en el campo? Se preguntaba si Ogley estaba enterado.

Ella eligió las palabras con cuidado.

—No todo el mundo es consciente, pero Oscar puede ser muy mezquino, y preferiría no darle ocasión.

Era más lista de lo que Robert hubiera pensado, muy consciente de su esposo, y Robert supuso que no era mera coincidencia que le confesara a él esas cosas. Sabía más de lo que dejaba entrever... a él y desde luego a Ogley.

—¿Qué va a sucederle a Waldemar?

—Eso no es de mi incumbencia. Creo que puede ser peligroso, si se le maltrata, de modo que supongo que Ogley tendrá que mandarle a otro regimiento. ¡Oh, cielos! —Miraba la pista con ojos muy abiertos—. La princesa Clarisa se ha lastimado.

—¡Oh! —La exclamación de Clarisa llegó con claridad a oídos de Robert—. Oh, cuánto lo siento Ogley, pero no puedo continuar.

Las hileras de la danza campestre se desorganizaron brevemente, mientras la princesa salía de la pista, cojeando del brazo de Ogley, pero luego se reformaban con nuevo vigor entre una oleada de murmullos de compasión.

—Cielos, cielos. —La señora Ogley se apresuró a acercarse con Robert a su lado, y se reunieron con Ogley y Clarisa mientras salían de la pista—. Su Alteza, ¿puedo ayudarla?

—Me siento tan tonta, qué escena he montado. —Clarisa se reclinó pesadamente sobre el brazo de Ogley y cojeó como si le doliera—. ¿Podré convencerles de que me lleven a un rincón tranquilo donde pueda recuperarme en soledad?

Robert sabía cuándo era el momento de intervenir.

—Por aquí, Su Alteza. En el asiento situado junto a la ventana podrá apoyar su tobillo y correr las cortinas, y de todos modos podrá asomarse y ver el baile si así lo desea.

—Eso será estupendo. —Clarisa le sonrió, su sensual labio inferior temblaba fingiendo arrojo—. Muchísimas gracias, milord.

—Le traeré un poco de ponche. —Se apartó antes de no poder contener el deseo de reír.

¿Cómo hacía eso? Aprovechar un momento cargado de tensión y transformarlo en motivo de regocijo. ¿Y cómo conseguía que él la deseara cuando todo su ser tendría que concentrarse en que la operación fuera como la seda? Había dejado de entenderse a sí mismo, y casi se sintió agradecido cuando le pararon para preguntarle por el estado de la princesa Clarisa. Aquellas personas le distrajeron y le crisparon lo suficiente como para que, a su regreso con el ponche y unas galletas, pudiera colocar el plato en las manos de Clarisa con seco desinterés.

Ella lo aceptó y le despidió a él y a la insistente señora Ogley.

—Continúen divirtiéndose. Estaré bien aquí sola durante un rato. Después iré a pedir una compresa para mi tobillo.

El coronel Ogley se había apartado del hueco de la ventana, ansioso por alejarse de cualquier indicio de lesión y regresar a la adulación con la que tanto disfrutaba. Y, cuando la señora Ogley le cogió del brazo, la llevó hacia la animación sin una sola mirada atrás.

Robert se entretuvo durante un momento retocando la cortina, luego la cerró casi del todo.

—Bien hecho —dijo—. ¿Estás lista para el siguiente acto?

Clarisa cobró aliento de un modo audible, y cuando respondió, su voz sonaba grave, ronca, y marcada por un fuerte acento español.

—Estoy lista, milord. No le fallaré.

25

Lo bonito se ve mientras dura;
lo feo se queda grabado en los huesos.

Los viejos de Freya Crags

Si Ogley no hubiera estado observando a Hepburn, no hubiera visto a Waldemar al entrar a hurtadillas en el salón de baile para acercarse sigilosamente a su antiguo oficial y hablar con un alborozo que el coronel pensaba que había borrado a golpes de su humilde asesor. Esto no presagiaba nada bueno, sobre todo cuando Hepburn asintió con gesto rotundo y dejó la fiesta con Waldemar a su lado.

Ogley no había olvidado la visión de Carmen, y tampoco creía en serio que hubiera sufrido una alucinación. Ella estaba aquí. Por algún motivo la muy zorra estaba aquí, y Hepburn lo sabía. Ogley debería haberlo sospechado antes. Hepburn estaba celoso, ansiaba el reconocimiento que Ogley estaba recibiendo, de modo que él y Waldemar habían planeado alguna cosa.

Bien. No podrían metérsela a Oscar Ogley. Les detendría antes de que tuvieran ocasión de llevar a cabo su plan.

Y si no era ella, si aquella ocasional punzada de culpabilidad le hacía ver a Carmen donde no estaba... entonces sin duda los dos hombres estaban metidos en otro tipo de conspiración.

Alguien inteligente como él siempre podría sacar partido de sus diabluras.

Brenda interrumpió sus cavilaciones.

—Oscar, tienes una sonrisa de lo más peculiar.

—Sí. Gracias. Qué agradable es esto, ¿verdad? —Hablaba de forma incoherente, de modo que dejó con cuidado la copa en la bandeja. Tal vez se había permitido demasiadas copas del excelente brebaje—. Si me disculpas, voy a salir a tomar un poco de aire fresco.

Estirándose los guantes, Brenda añadió:

—Iré contigo.

—¡No! —ladró. Mientras se apartaba, suavizó el tono—: Quiero decir, no puedes venir a donde voy, Brenda.

—Ah. —Asintió ella con prudencia—. Espero que te encuentres mejor cuando vuelvas.

Quiso replicar alguna cosa pero, a veces, cuando Brenda le miraba, parecía ahondar en su alma más de lo que él deseaba.

De modo que, con una inclinación, se escapó del salón de baile y llegó al umbral de la puerta a tiempo de ver a Hepburn y Waldemar doblando a todo correr un recodo en dirección al centro de la casa, que no estaba tan iluminado. Siguió sus voces a través de pasillos sinuosos, demorándose lo bastante como para que no se percataran de su presencia.

Al fin y al cabo, ellos no eran los únicos rastreadores expertos aquí.

Acabaron en el estudio de Robert, iluminado por velas, y por suerte para Ogley, el bruto imbécil de Waldemar no cerró del todo la puerta tras ellos.

Las voces subieron de tono, pero no hablaban entre sí. Hablaban con alguien más, alguien a quien intentaban intimidar.

Oh, qué interesante. Ogley se acercó un poco más.

Luego reconoció una voz que no había oído en años. Una voz que había confiado en no oír otra vez.

Cálida y femenina. Ronca por el humo de los delgados puros españoles. Con fuerte acento. La voz de Carmen.

—Me decís que no puedo ir al baile, pero ¿qué motivo hay para dejarme relegada?

Con repugnancia, Ogley retrocedió contra la pared. Se llevó la mano al pecho, sobre su corazón, que latía acelerado.

Ella continuó parloteando.

—Voy a ir a hablar con ella, con su flaca y blancucha esposa, y le contaré lo que me ha hecho.

Mientras Ogley avanzaba a escondidas por el pasillo para asomarse a la puerta medio abierta, intentó tranquilizarse. Ella no podía hacer eso. Luego, al recordar el aspecto de Carmen, tan enojada y enloquecida de pena, cuando él le comunicó que regresaba a Inglaterra y que no le importaba lo que le sucediera ni a ella ni al bebé, tuvo que cambiar la frase: no pueden dejarle hacer eso. Pero Hepburn y Waldemar le despreciaban. Con desesperación, intentó recuperar el aliento, dejó que su mano buscara la daga que llevaba con él para ocasiones como ésta. La detendré.

Era ella. Estaba allí de pie con su vestido de ramera, color azul cielo, el pelo negro recogido en aquel familiar moño y la inevitable mantilla de encaje rodeando sus hombros desnudos y cubriendo en parte el rostro. Había poca luz, pero reconoció su paso, los andares pacientes y firmes mientras se dirigía al escritorio donde se hallaba Hepburn, y Ogley quiso entrar corriendo en la habitación, con la daga levantada, y descuartizarla antes de que destruyera su vida. Sólo una cosa —no, dos— lo impidió. Ni Waldemar ni Hepburn le permitirían hacer justicia como correspondía.

—Me dejó sin nada. Soy de origen noble, pero mi familia no quiere saber nada de mí por esta desgracia. —Ogley oyó un golpe seco mientras Carmen se daba en el pecho con el puño. Melodramática como siempre.

Puñetera.

Se secó un gota de sudor de la frente e intentó pensar. Tenía que pensar.

De modo que era cierto. Hepburn, el muy pendenciero, la había traído aquí.

—¿Qué dirá su flaca y blancucha esposa cuando le cuente cómo he vagado por el campo con el bebé en brazos? Su bebé. —La voz de Carmen vibró con pasión.

Y Ogley quiso escupir con desdén. Qué ridícula y tonta exageración, eso iba a explicarle él a Brenda.

Pero no podía engañarse. Si Carmen conseguía echar las garras sobre Brenda... si le hablaba de su relación, peor aún, de su bebé, su mujer no tardaría en presentarle los documentos de la separación, él se quedaría a la intemperie, moriría de hambre y de frío. Brenda le adoraba, pero Ogley no era tan estúpido como para pensar que iba a soportar una traición así.

Y era una mujer. Era muy posible que se pusiera del lado de Carmen y le dijera que, si quería follarse a una sucia extranjera, que aguantara las consecuencias. ¡Como que él iba a pagar por sus servicios cuando ni siquiera los recibía!

La voz de Carmen continuó y continuó, clavándole varas en la cabeza.

—Mi pequeña Ana no tiene papá. Los otros niños se ríen de ella, la llaman bastarda.

Brenda quería un hijo de él. Si descubría que había abandonado a su hija... los sobacos se le humedecieron tanto que mancharon el uniforme.

La voz de Carmen se apagó hasta convertirse en un triste canturreo.

—Y a veces mi hija llora de hambre.

Ogley no pudo soportar más. Tanto histrionismo, qué puñeta. Ridículo y absurdo melodrama. Dio un golpe en la puerta e indicó con el dedo los tres rostros conmocionados que se volvieron hacia él.

—No puedes hacerme esto. No te dejaré.

Carmen se fue hacia el coronel con la mano levantada, pero Waldemar la cogió por el brazo. Se volvió hacia él como una sargentona, pero Hepburn intervino:

—¡Señorita, no! Yo me ocuparé de esto.

Ella abrió el abanico, lo colocó delante ante su rostro y lo sacudió con furia mientras sus ojos color ámbar centelleaban de... Qué extraño, Ogley pensaba que sus ojos eran marrón oscuro. ¡Pero, qué carajo! ¿Qué importaba el color de los ojos de una mujer más o menos? Se encogió de hombros con un gesto desdeñoso y se volvió a Hepburn. Hepburn era el jefe de los títeres aquí. Sólo importaba Hepburn.

Hepburn hizo un gesto a Waldemar, quien agarró a Carmen por el brazo con firmeza y la empujó hacia la puerta. Ogley retrocedió un poco, pero sus faldas le rozaron las piernas. Le inundó una oleada de perfume a flores frescas y dulces especias, y ella susurró «*Hijo de perra*» en un tono cargado de veneno.

Él giró sobre sus talones para observarla mientras Waldemar la empujaba por el pasillo, luego se volvió a Hepburn.

—Exijo ver a Carmen a solas.

—No. Oh, no. —Hepburn se rió un poco, con desdén—. ¿Qué va a hacer, matarla?

Y puesto que aquella idea le había pasado por la cabeza, Ogley se puso rojo como un tomate.

—No —dijo Hepburn—. Le prometí que no va a verla a solas e intimidarla. Quiere derribarle de su pedestal y que lo vea toda esa gente, y no se me ocurre ningún motivo por el que debiera impedírselo.

Ogley notaba la saliva que se acumulaba y se secaba en las comisuras de los labios.

—Mi esposa.

—Sin duda que le asombrará y le escandalizará enterarse de que tenía una amante.

—Pero comprenderá. —Ogley no se convencía ni a sí mismo. ¿Y si Carmen revelaba la verdad sobre la identidad del verdadero Héroe de la Península Ibérica? Era bastante penoso pensar en cómo le daría la espalda toda la gente que se había reunido para homenajearle. Pero, para Brenda, quien le admiraba de corazón, sería una conmoción de la que nunca se recuperaría. Una conmoción de la que su matrimonio nunca se recuperaría. Una conmoción de la que su billetera... ¡no soportaba la idea!

—La señora Ogley estará todavía más horrorizada y asombrada al descubrir que ha destruido el buen nombre de una joven de buena familia. —Hepburn dio con sus palabras en el clavo—. Que engañó a Carmen sobre su soltería, que la abandonó a su suerte, sola y con un hijo ilegítimo.

—Era sólo una hijita. —Cosas despreciables, las hijas.

Hepburn dio unos golpecitos en el extremo de la mesa.

—No le ha dado ningún hijo a su esposa, ¿verdad?

Ogley se estiró las comisuras de los labios en un intento de dar una apariencia de afabilidad y elegancia, cuando en realidad estaba desesperado. Tal vez sirviera de algo una petición, de hombre a hombre.

—Yo habría asignado una remuneración a Carmen, pero no soy quien maneja el monedero en la familia. Cada año tengo que ir a ver al padre de Brenda para conseguir una asignación. Sin duda entenderá que no puedo permitirme pagar a Carmen.

Hepburn, ese canalla rico y noble, no transigió.

—Podría haberle entregado las ganancias de ese libro que ha publicado.

Ogley estaba atrapado. Atrapado por algo tan nimio como una pequeña fulana con la que se había enredado porque le había dado la gana. Algo a lo que tenía derecho.

Se estaba volviendo loco de frustración. Dio con el puño en la pared y luego se calmó el dolor metiéndose la mano debajo del brazo mientras recorría la estancia de un lado a otro echando humo.

Hepburn permanecía inmóvil como si la furia de Ogley no le impresionara lo más mínimo.

—No me mienta, Hepburn. —Ogley le señaló con el dedo—. Esto lo ha preparado usted. Ha organizado este baile con la única idea de buscarme la ruina.

Hepburn no lo negó. El muy cerdo. El muy demente e ingrato cerdo.

Ogley montó en cólera contra él.

—Me envidia porque me apropié de sus heroicidades y hazañas.

—Me importa un bledo que alguien sepa quién hizo saltar por los aires el depósito de municiones francés. Pero tengo algo en común con Carmen.

Con rencor, Ogley dijo:

—Sí, a los dos me los follé.

Hepburn ni se inmutó.

—Peor que eso. Me mintió. Hizo una promesa que no cumplió.

Por un instante, Ogley no supo de qué hablaba Hepburn. Luego recordó, se le hizo la luz. Con tono de incredulidad dijo:

—¿Esto tiene que ver con Waldemar? ¿Quiere que libere a Waldemar?

Hepburn inclinó la cabeza una sola vez, con un movimiento tan sutil y digno que a Ogley le dio ganas de dispararle.

—No. No quiero que le libere. Va a darle todo lo que ha prometido. Una distinción por valor en la batalla, y su libertad a perpetuidad.

—Es un ladrón. Un maldito mendigo al que saqué de la calle. Un hijo de perra que ni siquiera conoce a sus padres. —A Ogley le parecía increíble tanta estupidez en un hombre de la clase de Hepburn—. ¡No es nadie! Usted es un conde, ¿por qué le preocupa siquiera?

—¿Por qué lo pregunta ahora? Nunca lo ha entendido. —Hepburn parecía ahora aristocrático, arrugaba la nariz como si Ogley apestara. Le miraba con desdén como si supiera algo sobre decencia que a Ogley se le había pasado por alto.

—Él le salvó la vida. Eso es lo que ha estado contando por ahí, ¿verdad? ¿Y no le salvó usted la vida a Waldemar? ¿Eh? Pues están en paz. Le salvó la vida. —Ogley dio un resoplido—. Usted es su superior. Se supone que era su deber.

—Tal vez. —Robert mantuvo la mirada sobre Ogley de un modo que expresaba cuál hubiera sido el destino del coronel en caso de que hubiera sido su vida la que hubiera estado en juego—. Pero, de todos modos, valoro mucho mi vida.

—La valora demasiado. Ni siquiera a su padre le importaba. ¿Sabe lo que me escribió cuando entró en mi regimiento? —Hepburn no mostró el menor interés, pero Ogley quería seguir—: Dijo que era su heredero y dijo que era un inútil, que había comprado su puesto para enmendarle, y que yo podía recurrir a cualquier medio necesario para conseguirlo. No le importaba lo que le hiciera, no le importaba si se moría. —La baba volvió a aparecer en la comisura de los labios de Ogley, pero ya no le importaba—. Se avergonzaba de su hijo.

—Sí, lo sé. Pensaba que era un completo inútil. Se equivocaba. —Abrió el cajón del escritorio y sacó un papel escrito de su puño y letra—. Aquí esta. La distinción y liberación del ejército para Waldemar.

A Hepburn no parecía importarle que su padre le hubiera abandonado a tanto sufrimiento e incluso a la muerte, y eso aún enfureció más a Ogley. La propia familia de Ogley tampoco le creía cuando decía que era el Héroe de la Península Ibérica, y eso que les había dado la prueba en un libro encuadernado en cuero. Su indiferencia le volvía loco, ¿y a Hepburn no le importaba? Al infierno con él. ¿Siempre iba a llevarle ventaja Hepburn?

Con desgana, Hepburn continuó:

—Lo único que tiene que hacer es firmar la liberación de Waldemar y poner su sello en este papel, y yo pagaré a Carmen de mi bolsillo lo que necesite para mantener a su hija y a sí misma. Me aseguraré de que Carmen no vuelva a molestarle jamás... y usted no tendrá que suplicar a su esposa.

—¿Cómo sé que Carmen no volverá a buscarme? —preguntó Ogley, enardecido por la decepción.

—Porque yo cumpliré mi palabra y me aseguraré de que ella también lo haga.

Eso era cierto. Este canalla despiadado creía en el honor y en la lealtad, y siempre mantenía su palabra. Maldiciendo con virulencia, Ogley apartó la silla. Hepburn colocó el tintero al lado de su codo y le puso una pluma en la mano. La pluma temblaba cuando Ogley la mojó en la tinta, luego se quedó mirando el tintero y se preguntó qué sucedería si lo volcaba sobre el papel.

Como si Hepburn le leyera el pensamiento, le informó:

—Tengo redactado otro acuerdo.

De modo que con un latigazo agresivo, Ogley firmó *Coronel Oscar Ogley* en la parte inferior del documento de distinción y baja.

Hepburn esparció un poco de cera roja al lado del nombre.

Ogley apretó su anillo sobre la cera.

Hepburn cogió el papel, lo dobló y lo guardó bajo llave en el cajón. Ya habían acabado.

De pie, Ogley se inclinó por encima del escritorio hacia Hepburn y con intención malévola dijo:

—Se la devolveré ésta algún día, y entonces estaremos en paz. De algún modo le haré pagar esta humillación.

Hepburn no parecía impresionado.

—Pero ahora me tocaba a mí, lo había prometido cuando dejé atrás a Waldemar con usted en la península. Estaba loco de cólera entonces. Esta noche ha sido muy útil para calmar esa cólera. —Hepburn se inclinó hacia delante, acercó su rostro al de Ogley y puso una expresión tan depravada que Ogley se echó hacia atrás—. Claro que, somos célebres por volvernos locos, nosotros los MacKenzie, cuando estamos enojados.

Ogley, conmocionado, vio el fuego azul en la mirada de Hepburn. Sus ojos ardían como las llamas del infierno, amenazaban de muerte a Ogley, prometían sólo devastación.

—Si fuera usted —siguió Hepburn— estaría en paz con los MacKenzie.

Ogley retrocedió con una sacudida, horrorizado al ver por primera vez al verdadero Hepburn. Hepburn era un loco, y Ogley tenía suerte de salir vivo de ésta.

Un sonido parecido a un cañonazo le hizo dar un brinco, y una lluvia de chispas de colores iluminó el exterior, al otro lado de la ventana.

Con toda la calma del mundo, como si no hubiera estado furioso en ningún momento, Hepburn dijo:

—Comienzan los fuegos artificiales. Son en su honor, Ogley. Salga y acepte los elogios. Al fin y al cabo, el pedestal del héroe está un poco inestable bajo sus pies. Un pequeño empujón y el mármol podría desmoronarse. —Con un tono que sonaba a amable consejo, añadió—. Demasiada gente sabe la verdad. Mucho cuidado con lo que hace. Mucho, mucho cuidado.

26

Después de medianoche no sucede nada bueno.

REINA CLAUDIA, *VIUDA DEL MONARCA DE BEAUMONTAGNE*

Ogley permaneció apartado del resto de invitados presentes en la terraza. Escuchó el agudo y débil pitido mientras los fuegos artificiales ascendían a lo alto del cielo, observó la rociada de chispas rojas y doradas que explotaban ante sus ojos, oyó el estampido un momento después. Mantenía sus puños cerrados metidos en los bolsillos de la chaqueta y una mueca en la cara. Tal vez pasara por una sonrisa, tal vez no, pero le importaba un comino.

Había visto a Hepburn y Waldemar bajar al galope por la calzada, Waldemar aullando a la luna su triunfo. Para Ogley había acabado lo de fingir ser un buen tipo. Le había manejado el hombre que más había odiado en toda su vida, y tenía ganas de pegar a alguien, hacer sufrir a alguien. No podía representar el papel de marido amoroso con Brenda. No podía fingir ser un héroe ante la multitud de admiradores que se mantenían a poca distancia.

Lo que más le encolerizaba era que para Hepburn no significara nada que Ogley le hubiera usurpado sus acciones y su valor. Para Hepburn, lo que había hecho en la guerra era sólo su deber, y si Ogley acaparaba los méritos de aquello, allá él. Hepburn quería la libertad de Waldemar por encima de todo. Se había salido con la suya, y al mismo tiempo había conseguido que Ogley se sintiera insignificante y miserable. Maldito cerdo, el conde del carajo. ¡Ojalá se pudriera en el infierno!

—¿También usted les ha visto?

—¿Qué? —Al oír el sonido de una voz femenina, se volvió a mirar. Una de las debutantes se había acercado a él en su aislamiento. ¿Cómo se llamaba? Entrecerró los ojos intentando recordar.

Luego un zambombazo sacudió el aire, las chispas verdes encendieron el cielo, y percibió con toda claridad los rasgos refinados de ella. Ah, sí. La señorita Trumbull. La señorita Larissa Trumbull.

—He visto que les seguía. —Su voz sonaba débil y nasal, y llena de desprecio—. La princesa Clarisa se ha marchado primero, salió a hurtadillas del salón de baile. Luego la ha seguido lord Hepburn. Pensaban que me estaban burlando, pero no. Sé lo que están haciendo. También les he visto esta mañana, después de que pasaran juntos la noche.

—¿Qué? —Se sintió ridículo al repetir la misma palabra, pero tenía la impresión de que la señorita Trumbull le estaba mostrando el camino, arrojando luz sobre algo que antes permanecía oculto—. ¿Hepburn y la princesa Clarisa son amantes?

—Pensaba que lo sabía. Pensaba que ése era el motivo de que les siguiera.

No. Seguí a Hepburn para que me humillara y me coaccionara.

Por supuesto, Ogley no lo dijo. Pero se preguntaba qué podría hacer con esta información que la señorita Trumbull le estaba facilitando de propia voluntad, cómo podría utilizarlo para vengarse un poco.

Y luego salir pitando de MacKenzie Manor antes de que Hepburn fuera tras él.

—La princesa Clarisa se está rebajando bastante al liarse con un mero conde, ¿no cree?

La señorita Trumbull se rió con amargura.

—En realidad no es una princesa. Sólo es una mercachifle que vende cosméticos y cremas a todas estas damas tontas que...

Ogley la cogió por el brazo y se lo retorció.

—¿Qué?

—¡Ay! Ay, me hace daño. —Chilló lo bastante como para atraer la atención.

Él le soltó el brazo y balbució una disculpa, luego dijo:

—Pero tiene que explicarme a qué se refiere.

—La princesa Clarisa vende cremas y potingues... y cosméticos para dar color a las mejillas y volver la mirada más exótica. Apuesto a que todas las damas presentes aquí esta noche llevan la emulsión real secreta para el color, para estar más guapas. Todas excepto yo. —Con turbación, la señorita Trumbull se tocó el grano en medio de la frente.

Los ojos de Carmen. Sus ojos no tenían el color adecuado.

—¿Puede disfrazarse la princesa, conseguir parecerse a otra persona?

—Nunca ha hablado de eso, pero estoy convencida de que sí. Creo que puede hacer todo tipo de cosas engañosas. —Con malicia, la señorita Trumbull añadió—: No es más que una furcia que se hace pasar por miembro de la realeza, y ¿sabe lo que pienso? Lo que pienso...

Él se alejó andando en medio del discurso.

El olor de Carmen no correspondía con el que él recordaba. Carmen apestaba a puros, a una intensa, cargada, fragancia a tabaco. Aquella mujer en el estudio de Hepburn olía a flores frescas y especias dulces.

Cuando bailó con la princesa Clarisa, se deleitó con su perfume... y así olía Carmen cuando pasó rozándole en el estudio de Hepburn.

Por supuesto. Carmen no estaba allí. La mujer no era Carmen, era la princesa Clarisa disfrazada. Hepburn le había tomado el pelo y en este preciso instante se estaría desternillando de risa. Soltando carcajadas, dando palmadas en la espalda a Waldemar sin cesar de reír, reír hasta que le saltaran las lágrimas.

Pero... Ogley avanzó por la terraza hacia la princesa Clarisa. Hepburn no iba a reírse mañana cuando regresara. Desde luego que no. Porque Hepburn era un hombre de honor, y no querría que su cómplice, su amante, sufriera algún daño.

¡No! Ogley cambió de dirección y se dirigió a los establos. No, se le ocurría algo mejor. Ogley había visto esa mirada en los ojos de Hepburn. Adoraba a su falsa princesa, y de algún modo Ogley iba a destruirla. La verdad, no sería tan difícil, ¿verdad? Era una vendedora ambulante. Una falsa princesa. Una mentirosa y una actriz. Tenía que haber más personas que la quisieran ver muerta.

Lo único que iba a hacer Ogley era encontrarlas.

El día intentaba romper a través de las nubes acumuladas mientras Robert y Waldemar avanzaban tambaleantes hacia el barco. El barco que iba a llevar a Waldemar de Edimburgo a Londres.

—No puedo creer que lo consiguieras. —El acento de Waldemar era más fuerte que un estofado de conejo—. No puedo creer que al final superaras al viejo cabrón.

—Alguien tenía que ponerle en su sitio. —Hepburn estaba tan cansado y tan feliz, que casi se sentía embriagado. Era como si se hubiera quitado un gran peso de encima, como si por fin él fuera libre—. Al final, no ha resultado tan difícil burlarle. Más bien ha sido como pelear con un hombre desarmado.

Los dos hombres se rodearon el cuello y aullaron de la risa.

—Ah, se te da bien la palabrería, desde luego que sí. —Waldemar respiró a fondo—. No lo habríamos conseguido sin la princesa, y nunca tendré ocasión de darle las gracias.

—Yo se lo diré. —El embarcadero resonaba hueco bajo las botas de Robert. No podía esperar a decírselo... todo. Se imaginó hablando con ella, las cabezas sobre los almohadones, los cuerpos agotados de hacer el amor.

—Dile algo más. Dile que la quieres.

—¿Qué? —Hepburn miró a su amigo con ojos empañados—. ¿De qué hablas?

—La quieres, hombre. ¿No lo sabías? —Waldemar despeinó el pelo de Hepburn—. Tú eres el cerebro de esta operación, ¿y no has reconocido tu propio estado lamentable?

—Ja. —Hepburn dejó que el significado de todo aquello empapara su cerebro. ¿La quería?

Tonterías. No era amor lo que le había arrojado a sus brazos.

Cierto, ella era virgen, y por costumbre siempre evitaba a las vírgenes.

Aun así, después de aquella pelea con los asesinos de MacGee, no tuvo opción. Había ido a por ella de forma instintiva, desesperada. Estaba desesperado por ella. Por Clarisa. Sólo por Clarisa.

Luego, la siguiente noche... santo Dios, había hecho el amor como un hombre que tiene algo que demostrar.

—¿La quiero?

Waldemar se rió.

—Hasta el más tonto se daría cuenta.

La segunda noche él había querido demostrar algo, porque ella le había enfadado al tomarle y cabalgar sobre él como si fuera Blaize, ese maldito semental que controlaba con el poder de su voz melosa y la fuerza de sus muslos.

Robert sonrió. Aunque ésa era una descripción acertada. Un semental que había captado la fragancia de su yegua. Sólo pensaba en grabar el recuerdo de esa noche en ella para que nunca volviera a mirar a otro hombre sin pensar en él.

—Sí, la quiero. —Saboreó el asombro que las palabras provocaban en él.

—Tan claro como el agua.

—La quiero.

—Estoy empezando a pensar que se lo dices a la persona equivocada, viejo amigo. —Se hallaba al pie de la escalerilla. El refrescante viento hinchaba todas las velas del puerto y formaba una nube de pelo alrededor del rostro agudo e inteligente de Waldemar—. ¿Qué vas a hacer al respecto?

—No sé. No me había dado cuenta todavía.

—Si te interesa mi opinión.

—Sí.

—Yo me iría a descansar a una posada y dormiría lo necesario.

El corazón acelerado de Robert se hundió de repente.

—No puedo hacer eso. Ella podría irse. He dejado instrucciones de que, si intenta marcharse, se lo impidan, pero es más inteligente que cualquier mujer que haya conocido antes. Me asusta estar fuera tanto tiempo. Me asusta que pueda escabullirse.

Waldemar se rió con grosería.

—No, no se va a marchar.

—¿Cómo lo sabes?

—Podría decirte que esperará a cobrar su merecida recompensa por embaucar a Ogley con tanto éxito, pero lo cierto es que... te tiene aprecio.

—Ojalá tengas razón. —De todos modos, Robert sacudió la cabeza—. Ogley se va hoy, y debo asegurarme de que se marcha.

Los ojos de Waldemar centellearon de júbilo.

—No te preocupes por el coronel. Piensa que tú eres como él, piensa que todo el mundo es tan mezquino y despreciable como él. Yo he sido su ayuda de cámara y su chivo expiatorio el tiempo suficiente como para asegurarte que en este momento ya estará convencido de que vas a cambiar de idea y le vas a contar la verdad a su mujer sobre quién fue el héroe en la guerra. Le esperan en algún otro baile, y es un cobarde. Su especialidad es salir corriendo. Confía en que en algún momento deje de darte placer humillarle. Si desaparece de tu vista, desaparecerá de tu cabeza, eso estará pensando.

—¿Lo dices en serio? —preguntó Robert.

—Por supuesto —respondió Waldemar—. ¿Quieres ver a la princesa Clarisa antes de tener ocasión de lavarte?

Robert se echó un vistazo. Olía a sudor de la dura cabalgada, pero...

—Quiero ver a Clarisa ahora.

—Ah, mi querido amigo. —Waldemar rodeó a Robert por los hombros—. No deberías proponerle matrimonio en tu propia finca.

—Proponer matrimonio. —Robert respiró a fondo—. Por supuesto. Debo proponerle matrimonio. —¡Matrimonio! Cuatro días atrás habría dicho que el matrimonio era la idea más remota para él. Ahora, esa noción le dominaba—. Pero, Waldemar, no es tan fácil. No me aceptará. Es una princesa.

—Princesa, qué diablos. Es una mujer. He visto la mirada en su rostro. Te adora. —Waldemar volvió a revolverle el pelo—. Es lo que les pasa a las mujeres, ya lo sabes. Será esa manera que tienes de tenerlas toda la noche danzando. De dónde sacas tanta resistencia, es algo que nunca sabré.

—Avena —le dijo Hepburn.

Waldemar le señaló la nariz con el dedo.

—Estás mintiendo. Dime que estás mintiendo.

—Todos los escoceses tomamos avena, y podemos hacer el amor toda la noche. —Ante el evidente asco de Waldemar, Hepburn se esforzó por disimular su mueca.

—Tal vez merezca la pena intentarlo —balbució Waldemar. Luego dijo en voz alta—: Aparte, más vale pájaro en mano que ciento volando.

Eso cogió a Hepburn desprevenido.

—¿Qué quieres decir con eso?

—Me refiero a que más vale un conde rico y guapo que el príncipe que podría tener. —El capitán gritó un aviso y Waldemar saludó con la mano—. Tengo que irme, y no sé cómo decirlo, aparte de... gracias. Mi eterno agradecimiento, para siempre. —Dio un tosco abrazo a Hepburn, luego le soltó y subió corriendo por la escalerilla. Mientras la tripulación la levantaba, se apoyó sobre la baranda y gritó—: ¡Recuerda! ¡Una verdadera princesa de cuento de hadas irá tras su verdadero amor, no tras algún principito al que nunca ha conocido, vestido con pantalones de mariquita, con su peinado de nena y ceceo afectado! La princesa Clarisa es tuya si te decides a ir a por ella. ¡Pídeselo! ¡Ya verás!

27

Dios nos envía adversidades para que
nos sirvan de tónico moral.

REINA CLAUDIA, *VIUDA DEL MONARCA DE BEAUMONTAGNE*

Clarisa se despertó con una sensación de apremio que no había experimentado jamás. Eso era porque nunca antes había abandonado sus responsabilidades para con Amy. Intentó discutir consigo misma mientras se vestía con su habitual traje de montar negro y rojo. Solamente habían pasado tres días. Amy no podía meterse en problemas en ese plazo de tiempo.

Pero Amy había acudido a MacKenzie Manor con ganas de charlar sobre algo, algo para ella urgente, y Clarisa le había prestado poca atención. Y Amy apenas tenía diecisiete años. Una simple adolescente. Sí que podía meterse en problemas en cosa de tres días, problemas horribles, y Clarisa sentía la necesidad de ir a verificarlo por sí misma.

También debía ir a ver cómo estaban los del pueblo. Había prometido ir a jugar al ajedrez con los viejos señores de la taberna, y ayudar a las damas del pueblo con su cutis. Una vez se asegurara de que Amy se encontraba bien, haría esas cosas. Una princesa nunca incumple su palabra... y últimamente

Clarisa no había actuado como una princesa. Había estado actuando como una mujer enamorada.

Dejó de peinarse el pelo y se presionó la frente con la palma de la mano. ¿En qué había estado pensando?

La abuela diría que no era tanto lo que había estado pensando sino con qué parte de su cuerpo estaba pensando.

Y Clarisa tenía que parar. Parar ya. Estaba enamorada. Enamorada de un conde escocés. Enamorada, sin futuro, sin hogar, sin nada más que esta ingobernable adoración por un hombre que... que ocultaba su mente con tal cuidado, que ella no sabía lo que pensaba. De ella, de ellos, de nada.

Se encontraba en un apuro espantoso, y no sabía cómo salir. Pero sí sabía cuáles eran sus obligaciones, y la primera de todas era ver a Amy.

Las damas y caballeros que habían disfrutado del baile hasta altas horas de la madrugada prácticamente no se habían movido a mediodía cuando Clarisa salió a hurtadillas de la casa y se fue a los establos. Blaize le dio la bienvenida con un relincho entusiasta, y en cuestión de nada se dirigía al galope hacia Freya Crags, con un pánico tardío alterando su sangre.

El sol escocés había sonreído a los MacKenzie durante los últimos cuadro días, brillando con intensidad para su baile y todos sus mecanismos. Ahora había desaparecido, se había ocultado tras un capa de nubes grises que anunciaban una tormenta inminente. El viento le sacudía el velo del sombrero y le azotaba en las mejillas, dificultando su viaje con los cambios de dirección que empujaban al caballo a un lado y a otro.

Freya Crags parecía tranquilo cuando entró al medio galope por el puente, nada que ver como la primera vez que había llegado al pueblo. De todos modos, sintió una punzada de anhelo. Fue allí donde conoció a Robert por primera vez. Entonces le inspiró miedo. Temió su atracción. Temió su oscuridad. Ahora le echaba de menos, deseaba que regresara a toda prisa de Edimburgo y contestara a las preguntas que la tenían obsesionada.

¿La quería o no era más que un capricho pasajero?

El mercado de Freya Crags ya no estaba allí. Unos pocos hombres formaban un grupo y murmuraban. Una mujer llevaba cubos de agua colgados de una percha que le rodeaba el cuello. Los viejos, envueltos con mantones, se protegían del viento en grupo delante de la taberna y la saludaron con una cálida bienvenida. Ella les devolvió el saludo y les lanzó un beso, pero se dirigió a la tienda dc la señora Dubb. Aun así la llamaron, y tras un momento de vacilación ella indicó que se acercaría a hablar con ellos más tarde. Sabía que antes de que pasaran diez minutos, Amy se habría enterado de que ella se encontraba en el pueblo, y tal vez a Amy le gustara recibir el aviso.

La princesa está en la ciudad, informaría la señora Dubb.

¿Correría Amy al encuentro de Clarisa? ¿O se quedaría en un rincón oscuro de la tienda a esperar a que Clarisa se acercara a ella?

Pobre Amy. Y pobre Clarisa, quien no sabía cómo hacer las cosas bien. Le parecía que no había manera.

Descendió de Blaize y lo llevó hasta los establos. Tras pagar una moneda, lo entregó a un mozo para que lo acomodaran en un compartimento caliente y le dieran una buena cepillada.

Luego se fue andando hasta la taberna, sonriendo a los cinco hombres que se merecían toda su atención.

Ellos se levantaron al ver que se aproximaba y le hicieron una inclinación.

—Hamish MacQueen, Henry macCulloch, Gilbert Wilson, Tomas MacTavish, Benneit MacTavish —recitó.

—¡Su Alteza, recuerda nuestros nombres! —dijo Henry lleno de asombro. Siempre hablaba demasiado alto. Lo recordaba de la primera vez que les conoció.

—Por supuesto. —Agarró a Gilbert mientras hacía su reverencia y, una vez más, estaba a punto de volcarse—. Pongo especial empeño en recordar los nombres de todos los caballeros apuestos que conozco.

Ellos sonrieron encantados.

—¿Ha venido a jugar una partida de ajedrez? —preguntó Tomas.

Mientras ayudaba a Tomas a sentarse, Clarisa dijo:

—Creo que es mejor que no. Tengo el día distraído hoy, y me temo que jugaría mal.

Tomas se frotó aquellas manos que parecían de papel y dijo:

—Tanto mejor.

Ella se rió en voz alta y le señaló con el dedo.

—Es un hombre terrible. —Le gustaba el sonido de sus voces: ásperas por la edad y cálidas por el acento escocés. Pensó que Robert sonaría como ellos algún día, y se preguntó si ella estaría ahí para oírlo.

—Parece triste, Su Alteza. —Hamish tocaba a tientas la manga de su brazo amputado—. ¿Qué pasa?

Se le habían soltado los alfileres, y Clarisa se percató de que él se sentía turbado por su desaliño. Le miró a los ojos y, con voz calmada y directa, dijo:

—Señor MacQueen, se le ha soltado la manga. ¿Me permite ayudarle a sujetársela? —No esperó. Cogió los alfileres sueltos y atravesó con ellos la tela para cerrar la abertura—. Si me traen sus camisas, les coseré los botones y los ojales de las mangas. Entonces no tendrán que pelearse con los malditos alfileres.

—Una princesa no debería coser botones —farfulló Hamish.

Clarisa no le preguntó quién podría hacerlo si no. Su impresión era que él había sobrevivido a toda su familia. En vez de eso, dijo:

—Me gusta coser, y ustedes me caen bien. Eso hace que mi trabajo sea una doble bendición.

—¿Eh? —Henry se llevó la mano a la oreja y se volvió a Benneit.

Benneit gritó.

—Dice que le va a coser las camisas a Hamish.

Henry soltó:

—Entonces, Su Alteza, ¿se va quedar en MacKenzie Manor?

Intentó pensar qué decir. ¿Le pediría Robert que se quedara? Al final no hizo nada aparte de sacudir la cabeza:

—No sé.

Los viejos intercambiaron miradas elocuentes.

A ella le habría gustado saber qué expresaban.

Dando por supuesto que era bienvenida entre los caballeros, se sentó en el taburete situado delante del tablero de damas.

—Me gustaría pedir una ronda de cerveza para todos. ¿Dónde está la dueña de la taberna?

Tomas soltó una carcajada de satisfacción y se balanceó hacia atrás con la silla, tanto que ella creyó que iba a tener que sujetarle una vez más.

—De repente se ha visto muy ocupada. —Gilbert se llevó un dedo a los labios para indicar silencio.

Con eso, Clarisa dio por supuesto que los viejos estaban siendo discretos.

Pero antes de que pudiera sonsacarles el chismorreo, Hamish avisó:

—Su Alteza, sopla un viento fuerte por el este.

—¿Qué? —Se volvió y se encontró observando a la señora Dubb, quien se abría paso por la plaza desde su tienda de costura.

A Clarisa, el corazón le dio un brinco de alegría. Amy quería verla.

Pero eso era una estupidez. La señora Dubb no iba a venir a darle recados de parte de Amy.

La señora Dubb llegó ante Clarisa y sus huesos crujieron mientras hacía un reverencia.

—Su Alteza, qué placer tenerla aquí en Freya Crags una vez más. ¿Ha venido a dar un alivio a este viejo rostro?

—Claro que sí —la tranquilizó Clarisa—. Pero primero confiaba en poder hablar con la señorita Rosabel.

La señora Dubb resopló como una vieja tetera.

—Ese desastre de chica. No quería hablar de ella.

Clarisa medio se pone en pie de la inquietud.

—¿Por qué? —¿Qué había hecho Amy ahora?

La señora Dubb puso mala cara.

—Me dejó en la estacada con media docena de encargos y sin poder acabarlos, por eso lo digo.

A Clarisa la invadió una oleada de pánico que la obligó a levantarse.

—¿A qué se refiere con que la dejó? No puede haberse marchado.

—Ya se lo digo, se ha ido —respondió la señora Dubb.

—¿Adónde? ¿Cuándo? —inquirió Clarisa con insistencia.

Los viejos asentían con sus cabezas.

—Ayer, pero se marchó sin decirme nada a mí, o sea que no sé más. —Con mano fornida, la señora Dubb obligó a Clarisa a volver a sentarse—. No se sienta culpable.

Clarisa se quedó boquiabierta y, por la debilidad, se sentó sin protestar.

—No vaya a pensar que, porque usted la volviera guapa, decidiera salir al mundo y buscarse un hombre.

—Oh. —Clarisa soltó aliento de golpe—. Está hablando de eso. No, nunca pensaría...

—Aunque es la verdad, ¿o no? —La señora Dubb continuó reprendiendo. Reprendiendo sin entender nada—. Las chicas guapas siempre se buscan algún hombre. Cuando yo era joven, los encontraba... o, más bien, ellos me encontraban a mí. Eso confiaba en que pudiera hacer usted por mí, volverme guapa otra vez...

Clarisa ya no podía soportar más el sonido de aquella voz. La cortó de modo abrupto:

—¿Alguien sabe en qué dirección se ha ido?

—No. —La señora Dubb sacó de su escote un papel sellado con una gota de cera y se lo tendió a Clarisa—. Pero tal vez lo diga en esta carta que ha dejado para usted.

Habían toqueteado el sello, aunque no lo habían roto. Clarisa alzó una mirada de incredulidad a la señora Dubb, y sus ojos debieron de transmitir cierto poder principesco, ya que la culpable modista balbució mientras se escabullía.

—Se me cayó. La dejo para que pueda leerla.

Con el corazón sobrecogido, Clarisa sostuvo la carta en la mano.

Henry hizo un gesto afable.

—Vamos. Lea la carta.

Tras romper el sello, Clarisa leyó con detenimiento la hermosa caligrafía de Amy:

Querida, respetada, buenísima Clarisa:

Te dije que ya no quería seguir siendo una princesa. Sé que no me creíste, pero es verdad. Detesto esperar a que mi vida empiece por fin y saber que no estoy preparada para esa vida. ¿Por qué? Porque he podido vagar por el campo con libertad, hablar con gente normal, descubrir el valor del trabajo.

No deseo vivir el tipo de vida que hemos estado llevando. De modo que me voy lejos, a algún lugar donde nadie me conozca, donde pueda aprender quién soy de verdad y de qué soy capaz.

No te preocupes. Lo sé, crees que es tu obligación. Pero haz memoria. Intenta ser imparcial. Tú sabes que soy capaz de cuidar de mí misma. Siempre llego a los pueblos por delante de ti. Siempre encuentro una situación de trabajo estable en una tienda respetable. Te lo prometo, voy a ser cauta e inteligente, ya que he aprendido de una maestra de talento: tú, querida Clarisa.

Te lo ruego, por favor no intentes buscarme. Te prometo que en cuanto esté instalada, pondré un anuncio en los diarios para que estés tranquila sobre mi bienestar, y tengo fe en que nos volvamos a ver.

Si de verdad lo deseas, ojalá puedas encontrar la manera de regresar a Beaumontagne, casarte con un príncipe y vivir feliz para siempre. Sé que piensas que no sé nada porque soy tu hermana pequeña...

—No pienso eso —protestó Clarisa aunque, con el corazón acongojado, reconoció que era verdad.

... pero si quieres mi opinión, eres demasiado apasionada como para sufrir un destino así, de modo que piénsalo bien antes de regresar.

Hasta entonces, espero que des pronto con lo que persigues de verdad, sea lo que sea. Adiós, querida hermana, adiós.

Con cariño, tu hermana por siempre, Amy Rosabel

Con verdadera confusión, Clarisa arrugó el papel mientras intentaba recuperar el aliento, mientras intentaba comprender qué había sucedido.

—Amy —susurró. Su hermanita. Ahí fuera en el mundo ella sola, buscando algo que no existía. Una identidad más allá de una princesa... no existía nada parecido. Amy no podía fingir ser una más entre la multitud. ¿Por qué iba a querer ser como... como la señora Dubb o estos hombres? Trabajaban tanto por tan poco, y se debían a un pueblo o a una ciudad y a una familia y... bueno, de acuerdo, las princesas se debían a un país, también, y además con ceremonias interminables. Les escogían los maridos y se les juzgaba tan sólo por su capacidad para criar hijos. Clarisa había intentado convencer a Amy de que ser una princesa era todo maravillas, aunque ella sabía en lo más hondo de su corazón que eso no era así.

Pero la realeza era su deber... y su destino.

Henry irrumpió en sus cavilaciones:

—La señorita Rosabel, su hermana, ¿verdad?

Clarisa, sin habla, se quedó mirando al viejo.

—¿Eso les dijo ella?

—No. La muchacha no hablaba mucho, en general —dijo Gilbert.

Con suavidad, Henry continuó:

—Pero cuando llegas a viejo, como nosotros, tienes poco que hacer aparte de observar a la gente que te rodea, y acabas haciéndolo bastante bien.

—Como las mujeres —gruñó Benneit.

Henry no le hizo caso.

—Y, claro, nos fijamos en que usted y ella tenían un aire similar, y cuando usted habla y ella habla, a veces se nota un ligerísimo toque de alguna tierra lejana en su voz.

Clarisa no encontró sentido en mentir. Los viejos no iban a chivarse a nadie.

—Es mi hermana. También es una princesa. —Mostró los restos de la carta arrugada—. Y se ha ido. Si hubiera esperado, habríamos regresado a Beaumontagne y todo habría ido muy bien.

—Pero si no regresa a su reino, podrá hacer lo que le venga en gana. —Gilbert se inclinó hacia delante—. Podrá ser una solterona y vivir en una cabaña.

Eso quería Amy o al menos eso había dicho. Quería diseñar ropa el resto de su vida, ropas bonitas para que se las pongan mujeres ricas.

—O podrá casarse con un hombre rico y ser muy feliz el resto de sus días.

—Un hombre rico, con título. —Hamish agitó una mano—. Digamos... un conde.

No podía decirse que fueran sutiles. Y la idea comenzó a cobrar vida en la mente de Clarisa. No era Amy en quien pensaba, sino en sí misma. Si ella, Clarisa, no fuera una princesa, ¿qué querría hacer? Saber que ningún país dependía de su existencia, escoger marido según otro criterio que el linaje, ser sólo Clarisa, sin el peso de un título sobre sus hombros... sus pensamientos se dirigieron de modo inevitable a Robert. Si no fuera una princesa... si él no fuera un conde escocés...

—Ya sabe, una princesa debería ser libre y seguir lo que le dice su corazón. —Hamish continuaba persuadiéndola, intentando que viera las cosas a su manera.

—Una princesa nos debe a todos los demás un final feliz —dijo Benneit.

—Cosas de mujeres.

—Cierra la boca —replicó Benneit—. ¿No te das cuenta de que está pensando en ello?

Quería tanto a Robert. Por ese amor había hecho una cosa egoísta. Había cedido a la necesidad que percibía en él y se había acostado con él, y al hacerlo, había satisfecho una necesidad en ella cuya existencia desconocía. Los dos eran personas insignes por sí solos, pero juntos eran extraordinarios. Eran felices. Eran una unidad.

Se fijó de nuevo en la carta que tenía en la mano y alisó las hojas arrugadas mientras unas pocas lágrimas calientes corrían por sus mejillas.

Pero ¿cómo podía pensar en sí misma en momentos así?

Los viejos la rodearon y le dieron unas torpes palmaditas.

—Tranquila, tranquila —dijeron. Y añadieron—: Va a ser para mejor.

Tal vez tuvieran razón. Tal vez fuera mejor para todos. Amy no quería que la encontraran. Si Clarisa fuera tras ella, Amy se resistiría a regresar, y Clarisa no podía obligarla. Ni siquiera deseaba hacerlo. Quería que Amy consiguiera lo que quería, y si eso incluía su libertad, entonces Clarisa tendría que acudir ante el trono de su abuela y, por su hermana, mentir cuanto hiciera falta.

Por supuesto, porque Amy quería su libertad, y porque no desconocían el paradero de Sorcha, Clarisa tendría que cumplir con su obligación. Regresaría a Beaumontagne. Se casaría con el marido que eligieran para ella, fuera quien fuera. Criaría hijos que heredaran el trono.

No podía vivir por Robert o con Robert, de modo que, por Amy, Clarisa se alejaría de Robert MacKenzie y nunca miraría atrás. Si, dentro de cincuenta años, seguía llorando cada noche sobre la almohada, bien, ésa era la carga que llevaba una princesa.

Tratando de no llorar, enderezó los hombros.

—De acuerdo. He tomado una decisión.

Henry, era obvio que complacido, dijo:

—¡Sabía que vería las cosas a nuestra manera!

Desde el otro lado del puente, Clarisa oyó gritos.

Gilbert la estudió.

—Yo no sé si ha visto las cosas a nuestra manera.

—Ella tiene que comprender que el amor es más importante que lo demás —afirmó Tomas.

Los gritos fueron en aumento.

Clarisa prestaba poca atención.

—Hay clases diferentes de amor. Una es el amor al deber y al honor. Hepburn conoce ese tipo de amor. Y yo también.

Entonces los gritos la obligaron a mirar. Llegaron incluso a oídos de Henry, quien volvió la cabeza a un lado y otro. No era un sonido agradable, estos gritos. Eran discordantes y contenían tal carga de furia que Clarisa tuvo que levantarse.

Los viejos, arrastrando los pies, aguzaron la vista para mirar al otro lado del puente, desde donde, pisando fuerte al frente de un grupo, llegaba aquel bravucón que había conocido el primer día que estuvo en Freya Crags. El hombre que se había burlado de ella y que había apostado diez libras a que no podía poner guapa a Amy, para escabullirse luego antes de que le obligara a pagar. ¿Cómo se llamaba?

Hamish escupió en el suelo, una declaración burda y llena de desdén.

—Tenemos problemas. Es el pequeño Billie MacBin.

Billie agitaba el puño y torcía el rostro con una mueca enloquecida de triunfo. Tras él marchaban los soldados. Soldados ingleses. Y dando grandes zancadas al lado de Billie MacBain... ¡Santo cielo!

Clarisa retrocedió dando un traspiés.

Al lado de Billie MacBain marchaba el magistrado Fairfoot, el hombre a quien había robado a Blaize. Alto, de aspecto distinguido, hacía ostensible el peso de su cargo y tenía un gesto de crueldad en la boca.

—Bellacos ingleses —gritó Henry, pero para entonces había ya tal griterío que nadie le oyó a excepción de sus amigos y de Clarisa.

—Me persiguen. —Clarisa no debería entrar en pánico. Había pasado por apuros más serios—. Es a mí a quien quieren.

Los viejos no parecieron consternados ni preguntaron qué había hecho.

—Entonces mejor la sacamos de aquí antes de que le pongan las manos encima de su real persona.

Algunos de los lugareños, mujeres sobre todo, iban detrás del inglés. Los soldados llevaban mosquetones sobre los hombros, y miraban a un lado y otro como si tuvieran muchas ganas de disparar a la multitud.

—A la parte de atrás de la taberna —Hamish apremió a Clarisa a dirigirse hacia el interior en penumbra—. Hay un callejuela detrás del local.

El corazón atronaba en el pecho de Clarisa. Esto era lo que la asustaba. Ésta era su pesadilla.

Gilbert dijo:

—No se preocupe, Su Alteza. Les mandaremos en otra dirección.

Volvió a mirar a la tropa que se acercaba. Tragó saliva. Hizo un gesto de asentimiento.

—Gracias. —Salió corriendo hacia el interior de la taberna gritando una vez más—: ¡Gracias!

Mientras abría el pestillo, ya estaba planeando cómo llegar hasta Blaize. No tendría tiempo de ensillarlo, pero podría subirse desde el montadero y cabalgar a pelo. Cabalgarían por senderos a través de la campiña, hacia Mackenzie Manor...

Le dolían los pulmones como si ya llevara millas corriendo.

No, no, no podía regresar a MacKenzie Manor. Fairfoot la seguiría hasta allí, la denunciaría como delincuente y diría a las damas que las habían estafado. Entonces ellas estarían dispuestas a ahorcarla personalmente.

Robert no estaba allí para salvarla.

Aparte, no podía acudir corriendo al lado de Robert. Ahora no. Nunca.

Asomó la cabeza por la puerta e inspeccionó la callejuela. Estaba vacía. Los soldados no habían previsto esto. No habían contado con su fuga.

Cerró la puerta tras ella sin hacer ruido. El viento silbaba a través del callejón, le apartaba el pelo, le helaba los huesos. Se agarró las solapas de la chaqueta, bajó la cabeza y se fue a toda prisa hasta la esquina.

Con suerte se habría marchado antes de que el magistrado Fairfoot cayera en la cuenta de que no se hallaba en la tienda de la modista. Antes de que le pusiera las manos encima y la utilizara como ejemplo para todas las mujeres de este distrito, y la violara y la ahorcara.

El corazón golpeaba con fuerza en su pecho. Lo conseguiría. Con cada paso se sentía más segura. Iba a conseguirlo.

Dobló la esquina.

Y fue a caer directamente en los brazos del coronel Ogley.

28

El que se acuesta con perros
se levanta con pulgas.

Los viejos de Freya Crags

Al día siguiente, mientras Robert se aproximaba a MacKenzie Manor, reflexionaba con satisfacción sobre el anillo que llevaba en la alforja. No sabía si la belleza de la joya era suficiente para persuadir a Clarisa de que se casara con él, sobre todo después de la manera en que la había tratado en la cama... bien, él sí había disfrutado con eso. De hecho, nunca había estado tan cerca del cielo.

Con toda franqueza, no podía decir que lo lamentara. No cuando pensaba en su maravilloso sabor o la forma en que se movía debajo de él, y la cálida manera de acomodarse en torno a su pene, un guante viviente, ajustado y acariciador...

La gravilla de la calzada crujía bajo los cascos de Helios. Los árboles chorreaban grandes rociadas de lluvia, aunque le protegían de la constante llovizna. Robert avistó MacKenzie Manor y confió en que las relumbrantes piedras preciosas del anillo pudieran mantener la atención de Clarisa lo suficiente como para que él pudiera defender su causa. ¡Qué extraño sentirse tan inseguro por motivo de alguien que, una semana antes, ni siguiera sabía que existía! Pero, de algún modo, ella se había colado en su corazón.

El edificio se elevaba ahora ante él. Azuzó a Helios para que fuera más rápido.

Al parecer, Waldemar tenía razón. Robert la quería. La amaba más de lo que había amado jamás a nadie.

Mientras desmontaba ante los peldaños de la entrada de la mansión, Millicent abrió la puerta de par en par y se acercó a él a toda prisa. En cuanto él tocó el suelo con el pie, su hermana le agarró por la parte delantera de la camisa y le inquirió:

—¿Dónde has estado?

Robert supuso que no tenía ningún sentido seguir mintiéndole, de modo que dijo:

—En Edimburgo, despidiendo a Waldemar.

—¡Y me dejas a mí para que intente defender a la princesa Clarisa! Pues no ha sido buena idea, Robert, no ha sido buena idea en absoluto.

Lo supo al instante. Algo había ido mal. Ogley. Se apoderó de él una furia tan profunda e instantánea que casi le impedía hablar, no obstante dijo:

—Cuéntame.

—¡La han arrestado!

Robert alzó la vista a las amplias puertas dobles y vio a Prudence allí de pie, con aspecto confundido y triste.

Millicent continuó:

—El coronel Ogley encontró a este magistrado de Gilmichael...

Robert no esperó a oír otra palabra. Entregó el caballo a Pepperday, el mozo de cuadra que esperaba y dijo:

—Ensillad el caballo más rápido del establo. Helios ha tenido una dura cabalgada desde Edimburgo. No podría llegar hasta la frontera.

—Milord, tenemos a Blaize.

Robert volvió su aguda mirada al mozo.

—¿El magistrado no se lo llevó?

—La princesa lo dejó en el establo de Freya Crags. El mozo de los establos me envió un mensaje —explicó Pepperday—. Yo fui a recoger el semental de inmediato.

Hepburn reconoció aquella importante información mientras absorbía e interpretaba el resto.

—Entonces ensilla a Blaize.

Pepperday se fue corriendo a los establos y respondió a gritos:

—Sí, milord. Alguien que monta como Su Alteza no se merece acabar colgada de una horca inglesa.

Robert agarró sus alforjas y se fue corriendo hacia su habitación con Millicent y Prudence siguiéndole los talones. Había hecho esto cientos de veces antes. Irse de misión nada más recibir aviso. Sabía qué tenía que hacer.

Una vez allí, vació las alforjas y las llenó de provisiones. Un puñal. Una buena lazada de cuerda fuerte.

Le temblaban las manos. Estaba sudando.

Otro puñal. Una pistola. Otro puñal. Su juego de palancas.

—Robert. —A Prudence le temblaba la voz—. ¿Por qué necesitas tantos puñales?

Alzó la vista sorprendido al encontrar a sus hermanas en la habitación.

—Soy bueno con los puñales.

—Pensaba que eras bueno con los puños —dijo Millicent.

—Eso también. —Deseó que Waldemar se encontrara allí con él. Liberar a alguien de una prisión era tarea para dos. Pero Robert tendría que hacerlo a solas o morir en el intento. Y la muerte no era un resultado aceptable, porque si moría, Clarisa acabaría en la horca. Mirando a su alrededor, preguntó—. ¿Quedan fuegos artificiales?

—Sí. —Millicent se fue hasta la puerta y ordenó que los llevaran a los establos.

—¿Por qué? —preguntó Prudence.

Robert dirigió una rápida mirada a su hermana pequeña. Tenía el rostro blanco. Se mordía los labios y sus ojos parecían demasiado grandes en su rostro asustado.

—Los fuegos artificiales me van a venir bien. —Le frotó la mejilla con un movimiento rápido con los nudillos—. No te preocupes.

—Prudence se volvió con un sollozo y salió corriendo de la habitación.

El anillo.

En el último momento metió la mano en el fondo de la alforja. Entregaría el anillo a Clarisa esta noche, después de rescatarla... porque iba a rescatarla. No estaba seguro de su respuesta, pero una muchacha que acababa de ser rescatada estaría de lo más agradecida a su rescatador. No es que quisiera gratitud de Clarisa. Lo que quería —y tendría— era amor. Pero la gratitud podría inclinar un poco la balanza.

—Tú puedes sacarla —Millicent exigía más que pedía.

—Sí. —Se echó las alforjas al hombro y se encaminó a las escaleras y luego en dirección a los establos.

Millicent se fue detrás.

—Tú hiciste todas esas hazañas heroicas cuyos méritos se lleva el coronel Ogley. ¿No es así?

—Tal vez.

—Entonces puedes rescatarla. ¿Correcto?

—Quizá. —¿Qué sabía él del fortín de Gilmichael?—. Depende de donde la retengan. Yo jugaré con una baraja fija de cartas, pero sus cartas son triunfos.

Con una voz que hizo que los criados dieran un brinco, Millicent exigió:

—¿Puede ir contigo alguno de los hombres? ¿Puedo ir yo y ayudar de algún modo?

Conmovido por el ofrecimiento, respondió:

—No, cielo. No. Aquí nadie puede ayudar en esto. Probablemente va a ser sucio y doloroso, y... —Por primera vez desde que había bajado de la silla de su montura, miró a Millicent, la miró de verdad, y se percató de que había vuelto a su anterior aspecto vulgar. Estaba tan hermosa como la noche del baile—. ¿Tenemos a Corey locamente enamorado?

—Sí. —Sonaba malhumorada—. Supongo que sí.

—Vaya, ¿qué ha hecho ahora?

Ella mantuvo las largas zancadas de Robert sin quejarse.

—No quiere marcharse. Dice que está aquí para apoyarme en un momento malo. —Sus ojos relucieron con una luz peligrosa—. Nunca entenderé qué tipo de ayuda es perseguirme de un lado a otro intentando que yo escuche sus historias de cacerías.

Cuando llegaban a los bulliciosos establos, un diminuto rayo de diversión atravesó la severidad de Robert.

Ella continuó:

—Corey no es más que un gran, un bobo... cazador de zorros.

Por lo visto Corey había caído en desgracia con una venganza.

—Sí, querida hermana, eso es lo que siempre ha sido.

Ella esperó mientras Robert preguntaba si habían ensillado a Blaize, luego dijo:

—Pensaba que...

—¿Pensabas que el rostro bonito de Corey ocultaba algo más profundo? Nada de eso. Es vano y es egoísta, no es demasiado brillante, y está acostumbrado a que todas las mujeres se rindan a sus pies. —Robert se adentró en la profundidad del establo—. Pero en defensa de Corey, diré que no tiene ni un solo gramo mezquino en el cuerpo, y si te cuenta sus historias de cacerías, eso significa que está patéticamente enamorado de ti.

—Bien, yo no estoy enamorada de él —respondió con determinación.

Pepperday se enfrentaba a la hostilidad de Blaize, al que ensillaba otro hombre que no era Robert.

Mientras uno de los mozos le entregaba los fuegos artificiales, Robert los colocó en las alforjas y preguntó a Millicent:

—¿Va a pedirte en matrimonio?

—Supongo que sí. Yo no quiero casarme con él. Al menos, no por ahora.

Robert ya no podía esperar a que Pepperday se aclarara con Blaize y le apartó de un empujón con el hombro.

—¿Qué quieres hacer? —Apretó la cincha a la silla.

—Creo que quiero ir con Prudence a Edimburgo. —Millicent le tendió la brida—. Quiero disfrutar de la temporada, y ver qué otros hombres hay por ahí.

Mientras Robert colocaba el freno en la boca de Blaize, se preguntó... ¿había cambiado Millicent, o había sido siempre así pero no sabía cómo adoptar su verdadera personalidad? Echó las alforjas sobre la grupa de Blaize.

—¿O sea casarte con alguien que te guste más que Corey?

—Tengo mi propia fortuna. Tal vez nunca me case. —Le dio un beso en la mejilla—. No puedo creer que aún estés aquí. Vete a buscar a la princesa Clarisa. Ese magistrado es un canalla, y después de esto nadie considerará a Ogley un héroe. Me aseguraré personalmente de ello.

Robert se subió a la silla de golpe y espoleó a Blaize para que se lanzara al galope.

Oyó el grito de su hermana.

—¡Trae a Clarisa a casa!

Clarisa se encontraba con los ojos muy abiertos en una celda a oscuras en el fortín Gilmichael, sentada sobre una cama de hierro con las rodillas recogidas contra el pecho, preguntándose si las ratas comerían princesas.

Lo más probable era que sí. Por desgracia.

Por desgracia se estaba quedando dormida ya que, en el día y medio transcurridos desde que la habían capturado, no había descansado demasiado.

Había sobrevivido a un miserable viaje desde Freya Crags en un caballo maltrecho que había conseguido el coronel Ogley —ojalá se pudriera en el infierno—, con la lluvia cayendo a raudales y el viento batiendo su pelo sobre el rostro. Le habían atado las manos por delante, como si una peligrosa delincuente como ella pudiera escapar de la escolta de un escuadrón inglés de diez hombres armados.

Pasaron la noche —ella, los hombres, el coronel Ogley y el magistrado Fairfoot— en una posada en la pequeña ciudad de Stoor nada más pasar la frontera inglesa. Parecían confiar en que la frontera les mantuviera a salvo de la cólera de Hepburn.

Necios.

Aquella noche, el coronel Ogley se había tomado en serio su papel de altruista coronel del ejército, un héroe, y el hombre que había descubierto la verdad sobre la falsa princesa y ahora la llevaba ante la justicia. Obtuvo una habitación para ella en la posada, la encerró y se guardó la llave. No podía escapar. No obstante, el magistrado Fairfoot tampoco podía entrar, y la manera en que la miraba, la forma en que la tocaba, la ponía enferma de miedo.

Al día siguiente el coronel Ogley se había marchado. Se había marchado para reunirse con su esposa y poder regresar a su gira de la victoria por los salones de baile y casas solariegas de la aristocracia. Nunca hubiera pensado que habría lamentado ver alejarse la espalda del coronel Ogley, pero cuando miró a los ojos regodeantes del magistrado Fairfoot, quiso llamar a Ogley y rogarle misericordia.

¿Misericordia del hombre al que había puesto en ridículo? Entendía mejor que la mayoría de mujeres lo delicado que era el amor propio de un hombre. Pero la desesperación hacía que llegara a ese extremo. La volvía estúpida.

Después de eso, habían hecho un corto recorrido hasta Gilmichael y un largo camino desde la deslavada luz del sol del exterior hasta las profundidades del fortín. El magistrado Fairfoot se tomó la molestia de indicar con un ademán la horca y su soga balanceándose con la brisa.

No le hizo caso.

La luz del día mostraba con demasiada claridad las envejecidas piedras grises, los barrotes y los guardias de miradas lascivas. La luz del sol también iluminaba. Volvía menos desagradable incluso su celda en el nivel superior de las mazmorras, el reservado a las dignidades criminales, como había dicho Fairfoot. Al menos podía ver todos los detalles de la celda mientras la recorría. Húmedas paredes de piedra. Húmedo suelo de piedra. Una pequeña y alta ventana. Un catre de hierro colgado de cuerdas y cubierto de un colchón mohoso. Un orinal. Un balde de agua. La verdad, no estaba tan mal para ser una prisión.

Lo mejor de todo, Fairfoot había ordenado a los hombres que le cortaran las ligaduras, la metieran de un empujón y la dejaran sola. Estaba más contenta de lo que había estado cualquier prisionero, y todo porque se había marchado. Se había marchado.

Pero después de examinar las pequeñas dimensiones de la celda, alzar la vista a la ventana —que estimó imposible de alcanzar— y sentarse en la cama colgada de cuerdas, comprendió que no había más prisioneros. No oía los movimientos de los guardias en el otro extremo del largo, largo, pasillo. Su cárcel estaba sumida en el más absoluto y total silencio. Eso la turbaba, le daba tiempo para pensar qué se sentiría colgada del cuello, asfixiándose, oh, Dios... pero no podía pensar en eso. No cuando pasaban las horas y nadie venía a traer comida. Finalmente gritó, pero nadie respondió. Nadie podía oírla. Estaba sola.

Cuando volvió a nublarse, la celda se oscureció. Cuando se puso el sol, el calabozo se volvió negro como boca de lobo, una oscuridad tan negra que presionaba contra sus globos oculares, obligándola a tocárselos para ver si los tenía abiertos.

Pero podía oír el zumbido de los escarabajos, el chirrido de las ratas. El castañeteo de sus dientes. Tenía frío. Tenía miedo. Tenía sueño. No tenía una manta. Gracias a Dios, Amy se había ido a tiempo.

Al menos Amy había escapado a este destino.

Ojalá Robert estuviera aquí.

Clarisa quería a Robert y no sabía donde estaba.

¿Habría regresado de Edimburgo y se habría enterado de su marcha? ¿Pensaría que se había escapado de la pasión que habían compartido? ¿Pensaría que era una cobarde que se iba sin despedirse?

Pero qué noción tan absurda. Robert se enteraba de todo lo que sucedía en el pueblo. Los viejos se lo contarían, y él montaría su caballo y vendría a su rescate.

¿Verdad que sí? Se había acostado con ella. Ella había hecho lo que él había pedido y había representado su farsa a la perfección. No la abandonaría aquí... ¿verdad que no?

Pero él nunca había dicho que la quisiera. Nunca le había perdido que fuera su esposa. Nunca había mostrado siquiera interés en convertirla en su amante, una solución que a ella le había pasado por la cabeza como razonable para una princesa que quería a un hombre con el que no podía casarse.

Había descartado esa solución como indigna, pero ahora aún perduraba en su cabeza. Y perduraba. Y perduraba.

Movía la cabeza colocada entre las rodillas. Se estaba quedando dormida.

¿Qué la había despertado?

Los chirridos y zumbidos habían cesado. Y más lejos, por el largo, largo pasillo, oyó el sonido metálico de una puerta atrancada. Sin pensarlo, se encontró de pie en la celda. La sangre se precipitó de nuevo por sus extremidades y sintió un hormigueo en ellas, y cesaron los temblores mientras el repentino calor de la esperanza animaba su cuerpo congelado.

¿Era Robert?

A lo largo del pasillo destelló la más diminuta luz de una vela, y se arriesgó a correr hasta la puerta pese a las ratas y los insectos. Apretó el rostro contra los barrotes e intentó atrapar un poco más de esa luz. Quería bañarse con la luz, conservarla para llenar la oscuridad. Fue creciendo, titilando en las paredes, una sola vela transportada por un solo hombre.

Dio un traspiés hacia atrás.

Transportada por el magistrado Fairfoot, con su distinguido rostro, de rasgos marcados, horrible con aquella sonrisa.

Empezó a temblar de nuevo, con más fuerza. Tenía frío. Tenía hambre. Estaba del todo indefensa. Era treinta centímetros más pequeña y pesaba treinta kilos menos que él. Y él venía a violarla.

Era la clase de abuso del que disfrutaba Fairfoot. La clase de abuso en el que contaba con todas las ventajas. La clase

con que conseguía torturar a alguien más pequeño y mucho más débil.

Pero dentro de ella creció y brilló una iluminación mayor que la del sol de mediodía. Robert MacKenzie vendría a por ella. Por supuesto que sí. No importaba si la quería, si deseaba casarse con ella, si quería hacerla su amante o si había decidido que ya se había cansado de acostarse con ella. Clarisa había estado alojada como huésped en su casa, y la habían secuestrado de su pueblo un par de villanos despreciables. Él no consentiría eso.

Aún más, él le había prometido que la farsa saldría bien, y el coronel Ogley le había hecho quedar como un mentiroso. Si algo sabía, algo en lo que podía confiar en este mundo inestable de damas vanas y magistrados crueles, era que el conde de Hepburn era un hombre de honor... y su honor le exigía acudir a por ella.

La llave hizo un ruido áspero contra la cerradura. La puerta se abrió de par en par.

Clarisa enderezó la columna.

Cuando Fairfoot cruzó la puerta, ella le sonrió. Sonrió con desdén y empleó la única arma que le quedaba. Arrastrando las palabra de forma lenta y divertida, dijo:

—Cuando lord Hepburn llegue aquí, va a cortar en pequeños pedacitos su carne de gallito. Y yo voy a ser testigo.

29

El mundo se va ir al infierno en una carretilla,
de modo que mejor trata de disfrutar del trayecto.

LOS VIEJOS DE FREYA CRAGS

Robert avanzó por el puente levadizo sobre el foso seco, sacó su palanca de la alforja y aporreó las recias puertas cerradas de roble.

Mientras esperaba una respuesta, alzó la vista hacia la mole alta y amenazadora del fortín de Gilmichael y se preguntó cómo diablos iba sacar a Clarisa de allí. Sobre todo teniendo en cuenta que era de noche, y que no había conseguido extraer una puñetera información interesante de su batida alrededor del fortín. El hecho era que había sido construido hacía cuatrocientos años para proteger la frontera inglesa de los salteadores escoceses, y era como todas las demás fortalezas inglesas. Grande. Impenetrable. Inevadible.

Pero Gilmichael no era una ciudad grande. Sin duda eran pocos los prisioneros que se estremecían allí, y sin duda no eran demasiados los hombres que los vigilaban. Tenía que ser fácil superar a unos pocos hombres y fácil encontrar a Clarisa, y con la gracia de Dios, Robert y Clarisa ya estarían de vuelta antes de que el maldito magistrado hubiera advertido su fuga.

Por supuesto, Robert tendría que regresar y ocuparse de él —flexionó sus nudillos— pero ése era un placer que tendría que esperar a que Clarisa se encontrara a buen recaudo en MacKenzie Manor. Y como Fairfoot le hubiera hecho daño, moriría de la manera más dolorosa y humillante que Robert pudiera imaginar... y Robert podía pensar en unas cuantas.

Volvió a aporrear la puerta. Aunque la madera amortiguaba el sonido, alguien tenía que ocuparse del guardián de la entrada.

Si Waldemar estuviera aquí, en este preciso momento se encontraría ascendiendo por el muro del fortín con una cuerda y moviéndose como una sombra por los pasillos, encontrando a la prisionera, liberándola y ofreciendo refuerzo a Robert en caso necesario. Irrumpir en una prisión era algo que siempre se hacía mejor entre dos, pero esta noche no había otra opción. Waldemar estaba a salvo, de camino a Londres. Y haber conseguido que él llegara allí hacía que esta misión pareciera pan comido.

Pero Robert debía echarle de menos más de lo que pensaba ya que por un segundo pensó que veía a un hombre colgando de una cuerda en el exterior del muro del fortín. Dio un brinco hacia atrás para mirar con más atención, pero entonces se abrió una pequeña ventana con barrotes en la caseta del guarda y una voz profunda ladró:

—¿Qué quiere a esta hora de la noche? ¿No sabe que hay toque de queda?

En un tono de desdén absoluto, Robert soltó con brusquedad:

—No me importa su estúpido toque de queda. ¿No sabe quién soy?

—No. —El guarda sonó un poco más cauto. La luz en el interior de la caseta relumbraba alrededor de su cabeza greñuda, y Robert alcanzó a ver a un carcelero de tamaño y anchura inusuales.

Robert se marcó el farol de inmediato.

—Soy el coronel Ogley. Ha oído hablar de mí.

—No. —El guarda alargó la palabra.

—Soy el Héroe de la Península Ibérica. He realizado grandes hazañas. He ganado medallas. He salvado centenares de vidas inglesas. He capturado esa prisionera que os ha llegado hoy.

El carcelero se rascó la cabeza.

—No. Lo hizo el magistrado Fairfoot.

Ese mentiroso.

—¿Conoce al magistrado Fairfoot?

—Sí, trabajo para él.

—Entonces ya sabe la verdad.

El carcelero pensó en aquello y luego hizo un lento gesto de asentimiento.

—Sí. De modo que fue usted quien capturó a la muchacha. ¿Y bien?

—Quiero verla. Ahora.

—Usted y todo el mundo.

Una llamarada de irritación cobró vida con un estruendo en la mente de Robert.

—¿A qué se refiere?

—El magistrado Fairfoot está con ella ahora.

Una ira negra cegó a Robert durante un momento. ¡Maldito Fairfoot del diablo! Iba a pagar. Pero Robert se dominó. Sólo permitió que su voz transmitiera un matiz de irritación—. ¿Ha empezado sin mí? Por Dios, le cortaré los cojones por esto. ¿Cuánto hace que ha entrado?

El carcelero se rascó la mejilla con barba de varios días.

—Desde que ha dado la última hora.

Golpeando el roble con su palanca, Robert simuló que era la cabeza de Fairfoot.

—Abra esta puerta. ¡De inmediato!

La autoridad de Robert convenció al carcelero esta vez, porque la ventanita se cerró de golpe y al cabo de unos minutos la gran puerta se abrió entre crujidos.

—Eso está mejor —Robert se cuadró mientras irrumpía y se alisaba la casaca, confiando en que el carcelero no exigiera examinar las alforjas—. Ahora, lléveme hasta la prisionera.

—No puedo abandonar mi puesto, coronel Ogley. —El carcelero cerró las puertas tras ellos y echó el cerrojo.

Robert suspiró con exasperación.

—¿No hay nadie en este lugar que pueda escoltarme?

—Mmm. —El carcelero se rascó la barbilla sin afeitar—. Si cruza recto hasta la torre del homenaje, encontrará más guardias. Ellos le acompañarán.

Por mucho que lo deseara no podía atravesar corriendo el césped. El carcelero estaría observándole y tal vez los guardias de la torre también. De modo que hizo un gesto majestuoso de asentimiento y atravesó a buen paso la zona despejada, descubriendo un peculiar deleite en imitar las afectaciones militares de Ogley. Una exigua venganza, pero eso sería todo por el momento.

La puerta que daba a la torre estaba cerrada, de modo que sacó de nuevo la palanca y la empleó para llamar.

El guardia que respondió esta vez era mayor, más atildado, y por su porte era un soldado profesional ya licenciado. En pocas palabras, suspicaz.

Robert se moría por entrar, por llegar a Clarisa antes de que Fairfoot se excediera con ella, pero también sabía cómo representar el papel de soldado. Adoptó con rigidez una postura erecta y un rostro inexpresivo.

—Soy el coronel Ogley. Vengo por invitación del magistrado Fairfoot para ocuparme de la prisionera.

—¿De qué prisionera habla? —preguntó el guardia.

—No soy estúpido, y no voy a tomarle por uno. El único prisionero que ha recibido hoy. La mujer que asegura ser una princesa. Déjeme entrar de inmediato.

Para deleite de Robert, el guardia dio un paso atrás y le permitió la entrada:

—Sí, señor, pero el magistrado Fairfoot no mencionó que fuera a venir usted.

Otro guardia se acercó, con un trabuco de chispa en los brazos.

El primer guardia continuó.

—De modo que primero tendré que consultarle. Normalmente le gusta hacer estas cosas a solas.

Robert permitió que una gélida sonrisa arrugara sus labios.

—Normalmente, no tiene que competir conmigo, ¿eh que no? Pero entiendo. Tiene que cumplir con su obligación.

El guardia asintió y se relajó al reconocer en Robert a un soldado que entendía los detalles del protocolo.

—¿Cómo se llama? —preguntó Robert.

—Soy Ranald.

—Bien, Ranald, le seguiré hasta la celda donde la retienen.

—No puedo permitir eso, pero puede acompañarme hasta la entrada.

—Eso servirá. —Más que eso. Una vez supiera dónde estaba encarcelada Clarisa, se desharía de este tipo y de los otros guardias, eliminaría a Fairfoot, y él y Clarisa se pondrían en marcha. Un plan sencillo, que no podía fallar.

Subieron por unas escaleras, luego bajaron más escaleras y continuaron bajando. Ella no se encontraba en el nivel inferior de las mazmorras, pero a Robert le ardieron las entrañas sólo de pensar en Clarisa, con su delicada piel y su maravillosa fragancia, a merced de todo tipo de alimañas. A merced del magistrado Fairfoot.

De forma deliberada se pegó a los talones de Ranald, y cuando Ranald se volvió enfurruñado, Robert soltó:

—Paso ligero. ¡Tengo prisa, hombre!

Ranald marchó con brío.

Llegaron a una sala central, medio enterrada en el castillo. Allí se hallaban tres guardias, firmes o sentados en diversas actitudes y posiciones incómodas. Uno de ellos tenía un mosquete. Los otros dos tenían las manos vacías, pero Robert no cometió el error de pensar que estaban desarmados.

Para una miserable ciudad fronteriza, los hombres del fortín de Gilmichael estaban increíblemente alertas y bien preparados, y Robert especuló que el desprecio que despertaba el magistrado Fairfoot era tan completo que él temía que los ciudadanos pudieran pensar en deshacerse de él.

Ranald fue junto al guardia con el mosquete y le habló en voz baja.

Robert oyó con claridad la respuesta.

—¿Estás loco? Valoro bastante mi vida como para bajar ahí ahora e interrumpir. Ya sabes lo que le gusta hacer con las damas cuando las mete ahí. Esperad por aquí, y oiréis cómo enseguida empiezan los gritos.

Mientras él hablaba, Robert dejó que las alforjas se deslizaran hasta el suelo. Se inclinó para recogerlas y dirigió una mirada a los hombres para valorar sus posiciones mientras se ponía a remover su contenido.

Antes de que el guardia hubiera concluido su espeluznante perorata, Robert tenía un puñal en cada mano. Arrojó uno volando contra la amenaza más grande de la habitación: el hombre del mosquete. El otro lo lanzó contra Ranald y le alcanzó en la garganta.

Los dos hombres se fueron al suelo. El mosquete hizo ruido al caer sobre el suelo de piedra. Y mientras Robert sacaba otro puñal de su manga y se preparaba para lanzarlo contra uno de los dos guardias restantes, se quedó helado al ver la pistola que sostenía Ranald con la mano.

A Robert se le había agotado la suerte.

Ranald sangraba de la garganta. Profería un sonido zumbante. Pero Robert alcanzó a ver su propia muerte anunciada en la mirada del militar.

Robert no podía morir. Clarisa le necesitaba. En el instante en que se arrojaba a un lado, el estallido de un mosquete sacudió la habitación.

Cuando volvió a mirar, Ranald estaba muerto, con la cabeza reventada de un disparo. Otro de los guardias tenía un puñal clavado... pero Robert no había disparado ni había arrojado el puñal.

Con un movimiento fluido, continuó rodando, se puso en pie y se volvió hacia la puerta.

Un hombre, un extraño, se hallaba allí de pie. Alto, delgadísimo, con pelo oscuro y ojos oscuros insondables. Vestía de negro y se había ensuciado el rostro con tierra. Había irrumpido en el fortín de Gilmichael , y se movía como alguien que sabía lo que estaba haciendo. Había actuado como Waldemar habría hecho... y Robert estaba preparado para matarle.

El desconocido arrojó el mosquete humeante pero continuó sosteniendo una pistola apuntada contra el guardia que quedaba. Con tono gélido, y un acento que se parecía mucho al de Clarisa, dijo:

—Átale, ¿quieres? Cogeré las llaves. No tenemos demasiado tiempo.

Por lo visto, estaba en el bando de Robert.

Los aliados desconocidos inquietaban a Robert. Siempre tenían una agenda propia. Sacó la cuerda de las alforjas y dijo:

—Gracias, pero ¿quién eres?

Robert le dirigió otra rápida mirada... sí, le reconocía.

—Estabas husmeando antes del baile. Eres el hombre que perseguí... y que no pude encontrar.

—¿Qué diantres ha sido eso? —El magistrado Fairfoot bajó el puño pero siguió agarrando a Clarisa por la garganta—. Si esos imbéciles disparan un mosquete por accidente, mandaré asar sus pelotas.

Clarisa veía las estrellas, pero consiguió decir con voz ronca:

—Se lo dije. Es lord Hepburn.

Fairfoot la estrujó aún más —ella pensó que iba a romperle la tráquea— y la fulminó con la mirada, aquellas cavidades oculares, agujeros oscuros en el rostro ensombrecido. Luego la soltó tan deprisa como la había agarrado.

Ella cobró aliento, una áspera respiración tras otra, en un intento de llenar sus pulmones necesitados de oxígeno.

Había temido que fuera a violarla. La muerte antes que la deshonra, decía la abuela. Pero en su larga y real vida, a la abuela nunca la habían asfixiado, ni dado puñetazos, nunca había tenido que percatarse de que amaba a un hombre y que cualquier cosa, cualquier humillación, cualquier lesión, merecía la pena por volver a verle.

Pero a Fairfoot no le habían gustado los agudísimos comentarios de Clarisa sobre su cobardía y su impotencia, ni le había gustado cómo aseguraba que Robert iba a venir a por ella y le iba a retorcer su frágil cuello. Fue el último insulto el que le incitó a atacarla, y si no hubiera resonado ese disparo...

Tambaleándose, Clarisa se hundió en la cama y se quedó observando los barrotes con esperanza.

¿Era Robert? ¿Había llegado a tiempo?

Fairfoot ahora estaba más que preocupado. Se hallaba en la puerta y se asomaba al pasillo.

Mientras la respiración provocaba un ruido áspero en la garganta de Clarisa, ésta intentó pensar en qué hacer. Cómo ser útil a Robert y así misma. ¿Debería atacar a Fairfoot desde detrás?

Su mirada descendió al cinturón del juez. ¿Podría quitarle las llaves y salir de allí? Echó un rápido vistazo a su alrededor. Tenía armas de algún tipo: un cubo de agua, un orinal, la vela, que ardía luminosa.

Entonces Fairfoot se volvió, y comprendió que era demasiado tarde. Sostenía una daga, de treinta centímetros de larga, reluciente con una hoja afilada y punta deslumbrante. Se la apuntaba a ella.

—Si eres su aristócrata amante, va a tener que pasar por encima de ti para liquidarme.

Ella se masajeó la garganta magullada y se quedó mirando la punta de la daga con la mente en blanco a causa de la desdicha. No quería ser un escudo humano. No para proteger a Fairfoot.

Luego, tras él, vio un movimiento, ni siquiera lo oyó, pues era un mínimo susurro de acción. ¿Era Robert? ¿Era el rescate?

Distracción. Necesitaba crear una distracción. Lo mejor que se le ocurrió hacer fue decir con voz ronca:

—¿He dicho ya que es un cobarde? Da gusto tener razón.

—Un cobarde, no, encanto. Soy lo bastante listo como para querer vivir y conseguir que lamentes tu tremenda estupidez. —Fairfoot meneó la hoja apuntándole—. Levántate. Ven aquí.

Sin perder de vista el pasillo, Clarisa se movió poco a poco, fingiendo estar más herida de lo que en realidad estaba, intentando coger suficiente aire en los pulmones como para obligarse a moverse. Sigilosamente, se acercó un poco más a Fairfoot, más de lo que querría volver a estar nunca.

Cuando ya se encontraba a su alcance, dijo:

—Esto no va a funcionar. Lord Hepburn va a matarle por mucho que intente esconderse. —Y cuando Fairfoot intentó agarrarla, ella se lanzó a por la vela, que volcó sumiendo la celda en la negrura total.

—Zorra estúpida —rugió Fairfoot, y Clarisa oyó el repiqueteo de las llaves mientras el juez se movía intentando localizarla. El acero de la hoja chocaba contra las piedras de las paredes, contra el metal del cubo.

Clarisa dio una patada al orinal en aquella dirección. Por el chillido, supo que había hecho diana. Gateó bajo la cama y se hizo un pequeño ovillo tumbada de costado. Rogó para que Robert llegara ya, antes de que Fairfoot la localizara, porque temblaba de miedo y le castañeteaban los dientes. Descubrió que ella era tan cobarde como el mismo Fairfoot.

Fairfoot se revolvía a un lado y otro, barriendo la celda. La maldecía con su grosero vocabulario. Se acercaba cada vez más.

Por encima del ruido de sus pisadas y el sonido de su voz, Clarisa oyó un débil y agudo silbido. Lo había oído antes. Alzó la cabeza y se esforzó por identificarlo...

¡Bum!

La explosión la dejó sorda. El destello la cegó. Notó el acre olor a pólvora. Las chispas rojas y doradas estallaron en todas direcciones, marcando el cielo con delgadas colas ante sus ojos deslumbrados.

Fuegos artificiales. Fuegos artificiales como los que había visto en el baile de Robert. Fuegos artificiales de celebración.

Fuegos artificiales por la libertad.

Sin otra idea, salió rodando de debajo de la cama y se lanzó a través de las chispas y llamaradas contra Fairfoot que gritaba en aquel momento. Clarisa se lanzó con todas sus fuerzas contra las rodillas del coronel y lo derribó, que se fue abajo como un gran roble, abriéndose la cabeza con el catre.

Se quedó inmóvil.

Con cautela y sigilo, ella se acercó hasta colocarse sobre él.

Seguía sin moverse.

Le sacó la llave del cinturón y se fue hacia la puerta. Las chispas aún volaban cuando metió la llave en la cerradura.

Por el pasillo se oían fuertes pisadas. Aparte del fuerte zumbido en los oídos, sólo tenía un pensamiento. Mejor que fuera Robert. Después de todo esto, mejor que fuera él.

Y era él. Sostenía una antorcha, y nunca antes había adorado tanto su visión.

Mientras salía dando traspiés de la celda, Robert la rodeó con el brazo.

—¿Estás herida? —Le pasó la mano por el pelo, por el cuerpo—. ¿Te ha alcanzado alguna chispa? ¿Te has quemado? ¿Te has prendido fuego?

—¡No!

—¿Dónde está Fairfoot? —Inclinó la antorcha hacia el interior de la celda—. ¡Maldición! ¿Le has matado tú?

—Le he dejado sin sentido. —Cerró los barrotes de hierro de golpe y echó la llave—. ¡Vamos!

—Podrías haberle dejado para mí. —Cogiéndola por el brazo, corrió con ella en dirección a la luz de la distante entrada.

—Me metí debajo de la cama, me protegía. —Se dio cuenta de que, pese a que Fairfoot casi la estrangula momentos antes, podía respirar bastante bien, lo suficiente para correr. Reflexionó vagamente que el pánico daba unos ánimos espléndidos. Cuando alcanzaron el puesto de los guardias, Clarisa encontró la habitación destrozada, con tres cadáveres y un guardia atado... y un hombre, un desconocido, vestido todo de negro, esperándoles.

No le gustó su rostro. Era demasiado delgado, casi estético en su severidad, y le recordó a alguien. Alguien que la hacía recelar.

Se habría dado media vuelta, pero Robert se echó las alforjas sobre el hombro y dijo:

—Vámonos entonces.

Y el desconocido se unió a ellos en la escapada.

Mientras corrían escaleras arriba y cruzaban tétricos pasillos, Robert sacó un puñal de su manga. El desconocido hizo lo mismo, y ambos hombres sostuvieron sus hojas con la maña de la experiencia. Robert le indicó que se detuviera justo antes de llegar a la última habitación. La empujó contra la pared y ordenó.

—Quédate aquí.

El desconocido se apresuró a entrar. Robert le siguió. Y cuando concluyó la lucha, ella asomó la cabeza con cautela por el interior.

Un guardia se hallaba tendido en el suelo mientras el extraño le ataba los brazos a la espalda.

Luego reanudaron la carrera, salieron al exterior al césped y al bendito y fresco aire nocturno. Tenía una punzada en el costado, pero siguió corriendo. Nada podía retenerla en el fortín de Gilmichael, tan cerca del magistrado Fairfoot y su maldita horca.

Mientras se aproximaban a la caseta exterior del guardia, redujeron la marcha. Robert alzó la mano para que permanecieran callados, y luego los dos hombres le indicaron de nuevo que debería esperar mientras despejaban la caseta.

Les dejó hacer, con agrado. Le dolía la garganta, no sabía si alguna vez encontraría aire suficiente. Varias contusiones empezaban a hacerse notar, incluida una dolorosa en el pómulo provocada por el puño de Fairfoot. Con un irónico sentido del humor, reflexionó que ya debía encontrarse mejor, pues al día siguiente no iba a hacerle gracia mirarse al espejo; la vanidad volvía a avivarse en su cabeza.

Pero sí iba a hacerle gracia regresar a casa con Robert.

Su mirada reposó en él, que se metía con sigilo en la caseta. Haciendo un ademán con la cabeza al desconocido, Robert soltó el pasador de la puerta y los hombres irrumpieron. Clarisa oyó golpes, un solo grito y luego silencio.

Robert se acercó a la puerta y le hizo un gesto a Clarisa para que entrara, y ella lo hizo de buen grado. Él la había salvado. Nada en su vida podía compararse a este momento. Durante demasiado tiempo había tenido que sacar de apuros a Amy, a ella misma. Ahora Robert la había rescatado como si fuera una delicada princesa, y se sintió encantada en aquel papel. Y con él.

Dentro de la caseta, el desconocido le estaba quitando un garrote a un guardia inconsciente. Un guardia muy grande, muy sucio y muy inconsciente.

Con un suspiro de alivio se echó a los brazos de Robert.

Él la abrazó con tal fuerza, que la carne de ambos pareció fundirse en un solo ser. Frotó la cabeza de Clarisa con su mejilla y ella se acurrucó en su pecho, escuchando y deleitándose con los latidos de su corazón. El aroma a almizcle la envolvió, y ella quiso permanecer allí, en sus brazos, por siempre.

Pero el desconocido se aclaró la garganta de forma ostensible.

Robert alzó la cabeza, y como si el desconocido hubiera hablado, dijo:

—Tiene razón. Tenemos que irnos lo más lejos de aquí que podamos. Cuando los guardias consigan librarse de las ataduras y saquen a Fairfoot de la celda, se va a armar una buena.

—Lo sé. —Se apartó a su pesar—. Lo sé.

El desconocido les miraba con calma, su rostro era una máscara inescrutable, y de nuevo algo en él llamó la atención de Clarisa y la obligó a mirarle con precaución. Le conocía. Juraría que le conocía. Con la luz de la caseta se acabó de convencer, y se sintió obligada a acercarse a él. Se plantó delante de él e inquirió:

—¿Dónde le he visto antes?

—Hace tres noches, en mi finca, escabulléndose entre los árboles —dijo Robert.

—No. —Ella negó con la cabeza, y se le hizo un nudo en el estómago—. Eso no es todo.

—No, eso no es todo. —Los profundos y oscuros ojos del desconocido la abrasaron—. Recuerda, Clarisa. Retrocede... a ese día en que a tu hermana Sorcha le concedieron el título de princesa heredera y le prometieron en matrimonio a...

—A ti —susurró, porque no podía soportar hablar en voz alta—. Eres Rainger. Eres el príncipe de Richarte.

30

Tan fácil es querer a un príncipe como a un indigente.

REINA CLAUDIA, *VIUDA DEL MONARCA DE* BEAUMONTAGNE

Demasiado tarde. Robert se quedó mirando a Clarisa, a su príncipe, y pensó, demasiado tarde.

Había esperado demasiado para decirle que la amaba. Ahora, su príncipe se encontraba aquí, preparado para llevársela a Beaumontagne, y ella se iría porque...

—No —dijo—. ¡No, escucha!

El príncipe Rainger volvió la cabeza como si oyera algo procedente de las profundidades de la torre:

—Tenemos que salir de este fortín. —Le ofreció el brazo a Clarisa.

Hijo de perra impertinente. Al otro lado, Robert le ofreció el suyo. Ella desplazó la mirada de uno a otro, luego apoyó la mano en el brazo de Robert.

El príncipe retrocedió un paso, no derrotado sino para esperar.

—¿Puedes correr un poco más? —preguntó Robert a Clarisa.

—Por salir de aquí, sería capaz de hacer corriendo todo el camino de regreso a... —Se detuvo.

¿De regreso a MacKenzie Manor? Dilo. De regreso a MacKenzie Manor.

Pero no lo dijo. En vez de ello, corrigió:

—Sí, puedo correr.

Robert le ofrecía sostén mientras salían a toda velocidad por la puerta. No era necesario. Ella aguantaba bien. Pero él quería tocarla, quería asegurarse de que le seguía perteneciendo.

Había esperado demasiado para su declaración.

Mientras Robert y Clarisa corrían, el príncipe Rainger cerraba la puerta con un sólido y seco golpe.

A media ascensión por la frondosa colina situada enfrente del fortín, Clarisa empezó a jadear. Todavía no se había recuperado de su terrible experiencia, y Robert la obligó a detenerse. Ya no podían verles desde la caseta, y en cierto sentido no esperaba ver salir al magistrado Fairfoot. Al menos, no todavía.

El príncipe no se sumó a ellos. Tal vez había percibido el ambiente. O tal vez sabía demasiado bien lo mucho que Robert detestaba el precio que le estaba costando la ayuda que le había prestado.

O tal vez estaba esperando a que Clarisa dijera a Robert que todo había acabado, para poder llevársela a casa. De inmediato.

Pero nada había acabado. No hasta que Robert dijera lo que tenía que decir.

—Clarisa. —Con la luz intermitente de la luna, pudo ver el polvo en su cara. Cuando intentó limpiárselo, ella retrocedió con gesto de dolor. Él comprendió. Eso añadía otra buena paliza a la cuenta ya abultada de Fairfoot—. ¿Qué te ha hecho ese canalla?

Ella esbozó una sonrisa torcida.

—No todo lo que quería. Nada... nada... no me ha hecho daño. No de la manera que piensas.

Robert tuvo que volver a abrazarla, con alivio por ella y alivio por él: si Fairfoot la hubiera violado, Robert habría ido a prisión por el asesinato de un magistrado inglés. Inspiró a fondo la fragancia de su amada, sin dejar de abrazarla como su posesión más valiosa.

Demasiado tarde.

Ella no dejó que la abrazara mucho rato. No lo suficiente. Se soltó y le tranquilizó.

—De verdad. Fairfoot es bastante sensible a las insinuaciones de su carencia de recursos para satisfacer a una mujer.

Consternado y horrorizado, Robert dijo:

—No le habrás dicho eso. ¡No cuando te encontrabas a solas en la celda con él!

Alzando la barbilla, ella replicó:

—Sí, es lo que hecho. Fue entonces cuando me pegó, y tengo que decirte que... casi mereció la pena por ver cómo se ponía colorado. Creo que acerté más de lo que pensaba.

A Robert le llenó de orgullo aquel coraje, pero temió por su bienestar. Él podía cuidar de ella pero... dirigió una mirada al príncipe, quien se hallaba lo bastante lejos como para respetar su intimidad. Aquel príncipe no llevaba, como había dicho Waldemar, un peinado de nena ni tenía un ceceo afectado. Este príncipe era duro, decidido y apelaba a la única cosa contra la que Robert no tenía arma alguna: el sentido del deber de Clarisa.

Demasiado tarde.

Robert hundió la mano en sus alforjas, hasta el fondo, donde descansaba la cajita de madera.

—Clarisa, escúchame.

—No.

—Te he comprado un anillo. —Lo sacó e intentó abrir la tapa con torpeza—. En Edimburgo. Quiero que te cases conmigo.

Ella cerró los ojos, apartó la cabeza.

—No. No hagas esto.

—Te pido que te cases conmigo —No podía creer que ella no le escuchara. Era el conde de Hepburn. Era el verdadero Héroe de la Península Ibérica, y ella lo sabía.

Él pertenecía a Clarisa.

La luna salía y entraba flotando entre las nubes. La luz se filtraba a través de las hojas, mostrando a Clarisa la angustia y el dolor de Robert.

Él le pertenecía. Juntos habían derrotado al coronel Ogley, habían liberado a Waldemar. Juntos eran mucho más de lo que podrían llegar a ser separados. ¿No lo sabía? ¿Cómo podía no saberlo?

—Mira. —Abrió la caja—. El ámbar es el color de tus ojos. Los zafiros tienen el color de los míos. El oro es lo que nos une. Qué oro tan hermoso, mira. —Se lo enseñó, pero algo estaba fallando porque ella ni siquiera miró el anillo.

En vez de ello, miró a Robert a los ojos.

—¿Sabes quién soy?

—Mi amante. Mi esposa.

Ella le tapó los labios con la mano.

—No digas eso.

Él le besó la palma de la mano, luego la apartó para añadir en voz baja:

—Mi amor más preciado y único.

Clarisa tomó aliento con un estremecimiento.

—Soy una princesa. Es algo que no he pedido, pero nací princesa. He pasado los últimos años de mi vida esperando el momento de regresar a Beaumontagne y ser una princesa.

Nada se había interpuesto jamás a ese sueño... hasta conocerte.

—Entonces, lo correcto es que estés conmigo.

—No. No, no lo es. Amy, mi hermana Amy, la señorita Amy Rosabel, se ha fugado. No quiere ser una princesa, y le tengo demasiada estima, tengo una actitud demasiado protectora con ella. Deseo que sea lo que quiera en la vida, no lo que un accidente de nacimiento le obliga a ser. —Clarisa tragó saliva. Se pasó los dedos por los ojos—. Pero ¿no te das cuenta? Eso me obliga a cumplir con mi deber.

Él ordenó con ferocidad:

—Deja de hablar de deberes.

Ella corrigió.

—Es una cuestión de honor.

—Tampoco hables de honor.

Ella le desafío con la mirada.

—Cuando tú hagas lo mismo.

Sabía cómo callarle. En tono más suave, ella añadió:

—Tú y yo tenemos cosas en común, valores en común. Por eso nos hemos llevado bien. Por eso yo... —A Clarisa le costaba hablar. Le tocó la mejilla con la mano, mientras una lágrima plateada descendía por su propia mejilla— te amo. —Entonces cubrió el anillo y la mano de Robert con la suya—. Te amo.

Él fue incapaz de responder. Su corazón, el corazón que pensaba que había muerto, se le desgarró en ese instante.

El suave sonido del relincho de un caballo llegó por el aire. —Clarisa sacudió la cabeza mirando a su alrededor—. Blaize. —Sin saber donde estaba, se fue hasta el lugar donde Robert había atado a Blaize.

—Oh, chico guapo. —Pasó los dedos por la crin del caballo y apoyó la cabeza contra el cuello del animal—. Blaize, mi precioso muchacho. Estás aquí.

Mientras Robert observaba cómo abrazaba al caballo que tanto amaba, notó un nudo en la garganta. Ella se estaba despidiendo. Del caballo. De él.

Y no podía oponerse. Clarisa creía que estaba haciendo lo correcto, y él sospechaba, temía, que tenía razón. Cerró de nuevo la caja del anillo, y tapó sus sueños.

—Le has traído —dijo—. Viniste a mi rescate montado en él.

Robert, mientras se metía el anillo en el bolsillo, se fue andando hasta Blaize, hasta Clarisa, y les tranquilizó con voz serena.

—No iba a dejarlo atrás.

—Lo robé, bien lo sabes. —Puso mala cara—. Es el caballo del magistrado Fairfoot, y no puedo llevármelo conmigo.

—Traje a Blaize desde MacKenzie Manor, y regresará conmigo. Cuando haya acabado con Fairfoot, él rogará que me quede con Blaize y con cualquier otro caballo que tenga en el establo. —Robert quería consolar a Clarisa, pero no tenía derecho a tocarla. Ya no. En vez de hacerlo, frotó el pelaje de Blaize mientras la observó a ella, intentando absorber lo suficiente de Clarisa como para que durara el resto de su vida—. Blaize tendrá una buena vida.

—Gracias, Robert. —Su gracias reverberó suavemente por el bosque.

Él se aclaró la garganta intentando decir lo correcto.

—Y tú... princesa Clarisa, también tendrás una buena vida.

Ella alzó la cabeza.

—Y tú también, Robert.

¿Estaba de broma? Sacudió la cabeza.

—Sí. —Como buena princesa, su voz adoptó un regio tono imperativo—. Tendrás una buena vida, Robert. Prométemelo.

Él no quería prometer eso. Quería aullar a la luna. Quería maldecir contra su destino. No quería volver a probar la comida, oler las rosas, preocuparse por la ropa, bailar si oía música. Pero sabía que ella no iba a permitir que se enfurruñara. De algún modo, sabía que ella se saldría con la suya.

Lo cual hizo con una sola palabra.

—Prométela —insistió—. Es lo único que puedes hacer por mi felicidad.

Él capituló.

—Lo prometo.

El príncipe llamó:

—Su Alteza, tenemos que marcharnos.

Cómo odiaba Robert el sonido de esa voz profunda y con acento. Era la voz de una pesadilla hecha humana.

—Ahora mismo —contestó ella. Se quedó mirando a Robert. Levantó una mano para tocarle la mejilla. La retiró. Se volvió y se fue andando al lugar donde se encontraba el príncipe con dos caballos.

Aquel canalla había venido preparado.

Robert observó a Clarisa, el amor de su vida, alejarse con el hombre con quien acabaría casada, y no hizo nada. Absolutamente nada, a excepción de saludarle con la mano cuando ella se volvió para una última mirada.

No podía creerlo. La dejaba marchar. Sin más. Porque ella había empleado palabras como deber y honor. Y porque no podía hacer que se casara con él a la fuerza, en contra de su voluntad. Durante un único momento de locura, consideró aquella posibilidad.

Por desgracia, no encontraría ningún sacerdote que diera por legítima una unión a la fuerza. Y aunque alguno lo hiciera, ella seguiría hablando de deber y honor hasta que Robert cediera y la dejara marchar.

De modo que vio marcharse a Clarisa y deseó poder hacer algo. Algo como pegar un puñetazo a la pared o emborracharse o dar una paliza a alguien. Algo para aliviar en parte la terrible frustración que atenazaba sus tripas.

Desde el fortín de Gilmichael, oyó un gigante estrépito. Las puertas se abrieron de par en par y tres hombres aparecieron allí con antorchas y pequeñas porras de hierro.

Fairfoot, con aspecto deslucido y furioso, y sus esbirros.

Robert sonrió. Se remangó y se fue con decisión de nuevo por la colina.

Su frustración no tendría que esperar demasiado para recibir alivio.

31

Al final, una princesa debe cumplir con su deber.

REINA CLAUDIA, *VIUDA DEL MONARCA DE* BEAUMONTAGNE

El sol estival se hundía por el oeste mientras Robert cruzaba andando la plaza del pueblo en dirección a la taberna. Observó entrecerrando los ojos el tablero de damas.

—Miren cuánto polvo tiene el tablero —dijo—. ¿Nadie en este pueblo tiene valor para desafiar a estos cinco parranderos?

—No sé por qué. —El viejo Henry MacCulloch abrió los ojos con aire inocente—. Nunca hacemos trampas.

—¿Ah no? —replicó Robert—. Había oído otra cosa.

—No puede creer todo lo que oiga por ahí, milord —respondió Benneit MacTavish.

—Qué miedo me dan ustedes cinco. —Se sentó él también sobre un taburete ante el tablero y se frotó las manos.— Entonces... ¿a quien derroto primero?

Los viejos le abuchearon al unísono.

—Se cree un tipo listo, ¿cierto? —Hamish MacQueen se levantó con sonoros crujidos—. Soy yo quien va a ponerle en su sitio.

—Primero —añadió Benneit MacTavish—. Eres el que primero va a ponerle en su sitio.

Robert esperó a que Hamish se acomodara al otro lado del tablero.

—No voy a dejar pasar la ocasión, por supuesto —dijo Hamish—. ¿No irá a sentir lástima por un viejo soldado con una sola mano?

—Soy un hombre ocupado. —Robert empujó una ficha negra—. No tengo tiempo para sentir lástima.

Los otros hombres volvieron a abuchear y acercaron un poco más los asientos para observar la acción.

Como si hiciera un comentario aparte, el hermano de Benneit, Tomas, dijo:

—Milord, echamos a Billie MacBain de Freya Crags.

—Vamos, Tomas, sabes que eso no es cierto —reprendió Benneit—. Después de su majadería al entregar a la princesa Clarisa a ese coronel y a ese magistrado inglés, le animamos a marcharse del pueblo.

—¿Le animaron? —Robert sufrió una punzada al oír mencionar el nombre de Clarisa, no obstante casi recibe con beneplácito el dolor. En las tres semanas transcurridas desde que ella había salido de su vida, había acabado por anhelar oír su nombre, hablar con alguien que la conociera. Lo cierto era que iba a extrañarla, más que echar en falta el haberla conocido.

—Cuando alguien ha vivido tanto como nosotros, te enteras de cosas de un hombre. —La boca arrugada de Henry se retorció como si probara algo de mal sabor—. Cosas sobre las que no interesa hacer mucho ruido, si sabe a qué me refiero. De modo que le comentamos eso a Billie.

—Ya veo. —Robert tenía la mirada pegada al tablero cuando Hamish movió una ficha roja—. Me alegra oír que le ayudaron a comprender qué le convenía hacer. Me temo que yo no habría sido tan amable si me lo hubiera encontrado.

—Pues parece que no ha tenido mejor suerte. —Gilbert Wilson chasqueó la lengua con desprecio—. Hemos oído que se encontraba bebiendo en una taberna en Edimburgo cuando los marinos del rey hicieron aparición para reclutar refuerzos. Parece que Billie está embarcado.

Benneit asintió con gesto tranquilo y dobló las manos sobre su pequeño vientre.

—Con su manera de ser, el aire fresco le irá bien.

—¿Eh? —Henry se llevó la mano a la oreja y se inclinó hacia Tomas.

—Dice —gritó Tomas— que el aire fresco le sentará bien a Billie.

Henry hizo un gesto de asentimiento.

—Sin duda, sin duda.

—Tiene alguna que otra magulladura, muchacho. —Tomas indicó el rostro de Robert—. Se ha pelado, por lo que parece.

Robert se tocó con cautela la marca que aún le quedaba del puñetazo del magistrado Fairfoot que había parado con el rostro.

—Esto no es nada. Deberían haber visto al otro tipo.

—¿Le dio una buena paliza? —preguntó Gilbert Wilson.

Robert pensó de nuevo en la carnicería de aquella noche.

—Fairfoot no podrá hacer más favores a las mujeres, jamás. Ni tampoco sus amigos. —Y Robert sentía una gran satisfacción al saber eso: que los guardias que apoyaban a Fairfoot, y el propio Fairfoot, recordarían mucho tiempo el nombre de Hepburn, y nunca, por Dios, soñarían con regresar a sus tierras, a su pueblo, para llevarse algo que fuera suyo.

Pero Clarisa ya no le pertenecía.

Hughina salió de la taberna sujetando cuatro jarras chorreantes.

—Milord. —Repartió cerveza entre los viejos—. No sabía que estuviera aquí. Le traeré una jarra. —Dio una palmadita a Gilbert en el hombro—. Sí, a usted también le traeré una, señor Wilson—. Con una sonrisa y un gesto de asentimiento, ella desapareció por la penumbra del local.

Robert la siguió con la mirada sorprendido.

—¿Qué le ha sucedido?

Henry MacCulloch susurró:

—Pensamos que Brody Browngirdle, del otro lado del río Raleigh, acaso podría darle una alegría, de modo que, cuando vino al pueblo, le dijimos que Hughina regalaba cerveza gratis a los viajeros.

La voz de Robert estaba teñida de asombro.

—Vaya, viejos charlatanes. No hicieron eso.

—Y tanto que sí —dijo Hamish.

—Lo que yo podría haber hecho en la Península Ibérica con un regimiento como ustedes —comentó Robert con admiración—. Así que su plan funcionó.

—Para cuando aclararon el asunto de la cerveza, habían hablado todo lo necesario y más —Henry puso cara larga—. Por supuesto, la cerveza no le salió gratis.

Hamish se rió socarronamente.

—No, no fue cerveza lo que sacó.

Robert soltó una ruidosa carcajada mientras movía otra ficha. Cuando se calló, advirtió el silencio y miró a su alrededor, a los viejos. Le observaban como si no le reconocieran. Él extendió las manos, con las palmas hacia arriba y los dedos estirados.

—¿Qué?

En un tono cuidadosamente neutral, Henry dijo:

—Supongo que entonces es cierto.

—¿El qué es cierto? —preguntó Robert.

Henry intercambió una mirada con los demás.

—Pensábamos que le tenía cariño a la princesa, pero algunos del pueblo dicen que la ha echado por fomentar el pecado de la vanidad.

—¿Se refieren a vender cremas y potingues? —Si en vez de estos viejos, otro hombre le hubiera hecho esta pregunta, Robert le habría cortado la cabeza. Pero en este caso, respondió con tono amable—: ¿Es un pecado hacer feliz a la gente? Porque es eso lo que hacía. Inculcó seguridad a toda una compañía de asustadas debutantes, y eso es un don difícil de superar. —Millicent también había cambiado, aunque sospechaba que su confianza no dependía sólo de su aspecto. No, más bien, parecía que Millicent necesitaba que alguien expresara confianza en ella... y él lo había hecho. De todos modos, no habría sido así si Clarisa no le hubiera dejado a él en evidencia, por lo tanto se le podía reconocer también a la princesa la transformación de Millicent.

Al mismo tiempo, su gente había aprendido una lección valiosa acerca de seguir órdenes de personas ajenas a Freya Crags. Unos pocos hombres y mujeres habían acudido a él a su regreso y le habían suplicado perdón, arrepentidos por su parte de culpa en la captura de la princesa Clarisa. Como debía ser. No iba a tomar represalias, pero tampoco iba a olvidar.

Hughina salió del local y le tendió a Gilbert su cerveza, luego, con una sola ojeada, al detectar sus rostros serios se escabulló de nuevo al interior de la taberna.

Gilbert dio un largo trago.

—Aunque la princesa se haya ido, hacía tiempo que no se le veía tan feliz.

—La amo. —Robert miró a los viejos, perforó a cada uno de ellos con su mirada—. Y me ha dejado. ¿Lo sabían? Me ha dejado para regresar a su país. Va casarse con un príncipe.

Tomas farfulló:

—Tenía mejor opinión de ella. ¿Se cree que puede encontrar en un país extranjero algo mejor que en Freya Crags?

—Se va a llevar una triste sorpresa si piensa que algún príncipe mariquita supera al conde de Hepburn —dijo Benneit con indignación.

—No lo ha hecho porque quisiera un príncipe. Quería quedarse aquí conmigo, pero tiene que cumplir con su deber. Ha sido una cuestión de honor. —Robert lo explicó con facilidad, sin amargura. Al fin y al cabo, le había hecho una promesa.

—¿Eh? —Henry se llevó la mano a la oreja y se volvió a Gilbert.

Robert se inclinó hacia delante y gritó.

—He dicho que era una cuestión de honor.

—Se lo toma bien —contestó Henry a gritos—. Pensábamos que volvería a estar igual que a su regreso de la guerra.

Robert miró a su alrededor, a la plaza. La vida en Freya Crags continuaba como siempre. Las mujeres venían al pozo a por agua. Los niños jugaban en los charcos dejados por la lluvia, los viejos se mecían al sol..., nada había cambiado, y buscó consuelo en esa continuidad.

—Entonces ella no me habría enseñado nada, ¿no creen? No quedaría señal alguna de su paso, ninguna señal en absoluto. —Hizo un movimiento sobre el tablero.

Tomas suspiró y entonó.

—A veces la vida huele a rosas, a veces apesta a col hervida.

—Un hombre no tiene derecho a quejarse mientras tenga treinta y dos dientes y conserve el juicio que le dio el Señor —añadió Gilbert.

Henry hizo una mueca que dejó al descubierto los huecos en su dentadura.

—Que viene a ser lo que tenemos entre nosotros cinco.

Los cinco hombres empezaron a reírse, y se rieron tanto, que Benneit resolló con un sonido asmático.

Robert le dio una palmadita con delicadeza para que pudiera respirar de nuevo, y entonces oyó cierto revuelo al otro lado de la plaza. Las cabezas se volvían a mirar, se oían voces. No alcanzaba a ver qué sucedía y los sucesos de los últimos meses le habían vuelto muy cauteloso. Se puso en pie para observar con ojos entrecerrados el puente hacia donde todo el mundo señalaba.

Y vio, sobre una pequeña yegua blanca, a una mujer vestida con un traje de montar negro y rojo. Tenía el pelo rubio y suelto sobre sus hombros, su boca sonreía y sus ojos de color ámbar buscaban... y cuando la mirada le encontró a él, su sonrisa explotó en puro júbilo.

Clarisa. Era Clarisa. Robert siguió en pie con las manos a los lados, el sol en el rostro, un peculiar zumbido en sus oídos. No podía creerlo. Pensaba que para ahora ella ya habría cruzado el canal de La Mancha. Había intentado no preocuparse por las tropas francesas. El príncipe Rainger había demostrado ser un hombre capaz, y en caso de que él fracasara, Clarisa era una experta a la hora de sobrevivir y prosperar. De modo que se había convencido de que todo iría bien en su viaje por España hacia Beaumontagne.

Pero no estaba ni en España ni en Beaumontagne.

Oyó el débil murmullo de los viejos a su espalda, sonaba como si dijeran:

—Alabado sea Dios. Alabado sea Dios.

Ella estaba aquí, en Freya Crags, con su cuerpo exuberante y deseable, su cutis un poco más dorado, su placer palpable.

Y Robert MacKenzie, el oficial que había hecho todo aquello que debe hacer un héroe —desarrollar estratagemas de ataque, realizar rescates en los fortines ingleses más vigilados, volar por los aires depósitos de municiones franceses— y hacerlo en un visto y no visto... se había quedado sin habla, no se le ocurría qué hacer, mientras la mujer que él amaba cruzaba la plaza a caballo en su dirección, con la mirada fija en él como si fuera la estrella polar.

La multitud la seguía, cada vez más numerosa, con rostros que reflejaban recelo, interés e impaciencia.

Cuando estuvo cerca, Clarisa detuvo el caballo y dijo:

—Sir, soy una vendedora. Vendo cosas.

—¿Vende cosas? —repitió, sin comprender por qué se le ocurría decir una cosa así, ahora, cuando había tantas cosas que decir.

Ella se limitó a sonreírle desde su montura.

Con una sacudida, la mente anonadada de Robert empezó a funcionar. Adoptó una postura militar y, en tono oficial, dijo:

—Me temo que tendrá que obtener permiso del señor de Freya Crags para poder vender cosas aquí.

—Oh, cielos. —Se llevó un dedo enguantado a la mejilla—. He oído que es un tipo bastante aterrador. ¿Cree que me dejará?

—Depende de lo que quiera vender.

—Felicidad. Vendo felicidad.

—En tal caso —Robert levantó las manos y Clarisa se dejó caer en ellas desde el caballo—, quiero comprar.

Epílogo

Al final, el amor lo conquista todo.

LOS VIEJOS DE FREYA CRAGS

Robert había regresado de Edimburgo.

Clarisa se reclinó hacia atrás en su asiento, con los pies reposados sobre una otomana y los ojos cerrados, y sonrió como si reconociera sus pasos. En los dos años de matrimonio, había acabado por conocer su sonido, su aroma, su contacto. Disfrutaba con todo lo de él, incluso su apasionada locura, pues controlaba con rigor esa locura, y la reservaba para ella. Todo para ella.

Robert la besó con delicadeza y le frotó el vientre hinchado.

—Mmm. —Clarisa abrió los ojos y le dio la mano. Se regaló la vista con el semblante de dicha de su esposo, con la fuerte estructura ósea del rostro, el sedoso pelo negro, los tesoros de sus ojos azules.

Seguía vestido con su atuendo de viaje, con las botas marcadas por el duro trayecto y las alforjas sobre el hombro.

—¿Así que estás despierta? —le preguntó con cariño.

—Estaba aquí sentada notando sus patadas. El mozalbete se encuentra bien y tiene buena salud.

Robert bromeó con una sonrisa.

—Podría ser una niña. No es que la madre de la criatura ni sus dos tías sean dóciles y hogareñas.

Ella se incorporó un poco en su asiento.

—Con lo hogareña que me he vuelto, sólo me falta mugir.

—Un hombre tendría que ser muy tonto para responder a eso. —Antes de que ella tuviera ocasión de replicar que todos los hombres eran tontos, él dejó las alforjas y levantó a Clarisa en sus brazos.

Robert se sentó con ella en su regazo. Era su posición favorita, incluso con el peso añadido del niño.

—¿Cómo está Millicent? —preguntó Clarisa.

—Está muy bien, es la belleza de Edimburgo y líder de los intelectuales. Te manda recuerdos y me ha pedido que haga esto. —La besó en la mejilla.

—Es un cielo. —Clarisa le rodeó el cuello con los brazos—. ¿Y Prudence?

—Ella y el joven Aiden han tenido la primera pelea.

—¿Sobre qué?

—No lo sé.

—¿Algo serio?

—Tampoco lo sé. Me he largado lo más rápido que he podido.

Clarisa suspiró. Los hombres nunca prestaban atención a las cosas importantes.

—Probablemente por eso peleaban —dijo misteriosamente.

Robert le dirigió una mirada de confusión, luego sacó una carta de sus alforjas con el sello real de Beaumontagne.

—Aquí tienes una nota para ti de la abuela.

Ah, la abuela. Dos años antes, aquel día en que Clarisa permaneció de pie en el embarcadero de Londres y se quedó mirando el barco que tenía que llevarle al otro lado del canal de La Mancha, pensó en su abuela. Pensó en Amy, en que encontrara su camino en el mundo, y en Sorcha, desaparecida. Al volverse a mirar al príncipe Rainger, le había encontrado observándola con un peculiar gesto en la boca.

—Me parece —había dicho él— que no me interesa demasiado casarme con una mujer que ya está enamorada de otro hombre.

Ella se quedó sorprendida.

—¿He estado muy nostálgica? —Pensaba que había disimulado su pena de un modo admirable.

—Ha sido valiente, de un modo muy trágico. —Levantó la mano cuando ella quiso poner alguna objeción—. Tal vez debiera decir... alegre de un modo trágico. Se ha comportado tal y como debería hacer una princesa desventurada en el amor.

—Muchas gracias. —Durante el viaje había descubierto que Rainger le caía bastante bien. El príncipe heredero había madurado y se había convertido en un hombre fiable, un hombre tan hábil con su ingenio como con los puños, y ella había intentado decirle que su matrimonio no sería tan terrible.

Luego había pensado en Robert, y cada noche hacía lo que temía: lloraba sobre su almohada.

Rainger continuó hablando allí en el embarcadero.

—Sabe que tiene dos hermanas a las que todavía tengo que encontrar, y su abuela, una mujer que inspira verdadero terror, es demasiado desagradable como para morirse. Y la verdad es que no me permitirá casarme con ninguna de sus nietas hasta que encuentre a todas. De modo, que, Clarisa, hasta que dé con Amy y Sorcha, va a tener que estar sentada en el palacio esperando.

Ella empezaba a captar el mensaje de sus palabras. Le dio un vuelco esperanzado el corazón, que se aceleró.

—Entiendo.

—De modo que si regresa a Escocia y se casa con su conde de Hepburn, Beaumontagne no saldrá perjudicado.

Clarisa tragó saliva. Quería hacer lo correcto, pero ¿qué era exactamente?

—¿Y si no encuentra a mis hermanas?

Él inclinó su mirada hacia ella.

—Las encontraré.

Y era totalmente cierto. Por eso Clarisa le había dicho que Amy había salido corriendo hacia el norte de Escocia, cuando de hecho Amy detestaba el frío y seguro que se había ido al sur. Rainger tenía que concentrarse en la búsqueda de Sorcha.

Ahora, mientas permanecía sentada sobre el regazo de Robert, soltó un suspiro con la carta de la abuela en la mano.

—Cada mes, uno tras otro. ¿Crees que algún día dejará de pedirme que regrese?

—Si las noticias del inminente alumbramiento no la detienen, no sé qué puede hacerlo. —Robert le frotó la espalda para aliviar su malestar, y ella gimió de agradecimiento—. Iremos a Beaumontagne cuando la criatura tenga edad de viajar. Díselo la próxima vez que escribas. —Rodeó a Clarisa con los brazos y la estrechó un poco más.

Como siempre, cuando él la abrazaba, ella sabía que aquí había encontrado su hogar. Robert la besó para que supiera que la había echado de menos. Con tal pasión que Clarisa recordó por qué eran amantes. Como si siempre hubieran estado separados.

En cierto modo, así era. Habían renunciado el uno al otro. Pensaban que nunca volverían a verse.

Ahora ella vivía en MacKenzie Manor, y pese a la preocupación por Amy y Sorcha, y la tabarra que daba la abuela, Clarisa jamás había sido tan feliz.

Pero cuando él volvió a apartarse, ella se percató de que tenía que darle noticias más serias.

—No te inquietes. —Sacó el periódico de Edimburgo de sus bolsas—. Es Amy.

Ella le arrebató el diario.

—¿Está enferma? —Tal y como había prometido Amy, los anuncios en los diarios se habían sucedido, en ocasiones con frecuencia de un mes, en ocasiones sólo cuatro veces al año. Tranquilizaban a Clarisa, le comunicaban que se encontraba bien y feliz, pero nunca revelaban su paradero—. ¿O se trata de Godfrey? ¿La ha encontrado? ¿Le ha hecho algún daño? —Ya había salido a la luz la misión de Godfrey de dispersar a las princesa, aun así, pese a los intentos de la abuela, aún no habían descubierto al pérfido mensajero.

Ahora Robert tenía una expresión grave y al mismo tiempo intentaba tranquilizar a su esposa.

—Amy se encuentra bien. O más bien, se encontraba. La fecha del anuncio es de hace tres meses.

—¿Tres meses? —A Clarisa le temblaban demasiado las manos como para leer—. ¿Por qué hace tres meses?

—Supongo que el mensaje tardó tiempo en llegar, y dudo que el diario sintiera la premura de publicarlo enseguida. Mira. —Indicó un pequeño recuadro con tan sólo unas líneas.

—Deprisa. —Se lo pasó a él—. ¿Qué dice?

Robert cogió el diario y recitó:

—*Clarisa, he secuestrado a un marqués y lo retengo para pedir rescate. Necesito tu consejo. Vengo en cuanto pueda. Amy.*

Las novelas de Christina Dodd se han traducido a diez idiomas, han ganado los prestigiosos premios Golden Heart y RITA de la asociación Romance Writers of America y el *Library Journal* las ha elegido Mejor Novela del Año. Dodd aparece habitualmente en las listas de libros más vendidos de *USA Today*, *Publishers Weekly* y *New York Times*. *Una noche encantada* es la primera novela de su nueva serie clásica «Las Princesas Perdidas». A Christina le encanta tener noticias de sus admiradores. No dejéis de visitar.

www.christinadodd.com

Otros títulos publicados en **books4pocket romántica**

Julia Quinn
El vizconde que me amó
Te doy mi corazón
Seduciendo a Mr. Bridgerton

Jaclyn Reding
Bruma blanca
Magia blanca

Marsha Cahnam
Corazón audaz
Rosa de hierro

Linda Howard
El hombre perfecto
Obsesión y venganza
Premonición mortal

Eileen Ramsay
Amor sin fin

Jo Beverley
Bodas a medianoche
La dama del antifaz
La flor del oeste
Lady escándalo
Tentar a la suerte
Fuego de invierno

Susan King
La doncella cisne
La doncella de la espada
Le heredera domada
La princesa dormida

Teresa Medeiros
Duelo de pasiones
Escándalo en la noche
Un beso inolvidable

Andrea Kane
Esencia de peligro

Patricia Ryan
La espía de la corona
Tormenta secreta
Viento salvaje

Emma Holly
Más allá de la inocencia

Susan Carroll
El merodeador nocturno
Novia de medianoche

Karyn Monk
La rosa y el guerrero
La rica heredera
Mi ladrón favorito

Carol Higgins Clark
Suerte esquiva

Mary Jo Putney
Una rosa perfecta

Iris Johansen
Marea de pasión

Julianne MacLean
Noble de corazón

Christine Feehan
El desafío oscuro
El oro oscuro
El deseo oscuro
El príncipe oscuro